KB146803

2016 제61회

現代文學賞 수상소설집

안규철, 「두 개의 빈 의자」, 드로잉

책은 양면적인 요소들이 중첩되어 있는 물건이다.

책에는 왼쪽과 오른쪽 페이지가 있고, 보이는 앞면과 보이지 않는 뒷면이 있다.

안과 밖이 있고, 시작과 끝이 있다. 흰 종이와 검은 잉크가 있고,

드러난 것과 숨겨진 것이 있으며, 저자와 독자가 있다.

서로 상반되면서 동시에 상호의존적인 이런 요소들은 책이 닫혀 있을 때는 드러나지 않는다.

책은 상자와 같아서, 책장이 펼쳐지기 전에 그것은 무뚝뚝한 한 덩이 종이뭉치에 불과하다.

책을 열면 이렇게 하나였던 것이 둘이 된다. 왼쪽과 오른쪽이, 안과 밖이, 저자와 독자가 거기서 생겨난다.

그리고 그 둘 사이에서, 낯선 한 세계의 지평선이 떠오른다.

마술사의 손바닥에서 피어나는 꽃처럼, 작은 책갈피 속에서 세계 하나가 온전한 윤곽을 드러낸다.

문학작품 앞에서 늘 그것이 경이롭다.

제61회 現代文學賞 수상소설집

김채원

베를린 필 외

H
현대문학

| 차례 |

수상작

수상작가 자선작

수상후보작

역대 수상작가 최근작

심사평

수상소감

수상작

베를린 필

김 채 원

수상작가 자선작

초록빛 모자

김채원

베를린 필

1946년 경기도 덕소 출생. 이화여대 회화과 졸업. 1975년 『현대문학』 등단.
소설집 『초록빛 모자』 『가득찬 조용함』 『봄의 幻』
『장미빛 인생』 『달의 몰락』 『가을의 幻』 『지붕 밑의 바이올린』 『쪽배의 노래』.
장편소설 『형자와 그 옆사람』 『달의 강』. 〈이상문학상〉 수상.

베를린 필

들어보고 싶은 연주곡이 있다. 젊은 어느 날 들었던 곡이다. 그 곡을 꼭 다시 들어보고 싶다. 특별히 그 곡을 제일 좋아한다거나 하는 것과는 별개의 문제이지만. 베토벤의 심포니 3번 「영웅」. 라디오나 어디에서 그 곡이 흘러나오면 나는 멈추어 서서 귀를 기울인다. 그러고는 실망한다. 듣고 싶어 하는 그 곡이 아니기 때문이다. 그 곡 전부를 원하는 것은 아니고 그중에 한 부분, 다른 부분은 대체로 흘려듣다가 원하는 부분에서만 기억 속과 일치하기를 나는 바란다. 다른 부분은 따로 외워가지고 있지도 못하거니와 어떻게 연주되든 별 상관이 없다. 오직 기억하고 있는 그 부분이 기억 속 음률과 일치되기를 바랄 뿐이다.

아닌가 보다, 내가 잘못 기억하고 있는가 보다, 하고 나는 결국 생각하기에 이르렀고, 참 이상하다 내가 분명 들었는데 그게 아니라면……하고 못내 아쉬워한다.

너무 아쉬워 마음은 허해지고 급기야 이별의 감정까지 갖는다. 이미 나는 내가 기억하는 그 곡과 이별했다. 영원히 만날 수 없는 것이라고, 아예 없는 것이었는지도 모른다고 체념했다.

이별이 얼마만 한 애석함이며 그리움인가, 치유할 수 없는 것인가를 알아간다. 영원히 되돌릴 수 없는 것, 그 깊은 체념은 허무를 만든다. 불가항력으로 사람을 잠식시키려 든다. 견딜 수 없는 극한에까지 몰고 가 모든 것을 초토화시키려 한다. 차라리 생각을 말아야, 생각을 말자. 마음속에서 일으켜지지 못하도록 밀봉시킨다. 마음의 뚜껑을 꼭 닫아 양초 같은 것으로 완전히 봉해버린다.

그런데 그렇게 체념해버린 기억 속 연주를 어느 날 듣게 되었다. 음악평론가인 정만섭의 「명연주 명음반」 라디오 프로에서 집중 감상곡 시간에 틀 곡목을 서두에 예고하면서 베토벤의 「영웅」을 소개했다. 그는 자신이 가지고 있는 30여 가지의 음반 중에서 하나를 골라 가지고 나왔다고 말했다. 어제 종일 「영웅」의 여러 음반 중 이것저것을 들어보았는데, 물론 전곡은 아니고 어느 부분만을 들었고 그중에서 한 곡을 선별했다고.

그가 전곡을 들은 것은 아니고—시간상으로도 안 되었을 것이다—어느 부분만을 들었다고 할 때 혹시 그 부분일까 하는 생각이 내게 스쳤다. 음악 전문가도 어느 부분만의 연주를 더 선호해서 고르기도 하는구나 하는 반가움이 일었다. 나는 귀를 기울였다. 그가 30여 가지 음반 중에서 선별한 곡은 어떤 것일까. 그 부분은 어떻게 연주되었을까. 음악이 흐르기 시작해도 나는 내가 알고 있는 부분 이외에는 모든 연주가 그저 유사할 뿐이므로 무심히 듣고 있었다. 그런데 이게 어쩐 일인가. 1악장 마지막 부분에서 내 기억 속 그대로의 연주가 흘러나왔다.

악보 자체가 다른 듯 다른 해석으로 연주되어버리곤 하던 그 부분, 그리하여 자신이 잘못 들은 것이라고 이제는 체념해버린 기억 속 그 연주가 흘러나오고 있었다. 상승하는 느낌, 타고 가던 마차가 통째로 들려져 태양을 향해 가는 그림이 펼쳐졌다.

따아—다 따아—다 따—다—다—다아—

따아—다 따아—다 따—다—다—다아—

이런 멜로디의 오케스트라가 중심을 향해 가고 있노라면, 그 언저리 어디에서

따다다단 따다다단 따다다단따따라라라란

따다다단 따다다단 따다다단따라라라라라란

관악기 소리가 나타나 본 멜로디와 합쳐진다. 기묘하게 사람의 마음을 사로잡는 광채 나는 그 멜로디. 「영웅」의 첫 시작부터 거기까지의 음률은 바로 그 순간을 위한 자리 찾기였던 듯 느껴진다. 이리로 저리로 헤매다가 조금씩 본줄기를 찾기 시작하여, 그러나 아니라는 듯 다시 헤매고 그러다가 다시 힘을 끌어내어 또 헤맨 후 고뇌의 싸움 끝에 어떤 정화의 시간을 거쳐 가벼이 날아오른다. 태양을 향해.

시카고 심포니. 지휘자 게오르그 솔티. 나는 그날 역행하던 것들이 질서를 찾는 듯한 기분을 맛보았다. 내가 기억하는 것이 이 세상에 없는 것이 아니라 있었다는 그 자체만으로 어떤 혼미 속에서 빠져나와 새 기운을 얻는 기분이었다. 내가 버려지지 않았다고까지 생각되었다. 그것은 큰 기쁨이었다.

나는 지금 광화문에 위치한 어느 커피숍 창가에 앉아 그때의 기쁨을 되새겨보고 있다. 지금 그 일을 되새기는 것은 바로 옆 세종문화회

관 홀에서 '베를린 필'의 연주가 있고 그곳에 아이가 구경하러 갔기 때문일 것이다. 그것이 빌미가 되어 「영웅」 심포니를 들었을 때의 기쁨을 다시 생각해낸 모양이다.

나는 오늘 이 시간을 은근히 기다려왔다. 처음 아이가 '베를린 필'의 표 한 장을 예매했을 때 나는 기뻤다. 아이가 음악을 들으러 간다는 사실이 기뻤다. 거기에는 여러 요소가 작용하였을 것이다. 그렇게 음악을 들으러 다니는 생활권으로 진입하기를 바라는 마음도 함께 있었을 것이다. 공연을 보러 다니는 생활은 내게 조금 특별해 보였으니까. 더욱이 음악회를 다닌다는 것은, 표가 있어서 가는 구경이 아니라 자신이 예매하여 가는 경우, 그리고 아이가 표 한 장만을 샀다는 거기에는 그 일을 귀히 여기는 의미가 들어 있다고 여겼다.

그런데 갑자기 아이에게 일이 생겨 못 가게 되었다. 아이는 내게 대신 가겠느냐고 물었고 나는 가겠다고 했다. 그래서 내가 가는 것으로 되어 있었다. 나는 '베를린 필'을 보러 가서 앉아 있는 상상을 해보곤 했다. 그런데 아이에게 생겼던 일이 다음 날로 미루어졌고 그래서 다시 아이가 가기로 했다. 나는 모처럼 마음먹었던 것이기에 따라나섰다.

"엄마가 보고 싶으지?"

아이가 물었고 나는 그 시간 카페에 앉아 있겠다고 말했다.

"아니 오히려 잘됐어. 그게 훨씬 좋아."

평소 나는 어디 조용한 카페에 앉아 있는 것을 그려보곤 했다. 그런 시간을 일상에서 최고의 시간으로 꼽았다. 그러나 일부러 시간을 내서 그렇게 나가 앉아 있게 되지 않았다. 나는 정말 '베를린 필'을 보는 것보다 카페에 앉아 있는 쪽이 훨씬 가볍고 좋았다.

'베를린 필' 연주에 가겠다고 마음먹었을 때부터 보면 보는 것이지만 어쩐지 세종문화회관 홀에 들어가 앉아 있을 시간이 무겁고 지루하게 여겨졌다. 건물 지붕이 내리누를 것 같기도 했다. 어떻게 두 시간이나 그 안에 들어가서 가만히 앉아 있는가. 무엇을 봐야 한다는 부담감보다 그냥 그 시간을 카페 같은 데 한가로이 앉아 있었으면 좋겠다는 생각도 한편으로 했던 것 같다. 그런데 마침 아이의 일이 연기되어 내가 꼭 가지 않아도 되니 잘된 일이었다. 그리고 외출하는 것으로 계획하고 있었기에 카페에서 아이를 기다리면 나로서는 오히려 이중의 효과를 누릴 수 있는 셈이었다. 자유롭지 않아 귀찮아할 수도 있을 텐데 아이는 의외로 선선히 내가 카페에 앉아서 기다리는 것을 허락하였다. 그리하여 지금 나는 한껏 느슨한 시간을 보내고 있는 것이다.

아이는 커피숍까지 같이 와서 주문한 커피가 나올 때까지 함께 있었다. 나는 가장 일반적인 아메리카노를 주문했다. 창에서 이순신 장군의 동상이 보인다고 창가에 앉으라고 아이가 뒷걸음질 쳐 커피숍 문을 나서며 말했다. 나는 쟁반에 뜨거운 종이컵 커피를 담아 들고 2층으로 올라갔다. 사람들이 가득하였다. 젊은이들이 시끄럽게 떠들며 얘기하고 있고 탭댄스라도 출 듯한 리듬감 있는 음악이 흐르고 있으나 얘기 소리에 섞여 시끄러움만 더할 뿐이었다. 마침 창가에 자리 하나가 나기에 나는 자빠질 듯 서둘러 그리로 가서 앉았다. 폭이 좁은 긴 테이블이 유리벽을 향해 놓여 있어 사람들은 밖을 향해 정면으로 앉게 되는 곳이었다. 아이 말대로 이순신 장군의 동상이 잘 내다보이고 있었다. 불 켜진 수많은 밤 빌딩 창들, 차량의 불빛 속에 장군은 우뚝 큰 칼을 차고 위엄 있게 서 있었다.

이곳으로 오기 전 아이와 나는 세종문화회관으로 가서 예매한 표부터 찾았다. 아이가 표를 찾기 위해 홀 안쪽에 있는 예매소 앞에 줄 서 있는 동안 나는 바람을 피하기 위해 세종문화회관 유리문 앞에 바싹 붙어 서 있었다. 광화문 광장을 거쳐오는 바람은 광장과 빌딩과의 그 어떤 구조 때문인지 불어오는 동안 점점 더 거세어져 정신을 휑하게 만들었다. 대로나 구석진 골목 어디라 할 것 없이 바람에 시달리고 있었다. 바람은 비질하듯 아스팔트 위를 쓸어 올리며 회오리 쳐 빌딩벽에 부딪쳤다. 나는 결국 세종홀 유리문 안으로 피신하고 안도의 숨을 쉬었다. 유리벽이 바람을 막아주었다. 로비에 사람들이 그득했고 열어서 고정시켜놓은 유리문 안으로 사람들이 계속 들어왔다. 그들은 익숙한 몸짓과 표정들로 서로 인사하거나 누구를 찾기도 하고 이리로 저리로 걸어 다녔다. 표를 찾아온 아이가 말했다. 꽤장히 비싸다고 생각했는데 잘못 알았는가 보다고, 10몇만 원인 줄 알았는데 4만5천 원이라고 기분 좋은 듯 약간 계면쩍은 듯 말했다.

소음만 가득한 커피숍에서 나는 아메리카노를 마시고 있다. 커피가 진하고 뜨거워 조금씩 마신다. 사람들의 얘기 소리는 무슨 소리인지 단 한 마디도 알아들을 수 없다. 얘기 소리들이 하나의 덩어리로 엉켜 있다. 그중 한 단어조차 따로 떼어내서 분별하기 힘들도록 소음 전체가 다른 무엇으로 변해 있다. 커피숍에서 틀어놓은 음악까지 합쳐져 더욱 그런 것 같다. 그 소음 덩어리가 사람의 마음을 부식시키는 것 같다.

나는 아메리카노를 다시 한 모금 마시고 앞뒤 좌우를 두리번거린다. 소음이 하나의 덩어리로 변해 있듯 사람들 역시 개개인이 아닌 하나의 덩어리로 변해 있다. 그중 단 한 사람도 따로 떼어내어 보여지지 않는

다. 언젠가 강남에 있는 회사에 다니는 친구가 거리에 사람들을 보면 전부 다 포크를 들고 무엇 찾아 먹을 거 없나 발밑만 보며 걸어 다닌다고 하던 말이 생각난다. 바로 그런 어떤 동질의 사람들을 지금 보는 것이라고 생각한다. 쟁반에 커피를 받쳐 들고 3층 계단을 오르는 사람들이 있는 것을 보면 3층에도 홀이 있는 모양이다.

돈만 내면 이곳에 들어올 수 있구나!

나는 새로운 사실이라도 발견한 듯하다.

들어와 차와 음료를 마실 수 있고 다과류도 살 수 있다. 3층까지 있으니 마음껏 오래 앉아 있을 수도 있다. 그 사실이 새삼스러워 나는 다시 홀 안을 휘돌아본다. 무슨 권리인가? 하는 의문이 뒤이어 고개를 쳐든다.

이런 일이 돈만 내면 되다니!

아니 그보다 이 세상에 태어나기만 하면 누구나 다 살 수 있다는 그 사실이 지금 새삼스레 다가온다. 태어나기만 하면 어느 구석이든 자리가 생겨 살 수 있다는, 세상에 어떤 권리금이나 자격증을 내어놓지 않고 그냥 살기 시작하면 된다는, 무엇 하나 손대지 않고도 세상에 편입되어 살아가기만 하면 된다는, 돈만 내면 '베를린 필'도 구경 갈 수 있다는 사실들이 조금 놀랍기까지 하다. 그런 좋은 구경이 어떻게 돈만 내면 된다는 걸까. 그러니까 조금 전 세종홀 로비에 있던 그 많은 사람들이 다 돈만 내면 되는 것이었다. 지체가 조금 높아 보이던 그 고상한 권리가 오직 돈만 내면 얻을 수 있는 것이다.

평소 막연히 느끼던 사실을 나는 비로소 깨달은 듯 음미해본다.

말이 신비롭던 그런 시절이 있었지 하고 나는 생각을 이어간다.

리, 리, 리, 자로 끝나는 말은 개나리, 보따리, 보리, 피리, 유리 항아리…… 아이들은 밤이면 모여 앉아 말놀이를 한다.

아이들은 태어나 자라면서 언어가 무엇인지 모른 채 말을 배우기 시작한다. 부모 형제 소꿉동무를 통해 하나하나 자연스레 말을 익히고 그러고는 말을 하기 시작한다. 하늘을 보고 하늘이라는 말을 익히고 꽃을 보며 꽃이라는 말을 익히며 재미있어 한다. 하늘을 보면 누구나 다 하늘이라고 말하니 신기하지 않은가.

그 언어의 세계는 어떤 미지를 던져준다. 그것은 유리라는 발음이자 유리라는 물체였고 항아리라는 발음이자 바로 항아리였다. 언어이자 형상이었다. 언어 자체가 이미 형상이었다. 이런 언어의 세계는 이 세상에 가득한 재미있는 일, 신기한 일, 산 저 너머 구름 저 너머를 그려보게 한다. 미지가 가득한 이 세상이라 하는 곳을 느끼게 한다. 어딘가에 무엇인가가 꼭 있을 것이다, 라고 아이들은 유리 항아리를 발음하며 느껴보는 것이다.

예전에 들었던 기억 속 음악이 없는 게 아니라 있었다는 거기서 새로이 힘을 얻듯 언어가 곧 형상이던 어린 시절을 떠올리는 것만으로도 나는 조금 힘을 얻는 기분이 된다.

나는 모든 것을 음미하려는 자세로 천천히 딱딱한 나무의자에 등을 기대며 커피를 다시 한 모금 마신다. 종이컵에 담긴 커피는 아직도 뜨겁다. 유리벽을 앞에 하고 앉은 이 자리는 홀 안과 관계없이 오로지 밖을 향한 혼자만의 자리 같다. 차를 나르는 보이나 지배인 같은 사람이 일체 보이지 않으니 간섭할 사람은 아무도 없다. 나는 그 점에 만족한다. 비스듬히 내려다보이는 곳에 서 있는 이순신 동상은 내게는 측면을 보이며 시청 앞 광장 쪽을 바라보고 있다. 나는 장군의 눈을 통해 시청 앞까지 트여 있는 정경을 그려본다. 월드컵 때의 열기, 각종 데모, 시위, 행사, 축제······ 나는 광장이나 동상 같은 것에 특별한 관심을 갖고 있지는 않다. 초등학교 교과서에서 배운 일반론 정도의 느낌을 가질 뿐이다. 그런데 오늘, 이 광장을 밀도 있게 압축하는 장군의 동상을 느낀다. 동상이 서 있는 광장이라는 공간은 다른 크기의 공간과는 사뭇 다르구나 하고 느낀다. 집중된 힘을 발휘하기 때문인가, 장군의 동상이 하나의 푯돌처럼 여겨진다. 이제 보니 지금 여기에 앉아 「영웅」 심포니를 떠올린 것은 '베를린 필' 때문이 아니라 저 동상 때문이었다는 생각이 든다. 「영웅」 심포니를 새로이 음미해보기 위해 오늘 이곳에 혼자 앉아 있게 된 것이라는 생각마저 든다.

이순신, '베를린 필', 베를린이라는 도시, 이들은 어느 한 흐름 속에 있는 듯하다.

베를린 장벽이 무너진 날 나와 친구들은 양수리 강을 끼고 걸었다. 점심을 하며 마신 맥주 때문인지 우리는 자주 화장실을 들락거려야 했으며 들판에서 눕기도 했다. 그날 저녁뉴스에서 장벽에 가득 올라앉은 젊은이들, 국기를 흔들며 감격하는 양 진영 시민들의 축제와도 같은 모습을 영상으로 보았다. 만민이 구해진 듯 위엄 있는 표정이 기쁨의 환호 속에 서려 있었다. 친구들이 모두 함께 강을 끼고 걸은 날이어서 장벽의 무너짐이 더 인상 깊게 남아 있을 것이다. 아직 40대 초반 무렵이었고, 그것이 지금과는 사뭇 다른 분위기를 만들었을 것이다. 셈해 보니 그로부터 25, 6년 지나 있다.

이즈음 나는 여러 친구들을 만났다. 우연한 장소에서 우연히 만난 친구도 있고 약속을 정해 만난 친구도 있다. 거의 10여 년 안 만난 친구도 있고 간혹 서로 연락을 하며 꾸준히 지내온 친구도 있다. 그러나 대부분 그때 양수리길을 같이 걷던 그 범주에서 벗어나지 않는다. 다람쥐를 같이 잡기도 했던 어린 날의 친구는 함께 만났던 어떤 사람을 기억해내지 못하고 내게 그 사람을 혹시 아는가 물었다. 기억을 못할 수도 있는 것이지만 어떤 사건이 있어서 두 사람이 뚜렷이 연계되어 있었기 때문이다. 나는 그에게 우리가 함께 만났던 일을 기억하지 못하는가 되묻지 못했다. 되물어 그 사람과 만난 적이 있다는 것을 일깨워주면 그 사람을 찾아갈 수도 있고 그래서 무슨 실수를 할 수도 있을 것 같았기 때문이다. 남편이 오랫동안 집에 안 들어와 추적해보니 집 가까운 곳에 다른 여자와 살림을 차렸더라는 친구도 있다. 그녀는 내게 어떤 일에 대해 해명해놓고 이미 끝난 일을 다음번에 만났을 때 또 처음인 듯 다시 해명을 했다. 너무도 열심히 해명하기에 저번에 한 번 했고 다 끝난 일이며 중요한 일도 아니라고 말하지 못했다. 그 친구는 남편과 잠시 헤어질 때라도 한 사람은 플랫폼에 서서, 한 사람은 움직이는 기차에서 서로 손을 오래오래 흔든다고 했다. 그 말을 전해 들은 일이 불과 4, 5년 전이었던 것 같은데…… 한 친구는 남편이 정년퇴직 후 친구도 없이 외톨이로 지내고 있는 것 같기에 누군가의 조언에 따라 한밤중 남편의 이불 속으로 용기를 내어 들어갔다. 남편은 깜짝 놀라 외마디 소리라도 치듯 일어나 앉아 자신의 몸을 꽁꽁 이불로 감쌌다. 어떤 친구는 1년 내내 감기가 떠나지 않고, 어떤 친구는 거리에서 묻지 마 폭행을 당해 여름에도 장갑을 끼고 다닌다. 어떤 친구는 뇌졸중으로 언어가 어눌해졌다. 어떤 친구는 사기를 당해 전 재산을 날린 후 동생 집에 얹혀살고 있다. 씩씩하게 잘 살고 있는 사람들도 많이 있을 것이나 내 주변 친구들은 하나같이 그렇지 못했다. 아, 단 한 친구가 연애를 하고 있다고 말했다. 실버 무도장에서 만났다고 했다. 그 친구는 희망적인 얘기를 많이 했다. 몸도 건강해 보였다. 그러나 나는 그 친구의 마음에 따라가지지 않았다. 곧 슬프지 않을까 생각했다. 나는 어떤가. 나 역시 그들과 별반 다르지 않을 것이다. 따로 떼어내어 말할 필요조차 없이 그들과 한 덩어리일 것이다. 단지 친구들이 보기에 어딘가 좀 불편하고 이상하게 비칠 수도 있을 것이다. 저 친구는 왜 늘 저렇게 어정쩡하고 자기 얘기는 한마디도 하지 않는가 생각할 수도 있을 것이다. 반면 나는 친구들의 솔직한 얘기에 언제나 속으로 놀라며 미안한 마음을 갖는다. 나의 얘기는 어디로 실종되었을까. 그것도 봉인해놓은 것일까. 내가 늘 카페에 나가 앉아 있고 싶어 하는 것은, 실은 하고 싶은 얘기가 있다는 의미가 아닐까. 나는 정말로 얘기가 하고 싶은 게 아닐까.

친구들을 만나고 돌아올 때면 나는 늘 특이한 어떤 기분에 휩싸였다. 그 기분이 매번 되풀이되었다. 어느 날 나는 걸음을 멈추고 이게 뭐지? 생각했다.

친구들이 보여주는 이 공통된 느낌, 물론 그것은 인생이 후려친 자국, 손상의 느낌일 것이다. 나와 친구들의 뇌는 조금씩 표시 안 나게 쇠퇴해가고 있었다. 나는 그것을 뚜렷이 느낄 수 있었다. 그러나 그것만이 아닌 특별한 느낌이 거기에는 덧붙여져 있었다.

어느 날 친구를 만나는 자리에서 나는 옛 초등학교 동창을 만났다. 그는 전혀 말없이 자리하고 있다가 우리가 초등학교 동창이라는 것을 알게 되자 그때부터 폭풍처럼 얘기를 쏟아놓기 시작했다. 같이 앉아 있던 친구도 놀랐다. 그의 이런 모습, 이런 얘기 처음 듣는다고 했다. 따져보니 동기는 아니고 하나나 둘 정도 나보다 윗학년이었다. 같은 학년 같은 반이었어도 이런 긴 세월 후 기억해낸다는 것은 불가능할 것이다. 없어진 지 오래된 학교여서 동창이 그리 많지 않아 서로 더 가깝게 여겨졌을 것이다.

그와 나는 초면임에도 불구하고 교가를 작은 소리로 불렀다. 커피숍 안 사람들이 우리를 돌아다봤다.

"기억해요?"

"기억하세요?"

조그만 도토리가 자라 참나무／조그만 실개천이 자라 한강물／우리는 자라는 나라의 일꾼／잘 배우세 잘 배우세／우리의 창경

무슨 의미인지 모르고 부르던 교가가 이제 보니 조그만 도토리 한 알이 자라서 참나무가 된다는 얘기였다.

어린 날의 노래에는 더구나 교가에는 지금 우리의 일상과는 아주 다른 새싹의 힘이 넘치고 있었다.

그는 말했다.

"어느 생산품 회사에 근무하고 있을 때예요. 어느 날 낯선 남자들이 찾아왔어요. 회사 지하 다방에서 만났는데 집안의 내력을 이것저것 묻더니 조사할 것이 있다고 좀 같이 가재요. 나는 회사에서 월급 받고 일하는 사람이니까 사장한테 알리고 가야 한다고 했지요. 그 사람들은 그럴 필요 없다며 그냥 가재요. 잠깐 허락받고 오겠다며 일어서는데 양쪽 겨드랑이 밑으로 두 남자의 손이 끼어 들어오더니 콱 주저앉혀요. 그러고는 그대로 영화에서 보는 새까만 차에 태워져 어디로 끌려갔어요. 유리창은 새까맣고, 밖이 전혀 안 보였어요. 어딘가에서 내렸는데 고문실부터 견학시키더군요. 물고문, 도르래 고문, 칠성판 고문……. 사람들 비명이 여기저기서 들려오고, 나는 철문 외에 창문 없는 콘크리트로 된 방에 갇혔어요. 나더러 옷을 전부 벗으라더군요. 그러고는 군복을 입혀요. 옆방에서는 그 시간에 잡혀 와 취조받고 있는

사촌 형의 신음 소리가 들려왔어요. 월북한 아버님이 4·19 기간 중에 우리나라에 잠깐 왔다가 가셨다더군요. 참, 우리 아버님이 6·25 직전 월북하셨거든요. 그것을 불라 이거였어요. 나는 말했어요. 그것 때문에 나를 이렇게 붙잡아 왔느냐. 설사 당신네들 말처럼 아버님이 다녀가셨다 치자. 그렇다면 당신네들은 그것 하나도 못 붙잡았는가. 막대한 국민 세금을 써가며 존재하는 이유가 뭐냐. 당신들이 그러고 있는 동안 나는 목숨 내놓고 월남전쟁에 참전해서 고국에 기여했고 외화도 벌어들였다. 이제 돌아와서 소시민으로 살고 있는 내게 왜 이러는가. 그 콘크리트 방에서 나흘을 지내고 나니 그들이 소파 있는 밝은 방으로 나를 불러요. 이제까지 여기서 있던 일은 무덤에 갈 때까지 입 밖에 내지 않는다는 서류에 사인을 하게 한 후 몇 가지 훈계를 하고 내보내주더군요. 이곳에서의 일은 예방주사라는 거예요. 예방주사를 맞았으니 혹시 이북서 넘어온 간첩이 접선해 올 경우 즉각 자기들한테 신고하래요."

"맞지는 않았나요?"

숨 돌릴 틈 없이 이어지는 얘기 사이에 간신히 끼어들어 나는 궁금하던 것을 물었다.

"아니오."

"단 한 대도요?"

"단 한 대도. 내가 세게 나가니까 오히려 안 때리더라고요."

"내가 이즈음 이상하게 생각하는 것은 한없이 기다려야 한다는 겁니다. 어떻게 이렇게 기다려야 하는지 이상해요. 내가 지금 무얼 하고 있나 하고 보면 무엇인가를 기다리고 있는 상태예요. 무엇인가의 차례를 기다리고 무엇인가의 답을 기다려요. 답이 그냥 빠르게 돌아오는 법이 없어요. 거절이면 거절의 답을 확실히 해줘야 하는데 그저 무작정 한 주일, 또 한 주일 이곳저곳에 답을 기다리고 있는 겁니다. 꾹꾹 눌러 참으며 무엇을 참고 있는지도 잘 모르며……. 그러니 그저 어정쩡하게 날들이 흘러가지요. 관공서든 회사든 친구든 그 어디든 알아보고 소식을 곧 주겠다 해놓고는. 지금 사회 전체가 그런 풍조인 거 같아요. 우리 이산가족을 보면 바로 알 수 있지 않아요? 한없이 그냥 기다리는 겁니다. 기다리다 돌아가시는 거지요. 우리 어머니도 고모님도 이웃들도 모두 다……."

그는 '리순신 장군'이라고 쓴 다소 두꺼운 프린트물을 갖고 있었다. 소설인지 무슨 논문인지, 이순신이라 쓰지 않고 리순신이라고 쓴 글자가 기억에 남아 있다. 그것을 왜 갖고 있는지 물을 겨를이 없었는데 지금 동상을 바라보며 궁금해진다.

나는 누구인가
좋은 말들과 인간적인 친근함에 목말라하며
폭정과 아주 사소한 모욕에도 분노하며 몸을 떠는
위대한 것에 대한 기다림에 사로잡히고
끝없이 먼 곳에 있는 친구들을 그리워하다가 낙심하고
의기소침하여 모든 것에 이별을 고하려 한다……
누군가의 묵상집 한 대목이 헤드라이트 흐름 속으로 지나간다.
아이가 어느새 들어와 내 앞에 서 있다.
"어머, 언제 들어왔니?"
"조금 전에."
"어땠어. 좋았니?"

"엄만 지루하지 않았어?"

3층 꼭대기 맨 끝자리에서 천당처럼 내려다보았다고 아이가 말한다. 곡목도 자신이 좋아하는 것은 아니어서 기대만큼 특별한 감동은 없었다고. 아이와 나는 층계를 내려와 입구에 있는 바구니 속 원두커피를 한 봉지 산다. 커피 맛을 일일이 알 수 없기에 순전히 포장지로 고른다. 마트보다 훨씬 비싸지만 그냥 사기로 한다. 이 밤 그러고 싶다. 이 밤이 특별해 보인다. 카운터에서 알 커피를 갈아 받은 후 밖으로 나와 우리는 광장을 끼고 걷는다. 유리벽 안에서 내다볼 때는 느끼지 못했던 바람이 광장을 쌩하고 가로질러 달려온다. 아이와 나는 지하 주차장을 향해 걷는다.

세종문화회관으로 올 때 제복을 입은 주차 안내원이 호루라기와 불방망이를 들고 교통정리를 했었다. 우리는 그 지시에 따라 세종문화회관 뒤 빌딩길을 ㅁ 자로 돌고 다시 ㄱ 자로 돌았다. 요소요소에 제복의 안내원이 서 있었다. 세종문화회관 주차장은 이미 만원이거나 아니면 특별히 VIP 고객만을 위한 자리가 마련되어 있을 것이다.

우리는 안내받은 대로 어느 한 빌딩 지하에 차를 세워놓고 엘리베이터를 타고 1층으로 올라가서 건물 밖으로 나왔다. 오래된 빌딩인지 복도에 깔린 카펫이나 엘리베이터 안이 후줄근했다. ㅁ 자로 돌았다가 다시 ㄱ 자로 돌았던 미로 같던 인상 때문에 주차한 곳으로 갈 때도 헤매리라 생각했는데 아이는 그 건물 지하로 곧바로 정확히 찾아 들어간다. 우리는 지하에 주차된 차 중에서 낯익은 차에 올라탄다. 그리고 시동을 걸고 한참 만에 줄 서 있는 차 대열에 끼어 선다. 그런데 차가 움직일 줄 모른다. 20분이 지나도록 차가 조금 앞으로 나아갔을 뿐이다. 무슨 사정이 있는 걸까. 주차된 차가 많아서 그런 걸까. 다시 15분을 더 기다려도 차는 지하 3층조차 빠져나오지 못하고 있다. 지하 2층을 거쳐 1층 입구로 빠져나가려면 어느 세월일지 막막하다.

우리는 차를 다시 주차시킨 후 밖으로 나가기로 한다. 우리뿐 아니라 차를 다시 주차시키고 그곳을 빠져나오는 사람들이 눈에 뜨인다. 그런 사람들이 점점 많아진다. 우리는 다시 엘리베이터를 타고 1층으로 올라와 광장 뒷길로 들어선다. 그쪽으로 가야 간단한 요기나 차 마실 곳을 찾을 수 있기 때문이다. 커피숍이 그렇게 시끄럽지만 않았어도 우리는 그곳에 마주 앉아 얘기를 나누었을 것이다. 서로 말하지 않았지만 집으로 가는 길에 조용한 카페 같은 데로 찾아 들어갈 생각이었을 것이다.

뒷길로 들어서자 몇 걸음 안 가 거대한 차가 길을 막아선다. 거대한 차는 세종홀 뒷문 쪽에 대어 있다. 그렇게 큰 차를 나는 처음 본다. 그리 좁지 않은 길을 꽉 채우고 있으므로 길 가던 사람들은 몸을 움츠려 그곳을 빠져나가고 있다.

차가 너무 커서인가 길은 더욱 어두컴컴하고 어둠 속에서 무엇인가를 목격했다는 두려움이 인다. 뜻 아니한 장소에서 삶의 현장을 투시한 듯한, 혹은 생의 이면을 보고 말았다는 그런 두려움이다. 단순히 이 장면으로 그치지 않는, 삶의 어느 부분과 중요하게 연결되어 있는 듯한 그런 느낌이 든다.

그러나 생각해보면 주차장의 차들이 꼼짝없이 갇혔던 이유를 본 것뿐이다. 그 이유가 너무 명백하고 간단해서 오히려 이상하다. 1+1=2 정도의 너무 쉬운 수학 문제와도 같다. 즉 여기를 막았기 때문에 거기가 그렇게 막힌 것이었다. 오직 그것이었다.

무대가 끝났으니 다음 무대로 가기 위한 절차라고 아이가 말한다.

그렇구나 하고 나는 수긍한다. 그랜드피아노, 하프 등 또 무언가 많은 악기와 기구들을 소리가 상하지 않게 하기 위해 주의 깊게 싸느라 더 크고 육중한 물건이 되었을 것이다. 그것들을 실어야 하는 차는 이렇게 거대할 수밖에 없을 것이다. 나는 그 섬세하고 귀한 소리의 세계에 압도당하는 느낌을 갖는다.

우리도 다른 사람들처럼 몸을 움츠려 큰 차 옆을 빠져나온다. 길이 동서남북으로 열려 있고 그중 한쪽에 상점들이 몰려 있어 네온의 불빛들이 보이고 있다. 다른 쪽 길들은 가로등뿐으로 어두워 소실점은 보이지 않는다. 아이와 나는 자연스레 상점 불빛들이 있는 쪽으로 향한다. 가까이 가보니 이미 문을 닫은 곳들이 의외로 많다. '떡볶이 오뎅'이라는 간판을 달아놓은 포장마차식 상점은 의자가 테이블 위에 거꾸로 얹혀 있다. 부대찌개 감자탕 돈가스…… 이런 메뉴가 가득 적힌 표지판이 길거리에 세워져 있고 그곳이 음식점 안인 듯 테이블을 내다놓고 손님들이 앉아 술을 마시며 떠들고 있다. 술 취한 손님들의 얼굴을 아주 가까이서 바라보며 우리는 지나친다. 그들의 얼굴에는 만성적 피로감이 쌓여 있다. 우리는 잠깐씩 멈추어 서서 메뉴판을 읽는다. 길 건너편 빈대떡집 간판이 유독 빛을 발하고 있다. 아이와 나는 길 이편에 서서 간판을 읽고 그쪽을 한참 바라보다가 길을 건너 그리로 간다. 그 집이 서울에서 유명한 빈대떡집 중 하나라고 아이가 말한다. 아직 들어가보진 못했다고 덧붙인다. 사람들이 가득한 실내에 발을 들여놓자마자 아주머니가 무채와 열무김치와 물컵을 들고 온다. 물병은 테이블 위에 이미 준비되어 있다. 찬 날씨에 찬물이 선뜩하게 느껴지나 우리는 물병에서 물을 따라 마신다. 벽에 붙어 있는 메뉴판을 보고 국수를 주문한다. 국수는 이미 끝났다고 아주머니가 말한다. 앞치마를 두른

중년의 남자가 윈도 앞에서 빈대떡을 열심히 지지고 있다. 지나가던 젊은 남녀가 빈대떡 지지는 것을 들여다보다가 가게 안으로 들어온다. 빈대떡을 지지고 있는 중년 남자의 형상이 가리고 있는 부분을 도려낸 채 윈도로 보이는 바깥 거리는 어딘가 불안의 그림자가 감도는 초현실주의 그림 같다. 철판에서 돼지기름 냄새를 풍기며 지글거리고 있는 빈대떡은 한 덩이가 쟁반만큼 크다. 그 크기에 눌려 아이와 나는 그냥 밖으로 나온다. 우리는 길모퉁이를 돌아 불 켜진 상점 하나하나를 짚어보지만 들어가고 싶은 집이 없다. 조금 떨어진 곳에서 보았을 때 한 무리의 불빛과 상점들이 얼핏 활기차 보였으나 가까이 와보니 어딘지 소금을 쳐 숨을 죽여놓은 야채처럼 사그라들고 있는 그런 양상이다. 대로변에서 찾을 수 없었던 먹거리들이 있는 골목이어서 잠시 부풀려 착각했을 뿐이라는 생각이 든다. 게다가 밤이 효소작용을 했을 것이다. 무언가가 밤을 빌미 삼아 또한 길을 막아섰던 거대한 차를 빌미 삼아 암묵적으로 펼쳐지고 있다는 생각이 든다. 거리에 테이블을 내놓고 느긋이 찌개 국물에 술잔을 기울이고 있는 사람들은 내일 아침이면 쓰린 속에 넥타이를 다시 매고 직장으로 나갈 사람들임이 확실하다. 한 손에 담배, 한 손에 술잔을 들고 있던 남자가 갑자기 일어나서 주점 안으로 서 과장님을 부르며 달려간다.

"아니 이 대리, 내가 내, 내가."

"서 과장님, 왜 이러세요."

이런 소리들이 들려온다. 이 거리는 밤마다 이 비슷한 풍경이 벌어지고 있으리라 생각하며 나는 아이의 팔을 붙들고 걸어간다. 우리는 결국 들어갈 곳을 찾지 못하고 광장 쪽을 향해 걷는다. 걸으며 아이가 말한다.

"이즈음 차를 새로 산 친구가 있는데, 자기는 다리가 왜 있는지 모르겠대. 보니까 차를 타러 가기 위해 있는 거더래."

아이가 웃고 나도 따라 웃는다.

우리는 다시 이순신 장군의 동상 앞에 이른다. 아이는 내게 이곳에서 기다리라고 말한 후 혼자 걸어간다. 함께 지하 주차장까지 가는 수고를 덜어주려는 것이다. 아이는 광장 옆 인도로 죽 걸어간다. 차가 없기에 때로 광장에 내려서기도 한다. 대로 특유의 거센 바람은 조금 수그러들었고 차량도 현저히 줄어 있다. 차와 사람이 없는 광장 거리는 더욱 넓고 차가워 보인다. 아이는 돌아서지 않은 채 팔만 높이 들어 내게 신호를 보내며 걸어간다.

네거리 모퉁이에 서 있는 편의점 불빛이 검은 벌레 등에 켜진 푸른빛 야광처럼 밝다. 한 남자가 편의점에서 나와 이쪽으로 걸어온다. 나는 딱히 볼 것도 없으므로 그 남자 쪽으로 계속 시선을 주고 있다. 점점 가까워짐에 따라 그가 초등학교 동창임이 드러난다. 편의점의 밝은 불빛을 등지고 가로등에 비친 그의 모습을 나는 쉽게 알아본다. 그도 '베를린 필'을 구경하러 왔을까. 그도 주차장이 막혀 이제껏 이 근처에서 우왕좌왕했는가. 그는 내 앞쪽을 걸어 반대쪽으로 멀어져 간다. 그의 등 뒤에서 4·19 때 넘어왔다던 그의 아버지 환영이 어른거린다.

"저기에 막아선 큰 차 보셨어요?"

나는 그의 등 뒤에 대고 말한다. 그러나 실제 소리를 내지는 않는다.

"우리가 기다린 이유 아셨나요? 어디서도 한없이 기다려야 한다고 하셨지요."

그가 사라지자 멀리서 걸어가고 있는 한두 사람, 그리고 마음껏 속도를 내며 지나다니는 소수의 차량뿐, 어디선가 급커브를 트는 바퀴 소리가 들린다.

이순신 장군은 밤하늘을 배경으로 우뚝 솟아 있는데 그것은 내가 밑에서부터 올려다보기 때문일 것이다. 언제 나타난 것인지 달무리 낀 달이 장군의 머리 위에 걸려 있다. 이 푯돌은, 하고 나는 생각한다. 어딘가에 무엇이 꼭 있으리라는 그런 바람의 형상이다. 의식하든 못하든 사람들은 이런 푯돌을 늘 바라고 있는 것이다. 초등학교 동창이 갖고 있던 '리순신'이라는 프린트물도 그런 일환이리라. 내가 「영웅」 심포니 다시 듣기를 그렇게 원했던 것도.

상승하는 느낌, 타고 가던 마차가 통째로 들려져 태양을 향해 가는……. 그 부분의 멜로디를 쫓기 위해 나는 가만히 집중한다. 「영웅」의 첫 시작부터 거기까지의 음률은 바로 그 순간을 위한 자리 찾기였던 듯, 이리로 저리로 헤매다가 조금씩 본줄기를 찾기 시작하여 그러나 아니라는 듯 다시 헤매고, 그러다가 다시 힘을 끌어내어 또 헤매고 헤맨 후 고뇌의 싸움 끝에 어떤 정화의 시간을 거쳐 가벼이 날아오른다.

태어나면 살 자리가 마련되어 있었다기보다 이미 남이 만들어놓은 세상에서 주도권을 무엇인가에게 넘겨준 채 살아왔다. 무엇인가를 알아차릴 사이도 없이…… 자신도 모르는 사이 어딘가에 꿰어져……. 이런 의미망이 의식 속으로 지나간다.

본줄기를 찾기 위해 헤매고 또 헤매야 하지 않았을까. 자기 주체 속에서라야 생명력이 나올 수 있는 게 아닐까. 누가 우리를 맡아 살게 한 걸까. 이런 세상은 어디에 있다가 여기로 이렇게 온 걸까.

먼 기억 하나가 내게로 온다.

유년의 어느 날 둘째 이모와 사촌들이 우리 집에 왔었다.

사촌들은 집 마당이 좁다는 듯 앞산으로 올라갔고 이 산 저 산 뛰어다녔다. 어느새 어깨에 나무로 깎은 총을 메고 있었다. 사촌들은 서너 명이었으나 다섯이나 여섯 명 정도로 느껴졌다. 세상의 나무들은 강철 같은 초록으로 빛났고 하늘은 푸르렀다. 그럼에도 눈이 온 아침 같은 고요가 있었다. 우리 자매는 사촌들 뒤를 따라다녔다. 그들은 우리가 따라잡기 힘들게 빠르고 용맹스러웠다. 나보다 더 어린 사촌도 있었건만 모두가 우리보다 앞섰다. 붉은 볼에 숨을 뿜어내며 용맹! 전진! 하고 소리치면 산이 울렸다.

이모네는 그렇게 한나절 지내다가 떠나갔다. 그들이 떠나자 갑자기 너무 조용하였다. 할머니와 어머니가 웃으며 아이고 시끄러버라 하였다.

그것이 둘째 이모와 사촌들을 본 마지막이었다. 그 후 전쟁이 났고 우리는 다시 만나지 못했다. 6·25 발발 직전으로 그때 이미 남북으로 오가기 쉽지 않은 때였다. 어른들의 말에서 은연중 그런 기미를 느꼈다. 그때 나는 너무 어렸고, 나중에 역사책에서 배워 다시 짐작한 일들 중 하나다. 지금 생각하니 이북에서 살던 이모네는 무엇인가를 예감하고 마지막으로 할머니와 어머니에게 인사하러 온 것인 듯했다.

그다음 날인가, 다음다음 날 새벽녘 할머니가 어머니에게 자리에 누운 채 얘기했다. 네 명의 사촌 중 막내를 할머니가 업고 38선까지 따라가서 보내주고 돌아왔다는 얘기였다. 안내자가 어둠 속에서 모두 엎드리게 했고 한동안 숨소리도 제대로 못 내고 엎드려 있었다고 했다. 그리고 어느 지점에서 할머니는 업었던 아이를 이모에게 넘겨주고 돌아서 왔다. 이모는 작은 소리로 어마이, 어마이, 하고 할머니를 수없이 불렀고 할머니는 올망졸망한 아이 넷을 데리고 아직 동이 트지 않은 저 너머 산길로 사라지는 이모를 보이지 않을 때까지 바라보았다.

그것이 두 체제의 시작이었음을 이제 나는 알 수 있다. 그때가 양 체제의 돛을 올리던 출발 지점이었음을. 사촌들이 즉석에서 만든 총을 어깨에 메고 산이 좁은 듯 뛰어다니던 그 청명한 날의 기억은, 그러니까 이제 막 출범하려는 체제의 아이들이 보인 강렬함이었다.

그들은 그렇게 그들의 발걸음으로 걸어갔고 우리는 우리의 발걸음으로 걸어왔을 것이다.

그런데 아이가 너무 오래 오지 않고 있다.

벌써부터 웅크리고 있던 불안이 갑자기 내게 밀려온다. 차들이 속력을 내어 쌩쌩 지나갈 때 원인 모를 불안을 느꼈었다. 뒷골목 빈대떡집에서 내다본 거리에서도 술 마시고 있는 사람들의 피곤한 얼굴에서도 불안의 그림자를 느꼈었다. 저 거대한 차는 얼마만 한 불안감을 안겨주던가.

아직 그 차가 막아서고 있는 것일까. 아니면 무슨 또 다른 변수라도?

나는 주변을 서성이기 시작한다. 핸드폰을 쓰지 않는 자신이 갑자기 너무 답답하게 여겨진다. 편의점에 들어가서 전화를 빌릴 수 있을 것이다. 나는 그쪽을 향해 발걸음을 서두른다. 그러나 몇 걸음 떼지 않아 멈추어 선다. 내가 자리에 없으면 아이가 얼마나 당황할 것인가. 움직이는 것보다 그냥 약속한 장소를 고수하는 것이 이럴 때 가장 좋은 방법임을 그동안의 체험으로 알고 있다.

멀리서 차가 한 대 나타났다가 빠른 속도로 지나가고 다시 나타났다가 지나간다. 혹시 아직 시간이 그렇게 지난 것은 아닌지도 모른다는 생각이 든다. 오늘 커피숍에 오래 앉아 있었고 뒷골목을 지나오면서 그리고 이곳에 혼자 서 있으면서 시간 감각을 잃은 것이라고 생각해본다. 고작 10분이나 15분 정도 흐른 건지 모른다고. 차들은 계속 쌩쌩 오가기만 한다. 거리는 점점 더 넓게 차가워지고 있다.

나는 한동안 아무것도 생각지 않는 명한 상태가 된다. 그 어떤 상상도 하고 싶지 않아 스스로 명한 상태를 만든다. 달무리가 긴 달은 장군의 머리 위에서 이제 이동해 있다. 나는 달을 바라보다가 제자리걸음을 걷기도, 동상이 세워진 곳까지 가서 장군의 주위를 한 바퀴 돌기도 한다. 초조한 발걸음은 향방을 알 수 없는 만성적 피로감이 되어 밀려온다. 피로감 뒤로 분노 같은 것이 따라붙는다. 왠지 모르게 온몸이 부르르 떨린다. 나와 친구들의 머리가 모두 비슷이 쇠퇴한 것은……. 점점 걷잡을 수 없는 무엇인가가 밀려온다.

그 옛날 빛나던 강철 같은 초록! 초록으로 빛나던 그날.

그 빛의 잔영을 쫓기 위해 나는 눈을 감는다.

사촌들은 얼마만 한 실망감을 안고 엎어지듯 구르듯 살아왔을까. 뉴스에서 본 그들의 철의 장막 안은 얼마나 끔찍하던가.

어마이!

가슴을 무겁게 밀치며 나온 새된 소리가 밤 속에 울려 퍼진다. 그 소리는 어떤 형체를 만들어놓는다. 보리, 피리, 항아리와도 같은…….

어마이!

세계 어느 나라 말도 아니고 우리나라 어느 지방말도 아닌 언어의 원형인 듯한 절박한 소리가 밤 속에 다시 울려 퍼진다.

어마이! 어마이! 어마이!……

초토화되어가는 스스로를 느끼며 온몸으로 저항하듯 흐느끼듯 나는 정신없이 계속해서 어마이를 부른다. ▪

초록빛 모자

인정人情이 몹시 그리워지는 어느 날 나는 남장男裝을 하고 거리에 나섰다. 짧게 커트한 머리 위에 모자를 푹 눌러쓰고 코밑에 수염을 붙이고, 바바리 속에 머플러 두 개를 접어서 어깨에 넣어 입으니 나는 조그만 남자가 되었다. 내 키가 조금만 더 컸더라면 나는 남장에 만족했을 것이다. 하나 조그만 남자인들 어떠랴. 어차피 내가 아니고 남인 바에야 내가 조그만 남자의 마음이 되어서까지 번민할 이유야 없지 않은가.

나는 한길을 따라 걸었다. 마침 군악대가 지나가고 있으므로 군악 소리에 맞추어 발걸음을 옮겼다. 내가 좋아하는 곡 「뚜나」였다.

오 내 나이 어릴 때 내 입은 가볍고,
바다 위에 떠돌기 나 참 원했네.

나 지금 남쪽나라 바라볼 제에
내게 들리는 소리,
그 작은 뚜나 강물 흐른다.

　행진곡 풍으로 편곡된 리듬에 맞추어 발을 크게 떼어놓느라고 이마에는 땀이 솟았다. 이 노래는 6년 전에 죽은 단 하나의 혈육이었던 언니가 여고 음악시간에 배워 집에 와서 부르는 걸 듣고 나도 저절로 알게 된 노래다. 언니네 학교에는 유명한 바리톤 가수가 음악 선생이었는데 그 음악 선생은 노래를 부를 때 전혀 무슨 노래인지 모르게 부른다는 것이다. 「뚜나」 이 노래도 한참 듣고 있어야 「뚜나」를 부르는 거로구나 하도록 떨리는 음이 매우 불안정하다는 것이다.

　모퉁이를 돌아서자 군악대들은 나와는 반대 방향으로 멀어져 갔다. 애석했지만 할 수 없는 일이었다. 이럴 때 애석함을 전혀 얼굴에 나타내지 않는 방법은 없을까. 내 마음과 전혀 딴 방향의 얼굴을 짓고, 딴 방향의 말을 할 수는 없는 걸까. 마음속 문에 빗장을 질러놓아 아무도 그것을 엿볼 수 없게 할 수는 없을까. 내 친구들은 그 문을 마음대로 열어 내 모든 것을 다 봐버렸다. 나는 내 모든 것을 들켜버렸다. 도망갈 곳이 없어졌다. 막다른 골목에 이르렀다. 하여 나는 나에게서 벗어나오지 않으면 안 될 필연에 이르른 것이다.

　내 성격이 부서지기 시작하는 걸까. 나는 친구들의 말도 함부로 가로채고, 남이 얘기하고 있는 도중에 벌떡 일어나기도 하며, 혹은 다방에서 들려오는 노랫소리에 발로 장단을 맞추며, 이 노래 참 좋지? 좋지? 들어봐, 강요하기도 한다. 나오는 노래마다 좋다고 하기 때문에 상대방은 내 강요에 못 이겨 귀를 기울이다가도 곧 싫증을 내버리곤, 하루 종일 집에서 라디오만 듣니? 라고 나를 나무란다.

그러나 어찌하면 좋은가. 나는 전축도 라디오도 갖고 있지 않다. 작은 카세트 녹음기가 한 대 있었지만 그것은 언니가 퍽 아끼던 물건이어서 언니의 무덤 속에 함께 넣어주었다. 자주 외출도 하지 않으니 다방에서 유행가도 들을 기회가 별로 없다. 나는 정말 음音과는 먼 곳에 살고 있다. 아마 음과는 먼 곳에서 살고 있기 때문에 조그만 음에도 민감하여 세상의 모든 노래를 많이 알고 있는지 모른다. 또한 나는 친구 애인들 사이에 눈치 없이 끼여 앉아 있기도 한다. 눈치가 없어서가 아니다. 지금 내가 이 자리에 필요한가 아닌가 하는 데에 잔신경 쓰기가 귀찮아서다. 아니, 사실 나는 아주 소심한 사람이다. 조그만 일에도 잔신경을 몹시 쓴다. 그럴수록 그렇게 자신을 아끼느라 바들거리는 것이 피곤해져, 함부로 나를 굴리기 시작하고, 그러한 자신에 대해 스스로 가슴이 아파 쩔쩔매게끔 되어버렸다.

처음, 나는 나의 그러한 행동이—남의 말을 가로챈다든가, 남의 얘기 도중 일어난다든가, 자신이 환영받지 못하는 자리에 앉아 있다든가를—충분히 의식意識하면서 하는 행동들이므로 마음만 먹으면 그러지 않을 수 있으려니 생각했다. 그러나 그것은 오산이었다. 나는 이제 아무리 의식儀式이 갖는 미덕의 세계로 들어가려 해도 들어가지지 않는다. 자신을 한 겹씩 여미는 일, 부수어 그 파편들을 드러내어놓지 않고 감싸는 일, 소중히 잘 가꾸어보는 일, 이런 것들이 얼마나 어려운가를 차츰 깨닫게 되었다.

가령 「전원田園」을 틀어놓고 상 위에는 꽃을 한 송이 꽂아놓고 식사를 한다든가—지금의 내 밥상은 어떠한가. 언젠가 친구가 자기는 이 세상에서 가장 황량하고 고적한 곳으로 가고 싶다고 말했을 때, 나는 내 밥상을 떠올렸다. 행주질을 했음에도 고춧가루가 덜 문대어진 상 위에다 먹다 남은 반찬들을 찬장에서 도로 꺼내 늘어놓으면, 그것은 어제의 아침인지 오늘의 점심인지 내일의 저녁인지 모르는 것이다— 밤에 잘 때는 꼭 잠옷으로 갈아입고 밤화장을 다시 한 후, 깨끗이 정리 된 이불 속으로 들어간다든가, 손님이 왔을 경우 문간에서 누구냐고 함부로 소리치지 않고 정중히 물을 수 있으며, 타인의 얘기에 조심스 러이 귀를 기울이고, 마음속에 아무리 우울과 통증이 쌓이더라도 남에 게 털어놓지 않는, 그런 세계를 나는 이제 간절히 동경하는 것이다.

나는 혹 내가 친구들에게 그들이 잠을 자고 있는 시간에 함부로 전 화를 걸어 긴 시간 쓸데없는 말을 주절거리지 않을까, 그들이 일하고 있는 직장으로 찾아가 우정을 내세워 돈을 빌리지 않을까 아찔해지기 도 한다. 그러나 아직 그러지는 않았다. 겉으로는 무사했다. 그럴 수도 있다는 착각 속에만 빠져 있다.

정말 그런가.

솔직히 고백하자면 어제 저녁 친구들을 내 방에 불렀으나 단 한 사 람도 오지 않았다. 그동안 내가 판 전각篆刻을 보여주기 위해서였다. 그들에게 미리 말하지는 않았지만 나는 친구들 이름을 하나씩 내가 깎 은 나무뿌리에 새겨놓았다. 그것들을 각자에게 선물로 줄 생각이었다. 그리고 또 책상이고 의자고 밥상이고 연필통이고 간에 어디라 할 것 없이 칼이 들어갈 만한 곳에 새긴 여러 가지 형태의 전각들을 보여주 고 싶었다. 그러나 단 한 사람도 오지 않았다. 나는 그로 인해 완전히 의기소침해져버렸다. 친구들이 다 떠나갔음을 시인하지 않을 수 없었 다. 그들은 왜 약속이나 한 듯이 한 사람도 그림자조차 얼씬거리지 않 았을까. 그들은 서로 나를 내어놓고 자기들끼리 통했던가. 이 친구에

게 저 친구 말을 하고 저 친구에게 또 다른 친구 말을 한 것이 들통이
난 것일까. 아니 그럴 리는 없다. 나는 마음속에서만 말을 옮기고 다녔
지 실지 입 밖에 내어 말한 일은 없다. 아무리 생각해도 없다. 나는 아
무 말도 않는 나의 이 굳은 입, 계산된 입이 싫다.

모퉁이를 돌아서자 개천이 하나 나왔는데 개천은 모든 것은 흘러간
다는 것을 내게 일깨워주기 위해 거기에 갑자기 나타난 것 같았다.

나는 담배 생각이 간절했으므로 다리 위 난간에 기대어 담배를 피워
물었다. 담배를 피우며 친구들이 내게 해주었던 충고들을 떠올렸다.
치과에 가서 뻐드렁니를 집어넣으라고 한 친구는 간곡히 말했다. 나
는 사는 데 별 불편이 없으므로 그대로 살아보겠다고 대답했다. 또 다
른 한 친구는 내게 있어서 아주 재미있는 면이 바로 그런 면이라고 치
켜올려주며 그러나 머리를 그렇게 짧게 깎아붙이는 것은 별로 어울리
지 않으니 이제는 좀 머리를 길러보라고 했다. 그래, 그럼 길러볼까?
이렇게 말하면서도 나는 아직 한 번도 머리를 길러보지 않고 있다. 또
어떤 친구는 안경을 벗고 콘택트렌즈를 써보라고 한다. 콘택트렌즈는
지금도 내 방 서랍에 들어 있으나 끼우지 않는다. 렌즈가 내 눈에 맞지
않는 모양인지 끼우기만 하면 눈알이 빨개지고 눈물이 줄줄 나기 때문
에 어쩔 수 없다. 돌아다보면 눈은 내 얼굴 중에서 가장 자랑할 만하였
다. 초롱별 두 개가 떠 있는 것 같다고 사람들은 안경을 쓰기 전 말하
였다. 또 이빨을 갈기 전에는 예쁜 치아가 가지런히 나 있었고, 야구공
을 맞지 않았던 때의 내 코는 얼굴 한가운데 귀엽게 올라붙어 있었다.
그런데 어느 날 운이 나쁘게도 길을 지나다가 학교 운동장에서 튀어나
온 빗나간 야구공을 잘못 맞아서 그만 코뼈가 부러졌다. 코가 주저앉
았고 보기에 따라서 약간 삐뚤기도 하다. 어린 시절의 나는 예쁜 아이

로 통했었다. 애, 애, 이리 와봐, 쟤가 웃는다, 웃는 거 봐라. 동네에 나가면 이런 소리가 여기저기서 들렸다. 담배 연기를 훅 내뿜는데 왠지 눈물이 흘렀으므로 나는 안경을 벗고 눈물을 훔쳤다. 나는 친구들이 그리웠다. 이 길로 치과에 달려가서 앞니 두 개를 뽑고 플라스틱 이빨을 해넣을까 생각해봤다. 눈이 아프더라도 콘택트렌즈를 끼는 게 어떨까. 진심으로 충고해주는 친구들에게 그만한 성의는 보여야 하지 않았을까.

그런데 친구들은 과연 진심이었을까. 진심으로 남을 생각하여 충고한 것일까. 만약 그들의 말이 진심이라면, 그렇다면 나는 다른 사람과 아주 다른 구조로 생겨져 있는 걸까. 남을 진심으로 생각한다는 것이 내게는 있을 수 없기 때문이다. 나는 친구들이 나를 걱정해줄 때마다 그 저의底意를 캐기에 골몰한다.

내 옆에 누군가 서 있는 것 같아 흘깃 옆으로 눈을 돌렸다. 초록색 모자를 쓴 낯이 익은 듯한 남자가 서 있었다.

"담뱃불 좀 빌려주시겠습니까?"

남자는 목을 빼고 내 담뱃불에 거진 담배를 들이대고 있었으므로 나는 손가락에 끼운 담배를 그냥 그 자리에 정지시키면 되었다.

그는 담뱃불을 붙여 물더니 훅 연기를 내뿜었는데 그 모양이 서툴러서 혹시 이 사람도 나처럼 분장을 한 것이 아닌가 자세히 살폈다. 그러나 턱에 가뭇가뭇 내비친 수염은 살갗 속에서부터 밖으로 찔려 나와 있는 것이 분명했다.

"고맙습니다."

남자는 머리에 쓴 초록색 모자를 약간 들었다가 놓으며 다리 저쪽으로 사라졌다. 나는 남자가 안 보일 때까지 뒷모습을 바라보았다. 남자는 내게 무엇인가 떨구고 간 것 같았다. 흘낏 한 자락 바람 같은 불안이 스쳤다. 무엇일까. 나는 한참 동안 다리 위에 머물러, 더러운 개천물이 흘러가는 것을 내려다보았다. 그러다가 갑자기 갈 곳이 생각났으므로 버스 정류소를 향해 발걸음을 떼어놓았다.

　버스에서 내려서, 리어카 위에 놓고 파는 바나나 두 개를 샀다. 아직 설익어 푸른 기가 많은 것과 너무 오래되어 검은색이 도는 것 중에서 그런대로 생생한 것 두 개를 골라내어 신문지에 싸 받았다. 그리곤 가게에서 요구르트도 한 병 샀다.

　몇 걸음 가지 않아 4층 건물이 나섰다. 나는 익숙하게 그곳 수위에게 눈인사를 보내며 층계를 오르기 시작했다. 그런데 수위가 층계 밑까지 달려와 내 바바리를 잡아당길 듯이 어디로 가느냐고 물었다. 나는 망설이다가 내가 시인이노라고 대답했다. 그는 잘못 알아듣고 시인 누구를 찾느냐고 물었다. 김호金號라는 내 예명을 대어주자 그제야 돌아섰다. 얼굴 쪽으로 피가 몰려 내 얼굴이 아주 붉어진 것을 느낄 수 있었다.

　나는 내가 시를 쓰노라고 누구에게 말해본 일이 없다. 친구들 아무도 모른다. 시를 쓴다고 말하는 일이 어쩐지 가장 부끄럽다. 아니, 실은 그렇지는 않다. 그것만이 지금의 나를 살리고 있는 유일한 일임을 잘 안다. 그럼에도 누구에게든 시를 쓰노라고 떳떳이 말할 수 없는 것은 내 눈으로서가 아니라 세상 사람들의 눈으로 시인을 보기 때문이다. 그러고 보니 언젠가 여행길에서 만난 어떤 청년에게 앞으로 시를 써보고 싶다고 고백 비슷이 말한 일이 꼭 한 번 있다. 그러자 청년은, 아하! 참 시를 써보고 싶다고요? 시도 좋지요, 네. 내 친구 중에도 시를 쓰는 놈이 한 놈 있지요. 그 친구는 보통말도 다 시적으로 하지요. 집에 가자는 말도 갈까나, 집에, 이러지요. 바로 그런 사람들의 눈으로 시인을 보기 때문이다.

3층 잡지사 앞에서 잠깐 호흡을 다듬고는 노크를 세 번 했다. 대개 노크는 두 번 하게 되는데 어느 책엔가 노크는 세 번을 두드려야 예의 바르다고 써져 있던 걸 생각하고는 그렇게 해보았다. 안에서 네, 소리가 들렸다. 나는 문을 열고 들어갔다. 마침 점심시간이어서인지 사무실은 텅 비고 여사무원이 혼자 앉아 책을 읽고 있었다. 나를 보자 까딱하고 알은체를 했다. 안녕하십니까, 말하며 어쩐지 그 여자가 나를 지겨워하는 듯 느껴져 얼른 싸들고 간 바나나를 여자의 책상 위에 내놓았다. 그리고 호주머니에서 요구르트도 한 병 꺼내놓았다. 여자는 그런 것은 거들떠보지도 않고, 아직 심사위원 선생님들에게서 연락이 없는데요, 연락이 있는 대로 곧 우편으로 알려드리겠어요, 했다. 그 말투에는 이제 더 찾아오지 말라는 기색이 역력했다.

내가 처음 나의 시 「비조飛鳥의 노래」와 「은하수를 건너」를 들고 이 잡지사를 찾아왔을 때 바로 이 여사무원이 그 시를 대충 읽어보았다. 모 기관에 걸릴, 민중을 선동하는 듯한 구절이 없는가, 또 특정 지역에 걸릴 말이 없는가를 우선 검토한 뒤, 그렇지 않다고 판단했음인지 두고 가면 나중에 우편으로 결과를 알리겠다고 말했다. 그도 그럴 것이 내 시정신이란 오로지 내 목소리를 뽑아내는 일이었으니까. 나는 전쟁이라든가 혁명, 사회 등에 남다른 특별한 분노나 사명감을 느끼지는 못하니까.

그 후 나는 두 번 더 찾아갔다. 물론 언제나 남장이었으며 이름도 김호라는 예명을 쓰고 있었다. 나는 시인이 되는 등용문 중의 하나인 잡지사를 통한 시 추천을 받으려 한 것이다.

여기서 한 가지 말해둘 것은 몇 년 전 급성기관지염과 열병을 겹쳐 앓고 난 후, 성대를 잃어서 내 목소리는 여자의 것도 남자의 것도 아닌 특이하게 가늘고 쉰 소리가 난다. 그러므로 내가 남장을 했어도 여자의 목소리로서 의심받을 염려는 없다는 점이다.

이것을 잡수십시오, 나는 말했다. 말하며 실지 내 속까지 조그만 어떤 남자가 되어 있음을 느꼈다. 어떤 남자란 남들이 싫어하는, 즉 돈이 없고 그렇다고 달리 내세울 것도 없는, 그래서 비루한 웃음을 자주 입가에 내비치는 그런 사람을 뜻한다. 나에게 바나나를 한 뭉치 살 돈이 지금 없는 것은 확실하다. 그렇다고 이렇게 가닥가닥 떨어진, 조그맣게 시든 바나나 두 개를 사야만 했을까. 작은 것으로라도 좀 더 괜찮은, 일테면 껌 같은 것을 살 수도 있었고, 초콜릿 한 개를 쓱 주머니에서 꺼내줄 수도 있지 않은가. 그 편이 얼마나 더 신선하고 깨끗해 보일까. 나는 누구에게선가 들었던 어떤 인간형, 혹은 내가 실지 눈으로 보았던 어떤 인간형을 연기하고 있지 않은가 하는 의문이 다시 들었다.

"저 시 때문에 들른 것은 아닙니다. 그저 이곳을 지나다가 들렀을 뿐입니다."

여자는 알았으니 이제 가보라는 식으로 고개를 숙이고 다시 책을 읽기 시작했다. 나는 다가가서 바나나와 요구르트를 조금 더 여자 가까이에 들이밀어놓았다. 여자는 여전히 책 위에 시선을 둔 채 눈을 글자가 보이지 않을 정도로 깜박거렸다. 그때 문이 열리고 나도 구면인 남자 편집사원 둘이 기세 좋게 들어왔다. 나는 왠지 찔려서 그들에게 인사를 한 후 조용히 뒷걸음질 쳐서 나왔다. 문을 닫는데 등 뒤에서

"아유, 혼자 있는데 무서워서 혼났어요."

"저 사람 정신이 약간 이상한 것 같다고 했지? 설혹 시가 좋다고 해도 저런 사람을 문단에 등단시킬 수야 없지. 다른 시인들이 공연히 피해를 보게 되는 경우가 있으니까."

이런 소리가 들려왔다. 나는 조용히 눈을 감고 아래층으로 내려딛기 시작했다. 그러나 실지 몸은 다시 도어를 열고 그들 앞에 나타났다. 그들은 모두 굳은 자세로 선 채 여섯 개의 눈동자를 내 뺨에 쏘아박았다. 사무실 창으로 흰 구름 한 덩어리가 흘러들고 있었다. 내 자취방으로도 구름은 곧잘 흘러든다. 나는 여사무원에게 주춤주춤 다가가서

"저 부탁이 있습니다. 저의 마지막 소원이지요. 꼭 들어주십시오. 제가 죽거든 화장을 시켜서 그 뼈를 당신께서 몸소 한강 상류, 비교적 물이 깨끗한 곳에다 뿌려주십시오."

이렇게 말한 후 문을 박차고 나와 층계를 두셋씩 막 내려디뎠다. 거리에 나오자 비로소 정신을 차린 듯 몸을 한번 가다듬고는 아무 일도 없었던 사람처럼 걸어가기 시작했다. 그러나 속으로는 가슴이 뛰고 속이 메스꺼워 구역질이 나려고 했다.

나는 어쩌다가 이렇게까지 자기를 몰고 와버렸을까. 나는 치유가 될 수 없는 병에 걸려버린 걸까. 모든 것을 의식한다고 해서 거기서 벗어나올 수 있다는 것은 정말 잘못된 생각인 게다. 나는 도대체 누구를 연기하고 있는 걸까. 그 마지막 내가 한 말은 어디선가 그대로 들었던 말 같다. 누군가가 내게 그렇게 말했었다.

"기정 씨, 저는 기정 씨 언니를 만나러 지금 온 것이 아닙니다. 저는 기정 씨를 만나려고 새벽부터 담 모퉁이에서 기다리고 있었지요. 마지막 부탁을 하려고지요. 제가 죽으면 화장을 시켜서 한강 상류에다 뿌려주십시오. 꼭 기정 씨께서 손수……."

언니를 사모하는 남자였었다. 언니도 처음에는 열렬한 그에게 약간 동요하였다. 그 남자는 우리 자매가 자취하는 집 앞 쓰레기통 위에서 밤을 새운 적도 있다. 그런데 차츰 그가 누구에게도 지긋지긋하다는 생각이 들게끔 행동하는 사람임을 알아차렸다. 그는 주인집 아주머니에게 거의 매일 찾아와서는 언니가 자기의 편지를 보던가, 자기가 보낸 소포를 끌러보던가를 물었다. 아주머니는, 예, 별로 시큰둥한 표정이더군요. 이렇게 처음에는 대답하다가 나중에는, 아니요, 그냥 불에다가 태웁디다. 끌러보지도 않고요, 라고 대답했다. 그러면 그 남자는 눈알이 노래져서 이런 것 이런 것도 그냥 불에 넣었습니까? 네모진 것, 이만큼 두꺼운 것 말입니까? 아아, 하고 신음 소리를 냈다. 점점 그 남자가 나타나면 주인집 아주머니도 언니도 나도 무서워 숨게 되었다. 그는 언니를 사랑하는 것이 아니라 그가 필요한 어떤 대상이 우연히 언니가 되었고, 그 대상을 향하여 열심히 자신의 정열을 붓고만 있는 것이었다.

기정 씨, 아시겠지요? 꼭 기정 씨께서 저의 뼛가루를…… 그렇게 말하고는 다시 나타나지 않았는데 그 후 얼마 되지 않아 어떤 여자와 팔짱을 끼고 종로 거리를 활보하는 그의 모습을 볼 수 있었다.

그렇다, 바로 그 남자의 소리를 그대로 본떠서 나는 눈알까지 노래지는 표정을 쓰며 말을 하였다. 가장 난처한 순간에 가장 지긋지긋했던 어떤 목소리를 대신하다니.

내 성격을 형성하는 데에 많은 영향을 끼친 언니에 대해 잠시 얘기할 필요를 느낀다.

언니는 아주 빼어난 아름다운 용모를 가진 여자로 죽을 때까지 순결했다. 어렸을 때는 쌍둥이라고 불릴 만큼 한 살 차이인 언니와 내가 비숫하게 생겼다. 앞에서도 말했지만 어렸을 때의 나는 동네에서도 이쁜 애로 통했다. 그런데 언제부터인가 나누이기 시작했다. 언니는 이를 갈 때 치아도 가지런히 났고 야구공을 맞지도 않았고 눈이 나빠지지도 않았다. 더구나 키도 훨씬 크게 발레리나처럼 목이 가슴속에서 빠져나왔고, 열병 같은 것을 앓아서 목소리가 변하지도 않았다. 성장한다는 것은 바로 그래야 하지 않을까 싶게 언니는 날이 갈수록 아름답게 자랐다. 언니의 그 들여다볼수록 무슨 흰 그림자가 그늘져 있는 듯한 피부를 보면 나는 아름다움에의 신비에 소름 같은 것이 돋곤 했다.

그런데 언니는 단 한 가지, 손가락 한 개가 없었다. 우리 집은 제재소를 했는데 잘못 나무를 써는 기계에 언니의 어린 가운뎃손가락이 나무와 함께 썰렸던 것이다. 여학교에 들어가면서부터 언니는 손가락을 가리기 위해 예쁜 손수건들을 가졌다. 손수건을 적당히 손가락에다 말아서 쥐면 아무도 그것을 알아채지 못했다. 언니와 가장 가까웠다고 하는 친구마저 언니의 죽음 뒤에 그것을 알았다면 그 노력이 어느 정도였는지 짐작할 수 있을 만하다. 언니는 누구와도 가까이 사귀질 않았고 조금 먼 곳에서 아리송한 안개 속에 싸여 있기를 즐겼다. 식사할 때는 상 위에 꽃을 꽂아놓았다. 테이프에 녹음된 「전원」을 틀어놓고 밥을 먹기 시작했다. 잠자리에 들기 전에는 머리를 다시 빗고 밤화장을 했다. 나는 언니가 자기의 고민을 말하는 걸 들어본 적이 없다.

"애들이 다 삼각빤쯔를 입었는데 나 혼자 고무줄 끼운 커다란 빤쯔가 타이스 밑에 비치잖아. 변소에 가서 삼각빤쯔처럼 접어 넣어서 입어도 움직이다가 보면 접친 것이 나와 있고, 그러면 또 변소에 가서 넣어 입어도 금방 도로 나오고, 선생님이 내 머리를 탁 때리면서 왜 무용은 안 하고 아까부터 자꾸만 우물거리고 있어, 그러던 것이 생각나."

언니가 무용소에 다니던 어린 시절의 얘기를 큰 후에 들려준 것인데, 언니의 심중을 말하는 일이란 대체로 그 정도였다. 그 대신 언니에겐 유머가 많아서, 「뚜나」를 부르는 음악 선생의 얘기도 나는 참 재미있게 들었다. 무슨 소리인지 한참 귀를 기울여야 알아들을 수 있다는 사람이 음악 선생인 데다가 더구나 우리나라에서 유명한 바리톤 가수라지 않는가. 그런 면이 언니를 무척 정다이 여기게 해준다. 그렇지 않아도 우리는 고아였기 때문에 정다울 수밖에 없었다. 여학교에 들어가던 무렵 부모님들이 차례로 돌아가셨다. 남겨놓은 제재소는 삼촌들이 하다가 망해버렸다. 언니와 나는 생전의 아버지에게서 신세를 입었던 아버지 친구분이 대어주는 돈으로 간신히 고등학교까지 마쳤다. 언니가 첫 번째 약을 먹었을 때 언니를 들쳐업고 병원으로 달리며 나는 언니 대신 내가 죽기를 진심으로 바랐다. 언니는 위를 세척해낸 뒤에 의식을 회복했다. 두 번째 약을 먹은 것은 그 후 2년 뒤다. 그리고 다시 또 한 번, 세 번째는 깨어나지 못했다. 언니가 세 번째 약 먹은 것을 알았을 때 노여움이 치솟는 자신을 걷잡을 수 없었다. 언니는 내게 죄스럽지도 않은가. 그런 용모를 타고나서 자신이 조금만 타협을 하면 사랑도 얻을 수가 있을 텐데 그까짓 손가락 하나 때문에 생을 버리다니. 아니 그것을 내가 이해 못하는 바는 아니다.

모두 다 삼각빤쯔를 입었는데 나 혼자만 고무줄을 넣은 큰 빤쯔를 입고…….

그 말을 언니가 죽고 난 뒤에 가끔씩 떠올리고 혼자 미소한다. 아마 모두 다 삼각팬티를 입지는 않았으리라고 나는 추측한다. 그 시절의 아이들은 대부분 운동복 같은, 다리에 고무줄을 끼운 커다란 팬티를 입었다. 그중에 한두 아이만이, 어머니가 유달리 젊고 신식인 그런 한

두 아이만이 삼각팬티를 입었으리라. 그런데 언니에게는 모두 다와 한둘은 마찬가지였다. 즉 언니에게는 제일이냐 꼴찌냐였지 중간이 허용되지 않았던 것이다. 그녀의 꿈조차 성취냐 포기냐 둘 중의 하나였던 것이리라. 그리고 손가락 한 개가 없는 손은 그녀의 꿈을 포기 쪽으로 이끌고 갔던 것이리라. 거기에는 아마 내가 모를 아름다운 여자들만이 갖는 어떤 성벽이 크게 작용했으리라. 때문에 나는 아름다운 여자들을 싫어한다. 향수하면서도 싫어한다. 내가 굳이 나의 이빨을 고치지 않으려는 것도, 콘택트렌즈를 끼지 않으려는 것도 따지고 보면 그러한 데서 나온 어떤 의지의 작용이리라.

그렇다고는 해도, 즉 모든 안개를 거두어버리고 있는 그대로의 적나라함을 내가 언니에 대한 반발로 지향해왔다고는 해도 어떻게 이렇게까지 나 자신 수습할 수 없는 상태에까지 이끌고 와버린 것일까.

나는 이런 생각들을 골똘히 하며 시장 입구 쪽으로 걸어갔다. 한 조그만 남자가 길바닥 위에 모포를 깔아놓고 인형극을 벌이고 있었다. 그 남자는 혼자서 열 손가락을 놀려 원시적으로 극을 꾸몄다. 막 뒤의 장치 같은 것이 전혀 없이 두 남녀를 모포 위에 세워놓고 사람들이 보는 앞에서 손으로 움직이며 말했다.

여보, 된장 맛이 어때? 좋지. 간장 맛은? 좋아. 좋아, 좋아, 조오치.

리듬 있게 목소리를 남녀로 바꾸어가며 뽑아내고선 무대 밖, 즉 모포 밖으로 두 남녀를 집어내어놓았다. 그런데 그 낡은 인형들의 표정이나 옷이 재미있어서 어디에선가 노랫소리가 들려오는 듯한 시원함을 주었다. 이번에는 군인이 등장할 차례인가 보다. 시장거리 저쪽은 복작거리는데 그 약장수 앞에는 조무래기들과 어른 두서넛이 서 있을 뿐이다.

어떤 줄이 있는지도 몰라…… 나는 발길을 돌리며 중얼거렸다.

누군가 나를 뒤에서 조종하고 있는지 몰라. 조종되는 저 인형들처럼, 내 의지와는 관계없이…….

앞에 와서 멈춘 버스에 나는 올랐다. 버스는 대낮인데도 사람이 많았다. 사람들 어깨 사이로 가로수의 마른 나뭇잎들이 보였다. 잎사귀는 나뭇가지들 사이로 가끔씩 떨어져내렸다. 가을이구나, 나는 흐느꼈다.

어디로 가서 영화라도 볼까. 참 1초에 지구를 일곱 바퀴 반 도는 무슨 슈퍼맨이 있다지. 그는 밤에만 슈퍼 인간으로 변해 하늘을 날아다니며 지구 위의 온갖 불의를 쳐부순다지. 주인집 아주머니가 어제 아이들한테 끌려 극장에 갔다가 와서 얘기했었다. 슈퍼맨이 마음속으로만 사랑하던 여자가 지진으로 깔려 죽자, 이이익 하는 큰 분노로 시간을 다시 되돌린다는 대목은 정말 통쾌하다. 슈퍼맨인들 이미 죽은 사람이야 어떻게 하겠는가. 그는 지진이 일어나기 전으로 시간을 되돌려 그 여자를 살려낸다.

"꼭 한번 가보라구. 슈퍼맨이 아름다운 음악이 흐르는 밤하늘을 유유히 나는 걸 생각해봐. 나두 애들 때문에 오랜만에 아주 별나라에라도 가서 앉아 있다가 온 기분이라니까."

주인집 아주머니는 극력 가서 보라고 권했다. 남이 그렇게 성의 있게 권하는 것은 보아야 하지 않을까. 더구나 슈퍼맨이, 이이익, 하고 시간을 다시 되돌린다는 대목은 통쾌한 것을 넘어서 내 분노와 일치시킬 수도 있을 것 같다. 이이익, 하고 나도 한번 분노를 터뜨려보아야 한다.

언니는 성취냐 포기냐이지만 나는 그렇지는 않다. 어떤 최악의 경우라도 죽는 것보다는 살아가는 것이 낫다. 낫다기보다는 그래야만 할 거다. 죽음 쪽에서 바라본다면 하다못해 유행가에 귀 기울여보는 작은 기쁨 하나라도 목숨과 되바꿀 만하지 않을까.

차는 시장바닥을 가로질러 혼잡한 거리를 달렸다. 가을 햇빛이 차창에 어른거렸다.

갑자기 누군가 쓰리를 당했다고 외쳐댔다. 좁은 버스 안은 삽시간에 혼란스러워졌다.

"쓰리야, 쓰리야, 쓰리맞았어. 어이 운전수 양반, 이 버스를 그대로 파출소까지 가서 대어주시오. 빨리!"

샐러리맨형의 30대 남자가 얼굴이 하얘지며 운전석으로 밀치고 갔다. 그는 회사의 공금 30만 원을 쓰리당했다고 이성을 잃고 소리 지르고 있었다. 눈 깜짝할 사이 버스는 정류소를 지나 그대로 인근 파출소에 대어졌다. 운전수가 손님들에게 양해를 구한 뒤 한 사람씩 내리게 했다. 나는 몹시 불안했다. 수염을 뗄까 생각했지만 이미 내 옆의 사람들은 나를 보았을 것이고, 그냥 무심히 지나쳐 보았으므로 수염을 떼어도 아무도 눈치채지는 못했다고 해도 이제 와서 그 좁은 버스에서 수염을 뗀다는 것이 어쩐지 손이 수염까지 올라가지지 않았다.

내가 내릴 차례가 되어 있었다. 순경은 양손을 올리게 하고 주머니를 뒤졌다. 그런데 내 바지 주머니에서 미처 깨닫지 못했던 도장이 나왔다. 보통 도장보다 훨씬 큰 크기의 것으로 거기에는 우리나라 고위층의 어떤 이름이 새겨져 있었다. 순경은 아무 말도 묻지 않고 나를 파출소로 끌고 갔다. 내 가슴은 주체할 수 없이 뛰었고, 손과 발은 바들바들 떨렸다. 그들은 주민등록증을 조사했다.

30세 · 여 · 김기정.

"이 사람, 여자야 남자야?"

그들이 만약 성별을 판별하기 위해 내 옷을 벗으라고 하면, 원래 옷 속에는 누구나 다 발가벗고 있습니다, 말하려 나는 별렀다. 그것은 참말 스스로 생각해도 위트 있는 답변이었다. 갑자기 순경이 내 따귀를 한 대 올려붙였다. 기다리고 있은 듯 코피가 터지며 수염이 떨어져 나갔고 안경은 벗겨져 땅에 굴렀다. 나는 완전히 해괴한 의문의 대상이 되어버렸다. 그들은 내게 발길질을 했다. 마치 나를 남자로 취급하고 있었다. 내가 여자였으면 발길질까지는 하지 않았을 것이다.

"당신, 뭣 하는 사람이야? 이게 어디 정신병원에서 도망한 사람 아니야?"

이렇게 말하면서도 내 뒤를 캐면 무슨 사건의 실마리가 풀리려니 기대하는 표정들이었다.

도장 파는 일은 나의 유일한 취미이자 부업이라고 나는 설명했다. 그리고 이 도장은 내 친구의 남편이 부탁한 것이라고 말했다. 그 사람은 고위층의 한 인물에게 선사하기 위해 중국에 갔을 때 사 온 희귀한 대리석 재료에다 이름을 파달라고 부탁했던 것이다. 그런데 며칠 전 밤을 새워 판 후 친구에게 가져다줄 생각으로 외출복 바지에 넣어두었던 것인데 마음이 변하여 그날 외출을 하지 않았다. 그리고 오늘 외출은 전혀 즉흥적이었으므로 도장 일은 까맣게 잊고 있었다. 부탁해오는 여러 사람들의 도장을 파주고 있긴 하지만 실지 내가 하고자 하는 전각의 세계가 얼마나 깊고 넓은, 시와 통하는 세계인지를 그들이 알 리 없다.

"거짓말로 꾸며대는 거 아니야? 친구 남편이란 자가 누구요?"

"그건…… 말할 수 없습니다."

그들은 두 명이나 달려들어 나를 함부로 때렸다. 내가 그 사람의 이름을 댈 때까지 무서운 기세로 때렸다. 잠시 멎었던 코피가 다시 흘렀다. 파출소 창으로 흰 구름이 흘러들었다. 구름은 시원하게 내 눈 속으로 스며들어왔다.

내가 매에 못 이겨 대어준 전화번호에 전화를 걸고 난 뒤에야 그들은 누그러졌다. 왜 진작 대지 않고 매를 얻어맞았는지 이상히 여기는 눈치였다. 앞에서도 얘기한 바와 같이 남의 말을 옮기는 것을 나는 꺼리다 못해 두려워한다. 쉽게 이야기하고 싶을수록 더더욱 안 하는 굳은 입, 계산된 입을 나는 가졌다. 친구의 남편은 아마도 비밀리에 도장을 파서 높은 사람에게 아부하고 싶었던 것이리라. 아부라는 말이 좀 지나칠지 모르지만 순수한 인간관계에서 우러나온 행동은 아니리라. 그러므로 그러한 일을 가벼이 입 밖에 낸다는 것이 나로선 무척 주저스럽게 여겨졌던 것이다. 그들은 도장에 대해 해명이 된 뒤에도 내 남장을 조소하며 그것까지 캐묻지는 않겠다고 이상한 웃음을 짓기도 했다.

파출소에서 풀려난 것은 저녁이 훨씬 지난 뒤였다. 어둠이 먼지 낀 거리에 내리덮이고 있었다. 아스팔트 위로 낙엽들이 흐트러졌다. 다리에 힘을 잃어 중심이 자꾸 뒤바뀌려 했다. 그대로 주저앉고 싶었다. 그러나 한 걸음이라도 빨리 파출소로부터 멀어져야 했다. 배가 고프고 코피를 많이 흘린 탓인지 심한 현기증이 일었다. 어디로 갈까. 어느 쪽으로 걸어야 집과 가까운 방향일까. 사람들이, 차들이 나를 스치고 끝없이 지나간다.

어디로 어떻게 헤맨 것인지 한참 만에 아침의 그 다리 위에 나는 서 있었다. 어쩌면 그 다리가 아닌 전혀 딴 곳인지 모른다. 난간에 서서 다리 아래를 내려다보았다. 짧게 깎아붙인 민머리에 안경도 안 낀 부은 얼굴이 가로등불과 함께 흐르는 개천물에 비치고 있다. 안경과 모자와 수염을 파출소에 떨어뜨리고 온 모양이지만 다시 찾으러 갈 생각은 추호도 없다. 걷기를 멈추니, 맞은 데들이 참을 수 없이 아파왔다. 좀 쉬려고 난간 옆에 쭈그리고 앉아 등을 기대었다. 조개구름이 가득 끼어 있는 하늘에 뭇별들은 떠 있지 않았다. 조개구름이 살짝 걷히면 마침 그곳을 날고 있던 슈퍼맨이 보이지 않을까. 나는 감상에 젖었다. 콧구멍을 틀어막은 솜뭉치가 저절로 빠져나가자 콧속에 싸늘한 가을 바람이 후비쳐 들었다. 나는 콧구멍을 한껏 벌려 정신이 띵하도록 바람을 들이마셨다. 어떤 기억이 굽이쳐 돌았다. 그 기억이 꽤 강하게 자리함을 느낄 수 있었다.

언니의 손가락이 잘려져 나가던 국민학교 3학년 때다. 손의 상처가 덧나서 오랫동안 병원에 다녔다. 처음에는 어머니가 데리고 다녔지만 오래 다니는 사이 병원에 익숙해지고 의사랑 간호부들도 잘 알게 되어 차차 언니와 나만 다녔다. 그 병원은 국립종합병원으로 여러 채의 커다란 건물이 띄엄띄엄 서 있으며 정원은 큰 공원만 하였다. 아픈 사람들이 잠옷 바람으로 들것에 실려, 혹은 간호원의 부축을 받아 정원을 가로질러 이 건물에서 저 건물로 가는 것이 보인다. 휠체어를 타고 정원에 나와 앉아 햇빛을 쏘이는 환자들도 있다.

나무가 많고, 장미넝쿨 등넝쿨이 아치형으로 올라간 곳이 있다. 또 토끼나 개들이 네모진 철조망으로 된 상자 안에서 컹컹 짖어대는 무서운 곳도 있다. 그곳에 있는 토끼나 개들은 예쁘다기보다 무서움을 주었다. 또한 먼 데서도 눈을 주기조차 싫은 시체실이 건물들 맨 뒤쪽에 따로 떨어져 있다.

그 당시의 어느 겨울날 언니와 나는 병원으로 갔다. 몹시 추웠기 때문에 어머니는 우리에게 모자를 단단히 매어주었다. 모자의 모양은 백설공주에 나오는 일곱 난쟁이가 쓰는 카프가 달려 끈으로 매는 그런 것이었다. 언니는 초록색이고 내 것은 자주색이었다. 그 당시 언니의 옷은 대부분 초록색이고 내 옷은 자주색이었다. 아마 은연중에 우리의 옷 색깔은 그렇게 정해져버린 것 같다.

붉은 벽돌로 지어진 외과병동 건물은 마른 담쟁이넝쿨이 엉켜붙어 있다. 우리는 낯익은 그 건물 안으로 들어갔다. 언니는 높다란 의자에 앉아 강한 태양등을 상처난 손가락 부분에 장시간 동안 쏘였다. 그리고는 여느 날처럼 병원의 공원 같은 정원—겨울이라서 앙상한 나뭇가지만 뻗쳐 있는, 사철나무들도 추위로 한껏 웅크린—그런 정원을 지나 집으로 돌아왔다. 어머니가 대문에 들어서는 우리를 보자 언니에게 모자를 어떻게 했느냐고 물었다. 나는 그때까지 언니의 모자가 없어진 것을 모르고 있었는지 지금 잘 기억되지 않는다. 언니는 바람에 불려갔다고 말했다. 어머니는 바람에 불려가는 것을 쫓아가서 잡지 못했느냐고 했다. 아마 언니는 치료가 끝난 후 의사와 간호부가 어려워서 모자를 매지 않고 그냥 밖으로 나와서는 그대로 잊어버리고 걸었는데 겨울바람이 세어서 모자를 후딱 벗겨가버린 모양이라고 나대로 추측했다. 그런데 어찌된 것이, 언니는 치료를 받을 때 높다란 의자에 앉아서 자기의 초록색 모자가 야트막한 사철나무 가지에 걸려 있는 것을 창으로 보았다고 며칠 후 내게 번복하여 말했다. 초록색 모자는 바람에 불려 땅에 떨어지고 조금 쓸려갔는데 지나가던 어떤 남자가 그것을 줍더라고 했다. 그것이 내 모자라고 왜 말을 못했니, 창문으로 보았을 때

나한테 말했으면 내가 뛰어가서 찾아올 텐데.

나는 지금 그 모자의 색감, 그리고 헝겊의 질—탄력성이 있으며 비단처럼 약간의 광택이 있고 헝겊 자체에 같은 색깔의 무늬가 보일 듯 말 듯 찍혀 있다—같은 것을 생생하게 떠올릴 수 있다. 기억이란 그것뿐이다.

모자는 바람에 불려서 날아갔고, 날려 간 모자는 어느 사철나무 가지에 앉았다가 다시 바람에 쓸려 땅에 떨어졌으며 땅에 떨어진 모자를 어떤 남자가 주워 갔다. 그런데 지금 나는 그 기억에서 언니와 내 인생의 어떤 암시를 보는 듯 여겨진다. 그것은 어떻게 우리의 손이 가닿지 않는 불가사의한 일로 생각되었다. 모자는 왜 바람에 불리어 낯선 남자가 주워 가게 되었을까. 아니, 그보다 언니가 얘기하는, 어쩐지 해득할 수 없는 겨울날의 그 환상적인 분위기는 무엇일까. 언니의 죽음은 언니의 손가락에서 온 것이 아니라 벌써 그 이전 우리의 손이 닿지 못할 그 어떤 것에서부터 온 것이 아닐까. 그리고 지금의 나에게서 헤어 나올 수 없는 이 나 또한. 우리는 다만 운명이 조종하는 줄대로 살아주고 있음이 분명한 게 아닐까. 모든 것은 자신의 의지와 상관없는 한갓 환영일 뿐인 게다.

문을 굳게 닫은 거리의 상점들은 가로등불에 긴 그물 같은 그림자를 던지고 있다. 바람이 빈 거리를 훑으며 지나갔다. 통금이 되기 전에 이제 집으로 돌아가야 했다. 나는 겨우 몸을 일으켰다. 이마에는 덥지도 않은데 땀이 흘렀다. 다시 개천을 내려다보았다. 나는 무의식적으로 바바리 속 양 어깨에 분장하기 위해 달아 입었던 두 개의 머플러를 꺼냈다. 대강 접어서 핀으로 달았던 것이다. 우연히도 그것의 색깔들은 하나는 초록이 주조를 이루고 하나는 자주 계통의 무늬가 진 것이었다. 잠깐 망설이다가 그것들을 개천에 떨어뜨렸다. 두 개의 머플러는 살포시 무게도 없이 떨어져 더러운 물에 얹혀서 흘러내려갔다.

나는 미련 없이 다리 난간에서 물러섰다. 걷기 시작하자 군악대의 소리가 내 속에서부터 울렸다. 오 내 나이 어릴 때 내 입은 가볍고……전력이 약해진 녹음테이프처럼 음은 불안정하게 내 마음벽 사방에 부딪혔다. 나는 걸레처럼 후줄그레해진 몸을 이끌고 그래도 있는 힘껏 발을 크게 떼어놓으려고 애썼다. 그때 문득 다리 끝에 초록색 모자를 쓴 아까 낮에 만난 남자가 보였다. 남자는 한 가닥 연기처럼 어둠 속에서 출렁이고 있었다. 바로 저것이다. 나는 솟구쳐 오르는 주체할 수 없는 힘으로, 이이익, 혼신을 다 짜내어 외쳤다.

끊어라, 저 줄을 끊어라. ▪

수상후보작

권여선

삼인행

1965년 경북 안동 출생. 1996년 장편『푸르른 틈새』로 등단.
단편집으로『처녀치마』『분홍 리본의 시절』『내 정원의 붉은 열매』『비자나무숲』.
장편소설로『푸르른 틈새』『레가토』『토우의 집』등. 〈오영수문학상〉〈이상문학상〉
〈한국일보문학상〉등 수상.

삼인행

아홉 시에 공영주차장 입구에서 만나 출발하기로 해놓고 아홉 시 오분이 되어서야 규는 훈에게 전화를 걸어 출발을 10분 뒤로 미루자고 했다. 날씨가 제법 추웠으므로 훈은 주차장 옆 커피하우스에 들어가 맛없고 뜨거운 커피를 마시며 통유리 너머에 있는 주차장 축대를 멍하니 바라보았다.

축대를 구성하는 회색빛 축석들은 찍어낸 듯 똑같았는데 크기는 그렇다 치고 표면에 새겨진 무늬가 아무리 봐도 불가해하고 불균형했다. 세로로 두 개의 평행선이 비스듬히 그어져 있고, 왼쪽에는 작은 네모가, 오른쪽에는 길쭉한 타원이 있었다. 어린애 낙서만도 못한 그런 유치한 무늬의 축석들이 한두 개도 아니고 수십 개가 쌓여 축대를 이루고 있었다. 커피는 식을수록 맛이 없어졌고 훈은 규의 말투가 또한 기묘했구나 생각했다. 출발을 10분 뒤로 미루자니, 그건 규와 주란 부부가 약속시간보다 15분 늦게 도착한다는 일방적 통고일 뿐이면서 마치 제안이나 합의인 듯한 모양새를 취하고 있었다. 아직도 그들을 부부라 부를 수 있다면 말이지만.

그들 부부의 차는 아홉 시 십팔 분에 공영주차장 입구에 도착했다. 늘 그렇듯이 주란이 운전대를 잡았고 규는 그 옆자리에 앉아 있었다. 훈이 뒷문을 열자 주란이 돌아보며 늦어서 미안해, 했다. 훈은 잠자코 뒷자리에 탔다. 출발하려는데 규가 집에 다시 들어갈 일이 생겼다잖아.

커피포트를 안 끄고 나와서, 라고 말하는 규의 뒷머리 숱이 눌려 있었다.

어제도 술 마셨냐?

안 마셨어.

주란이 룸미러로 뒷자리의 훈과 눈을 맞추며, 안 마신 거 맞아, 했다.

안 마셔서 그래, 안 마셔서! 잠을 못 자서! 규가 거칠게 눈을 비볐다. 잠을 못 자서 정신 차리려고 커피 한 잔 진하게 내려 먹고 커피포트를 끄려는데 주란이 그 앞에서 망토를 찾는다고 왔다 갔다 하는 바람에 이따 끄자 한 게 그만 깜빡했다는 것이었다. 넌 왜 모든 게 남 탓이냐고 주란이 쏘아붙이자 남 탓을 하는 게 아니라 자기도 사정이 있었다는 얘길 하는 거라고 했다.

빨리 출발이나 하자.

훈의 말에 주란이 차를 움직였다. 그들은 도심을 우회해 강변북로를 달렸다. 도로 아래로 얼지 않은 강물이 반짝이며 흘러갔다. 아침은 어떡한다, 묻는 규의 말에 주란이 무조건 그 식당까지는 굶고 가야 한다고 했다.

그 식당이라니?

훈의 물음에 규가 원주에 삼계탕 잘하는 집이 있다고 했다. 그 집의 유일한 단점이라면 거기서 먹고 나면 다른 데서 못 먹는다는 거지.

닭이 닭이지 무슨 맛이기에.

규가 뒤를 돌아보았다.

맞아, 특별한 맛을 상상하지 말고 닭 맛만 생각해.

닭 맛?

닭 맛! 모름지기 닭이 내줘야 할 딱 그 맛이 난다고!

고개를 돌리는 규의 눈이 충혈돼 있었다. 잠을 못 자긴 했구나 생각하며 훈은 옆자리에 놓인 담요를 끌어다 무릎을 덮고 등받이에 몸을 기댔다. 톨게이트를 지난 후에는 길이 막히지 않아 120킬로로 쭉쭉 달릴 수 있었다. 신갈 분기점이 가까웠을 즈음에 주란이 아 하고 비명을 질렀다.

숙박권 안 가져왔다!

그들이 어떤 의견을 표명하거나 결정을 내리기도 전에 주란은 신갈 분기점을 돌아 영동고속도로에 진입하자마자 갓길에 차를 세웠다. 출발한 지 20분이 넘었으니 돌아가는 데도 그만큼의 시간이 걸릴 터였다. 여기 세우면 어쩌자는 거냐, 규가 물었지만 주란은 못 들은 척 차문을 열었다. 고속도로를 질주하는 차량들의 굉음에 차가 흔들렸다.

내릴 때 조심해!

주란은 이번에도 못 들은 척 차에서 내려 문을 쾅 닫고 차 뒤로 돌아가 망토를 추스르고 휴대폰 번호를 누르고 고속도로 방음벽 쪽으로 다가섰다. 규는 고개를 돌려 훈이 뒷좌석 차창에 끼워 늘어뜨려놓은 목도리를 힐끔 보더니 언제 아랍식 커튼까지 시공해놓았느냐고 했다. 알레르기 때문에, 라고 훈이 대답했다. 규는 방음벽에 바짝 붙어 서서 뭐라 뭐라 통화를 하는 주란을 보며, 어제 내가 너는 딴 거 챙길 거 없이 차 키하고 숙박권만 챙겨라 했거든, 알았다고 걱정 말라고 하더니 이 꼴이 난 거야, 항상 이런 식이야, 지금 화낼 사람이 누군데 자기가 먼저 시퍼렇게 굳어서는, 하고 푸념을 했다.

주란도 황당해 죽으려고 하던데 뭘.

규가 펄쩍 뛰었다.

주란이 황당해 죽으려고 한다고? 아까 하는 말 못 들었어? 내가 새벽까지 안 자고 거실에서 부스럭거리는 바람에 정신이 사나워서 놓고 왔다잖아? 나보고 남 탓 한다더니 저는 더하다 아주.

적당히 해.

뭘 적당히 해? 내가 괜히 안 자고 부스럭거린 게 아니라고. 어젯밤에 술 안 먹으면 미쳐버릴 것 같은 걸 참느라고 나도 혼났어. 너무 낯설어 가지고.

뭐가, 하고 훈이 묻자 어제 오후에 짐을 뺐다, 했다. 오, 하고 훈은 고개를 끄덕였다.

짐을 뺐구나.

그래 뺐다, 고 규가 침울하게 말했다.

미리 뺐네.

미리 뺐지. 갔다 와서 빼면 더 이상할 거 같아서. 그러니 얼마나 낯설어, 집이? 거실에 내 책이랑 음반 빠진 자리가 뻥뻥 뚫렸는데 그걸 보고 있으려니 잠이 오겠냐고? 근데 주란이 저거 말하는 본새 좀 보라고 규가 흥분했다. 안 자고 부스럭이 뭐냐, 부스럭이? 내가 과자 봉지냐?

훈은 과자 봉지처럼 밤새 부스럭거렸을 규를 생각하고 웃음을 참았다.

짐은 어디로 뺐냐?

짐은 일단, 하다가 규가 입을 다물었다. 통화를 끝낸 주란이 운전석 쪽으로 돌아오고 있었다.

문 열 때 조심해 주란!

어차피 주란에게 들리지도 않을 말을 규는 늙은 아낙들이 무의미한 기도문을 외우듯 중얼거렸다. 주란이 옆 차선을 살피다 재빨리 문을 열고 탔다. 문이 열렸다 닫히는 사이로 뒤에서 득달같이 달려온 트럭의 소음이 회오리처럼 휘익 밀려왔다 사라졌다.

콘도에 전화해봤더니 일단 그냥 가도 될 것 같아.

주란이 숨 가쁘게 말했다. 숙박권은 나중에 등기로 부쳐주기로 했고 담당자가 정확히 장담은 안 하지만 도착해서 신원 확인만 되면 묵을 수는 있을 거라고 얘기했다는 것이다. 정확히 장담을 안 했다면 괜히 갔다 헛발 치는 거 아냐? 규가 따져 묻자 주란이 안전벨트를 매며 그럼 한밤중에 돌아와야지 뭐 했다. 규가 뭐라고 더 토를 달기 전에 훈이 아퀴를 지었다.

주란이 이렇게 말하면 일은 다 된 거야, 규.

규도 더는 말하지 않았다. 훈은 다시 담요를 끌어다 덮고 등받이에 몸을 기댔다. 고속도로로 진입한 주란은 이내 차선을 바꿔 타서 속도를 높였다. 그들은 120에서 130킬로의 속도로 달렸다. 되돌아가지 않아도 된다는 안도감 때문에 실제로는 지체되었음에도 예상보다 빨리 가고 있다는 생각이 들었다. 그들은 중간에 휴게소에 들러 드럼통 화덕에 고구마를 구워 먹는 사람들처럼 외진 흡연 장소에 놓인 크고 둥근 스테인리스 재떨이를 둘러싸고 서서 담배를 피웠다. 다시 차에 타서 목에 둘렀던 목도리를 풀어 뒷좌석 차창에 매다는 훈을 보고 규가 인도식 커튼 시공술이 일취월장한다고 칭찬했다. 아까는 인도식이 아니었던 것 같은데 무슨 식이었는지 기억나지 않았다. 빈속에 담배를 피워서 쌉쌀한 허기가 밀려오는 참에 주란이 밀어를 속삭이듯 말했다.

그 집 닭은 정말 살이 야들야들해.

그렇지.

도착하기 20분 전에 전화해야 돼. 문막 지날 때 하면 돼. 문막까지 30킬로 남았네. 중간에 한번 깜짝 놀랄 일이 있어서 그런지 오는 길이 하나도 지루하지가 않았다. 진심이야 규? 진심이지. 너 오늘 이상해. 내가 아까 숙박권 놓고 왔다고 했을 때도 신경질 안 부리더니. 그런 일로 신경질을 왜 부리나? 끝내 위선 떨래? 내 진심을 몰라주니 안타깝다.

훈은 그들 부부의 대화를 듣는 둥 마는 둥 얕은 잠에 빠져들며, 규가 짐까지 뺐다니 이제 저들은 정말 부부가 아니게 된 건가, 그러면 앞으로 저들을 묶어 부를 땐 뭐라고 해야 하나 하는 생각을 했다.

그들은 문막을 지나 만종 분기점에서 중부고속도로로 바꿔 타고 남원주 나들목으로 빠져나가 더 남쪽으로 한참 내려갔다. 우회전을 두 번 하여 작은 시골길로 접어들어 꼬불꼬불 올라가자 왼쪽에 농가를 개축한 식당이 나타났다. 앞마당 평상 옆에 엎드려 있던 개는 그들을 보고 일어나지도 짖지도 않았다.

규가 전화로 예약을 해두었으므로 그들은 오래 기다리지 않고 황기 삼계탕을 먹을 수 있었다. 주란이 훈에게 맛이 어떠냐고 물었고 훈은 맛있다고 대답했다.

살이 정말 야들야들하지?

그러네.

규와 주란은 정다운 부부처럼 각자 먹고 싶은 부위를 교환했는데, 주란이 규의 목과 날개를 먹는 대신 그녀의 다리 하나를 내주었다.

식사를 마치고 나왔을 때 마침 개가 개집으로 절름거리며 들어가는 중이라 녀석이 왼쪽 뒷다리를 못 쓴다는 걸 알 수 있었다. 개집에 들어간 개는 개집 문턱에 주둥이를 얹고 그들이 자판기 커피를 마시며 담배를 피우는 동안 쏟아지는 졸음과 사투를 벌이며 무겁게 감기는 눈꺼풀을 치떴다 감았다 했다. 마침내 그들의 차가 마당을 빠져나가는 순간에야 개는 제 집 바닥에 코를 박고 정신없이 잠에 빠져들었는데, 그들이 떠날 때까지 개가 죽을 둥 살 둥 깨어 있었던 것에 대해 규와 훈은 의견이 갈렸다. 규는 낯선 사람들이 자기를 해코지할까봐 그런 거라 했고, 훈은 낯선 사람들로부터 주인집을 지키느라 그런 거라 했다. 둘 다 주장의 근거로 다친 개의 뒷다리를 들었는데, 규는 그로 인해 강화된 개의 자기방어기제에 무게를 실었고, 훈은 그로 인해 강화된 개의 주인에 대한 의존과 충성심에 중점을 두었다. 주란은 가엾은 개의 이력에 대해 쥐뿔도 모르면서 이러쿵저러쿵 떠들지 말라고 충고했다.

그들은 다시 남원주 나들목으로 나가 중부고속도로를 타고 만종 분기점에서 영동고속도로로 바꿔 탔다. 그 식당의 닭이 맛있긴 했지만 그걸 먹기 위해 무려 25킬로나 우회한다는 게 훈에게는 다소 지나치게 생각되었다. 더구나 만종 분기점을 지날 때 규가 여길 지날 때면 항상 박종철 열사가 생각난다는 뜬금없는 소리를 해서 훈은 엉겁결에 아까 지날 때는 가만있다가 왜 지금에서야 그런 배부른 소리를 하냐고 다그

칠 뻔했다. 왜냐하면, 하고 아무도 묻지 않았는데 규가 설명을 시작했다.

옛날에 박종철 고문치사 사건 났을 때 사람들이 종철아, 종철아 하면서 종을 쳐라 종을 쳐라 하는 분위기가 무르익지 않았냐? 근데 그때 전두환이가 맞불작전으로다 김만철 씨 일가 귀순 사건을 터뜨려가지고 만철아, 만철아 하면서 종을 그만 쳐라 그만 쳐라 하는 분위기로 바뀌났지 않았냐?

맞다. 훈이 손뼉을 쳤다. 그때 김만철 씨 일가 귀순 사건이 있었지.

그러니까 만종이란 지명은 만철과 종철을 동시에 환기시키고, 만철지 종철지 오락가락하던 그때 그 시절을 생각나게 하고, 그러다 보면 각 잡힌 박종철 열사의 영정 사진이 오롯이 떠오른다고 규가 말했다. 그 참 재미있는 연상이라고 훈이 진심으로 동조했고 주란조차 그거 말 되네 하고 긍정적인 반응을 보였다.

기분이 한껏 좋아진 규는 차창 앞쪽을 가리키며 저기 동계올림픽 한다고 건물들이 많이 올라갔다고, 예전에는 크레인만 우뚝우뚝 했지 건물은 없었는데 지금은 건물들이 우뚝우뚝 다 섰다고 떠들어댔다. 주란이 흘낏 보고 뭐 쟤네들도 그동안 먹고 놀지는 않았을 테니까 했다. 훈도 목도리 커튼을 젖히고 밖을 내다보았다. 고속도로 주변은 지천에 논밭이 파괴된 자리였고 그 자리마다 크고 작은 크레인이 서 있었다. 이제 저 황량한 땅에서 다시 푸른 생명이 돋는 일은 없을 것이고 저 땅의 흙은 남김없이 시멘트로 도포돼버릴 것이라고 생각하니 가슴이 조금 답답해졌다. 요즘에 훈은 뭔가를 상상하는 것만으로 스스로 그 상태가 되어버린 듯한 느낌에 빠져드는 일이 잦아졌는데 이게 늙어가면서 공감력이 탁월해진 덕인지 심신이 미약해진 탓인지 알 수 없었다.

훈아 봤냐? 규가 물었다.

뭘?

2킬로만 가면 생태 습지 졸음쉼터가 나온단다.

생태 습지?

그래, 생태 습지 졸음쉼터라는 게 다 있단다. 야, 저기네! 저기 차 세워놓고 한숨 자고 일어나면 뭔가 몸이 팍팍 좋아질 것 같지 않냐?

글쎄 몸이 팍팍 좋아질지는 모르겠고 차에 녹이 팍팍 슬긴 할 것 같은데.

넌 인간이 왜 그렇게 매사에 부정적이냐? 그러니까 평생 골골거리는 거다.

훈이 뭐라고 반박하려는데 주란이 먼저 입을 열었다.

내가 볼 땐 너희 둘 다 똑같아.

뭐가?

너희들은 아무튼 평생 종합적이질 못해. 이번에도 봐. 한 놈은 생태만 보고 한 놈은 습지만 보잖아.

규가, 야 여자들한테는 천부적으로 남자들을 깔볼 수 있는 권능이 부여되어 있다더니 그 말이 딱 맞는 것 같지 않냐, 하며 뭐가 좋은지 오래 낄낄거렸다.

강릉 분기점에서 동해고속도로로 갈아타고 원래는 그대로 쭉 올라가야 하지만 그들 부부는 훈에게 북강릉 나들목에서 강릉 쪽으로 빠져 경포해변에 들러야 한다고 했다. 그들은 횟집 사이에 새침하게 자리 잡은 수제 버거 가게에 들러 각자 먹고 싶은 버거를 지정해 포장주문을 넣었다. 기다리는 동안 주란이 참지 못하고, 냄새 참 고소한데 조금만 먹고 갈까, 묻자 규가 절대 안 돼, 했다.

먹고 싶은 걸 아예 못 먹는 것도 아니고 몇 시간 뒤로 미루는 것만도 참 힘이 드네, 라고 탄식하며 주란이 차를 빼러 간 동안 훈이 정말 궁금해 물었다.

왜 안 된다는 거야?

저녁에 대게 뺨치게 맛있는 홍게를 먹어야 하거든. 규가 말했다.

저녁은 저녁이고, 지금 좀 먹으면 어때서?

안 돼. 햄버거는 포장해가서 밤에 맥주랑 먹기로 계획이 다 잡혀 있어. 여행 와서 먹고 싶을 때 제멋대로 먹다가는 정작 맛있는 건 하나도 못 먹고 가게 된다고. 1박 2일 동안 몇 끼나 먹을 수 있나 한번 따져보라며 규는 오른손을 펼쳤다. 봐라, 오늘 끽해야 세 끼, 내일 끽해야 두 끼, 도합 다섯 끼밖에 더 먹겠냐 하고 손가락 다섯을 꼽더니, 그중 한 끼는 이미 먹었고 한 끼는 포장했고, 하며 몹시 아쉽다는 듯 손가락 두 개를 폈다. 따져보니 이번에도 햄버거를 사기 위해 22킬로나 우회한 셈이었는데, 훈은 그렇게 오래 만나왔으면서도 규와 주란에게 이토록 이상한 식탐과 기계적인 계획성이 있는 줄 몰랐다는 게 놀라웠다.

그들은 다시 북강릉 나들목으로 올라와 동해고속도로로 접어들었다. 평일 오후라 차가 거의 없어 주란은 미동도 하지 않고 150에서 170킬로 사이의 속도로 차를 몰았다. 주란이 무아지경에 빠져 최고 속도가 175킬로를 넘어가면 규가 어이 어이 하며 쇠고삐 당기는 소리를 내어 제동을 걸었다.

해의 방향이 바뀌어 훈은 목도리 커튼을 철거했다. 왼편으로는 낮은 구릉과 한적한 마을이, 오른편으로는 누런 논밭 너머로 바다가 있었다. 시야가 탁 트인 바다 쪽은 벨트처럼 얇게 깔린 짙푸른 수평선과

연푸른 거품의 구름층과 차고 흰 솜빛 하늘이 세 겹의 비단 이불처럼 횡으로 길게 펼쳐져 있었다. 차창으로 끝없이 이어지는 푸른빛 연속무늬와 빠른 속도로 이동하는 차량의 불안한 진동이 자아내는 무중력상태의 쾌감이 묘한 마비효과를 일으켰다. 의식이 따뜻하게 개어진 촛농처럼 한없이 말랑말랑하게 녹아내리는 와중에 돌연 내비게이션의 안내음이 날카롭게 울려 훈의 비현실적인 몽환상태를 산산이 박살내버렸다. 갑자기 뭔가 중단되었을 때 그것의 지속을 얼마나 갈망해왔는지 알게 되듯, 훈은 잘린 시간의 단애 앞에서 화들짝한 분노와 무력한 회한에 사로잡혔다.

깜짝이야, 주란은 말하고, 얘는 여기서 나가래네 했다.

양양까지 가야지 무슨 말이야? 규도 졸았는지 약간 쉰 소리로 말했다.

얘는 하조대로 나가래.

무시하고 그냥 가! 오랜만에 나비부인 당황하여 삐룽삐룽 난리치는 것 좀 보게.

그러나 주란은 규의 말을 듣지 않고 나비부인이 시키는 대로 하조대 나들목으로 나갔다. 톨게이트를 빠져나가자 바다는 사라지고 거무스레한 흙을 드러낸 논밭이 펼쳐졌다.

저 통들은 다 뭐야? 규가 물었다.

논밭 위에 하얗게 번쩍거리는 거대한 원통형 물체들이 수십여 개 흩어져 나뒹굴고 있었지만 마비상태에서 미처 빠져나오지 못한 훈은 아무 느낌도 없었다.

저게 통이 아니고, 주란이 말했다.

통이 아니야?

비닐 말아놓은 거잖아.

아 비닐? 비닐하우스 하는 비닐?

그렇지. 게을러터져서 일단 던져만 놓은 거지.

던져만 놓으면 어쩌나? 얼른 펴서 하우스를 지어야지.

훈은 저들 부부가 왜 이런 식의 걱정도 팔자인 대화를 나누는지 이해할 수 없었다. 양양을 지나 낙산 쪽으로 접어들자 오른편에 다시 그립고 푸른 바다가 나타났다. 활공하는 새들도 볼 수 있을 만큼 가까운 거리였는데 훈은 그게 오히려 낯설었다. 속초에 도착할 때까지 작은 항과 해수욕장 들을 거점으로 한 유흥지들이 꽈배기처럼 부풀었다 줄어들며 7번 국도를 감싸고 꿈틀꿈틀 이어졌다.

콘도 건물 앞 주차장이 만차라 주란은 멀찍이 돌아 장미정원이라고 표시된 공터에 차를 세웠다. 규가 트렁크에서 큰 가방을 꺼냈고 훈은 자기 가방을 메고 햄버거와 음료가 든 봉지를 들었다. 주란은 작은 휴대백을 사선으로 질러 멨다.

여름에는 녹색 잎에 휩싸인 붉은 장미의 궁륭이었을 철제 터널에는 앙상한 가지들만 귀를 찌를 듯 삐죽이 튀어나와 있었다. 대기는 근처에 바다가 있으리라고는 믿을 수 없을 만큼 차갑고 건조했다. 그들은 점퍼 깃을 세우고 엷은 겨울 햇살을 반사하는 철제 구조물을 따라 콘도를 향해 올라갔다.

숙박권이 없었지만 다행히 데스크에서는 신분 확인만 하고 숙소를 배정해주었다. 객실은 9층으로 온돌방 둘에 거실과 욕실, 부엌이 딸려 있었다. 주란이 작은방을 혼자 쓰겠다고 해서 규와 훈은 자연스럽게 큰방을 같이 쓰게 되었다. 실내를 어정거리던 규가 천장 쪽을 유심히 올려다보더니 말했다.

모기가 있다.

주란이 욕실에 들어가려다 말고 이 겨울에, 물었다.

아닐지도 몰라.

모기 맞을 거야. 훈이 말했다. 겨울 모기가 극성이라는 뉴스를 봤어. 아파트나 콘도 이런 데서 알 까고 절대 밖으로 안 나가고 평생 실내에서만 산다더라고.

교활한 것들.

모기 있으면 난 못 자. 데스크에 전화해서 모기약 달라고 해.

주란이 욕실로 들어갔고 규가 구내 전화기를 들고 뭐라 뭐라 통화를 하더니 수화기를 내려놓으며 웃었다.

뭐래?

모기약 찾는 손님이 많은가봐. 내가 모기약 같은 거 없냐고 그러니까 잽싸게 모기약 같은 거 절대 없대. 그래서 내가 여기 방 안에 모기 같은 게 있는 것 같다고 했더니 얘가, 하며 규가 또 웃었다.

왜?

모기 같은 건 고객님 부담이래.

훈도 웃었다.

모기 같은 건 우리 부담이래?

응, 우리 부담이래.

어쩌냐, 부담스러워서.

그러니까. 주란은 결코 모기 같은 건 부담하지 않으려고 할 텐데.

그럼 우리 둘이 부담해야 하는데 큰일이네.

살다살다 모기 같은 걸 부담해야 하는 날이 오다니.

부담부담 하다 보니 모기 같은 것도 제법 정겹게 느껴지지 않냐.

주란이 욕실에서 나왔고 그들은 테라스에서 담배를 피웠다. 서향인 테라스에서는 바다는커녕 그들이 차를 세운 장미정원 공터와 메마른 나무들이 듬성한 얕은 산밖에 보이지 않았다. 규와 주란의 계획에 따르면 오늘은 해 지기 전에 설악산 국립공원에 가서 케이블카를 타고 권금성에 올라갔다 내려오는 것과 장사항에 가서 홍게를 사먹는 일정이 남아 있다고 했다.

설악산 매표소의 무뚝뚝한 남자 직원은 입장권을 끊을 때 카드는 안 되고 현금만 된다고 해서 규의 울분을 터뜨렸다. 케이블카 승강장 앞에는 열 명 정도의 승객이 줄을 서 있었는데 마침 승강장 옆 하차장으로 케이블카가 내려오고 있었다. 투명한 케이블카에 탄 사람들은 멀리서 볼 때에도 죽은 사람들의 무리처럼 섬뜩해 보이더니 케이블카가 도착해 문이 열리자 한결 더 어둡고 무서운 얼굴로 참혹한 고난을 겪은 피난민 행렬처럼 다투어 내렸다. 거대한 관처럼 빈 케이블카가 승강장 쪽으로 미끄러져 왔다. 사람들이 차례차례 케이블카 안으로 들어가 밖을 내다볼 수 있는 가장자리부터 차지하고 섰다. 주란과 규가 서고 그 옆에 훈이 섰다.

훈의 오른쪽에는 남녀 한 쌍이 와서 섰는데 남자는 야구모자를 썼고 여자는 털모자를 썼다. 남자는 약간 화난 얼굴에 머리숱이 적고 마흔은 훌쩍 넘어 보였다. 여자는 남자보다 10년쯤 젊어 보였지만 차림새는 20년쯤 더 젊게 입었고 예쁜 털모자를 썼지만 얼굴은 밉상이었다. 결코 부부처럼 보이지 않는 그들은 팔짱을 끼고 끊임없이 서로에게 속삭이듯 얘기를 나누고 있었다. 처음에는 목소리가 작아 들리지 않았지만 점차 그들의 얘기 내용이 간헐적으로 들리면서 훈은 자기 귀를 의심했다. 또라이가 그런 걸 어떻게 아니…… 누가 또라이라고 지금…… 또라이라매 또라이라매…… 너 그러다 변태 짓도 하겠다 잘하면…… 또라이가 못할 게 뭐냐…… 이거 진짜 또라이년이네…… 그럼 넌 변태새끼 해라…… 에라이 나쁜 년…… 케이블카에서 내릴 때까지 그들은 내내 달라붙어 소곤거리며 집요하게 다투었다. 훈은 케이블카에서 내려 권금성 쪽으로 올라가는 그들의 뒷모습을 유심히 보았다. 폭이 넓은 바지를 입은 남자의 다리는 휘어서 짧았고 어그 부츠를 신은 여자의 다리는 곧지만 짧았다. 여전히 팔짱을 끼고 모자 쓴 얼굴을 서로에게 기울인 채 번갈아 입을 놀리며 걷는 그들은 통통하고 불길한 새 한 쌍처럼 보였다.

장사항의 홍게 식당에는 그들이 첫 손님이었다. 규가 미리 전화로 3킬로를 예약해놓았으므로 그들이 도착했을 때는 갓 쪄진 홍게 여섯 마리를 직원들이 먹기 좋게 손질하는 중이었다. 그들이 홍게를 먹는 동안 젊은 부부가 서너 살 된 아이를 데리고 들어와 2킬로를 주문했다. 규는 다리만 먹었고 주란은 쌉쌀한 장맛이 나는 몸통만 먹었다. 훈은 내키는 대로 이것저것 다 먹었다. 그들이 마무리로 홍게라면을 먹을 때쯤 중년 부부가 아들과 딸 둘을 데리고 들어왔다. 아들은 중학생, 딸 둘은 초등학생으로 보였다. 중년의 남자는 손가락 세 개를 펴 보이며 3킬로를 주문했다. 다 먹고 나와서 주란이 말했다.

다섯 명이 3킬로를 먹는데 우리 셋이 3킬로나 먹다니 부끄럽다.

규가 부끄러울 것까진 없다고, 애기 데려온 옆자리 부부도 만만치 않았다고 했다.

그래도 우리처럼 두당 1킬로는 아니잖아? 애가 게다리 몇 개라도 먹을 거 아냐?

아니야. 서비스로 나온 미역국을 많이 먹여서 그런지 애는 게를 안 먹더라고.

누가 먹었어? 애비가, 에미가?

에미가.

에미라면 진정인데. 주란이 말했다.

훈이 물었다.

에미라면 진정이라니?

지가 진정 많이 먹고 싶다는, 진정 1킬로 먹고 싶다는.

애비였으면?

애비는 애한테 미역국을 먹였건 안 먹였건 무조건 지가 먹고 싶은 만큼 게를 먹겠지. 허나 에미는 진정 계산이 들어간 거지. 사전에 애한 테 미역국을 그렇게 퍼먹였다 함은 애 몫을 죽여도 내가 먹어야겠다는 진정이 있는 거지.

뭔 말인지 모르겠다, 나는.

규가 트림을 했다.

니들은 영영 몰라. 애 없어도 애비 과니까.

콘도에 들어가기 전에 대형 할인마트에 들러 맥주와 물, 과일과 모기약 등을 샀다. 주란 모르게 규가 양주 한 병을 카트에 넣고 이번에는 자기가 계산하겠다고 했지만 훈이 먼저 계산원에게 카드를 내밀자 순순히 물러났다. 지금까지 황기삼계탕과 햄버거와 홍게, 설악산 입장료와 케이블카 비용을 모두 훈이 냈다. 차량과 숙소는 주란이 책임졌고, 규는 뭘 내고 말고 할 처지가 안 되니, 나머지는 모두 자기가 내는 게 마땅하다고 훈은 생각했다.

콘도로 들어오는 길이 어두워 주란은 우회전해야 할 조그만 다리를 그냥 지나쳤다. 급정거한 후 5미터쯤 후진해서 다리 쪽으로 우회전할 때 규가 가끔 보면 여자들은 이상한 데서 둔하다고 했다. 아무도 대꾸하지 않자 규는 뒷자리의 훈을 돌아보며 건강보험료를 얼마나 내느냐고 물었다.

건강보험?

건강보험.

잘 모르겠는데. 월급에서 제하고 나오니까.

직장가입자들은 다 저렇다고, 자기가 얼마 내는지도 모른다고, 요즘 주란이 건강보험료 때문에 얼마나 골치를 썩고 있는지 모른다고 규가 말했다. 왜, 하고 훈이 의례적으로 묻자 규는 복잡한 설명을 늘어놓았다. 요는 지역가입자인 주란이 작년에 보험료가 조정이 안 되어 보험공단에 문의했더니 지사에 문의하라고 해서 지사에 문의하니 담당자가 알아보겠다고 해놓고 지금까지 한 달째 차일피일 복지부동하고 있다는 얘기였다.

그들은 다시 어두운 장미정원 공터에 내렸다. 이곳만 그런지 알 수 없지만 물방울이 떨어지면 그대로 얼어버릴 듯 대기가 차갑고 건조했다. 장미 가지에 찔리지 않으려고 그들은 일렬종대로 철제 터널을 통과했는데, 가운데 선 주란이 후우후우 숨을 내쉬며 기막힌 일화를 얘기했다.

하도 연락이 없어서 내가 일주일 만에 전화를 했더니 담당자가 받더라고 그러더니 후우, 지금 담당자가 자리에 없다는 거야 내가 쭉 그 번호로 전화를 걸어봐서 아는데 후우, 그 번호 받는 놈은 딱 두 놈이거든 젊은 놈 하나 늙은 놈 하나 후우, 젊은 놈이 직장 담당이고 늙은 놈이

지역 담당인데 늙은 놈이 받아서 후우, 본인이 담당자가 아니라고 하는 거야 자기는 직장 담당이고 후우, 지역 담당은 따로 있습니다 그러는 거야 분명히 목소리는 후우, 늙은 놈 맞는데 환장할 노릇이지.

감미로운 음성이지만 혀가 조금 짧아 발음이 정확히 분절되지 않는 주란의 음성은 긴 얘기를 할 때는 그게 아무리 심각한 내용이어도 나른한 민요조의 자장가처럼 들렸는데, 어둠 속에서 후우후우 하는 숨소리와 곁들여지니 제법 에로틱한 자장가처럼 들렸다. 그들은 베드로처럼 스스로를 거듭 부정한 늙은 담당자의 심리를 규탄하며 엘리베이터를 탔다. 9층 버튼을 누르는 훈에게 규가 말했다.

주란이 여자라 만만하니까 그놈이 더 뻔뻔하고 능글맞게 대응하는 건데 주란은 그것도 모르고 바보같이 네 네 하기만 하더라고.

내가 언제? 주란이 물었다.

너 그랬어. 말 한마디 변변히 못하고 병신같이.

그래?

주란이 잠시 눈을 깜빡이다 나지막이 말했다. 그렇군. 나는 바보멍청이에 병신쪼다라 치고, 주란이 눈을 동그랗게 떴다. 그럼 너는 뭘까? 기껏 전화 바꿔 달래서 꽥꽥 소리만 지르는 너는 뭘까? 나보고 감정 앞세우지 말고 논리적으로 처리하라면서 깡패처럼 발광만 떠는 너는 도대체 뭘까?

엘리베이터가 9층에 멈췄다. 그런 얘기가 아니고, 규가 말하는데 주란이 쏜살같이 튀어나가 뒤돌아서더니 작은 소리로 아르릉거렸다.

시끄러! 넌 내가 무슨 말만 하면 그런 얘기가 아니래지. 그래, 내가 병신이라 말귀도 못 알아먹는다. 어쩔래? 그래도 이 문제 내가 끝까지 해결하고 말아. 두고 봐. 두고 보라고.

돌아서서 빠르게 걷는 주란을 규가 바짝 따라붙었다.

네가 지금 날 두고 보게 해놨냐?

뭐라고? 주란이 고개를 돌렸다. 규가 이를 갈아붙이며 물었다. 두고 보라며? 쫓겨난 내가 어떻게 널 두고 볼 수가 있냐고?

그런 그들의 뒷모습을 보며 훈은 자연스레 케이블카 커플을 떠올렸다.

주란이 도어에 키를 꽂고 문을 당기자 현관의 센서등이 켜지면서 소파가 놓인 거실의 모습이 홀연 떠올랐다. 훈에게는 일상용품 하나 없이 텅 빈 콘도의 거실이 마치 규의 짐이 모두 빠진 그들 부부의 거실인 것처럼 여겨졌다. 자연이든 관계든 오래 지속되어온 것이 파괴되는 데는 번갯불의 찰나만으로도 충분하다는 생각이 들었고, 이들 부부나 케이블카 커플이나 파괴된 논밭에 서 있던 크고 작은 크레인들처럼 가엾고 기괴한 잔여물에 불과하다고 훈은 생각했다. 그리고 그 자신 또한 하나의 크레인처럼 여윈 어깨를 으쓱했다.

식탁 위에 술잔과 햄버거를 늘어놓던 규는 주란이 난 여기서, 라며 거실 소파를 가리키자 재빨리 식탁에 있던 주란 몫의 햄버거와 맥주를 거실 탁자로 옮겨주었다. 경포해변에서 사 온 햄버거는 패티와 내용물이 실해 입으로 베 먹기는 어려웠다. 주란은 거실 탁자 위에 햄버거 포장지를 넓게 펼치고 플라스틱 포크와 나이프로 썰어 먹으며 맥주를 마시고 텔레비전을 보았다. 규와 훈도 식탁에서 각자의 햄버거를 펼쳐놓고 패티를 썰어 야채와 빵에 곁들여 먹으며 술을 마셨다. 술을 마시다 번번이 테라스에 나가는 게 귀찮아 모기약을 친 두 방의 문은 꼭 닫아두고 테라스 문은 조금 열어놓고 실내에서 담배를 피우기로 했다. 먹고 싶던 햄버거에 맥주를 마시고 담배까지 피우게 돼 기분이 좋아진 주란은 식탁 위의 양주병을 발견하고도 도마뱀을 본 듯 눈썹을 한번 치켜뜨고 말았다.

규와 훈은 얼마 전에 지병으로 죽은, 유감스럽게도 둘 다 문상을 가지 못한 걸 확인하고 더욱 애틋해진 어느 후배 얘기를 하다, 자연 그 후배와 더불어 만나던 시절의 친구와 선후배 들 얘기로 넘어갔다. 누구도 요즘 아프다던데, 누구는 뭐하다 그만뒀다더라, 누구 본 지 10년도 넘었다 그런 얘기들을 하다 훈이 얼마 전에 영태와 무령을 만났는데 진석이 형이 그렇게 많이 변했다고 하더라는 얘기를 꺼내자 규가 뭐가 그렇게 많이 변했냐고 물었다. 텔레비전을 보던 주란도 어, 왜, 하고 관심을 보였다.

영태 말이 진석이 형이랑 얼마 전에 같이 차를 타고 갈 일이 있었는데, 하고 훈이 말했다. 가는 내내 그 형이 한시도 쉬지 않고 자기 얘기만 쏟아놓더래.

자기 얘기 뭐? 규가 물었다.

뭐 스피커 바꾼 얘기도 하고, 학교에서 맡은 프로젝트 얘기도 하고, 아, 카메라 샀다고 하면서 사진 얘기를 또 그렇게 하더래. 아무튼 자기 말만 하더라고.

그래서? 주란이 물었다.

그렇게 자기 얘기만 하면서 영태한테 너는 요즘 어떻게 지내냐 한마디도 안 묻더래. 왜 영태가 말은 안 해도 그 집 쌍둥이들이 좀 안 좋잖아, 태어날 때부터 아팠고. 그런데 애들은 어떠냐, 너는 사는 게 어떠냐, 그런 얘기는 일체 물어보지 않고 오직 자기 얘기만, 그것도 중요하지 않은 스피커 카메라 프로젝트 그런 얘기만 하더라면서 사람이 왜 그러냐고.

훈이 잔을 비우자 규가 술을 따라주었다. 그리고 자기 잔을 들어 마시고 햄버거 패티를 한 입 썰어 먹은 다음 물었다.

훈이 너, 진석이 형 만나서 얘기 들어봤냐?

응?

그 형 얘기 들어봤냐고?

안 들어봤지. 만난 지도 까마득한데.

그럼 그렇게 얘기하면 안 되지.

내 말은 영태 얘기가 그렇다는 거야. 무령이 얘기도 그렇고. 걔네들이 괜히 없는 말 지어낼 리는 없으니까.

어쨌든 그 형 얘길 들어봐야 된다고.

그럼 넌 영태와 무령이가 그 형에 대해서 일부러 험담을 했다는 거야?

아니 그런 얘기가 아니고.

아까 주란이도 그러더니, 넌 진짜 누가 무슨 얘기만 하면 그런 얘기가 아니랜다.

규가 양주를 입에서 천천히 굴려 마시더니 고개를 휙 돌렸다 바로 했다.

아 씨발! 진짜 그런 얘기가 아니라, 그 형 얘기 들어봤냐고? 안 들어봤잖아? 그건 영태나 무령이 입장에서 하는 얘기일 뿐이잖아? 사람들이 얘기하는 게 무조건 옳으냐?

그냥 아무 사람들이 아니라 영태와 무령이 얘기니까.

영태나 무령이 얘기는 무조건 옳으냐?

됐다, 그만하자. 훈이 술잔을 훌쩍 비우고 식탁에서 일어났다.

욕실 쓸 사람?

규는 말없이 자기 잔에 양주를 더 따랐고 텔레비전을 보던 주란은 고개를 저었다. 훈은 세면용품을 탁탁 챙겨 욕실로 들어갔다.

훈이 씻고 나왔을 때 규와 주란은 식탁에 마주 앉아 담배를 피우고 있었다. 훈도 로션을 바르고 식탁 옆자리에 앉아 담배를 피워 물었다. 너 참 신기하다, 하며 규가 훈을 빤히 보았다.

뭐가?

왜 오밤중에 술 먹다가 샤워를 하고 난리냐?

샤워 안 했어, 이 닦고 세수만 했는데, 하고 훈이 대답하자 그래? 하며 규가 연기를 길게 내뿜었다.

너는 씨발 무슨 세수를 샤워보다 더 오래하냐?

훈이 주란을 보았다.

애 요즘 안 좋아. 네가 이해해. 주란이 말했다.

내가 이해하고 뭐고 간에 이게 상황이 좀 그렇네.

훈아, 훈아! 규가 외쳤다. 주란하고 얘기할 필요 없어. 난 말해. 너의 이런 씨발, 같이 술 먹다가 훌쩍, 이런 너의 무신경이, 너무너무 싫다고. 싫어 죽겠다고.

알지, 이거 취한 거. 주란이 말했다. 훈은 스트레이트로 양주 한 잔을 따라 마셨다.

아는데 이 녀석이 아까부터 자꾸 나 힘들게 하네.

훈이 너 이 새끼, 같이 술 먹다가 씨발, 그게 뭐하는 짓이냐고? 그러면 난 뭐가 되냐고?

네가 내 말 하나하나 꼬투리 잡으면서 따지니까 나도 기분이 안 좋아서 그냥 씻자 하고 들어간 건데 그게 그렇게 잘못됐냐?

그러니까 욕실은 너만 쓰냐? 여기 사람이 몇인데 주란은 또 여자고 맥주 마시고 그러는데 왜 니가 들어가서 나오지를 않냐고?

아, 그거? 그거는 내가 미안하다, 욕실 오래 쓴 거는.

샤워를 하려면 남들 다 자는 밤에 하든지 새벽에 하든지 그래야 될 거 아니냐고?

훈은 스트레이트로 한 잔을 더 따라 마셨다.

샤워 안 했어. 세수만 했다고 했잖아.

샤워 안 했는데 씨발, 뭐 이렇게 오래 걸리냐고? 난 이해가 안 된다고.

내가 원래 좀 오래 걸려. 왜 그런지는 모르겠는데 그래. 난 누구랑 여행 가도 이런 식으로 욕실 쓰는데 왜 너한테는 맨날 욕을 먹어야 되냐?

규가 손가락을 튕겼다.

빙고! 그래. 난 맨날 그렇다. 난 맨날 그래. 난 맨날 욕만 하는 새끼야. 아 맞다 맞아. 그게 답이었구만. 난 맨날 그래. 내가 맨날 문제야.

주란이 식탁에서 일어났다.

규, 취했으면 자빠져 자! 훈이 너도 자고.

훈이 양주를 병째 들어 마시고 내려놓았다.

주란, 솔직히 나 이런 일 자주 있었어. 다들 샤워했냐고 그러는데 난 세수했거든. 다들 그거 하나 이해 못하나. 그거 하나 이해 못해주더라고. 너도 이해 못해주냐, 주란?

자라고 그만!

미안하다 규. 내가 샤워도 안 하면서 너무 오래 씻어가지고.

그런 문제가 아니라고오. 규가 절규했다.

그럼 다행인데 미안해.

너도 진짜 지겹다, 훈아.

나도 너희들 지겹다.

나도 나도! 나도 너희들 지겨워. 너도 독재, 나도 독재, 주란도 독재. 알고 보면 우리 다 독재다. 그러니까 우리의 그 무엇이냐, 그 뭐냐, 여행을 하면 알게 된다는 그런 거, 그런 거 있잖아? 그런 거 너무 싫다! 너희들 그런 거 너무 싫다!

시끄러! 그만 닥쳐!

미안하다. 내가 괜히 같이 따라와가지고.

짜증나게 너까지 왜 이래?

다 메스껍다!

오래 씻어서 미안하다.

다 메스꺼워! 다 메스껍다고!

새벽에 잠깐 잠이 깼을 때 규는 방문이 열렸다 닫히는 사이로 주란의 목소리를 들었다.

방이 건조해서 뭔가 옷을 빨아 널든가 해야 하나.

그냥 자. 누가 빨아 이 시간에.

남자 목소리였다. 훈의 목소리는 아니었다. 훈은 규의 왼쪽에서 코를 골며 자고 있었다. 그럼 문이 닫히는 사이로 유성처럼 쏟아진, 쐐기 모양으로 철을 파고드는 붉은 녹 같은 그 목소리는 누구의 것이었을까. 자는 내내 그 낯설고 녹슨 목소리의 기억이 꿈속까지 따라와 규를 끈질기게 괴롭혔다. 그냥 자…… 누가 빨아…… 이 시간에…… 그냥 자…… 누가…….

아침부터 가는 눈이 내리기 시작했다. 주란이 일어나 보니 훈은 말끔하게 씻고 식탁에 앉아 커피를 마시고 있었다. 주란도 씻고 나와 규를 깨웠다. 규는 커피를 마시는 훈을 보고 쉰 소리로 말했다.

나도 한잔 타줘, 진하게.

알았어. 훈이 대답했다. 주란 너도 마실래?

주란은 이를 닦아서 마시지 않겠다고 했다.

위스키 남았으면 그것도 좀 넣어줘. 규가 말했다. 하 그 생각을 못했네. 위스키 남았냐? 남았지. 그럼 훈이 너도 넣어서 먹어. 속이 훨씬 편해져. 그래야겠네.

규와 훈이 식탁에 앉아 위스키를 넣은 진한 커피를 마시며 담배를 피우는 동안 주란은 작은방에서 건강보험공단 지역구 지사 담당자와 통화를 시도하고 있었다.

최준식 씨 부탁합니다…… 아, 최준식 씨가 과장님이시라고요…… 아무튼 최 과장님은 언제쯤 들어오실까요…… 메모를 해주시는 것도 해주시는 거지만…… 원래 최준식 씨, 아 최 과장님이 일주일 안에 전화를 해주신다고 해놓고 지금 열흘이 넘었는데 전혀 연락이 없으셔서요…… 네, 네…… 메모는 남기겠어요…… 그런데 일주일 안에 전화를 해주신다고 해놓고…… 아니 제가 지금 이 민원을 넣은 지가 한 달이 넘었어요…… 메모가 중요한 게 아니고요…… 도대체 최준식 씨가 오늘 언제 들어오시는지 알려주시면…… 모르신다고요…… 지금 전화 받으시는 분 성함은 어떻게 되죠…… 왜냐고요…… 왜냐니요…… 이보세요, 민원인이 전화를 받으시는 분 성함을 묻는 게…… 아, 송용희 씨라고요…… 알겠습니다, 송용희 씨…….

창밖으로는 사붓사붓 눈이 내리고 방문 틈으로는 아롱아롱 주란의 목소리가 들려왔다. 미적거리던 규가, 젊은 놈 이름은 송용희구만, 하더니 씻으러 욕실로 들어갔다.

출발 준비를 마친 그들은 짐을 챙겨 나와 데스크에서 체크아웃하고 장미정원에 주차된 차를 타고 곧바로 미시령 터널 쪽으로 향했다. 규가 터널 지나서 얼마 안 가면 황탯국이 죽이게 진국인 집이 나오는데 거기서 해장을 하자고 했다. 눈이 점차 쌓이기 시작하면서 제설 작업을 하느라 도로가 군데군데 지체되었다. 마침내 그들은 오래전에 묻혀 화석이 된 거대한 짐승의 뼈 내부를 관통하듯 기나긴 미시령 터널을 빠져나왔다. 갑자기 밝아진 시야와 꽤 굵어진 눈발 때문에 주란이 황탯국집으로 우회전해야 할 지점을 놓치자 규가 버럭 소리를 질렀다.

야, 야, 주란! 주란아! 눈이 먼 거야 뭐야? 저렇게 큰 글씨로 써 있는 걸 왜 못 보고 지나치냐? 이런 국도에서 신호 한번 만나려면 얼마나 한참 달려야 하는지 알아? 언제 갔다 언제 유턴해서…… 규가 갑자기 입을 다물자 차 안이 조용해졌다. 규의 말대로 한참 지나서야 신호등이 나왔고 주란은 유턴을 하기 위해 왼쪽 차선에 붙어 섰다. 화내서 미안해. 규가 시무룩한 말투로 사과했다. 갑자기 화가 솟구쳐서. 사람이 그럴 때가 있잖아. 제발 이해해줘. 신호가 바뀌었고 차는 유턴했고 주란은 말이 없었다.

그들은 식당 주차장에 차를 세우고 처마 밑에서 담배를 피웠다. 주란은 규와 훈에게서 서너 발짝 떨어져서 피웠다. 한 무리의 군인들이 눈을 맞으며 지나가는데 끄트머리의 군인이 옆 군인에게 물었다. 니는 꼭 오늘 한우를 무야겠냐? 옆 군인이 대답했다. 그래 나는 오늘 꼭 한우를 무야겠다. 군인들이 저만큼 멀어지자 규가 참지 못하고 크크 웃었다. 그럼, 꼭 무야겠지. 훈도 흐흐 웃었다. 규가 옛날 우리 부대 앞에 기가 막히게 짜장면 잘하는 집이 있었다고 하자 훈이 부대 앞에 그런 집이 꼭 하나씩 있지 했다. 귀대할 때면 그 집에 들러서 꼭 짜장면 곱빼기를 먹고 들어갔는데 이상하게 외박 나왔을 땐 안 들르게 되더라고, 얼른 거기 가고만 싶어서, 하고 규가 낄낄거리자, 그렇지, 외박 나오면 얼른 거기 가고만 싶지, 하고 훈도 낄낄거렸다. 주란은 지리멸렬한 싸움을 지켜보는 노파처럼 눈가의 실주름을 바르르 떨며 하염없이 내리는 눈을 지그시 노려보았다.

황태 식당은 신을 벗고 올라가는 넓은 마룻바닥으로 되어 있었다. 마루 귀퉁이마다 놓인 까만 옷걸이에는 붉은 앞치마들이 몇 개씩 걸려 있고 큼직한 메뉴판이 드리운 벽 아래쪽에는 유명인의 사진과 사인 들이 붙어 있었다. 창가 중간쯤에 나이 든 마른 여자와 뚱뚱한 젊은 여자 둘이 식탁 한가운데 붉은 흙을 한 삽 퍼놓은 듯한 모양의 찜요리를 놓고 먹고 있었다.

그들은 창가 끝자리에 앉아 황탯국과 황태구이를 시켰다. 나무 식탁 한가운데 둥글고 검게 탄 자국이 있었다. 규가 해장으로 한 병 할까 묻자 의외로 훈이 좋다고 했다. 오늘 새벽에 말이야, 하며 규가 훈의 잔에 소주를 따르자 훈도 규의 잔에 소주를 따르며, 오늘 새벽에 뭐, 했다.

혹시 누가…… 왔었나?

주란이 고개를 돌렸다.

아니지? 규가 움찔하더니 나도 아닌 거 아는데 그냥 확인한 거야, 하며 소주를 마셨다. 새벽에 오긴 누가 와, 하며 훈도 소주를 마셨다. 황탯국과 황태구이가 나왔다. 규와 훈은 황탯국에 밥을 말아 먹으며 소주 한 병을 뚝딱 나눠 마셨다. 규가 딱 한 병만 더 하자 하는데 한 손으로 턱을 받치고 황태구이를 천천히 씹던 주란이 물었다.

이번엔 그놈이 또 뭐래디?

으응, 뭐를…… 규가 말을 얼버무렸다.

뭐라 그랬을 거 아냐, 새벽에 온 놈이?

몰라, 기억 안 나.

말해!

잠자코 앉아 있는 규 대신 훈이 소주 한 병을 더 시켰다. 소주가 오자 주란이 턱을 받친 손을 내려 소주잔을 집었다. 나도 줘. 훈이 주란의 잔에 소주를 따르고 규와 자기 잔도 채웠다. 셋은 잔을 부딪치고 그대로 비워냈다. 다시 한 순배가 돌았다. 이번에는 규가 잔을 채웠다.

눈은 내리고, 술은 들어가고, 이러고 앉아 있으니까 말야, 규가 초초하게 술잔을 빙빙 돌리며 말했다.

우리 다시는 서울로 못 돌아가도 괜찮을 것 같지 않냐?

그들은 말없이 소주잔을 비우고 창밖을 내다보았다. 굵어진 눈발이 쉼 없이 쏟아지고 있었다. 옅은 취기로도 그들은 위태했다. 건너편 식당 앞 주차장에 차가 한 대 서고 야구모자를 쓴 남자와 털모자를 쓴 여자가 내렸다. 위스키와 급히 마신 해장 소주의 몽롱함 탓에 훈은 그들 커플이 팔짱을 끼고 촌닭 들닭 전문이라고 쓰인 간판 아래로 아장거리며 걸어 들어가는 뒷모습을 알아보지 못했다. 눈 내리는 창백한 회색 풍경 속에서 알아볼 수 있는 거라곤 세로로 비스듬히 뻗은 길의 윤곽과 왼편에 있는 작고 네모난 창고, 오른편의 널찍한 타원형 텃밭 정도였다. ▪

김금희

보통의 시절

1979년 부산 출생. 인하대 국문과 졸업.
2009년 『한국일보』 등단. 소설집 『센티멘털도 하루 이틀』.
〈신동엽문학상〉 수상.

보통의 시절

성탄절에 가족들이 만나는 것은 나쁘다. 4년 만이라면 더 그렇다. 심장이 얼어붙을 것 같다. 하지만 심장이 그렇게 쉽게 얼어붙지는 않지. 어려서 큰오빠가 무서워 심장이 멎을 것 같다가도 시간이 지나면, 큰오빠의 화가 가라앉으면 우리는 다시 심상하게 모여 아이스크림 같은 것을 먹었으니까. 그것은 심상한 일이었다. 심상한 분노, 심상한 공포, 심상한 회복, 심상한 단맛.

그 시절 나는 큰오빠를 괴물이나 마귀, 악당이라고 생각했고 좀 커서는 그냥 샐러리맨이라고 생각했다. 마귀에서 샐러리맨까지는 간격이 큰 듯해도 살다 보면 거기서 거기라는 걸 알게 된다. 그렇게 못 되면 그것이 더 나쁜 일이다. 내 경우가 그렇다. 여덟 살부터 마흔 다 된 지금까지 학교를 다니니까. 물론 학생이기만 하지는 않고 가르치기도 한다. 대학에서 가르치고 싶지만 지도 교수가 죽지 않고 선배들도 죽지 않아서 내 차례는 안 온다. 그래서 공부방을 한다.

하지만 난 스스로 선생이라 생각하지 않고 어른이라 여기지도 않는다. 나는 배우는 사람이고 배우는 사람은 순진무구한 사람이다. 순진무구한 사람은 나이가 들어도 아기 같은 사람이다. 상준이에게 이렇게 얘기하면 걔는 이게 뭔가 대단한 말인 줄 안다. 적어도 상준이에게는 그런 공손함이 있다. 아, 아줌마 왜 그래요, 아, 구려 냄새나, 하다가도 내가 좀 근엄하게 그게 그런 거야, 사는 이치야, 하면 진지한 얼굴로 고개를 끄덕인다.

상준이는 우리 공부방 첫 졸업생이다. 열심히 챙겼지만 대학을 못 갔고 올해도 다르지 않아서 한동안은 애프터서비스를 해야 할 것 같다. 다른 친구들은 다 대학을 가서 놀 사람이 없는지 하루가 멀다 하고 찾아온다. 우리 집에 죽치고 앉아서 공부방 중학생들을 가르치기도 한다. 그렇다 해도 애를 이 자리까지 달고 올 필요는 없었는데, 이게 무슨 짓인가. 하지만 혼자 있기 싫다는 상준이를 뿌리칠 수는 없었다. 오늘은 성탄절이니까.

"여기 있는 게 편하겠지?"

"편하니까 천천히 와요. 여기 있을게."

"갔다 와서는 영화를 보자."

"추로스도 먹고요."

"그래, 추로스."

그 길고 찐득하고 기름진 과자를 상준이는 왜 좋아하는지 모르겠다. 오래 들고 있으면 있을수록 기름이 배어 나오고 식으면 마치 종이를 씹는 듯한데. 아무래도 맹숭맹숭한 것이 맛이 무료한데 공짜로 줘도 먹을까 말까 한 맛인데.

처음 약속을 잡을 때만 해도 언니는 오랜만에 집밥을 먹자고 했다. 어쩌면 나올 수 없어서 그랬는지도 몰랐다. 언니는 언젠가부터 사람 많은 데를 가면 식은땀이 흐르고 심장이 뛰어서 대중교통을 못 탔다. 백화점도 한적한 오전에만 간다. 그런데 언니가 최종적으로 정한 약속 장소는 여기 구리의 고향삼계탕이다. 여기는 언니네 집도 아니고 우리만의 추억이 담긴 장소도 아니고 맛집 같지도 않다. 그냥 여기는 그냥 여기인 것 같다. 4년 만에 가족들이 아무 기대 없이 만나는 그냥 그런 곳같이 생겼다.

식당 안으로 들어가자 계산대를 보던 아줌마가 이제 다 오셨네, 했다. 큰오빠가 이미 취한 얼굴로 앉아 있고 언니가 주방을 향해 닭 올려요, 하고 일렀다. 그런 언니는 벌써 어떤 것들에 들볶인 얼굴이다.

삼계탕이 나왔지만 젓가락이 안 간다. 언니, 오빠들의 얼굴을 보니 우리는 아주 닮았구나 하는 생각만 든다. 이렇게 단춧구멍처럼 작은 눈들을 하고, 복 없는 좁은 턱과 불거진 광대를 하고 4년 동안 다들 어떻게 지냈나. 아예 연락을 끊고 산 사람은 큰오빠였다. 퇴직하고 작은 사업을 벌이다 실패하더니 오늘 이렇게 나타날 때까지 소식이 없었다. 술이 더 나오고 잔이 채워졌다. 작은오빠가 소주잔을 한번에 들이켰다.

"왜 술을 안 해?"

"차 가져왔어, 운전해야 해. 언니는 뭐 타고 왔어?"

"택시 탔어."

"왜 시골짝 식당을 잡았어? 유명한 식당 같지도 않은데."

"우리 동서가 하던 데잖아, 거의 접었어. 어디 조용한 데서 보고 싶어서, 닭장에 닭도 남았다 하고. 지금 먹는 게 마지막 닭이야. 다 죽었어, 이젠 없어. 근데 그게 문제가 아니다."

언니가 얼른 냅킨으로 코를 막았다. 닭장의 닭을 비워야 했다고 심드렁하게 말할 때는 언제고 갑자기 눈물 바람인가.

"나 다음 주에 수술 받는다."

큰오빠가 말했다.

"어디가 아파서요?"

"암이야."

"암이요? 무슨 암?"

"위암."

언니가 울지 않았으면 했다. 언니가 시끄럽게 코를 풀며 우니까 집중이 안 된다. 어쩌면 언니는 큰오빠 말을 귀담아듣지 않으려고 저렇게 소리를 내서 우는 건가. 언니는 큰오빠와 나 그리고 작은오빠가 사업도 망하고 취직도 못하고 이혼도 당하는 동안 단 한 번의 부침도 겪지 않은 사람이었다. 우리가 힘들 때 시원하게 도와준 적 없었고 호들갑스럽게 반응만 했다. 우리보다 더 느꼈다, 불안과 공포를. 그런 면에서 보면 언니는 몽상가 기질이 있다. 불안과 공포를 몽상한다.

어흑어흑어흑, 언니가 계속 울었다. 나는 너무 익어서 군내가 다 나는 열무김치를 들고 아줌마에게 이것 좀 가져가라고 했다. 졸고 있던 아줌마가 와서 멀뚱히 서 있기에 좀 먹을 수 있는 걸 내오세요, 했다.

"다 먹죠, 다른 손님 다 맛있다던데."

"그렇게 맛 간 걸 어떻게 먹어요?"

"아유, 이 정도는 보통 사람들 다 먹어요."

"그러면 그 사람들한테나 내놔요. 우리는 못 먹으니깐."

언니가 날 도왔다.

"은숙아."

큰오빠가 언니를 불렀다. 목이 잠겨 있었다.

"네가 그렇게 우니까 오빠 마음이 아프다. 울지 마라. 수술하면 된다니까."

"모르는 소리 말아요. 오빠. 암 그거 열어봐야 아는 거예요. 나 아는 사람도 열어보고 다 번져서 얼마 못 살고……."

작은오빠가 누나, 그만 좀 해, 하고 나직하게 말했다. 넘치지도 덜 하지도 않게 아주 적당한 톤이었다. 그렇게 위로해도 시원치 않을 마당에 누구를 벌써 황천길로 보내려고. 언니는 주위를 한번 둘러보더니 손수건으로 얼굴을 닦았다. 그런데 다 망했다는 큰오빠가 무슨 돈으로 수술을 할까. 혹시 치료비가 필요해서 모이자고 했나.

"암 선고받고 생각해봤다. 내 인생이 왜 이렇게 됐나 하고. 그리고 니들을 부를 생각을 했지. 김대춘을 만나러 가려고."

"오빠, 뭐요?"

언니가 놀라서 되물었다. 내가 잘못 들었나? 김대춘은 보일러실에 불을 질러 부모님이 운영하던 목욕탕을 전소시킨 사람이었다. 목욕탕 근처의 역에서 생활하던 노숙자였다고 했다. 그렇게 부모님이 세상을 떠나고 큰오빠는 열여섯 살에 가장이 되었다. 1982년 당시에는 꽤 이 슈가 된 일이라고 했지만 나는 겨우 걸음을 걸을 때라 잘 알지는 못했다.

그래도 김대춘이라는 이름을 기억하는 건 크리스마스카드 때문이었다. 성탄절마다 큰오빠가 김대춘에게 크리스마스카드를 쓰라고 했으니까. 황당하고 유치하지만 큰오빠는 카드에 '우리가 널 죽이러 가겠다'라고 쓰라고 했다. 좀 이상하고 무서운 말이기는 하지만 오빠가 그러라니까 우리는 잠자코 그렇게 썼다. 우리가 널 죽이러 가겠다. 카드 앞면에는 뚱뚱한 눈사람이 고깔모자를 쓰고 루돌프는 빨간 코를 반짝이는데 널 죽이러 가겠다. 색동 한복을 입은 아이들이 연을 날리고 썰매를 타는 어린애들이 해 가는 줄을 모르는데 널 죽이러 가겠다. 새해 복을 많이 받고 만수무강해야 하는데 널 죽이러 가겠다. 아마 그 카드들은 검열을 통과 못하고 다 버려졌겠지, 답장도 반송도 없었으니까.

"형, 김대춘을 어떻게 만난다는 거야?"

"나왔단다, 내가 알아봤어."

언니가 약을 꺼내 삼켰다. 언니는 왜 몹쓸 병에 걸렸을까. 몽상가이기 때문이다. 가진 게 많은 사람은 여유가 있고 여유가 있으면 몽상이 생긴다. 가진 게 많으니까 지킬 게 많고 지킬 게 많은 사람은 불안하니까 몽상은 불안을 먹고 자란다. 우리 부모가 그렇게 떠나버린 일도 언니의 몽상을 키웠을 것이다. 언니는 큰 탕이 네 개나 있었는데도 불이 번졌다고 한탄했다. 그렇게 물이 남아도는 목욕탕에서도 불이 나 죽을 수 있다는, 사는 게 그렇게 우습다는 언니 말은 매번 아주 지독한 농담처럼 들렸다.

"난 안 가요, 안 가."

언니가 몸을 밖으로 틀었다. 나도 가고 싶지 않았다. 난 부모님 얼굴이 기억나지 않고 부모를 사랑한다거나 귀여움을 받는다던가 하는 감정들에도 실감이 없으며 특별한 원한 같은 게 남아 있지 않았다. 김대춘은 내게 원수라기보다는 그냥 살인자였다. 성탄 카드를 쓸 때 언니, 오빠들과 공유했던 증오나 원망, 복수심도 흉내 낸 것에 불과했다. 큰 오빠가 안다면 뒤로 나자빠질 일이지만 그 당시 유행하던 홍콩 영화의 과장된 연기 같은 것이었다. 복수는 장국영이나 주윤발 같은 애들이나 하러 가는 거지, 우리가 왜 가? 이제 와 어쩌려고. 김대춘이 보고 싶으면 혼자서 가면 되지, 왜 우리더러 가자고 해?

"갑시다, 형. 소원이면 가야죠."

작은오빠가 결론을 내렸다. 언니는 설득이 되지 않았고 내 차를 써야 하니까 나는 반드시 가야 한다고 했다. 싫다고 했지만 결국 가는 도중에 언니를 내려주고 나는 일산까지만 같이 가기로 했다. 언니는 김대춘이 일산에 산다니까 제깐 놈이 무슨 돈이 있어서 일산엘 사느냐고 화를 냈다. 주소가 아파트예요, 어디예요, 묻더니 큰오빠가 아파트라고 하자 언니는 다시 냅킨으로 얼굴을 닦으며 울었다. 엄마, 아빠를 찾으며 울었다. 우리는 침통해졌다.

아홉 시가 다 되어서 우리는 출발했다. 상준이는 큰오빠와 작은오빠 사이에 불편하게 끼어 앉았다. 일산으로 간다고만 하고 누구를 만나는지는 상준이에게 말하지 않았다. 가는 동안은 큰오빠만 떠들었다. 전신 CT를 찍으려고 촬영실에 누워 있는데 다른 생각은 안 나고 자기가 추운 날 무슨 일인가로 우리를 골목으로 내쫓았던 기억만 떠올랐다고 한다. 벌을 세우고 불러들이자 우리 손이 다 곱아서 펴지지가 않는데 그 와중에도 내가 깔깔대며 웃었다고 했다. 촬영실이 추워서 그랬나 보고, 손이 곱을 정도로 추워서 몸이 떨리는데 귓가에는 어린애의 웃음소리가, 영하의 날씨에 내복만 입고 내쫓긴 어린 동생의 웃음소리가 떠나지를 않았다는 것이다. 그렇게 내쫓긴 것쯤은 아무것도 아니지, 나는 속으로 생각했다. 우리가 큰오빠한테 얼마나 맞았는데.

"아, 겨울인데 너무하셨네요."

그나마 상준이가 대꾸를 했다.

"왜 그러셨어요?"

"잘되라고 그랬지. 부모 없다고 돼먹지 않게 자라면 안 되니까. 그래서 그랬어, 내가 그랬어."

말투가 평소와 다르게 힘없고 좀 착잡한 것 같아서 큰오빠가 아픈 게 실감 났다. 그러게 그렇게 아픈 몸으로 김대춘을 만나러 가서 어쩌자고 가자는 건가, 죽일 것도 아니면서. 정말 죽이기라도 하는 날에는 큰일이긴 하지만. 큰오빠는 자기가 감상적이다 싶었는지 정치니 경제니 하는 화제로 바꿨다. 상준이는 그런 건 잘 모르니까 듣고만 있었다.

"근데 그쪽은 학생인가?"

"재수생이요. 아니, 이제 삼수생이요."

"과는 뭘 가려고?"

"건축학과요."

큰오빠는 건축학과? 하더니 반가운 듯이 내가 건축학과 85학번이잖아, 했다. 그리고 누구인지 알 수 없는 건축가들을 지루하게 설명했다. 재미가 없었다. 하기는 살인자를 만나러 가는데 무슨 이야기인들 재미가 있을까 싶었다.

"웃긴 얘기 하나 할까? 내가 다닌 대학 건축학과 건물이 날림으로 지어졌거든. 철근 제대로 안 쓰고 콘크리트 경도도 무시하고 지었어. 7, 80년대 건물 중에 그런 거 많았어. 그러니 백화점도 무너지고 다리도 무너지지. 아직도 무너질 건물 많다. 도시 전체가 허깨비야. 나는 알지, 건설회사에서 20년 일했으니까. 아무튼 그때 우리 과 교수들은 지진계를 자기 방에 달아놨어. 건물이 흔들려서 언제 무너질지 모르니까 여차하면 뛰쳐나가려고. 안 믿기지? 그때는 그런 일이 흔했어. 근데 어느 날 신입생 입학시험을 우리 건물에서 본 거야. 애들이 한꺼번에 계단을 올라가는데 건물이 흔들리는 거야. 우리는 느끼는 거야. 무너지면 몇 명이 죽는 거야? 고등학생 수백 명이 죽는 거야. 학과장이 진땀을 뺐어. 시험 보다가 무너질까봐. 시험 다 끝나고 학과장한테 가서 교수님, 신경 쓰지 마세요. 시험 끝나고 애들도 다 돌아갔어요, 했거든. 그러니까 학과장이 사색이 되어 있다가 그래, 남 조교, 애들은 애들이고 남 조교, 이 건물이 무너지면 가장 걱정되는 게 뭔 줄 아나? 사람 죽는 게 가장 걱정되죠, 그러니까, 학과장이 아니 그것도 그런데 생각해보게 남 조교, 건축학과 건물이 무너졌다고 생각해보게. 교수들은 뭐가 되고 여기서 배우고 나간 졸업생들은 뭐가 되나? 선생질하겠나? 취직이나 되겠어? 산 사람은 살아야 하는데 어디 가서 명함이나 내밀겠냐고?"

모두 웃었다. 이런 긴장에서 어떻게 웃을 수 있는지 몰라도 교수는 뭐가 되고 졸업생들은 뭐가 되나에서 웃음이 터졌다. 언니를 내려주려면 서초에서 빠져야 했지만 웃느라 지나치고 말았다. 하기는 그러고 싶은 마음은 별로 없었다. 왜 늘 언니만 쏙 빠지는가. 김대춘을 보러는 안 가도 나와 함께 차에 남아 오빠들을 기다리기는 해야 할 것 아닌가. 전혀 상관없는 상준이도 일산을 가는데 언니가 뭐라고 빠져? 한소리 들을 줄 알았는데 막상 이렇게 되니까 언니는 일산까지 가보겠다고 했다. 아마 웃음 때문일 것이다. 같이 웃거나 같이 울고 나면 긴 공백을 뚫고 친밀감이 되살아나니까.

일산으로 접어들면서 우리는 긴장으로 다시 말을 잃었다. 인조 풀장이 있는 놀이공원을 지나 우리는 거기서 거기인 듯 보이는 아파트 단지들을 돌았다. 안온하고 가정적인 분위기의 베드타운이었다. 여기에는 베드만 있고 살인자는 없을 것 같았다. 김대춘이 사는 아파트로 들어서자 언니가 소형 평수네, 하며 차창을 내렸다.

"15평도 안 돼 보여."

김대춘 집이라는 207호에는 불이 훤하게 켜져 있었다. 큰오빠가 내릴 준비를 하면서 선선히 문 열어주지는 않을 테니 야식 배달 왔다는 말로 속여야겠다고 했다. 하지만 큰오빠는 모직코트에 양복 차림이었고 작은오빠는 때늦은 바바리 차림이었다. 속을 리가 없었다. 작은오빠가 차라리 2층이니까 베란다 쪽으로 기어 올라가보자고 했다. 그것도 말이 안 된다. 힘들고 날이 추워서 아예 매달리지를 못할 테니까. 우리는 상준이가 있다는 것도 잊고 대체 그놈의 원수가 어떻게 하면 현관문을 열지 의논했다. 내가 자꾸 안 된다고 하니까 큰오빠가 그러면 어쩌자는 거야? 하면서 화를 냈다.

"제가 할까요?"

상준이가 우리 이야기를 이렇게 저렇게 생각하며 듣다가 물었다.

"점퍼랑 모자랑 딱 알바생 느낌인데."

그렇기는 했지만 상준이를 보낼 수는 없었다. 늙고 병들어 풀려났다고 해도 살인자는 살인자니까.

"그럼 그렇게 하지 뭐."

큰오빠가 반색했다. 내가 안 된다고, 상준이는 끌어들이지 말라고 말렸지만 소용없었다.

"일단 현관문이 열리면 학생은 차로 돌아와서 기다리면 돼. 어린 친구가 험한 꼴 볼 필요 없이."

"험한 일이 있어요?"

"……말이 그렇다는 얘기야."

상준이와 오빠들이 아파트 안으로 들어가자 언니는 전화를 걸어 조카들의 귀가를 챙겼다. 평소와 다르다고 느꼈는지 막내조카가 엄마 어디 아파? 하고 묻는 소리가 전화기 너머로 들렸다.

"기뻐서 그래. 이모랑 외삼촌이랑 만나서 좋아서. 응, 그래, 내일 또 가봐야지. 공항 철도 타러 가야지."

언니는 아무렇지 않은 듯 대화하다가 끊을 때쯤에는 울먹울먹했다.

"공항 철도는 왜?"

"요즘 애들이랑 전철 타기 연습을 해, 의사도 그러라 하고. 공항 철도는 좀 한산하니까."

"너무 신경 쓰고 살지 마. 그만하면 괜찮잖아. 언니보다 못하게도 다 사는데."

"그 사람들처럼 못살게 될까봐 그러니, 내가?"

"그럼?"

언니는 한참 말이 없다가 춥다고 한마디 했다.

"사람 사는 거 다 거기서 거기지. 뭐 다르다고?"

"그건 네가 세상을 한 면만 봐서 그렇고. 다 안 그래. 안 그렇게 살 수 있어. 네가 몰라서 그렇지. 모르는 사람들이나 자기 위안으로 그렇게 생각하지. 안 그래."

언니는 마치 내가 맛보지 못한 어떤 좋은 음식을 가리키듯 말을 아껴가며 했다. 그때 상준이가 경중경중 뛰며 아파트에서 나왔다. 오빠들은 집 안으로 들어갔나 했는데 곧 뒤따랐다. 인터폰에 불이 잠깐 들어오긴 했지만 기척이 없다고 했다.

"갑시다, 가요."

언니가 추운지 목소리를 떨었다. 오빠들은 말이 없었고 상준이는 룸미러를 보면서 한동안 모자를 고쳐 썼다.

"학생은 집이 어디야?"

언니가 물었다.

"방배동이요."

"그러면 초등학교 어디 나왔어?"

"남선 초등학교요."

"우리 아들이랑 동문이네."

"아드님도 남선 출신이에요?"

"응, 거기 공원 뒤쪽에 초등학교 있잖아."

"개구리색 체육복,"

"그래, 개구리색 체육복, 거기 나왔지. 지금은 대학 갔고."

"좋겠어요. 대학도 가고 엄마도 있고."

"학생은 엄마가 없어?"

"없어요, 죽었어요."

"저런."

"추우세요?"

상준이가 머플러를 풀어서 언니에게 건넸다.

"고마워."

큰오빠가 확실히 집에 있긴 있으니까 가서 정공법으로 문 열어라, 전과자 새끼야, 살인자야, 하겠다고 했다. 아파트 사람들 다 알게 되는 게 싫으면 틀림없이 연다는 말이었다. 정말 그게 통할까 싶었지만 이번에는 안 말렸다. 큰오빠는 뭔가를 하는 사람이지, 뭔가를 안 하는 사람은 아니니까.

"상준이는 여기 놔둬요."

나는 상준이에게도 가지 말라고 일렀다.

"학생은 학생이 알아서 해."

큰오빠가 그렇게 말하고 차에서 내리자 상준이와 작은오빠가 재빨리 뒤따랐다.

"왜 가니, 거기를 왜 가?"

내가 놀라서 불렀더니 상준이가 그러게요, 하고 답하면서 손을 흔들었다.

"아까는 맘이 약해져서 울긴 했지만 인간 말종이야. 난 오빠 무서워서 생리도 열여덟에 했다. 밥을 못 먹고 잠도 제대로 못 자서 발육이 늦어서 내가 그 나이에 생리를 했어."

언니가 불안하다, 불안해, 하면서 진땀을 닦다가 대책 없는 인간이야, 제멋대로 하는 인간이야, 하면서 큰오빠를 욕했다. 언니가 화를 내자 차라리 마음이 편해졌다. 왠지 공포를 느끼는 사람을 보면 지은 죄도 없는데 죄책감이 든다. 그러니까 두려워하는 사람보다는 화난 사람 곁이 차라리 속 편하다.

"자기가 언제부터 부모 생각을 그렇게 했다고, 이 추위에 여기까지 와?"

"하기는 언니 말이 맞네. 제사도 안 지내면서."

큰오빠는 평생 화가 나 있는 사람이었고 부모에게도 마찬가지였다. 동생을 셋이나 낳아서 화나고 비명횡사해서 화나고 목욕탕을 해서 화난다. 양장점이나 금은방 같은 가게를 했으면 그렇게 죽지 않았을 거라고 했다. 어중이떠중이 다 몰려와서 때 벗기고 머리 감는, 문턱이 낮다 못해 없다시피 한 일을 해서 이렇게 되었다는 것이다. 하지만 말은 바로 하라고 목욕탕은 문제가 아니지. 우리는 그 목욕탕으로 돈을 벌어서 집을 두 채나 샀다고 하니까.

"그리고 연주 이모, 너 연주 이모 기억하지?"

"그럼 기억하지."

"그렇게 부려먹은 이모를 그 인간이 어떻게 했는지도 기억하지?"

"어떻게 했는데, 자기가 도망 간 거 아니었어?"

"그 착한 사람이 도망을 어떻게 가니? 너도 크고 식모는 이제 필요 없으니까 할머니가 알아봤다는 시골 재취 자리로 보내버렸다. 쉰이 다 된 사람이라는데 거기로 쫓아내다시피 했다가 한 계절 뒤인가 이모가 우리 집에 거지꼴로 찾아왔는데 저 인간이 어떻게 한 줄 아니? 뺨을 몇 번이나 후려쳐서 내쫓았단다. 아이처럼 쬐그만 연주 이모 얼굴이 한쪽으로 완전히 돌아갔지. 큰오빠 저렇게 아프게 된 거 다 죄 받은 거야."

그랬구나 하는 생각이 들자 이상하게 긴장도 사라졌다. 그렇게 된 거였구나, 그랬구나, 하니 긴장의 자리를 따끈한 분노 같은 것이 채웠다. 연주 이모는 부모님이 살아 있을 때 식모로 왔다가 우리가 서울로 온 뒤로도 10년 넘게 같이 살았던 사람이었다. 착했지만 어딘가 좀 모자랐고 의지가지 할 식구가 없었다. 그래도 내게는 엄마 역할을 해준 사람이었는데 어느 날 말도 없이 사라져버렸다. 그때가 하필이면 중학생 시절이라 나는 아주 너덜너덜한 마음으로 사춘기를 보내야 했다. 그런데 이제 보니 날 그렇게 너덜너덜하게 만든 게 큰오빠였구나, 언니가 생리를 늦게 한 것도 큰오빠 탓이고, 작은오빠가 홀아비로 늙고 있는 것도 큰오빠가 하도 쪼다, 멍청이라 욕을 해서다. 그러면 우리의 원수는 큰오빠인가 싶은데 큰오빠는 김대춘이 원수라고 하고 사실 공식적으로도 그러니까 다시 원수는 김대춘이 된다.

"그건 그렇고 가봐야 하는 거 아니니? 전화는 왜 안 받아, 무슨 일 난 거 아니니?"

그렇게 욕할 때는 언제고 언니는 다시 불안에 떨었다. 몽상은 노래처럼 리듬이 있는 것 같았다. 멈추고 연속되고 하면서 주기를 만든다. 큰오빠는 우리 원수이지만 우리 가장이고 우리 가장은 인간 말종이지만 지금은 죽음과 신 앞에 선 가엾은 단독자이며 원수를 갚으려는 전직 샐러리맨이다. 그렇게 몽상하다 멈추고 몽상하고 몽상하다 보면 그런 일들이 다 맨송맨송해지면서 그냥 그런 보통의 일이 된다. 샐러리맨도 보통이고 마귀도 보통이다. 인간 말종도 원수도 가엾은 단독자도 다 보통의 것, 그냥 심상한 것, 아무렇지 않은 것, 잊으면 그만인 것, 거기서 거기인 것들이다.

큰오빠에게 진작 이렇게 말했으면 일산까지 오지 않아도 되었을 텐데. 나는 어떤 중요한 사실을 깨달은 듯한 기분이 들었다. 누구를 용서하고 말고 할 것 없이 불행을 일반화, 불행을 평준화, 불행을 보통화해서 마음의 평화를 얻을 수 있다. 그런 건 큰오빠 말마따나 우리처럼 미천한 목욕탕집 네 남매나 할 수 있지, 마구간에서 태어난 예수처럼. 그렇게 누추한 곳에서 태어나도 예수는 세상이 끈질기게, 아주 끈질기고 한결같이 불행한 덕분에 신도 됐으니까. 그러고 보면 오늘이 어쩌면 신이 될지도 모르는, 인생을 새롭게 살 수 있을지도 모르는 절호의 기회인데 큰오빠는 바보처럼 일산까지 와서 김대춘이 사는 아파트 안에 들어가겠다고 저렇게 부산을 떨고, 한심하다, 한심해.

나는 큰오빠가 김대춘에게 폭력을 휘두르거나 해서 일을 크게 만들지 않았을까 걱정이 들었다. 그러면 오빠들도 오빠들이지만 상준이가 뭐가 되나. 걔는 아무것도 모르는데. 언니가 오빠들에게 다시 전화를 했지만 받지 않았고 우리는 더 기다릴 수가 없어 차에서 내렸다.

　문은 상준이가 열어주었다. 집 안으로 들어가니 한 늙은 남자가 오
체투지를 하는 것처럼 바닥에 납작 엎드려 있었다. 얼마나 말랐는지
살구색 내복이 허물처럼 헐렁했다. 김대춘이냐고 묻자 상준이가 고개
를 끄덕였다.

　"근데 왜 저러고 있니?"

　"넘어졌어요, 실랑이하다가."

　혹시 머리를 부딪쳐서 졸도하지 않았나 싶었는데 그런 것 같지는 않
았다. 허물을 벗으려는 애벌레처럼 김대춘은 몸을 이리저리 틀었고 어
구구구 하고 웅얼거렸으니까. 우리를 상대로 진을 빼느니 저렇게 이상
한 자세로 버티는 편을 선택한 모양이었다.

　내가 식탁에 앉자 큰오빠가 주전자에서 물을 따랐다. 김대춘은 저녁
상을 못 치운 채 오빠들을 맞은 것 같았다. 포일로 감싼 생선이 접시에
놓여 있었다. 꽁치였다. 김치 뚝배기에 들어 있는 건 갓김치였다. 갓김
치는 연주 이모가 잘 담갔는데 그건 맛있어서, 너무 맛있어서 우리는
다 익기도 전에 먹어치우곤 했다. 신김치가 좋았던 연주 이모는 따로
제 몫을 남겨두었다가 자기만 익혀서 먹고. 그러다 더 익으면, 완전히
익으면 멸치 국물을 내서 지져 먹었지. 나는 신김치는 안 먹어도 그 찌
개는 좋아했다. 그 시큼시큼하고 칼칼한 찌개 맛은 연주 이모와 나만
알았다.

　"이거 보리차야, 뜨끈뜨끈해."

　우리는 이 집 주인인 양 식탁에서 보리차를 나눠 마셨다. 언니는 마
시지 않겠다고 했다. 그게 뭔 줄 알고 먹어, 하면서 손을 내저었다. 집

에는 김대춘 말고도 누군가가 있었다. 작은방을 열었더니 뇌성마비인지 몸이 뒤틀리고 얼굴도 한편으로 돌아간 여자가 거실로 나오려고 안간힘을 쓰고 있었다. 양말이 다 벗겨진 여자의 발이 눈에 들어왔다. 그렇게 된 발이 몸을 앞으로 밀기 위해 버둥대는 것이.

"안 되는데, 안 돼요."

상준이가 두꺼운 담요로 여자를 싸안았다. 그리고 아기를 들듯 조심스럽게 방으로 옮겼다. 이불을 더 꺼내 여자가 문 쪽으로 못 나오게 방 중간에 쌓았다. 나는 여기서 얼른 나가고 싶었지만 큰오빠는 우리가 들어오자 오히려 목소리가 높아졌다. 구구절절 신세한탄이었다.

"은숙아, 막내야, 이제 너희가 한마디 해라."

그만하면 됐는지 큰오빠가 말을 마쳤다. 언니는 답이 없었다. 아까부터 한 손으로 이마를 짚은 채 식탁에 기대 김대춘만 뚫어져라 보고 있었다. 그런 언니 얼굴이 뭐랄까, 너무 조용하고 미동이 없었다. 청색 시대의 어떤 그림들처럼 창백하고 표정이 없고 우울이, 온도를 헤아릴 수 없을 만큼 차가운 우울이 있었다.

"은지 네가 해라. 참으면 나처럼 병 되니까, 일산까지 왔으니까 어서."

바통을 이어받은 나는 그러나 뭐라고 해야 할지 생각이 안 났다. 뜸 들이는 사이 작은오빠가 복도에 나갔다 왔고 고소한 담배 냄새가 났다. 나도 담배 한 대가 간절해졌다. 얼굴도 못 보게 저렇게 엎드려 있으니 말은 더 안 나왔다. 존대를 써서 물어야 하는지, 오빠들처럼 하대를 해야 하는지부터가 감을 잡을 수 없었다. 저 늙은이를 희롱하고 모욕하는 데 내가 얼마만큼의 지분이 있는지 가늠이 안 됐다. 김대춘은 자기가 당연히 그런 취급을 받아야 한다는 듯 엎드려서, 세상에서 가장 비천하고 두려움 있는 인간의 자세를 하고 있지만 그런 자세는 어딘가 과장되고 공격적이어서 도리어 모욕감을 느끼게 했다. 하지만 지금 이 상황에서 내가 왜 이런 걸 따지고 있나. 뭐 필요한 일이라고, 어서 말을 해야지, 하고 얼른 여기를 벗어나야지.

"그게 그때 그 크리스마스카드들은 받았을까……."

말을 내뱉자마자 후회했다. 받았을까라니 대체 누구에게 하는 말인가? 어구구구어구구구…… 김대춘이 웅얼거렸다. 어구구구가 뭐야, 그렇다는 거야, 아니라는 거야, 뭔지 알아야 반응을 하지, 말을 이어보지. 김대춘이 그렇게 한결같으니 분위기는 다시 가라앉았다. 크리스마스카드에 쓴 것처럼 성탄절이 되어 왔는데 우리 중 누구도 김대춘을 어떻게 할 생각은 없는 듯했다. 이럴 거면 뭣하러 왔을까 하는 생각도 들지만 마음의 평화를 얻기 위해서는 언제나 구도의 길이 필요하니까. 그 구도의 길이 멀리 중국이나 인도도 아니고 일산 정도니까 정말 다행이지. 작은오빠가 시계를 보며 이제 그만 가자고 했다. 그래, 그러자, 하고 다 같이 일어서려는데 언니가 가긴 어딜 가니? 하고 입을 열었다.

"저놈 얼굴도 안 보고 어떻게 간단 말이야? 얼굴을 알아야 내일이라도 딱 마주치면 알 것 아니니. 뒤통수 안 맞을 것 아니냐고."

하긴 그랬다. 하지만 그렇게 마주칠 가능성이 얼마나 된다고 얼굴을 꼭 봐야 한다는 걸까. 언니가 김대춘에게 일어나, 일어나, 하고 소리질렀다. 그렇게 두려움이 많아 광장에도 나가지 못한다면서 정작 살인자의 집에서는 그러지 않았다. 형제들이 있어서인가, 김대춘이 날 잡아 잡수라는 듯 저러고 있어서인가. 그러면 언니의 불안은 위계의 문제인가. 일어나, 일어나, 하면서 언니가 식탁 앞에 서서 김대춘에게 삿

대질을 했다.

"우리 부모를 그렇게 죽이고 그래, 이렇게 버젓한 아파트에 떵떵거리며 살고 있단 말이야? 빼앗아버려야 해. 법이 있어, 범죄자 재산 몰수, 그런 법이 다 있단 말이야."

"아녀, 딸 아파트, 난 아무 상관없는 아파트."

김대춘이 다급하게 입을 열었다. 다 갈라지고 쉬어 터진 목소리였다.

"상관이 왜 없어? 부모 자식 간에. 그래, 우리 부모를 죽여놓고 너는 다 늙어 딸이랑 이렇게 야무지게 잘살고 있었단 말이야?"

"내가, 내가 죽게 하질 않았는데."

김대춘이 다시 말했다. 아주 자신 없고 모기만 한 소리였다. 하지만 그 작은 소리에 우리는 린치를 당한 사람들처럼 아연해졌다. 잘못 들었겠지, 아니 잘못 듣지 않았다면 거짓말을 하는 것이겠지. 김대춘이 이번에는 똑똑히 들리게 죽인 게 아녜요, 라고 했다.

"보일러실에 불을 질렀잖아."

작은오빠가 아주 답답하다는 듯 나서며 말했다.

"아니야, 난 거기서 잠만 잤어요."

"불이 났는데 무슨 소리야?"

"더럽다고 목욕을 안 받아서……."

"그래서 불을 질렀잖아."

"아니아니, 불을 끄려고. 괘씸해서 보일러를 꺼서 장사나 못하게 하려고."

"그런데 불이 왜 났어?"

"몰라요."

"모른다고?"

"잠이 들어서 몰라."

"형까지 살아놓고는 왜 몰라?"

"살았지. 살라니까 살았지, 잘은 몰라."

작은방의 여자가 그러지 마요, 그러지 마요, 하면서 우는 소리가 들렸다. 그러지 말라니? 우리가 한 일이라고는 여기 들어와서 보리차로 목이나 축이면서 신세 한탄한 것밖에 없는데. 지금 누가 누구에게 하라, 하지 마라야, 우리 부모가 누구 손에 죽었는데. 우리는 어떻게든 불미스러운 일은 만들지 않으려고, 성탄절이니까 예수처럼 원수를 사랑하지는 못하더라도 어떻게 하던 마음의 평화를 찾아보려고 일산까지 왔는데. 이제 와서 자기가 안 죽었다니, 김대춘은 원수인데 확실히 그런데, 이제 와서 원수가 아니라고 하니 정말 원수처럼 미웠다.

"가시오, 가."

김대춘이 더는 못 견디겠는지 상체를 완전히 일으켰다. 드디어 드러난 김대춘의 얼굴은 그냥 늙은 얼굴이었다. 한없이 쪼그라들고 골이 패인, 늙음이라는 단어를 떠올리면 누구나 생각할 만한, 너무 흔해서 아기들도 단번에 그려낼 듯한 그런 얼굴이었다.

"이제 내 딸도 풀어주고. 그만했으면 가요."

방금 전까지 벌벌 떨 때는 언제고 김대춘은 이제 다 귀찮다는 투였다. 상준이가 작은방으로 가서 이불을 치웠다. 김대춘은 자기 뒷머리를 천천히 쓰다듬으면서 우리를 외면한 채 창밖의 눈을 보았다.

큰오빠는 고속도로를 타기 전에 카페 앞에 차를 세웠다. 잠깐 요기를 하고 가자고 했다. 그사이 눈이 내려서 도시가 묻히고 있었다. 24시간 영업이라는 네온사인만 선명하게 불을 밝혔다. 성탄절이 지난 지 몇 시간 되지 않았는데 트리의 전구가 꺼져 있었다. 나는 가서 트리를 켜보려고 하다가 코드가 말려 있는 것을 보고 그냥 돌아왔다. 차와 추로스를 주문하고 우리는 자리에 앉아 각자 휴대전화를 확인했다. 언니는 대학생 조카가 이렇게 눈이 오는데 차를 가지고 나갔다며 걱정이었다. 불안한 것 같았다. 하기는 눈 오는 도시야말로 정말 위험하다. 그것은 나아가지 못하게 하니까. 미끄러지고 후진해서 우리를 아연하게 뒤로 처지게 하니까.

큰오빠는 안색이 나빴고 몸을 움츠리고 있었다. 큰오빠의 긴장되고 추운 듯한 얼굴은 내가 가지고 있는 몇 안 되는 가족사진을 생각나게 했다. 어느 유원지에서 찍은 사진들인데 까까머리 고등학생인 오빠는 화사한 꽃과 솜사탕과는 아주 상관없는 무뚝뚝하고 날카로운 얼굴을 하고 있었다. 카메라를 정면으로 바라보고 있는 눈에서는 무엇에도 속지 않겠다는, 인생의 허방을 딛지 않겠다는 어떤 결의 같은 것도 엿보였다. 그리고 우리 네 남매 옆에는 머리를 아이처럼 양 갈래로 땋은 연주 이모가 한 손으로 치마를 살짝 쥐며 서 있고.

"오빠, 손을 왜 이렇게 떨어요?"

나는 나도 모르게 큰오빠 손을 잡으며 물었다.

"추워서 그렇지."

"김대춘을 보니 그래, 마음이 풀렸어요? 김대춘 얘기는 다 뭐예요?"

언니가 여전히 울상을 하면서 물었다. 큰오빠도 작은오빠도 대답은 없었다. 언니도 정작 물어놓고는 다시 조카에게 전화를 걸었다.

"은숙아, 은지야, 명철아, 죽은 사람은 죽은 사람이고 산 사람은 살아야 하지 않겠어? 넌 직장 잘 다니고 넌 애가 고3이니 그 걱정만 하고 너도 대학에서 공부하느라 힘든데 신경 쓰지 마라. 잊어버려."

큰오빠가 담담하게 말했다. 마음이 놓였다. 어차피 부모의 불행을 들려준 것도 원수의 이름을 알려준 것도 그의 얼굴을 보여준 것도 큰오빠 아닌가. 큰오빠가 신경 쓰지 말라고 하면 말면 된다. 나는 공부하는 사람이고 공부하는 사람은 순진무구한 아기 같은 사람이니까. 그런 문제에 대해서는 생각해봐야 알 수 없고 답도 못 찾는다.

"그렇게 생각하는 사람이 우리를 일산까지 막무가내로 데려와요? 오빠도 참 별종이야."

별종이야, 하면서 언니가 큰오빠 팔을 살짝 꼬집었고 우리는 같이 웃었다. 그렇게 꼬집어봐야 오빠는 지금 너무 아픈 사람이라 간에 기별도 안 간다고 아무리 우리가 세게 꼬집어도 그냥 누가 간질이는 건가 할 거라며 웃었다.

"상준이 너도 오늘 본 일은 다 잊어, 알았지?"

상준이는 휴대전화로 누구와 메시지를 주고받으면서 다리를 달달 떨었다. 괜찮겠지, 상준이는 좀 단순한 아이이니까. 함께 공부하고 농담하고 영화도 보면 다 잊을 것이다. 무슨 일이 생기지는 않았으니까. 우린 그냥 얘기나 좀 하다가 그 집에서 나왔으니까.

"잊기는 어떻게 잊어요? 이미 봤는데 어떻게 잊어요? 이미 들었는데 어떻게 잊어요?"

상준이가 그렇게 말하자 우리 넷은 천천히 웃음을 거뒀다.

"잊지는 못하고요, 선생님. 그렇다고 이 일이 왜 이렇게 됐나. 누가 어떻게 하다가 사람들이 죽었나, 누가 제일 나쁜 놈인가 그런 생각은 안 할게요. 그냥 이건 보통 일이 아닌 것 같고 난 머리가 나쁘니까 보통도 안 되는 놈이니까 지금은 생각해서 뭘 해요."

"그래그래, 학생은 생각하지 마. 상관없는 일이니까 그냥 생각을 하지 마."

큰오빠가 말했다.

"그럴게요."

"미안해요, 학생한테. 우리 아들이나 마찬가지인데."

언니가 말했다.

"왜 미안해요?"

"그냥 미안해."

상준이는 에이, 왜 이렇게 진지한 분위기예요, 하고는 음료를 가지러 갔다. 온풍기 바람이 테이블 위의 촛불을 이리저리 흔들리게 했다. 그리고 그렇게 생겨나는 음영들은 어떤 몽상들을 불러냈다. 어두운 보일러실 계단을 내려가는 촛불의 움직임이었다. 따뜻하다. 이제껏 느껴본 적 없는 따뜻함이 거기에 있다. 따뜻함은 너무 따뜻해서 잊게 하지. 강철의 추위나 모욕감 같은 것을. 그리고 잠들게 하는 것이다. 상상했던 모든 것을 잊어버리도록, 발을 쭉 뻗고 팔베개를 하게 만드는 것이다. 꿈도 꾼다, 집으로 가는 꿈을. 거기에는 어린 딸이 기다리고 푹신한 담요가 있다. 그러다 운이 나쁘면 어쩌다 좀 방심하다 보면, 이유를 알 수 없는 거대한 불행이 일어나기도 하고 거기에 휘말리기도 하는 것이다.

하지만 그런 일들은 얼마나 하잘것없는, 특별할 것 없는 몽상들일까. 나는 마음 한편에 이는 불안을 꺼뜨리며 그렇게 생각했다. 그리고 상준이가 가져온 진한 커피와 추로스를 먹으면서 생각했다. 단맛이 있구나 하고, 어찌 되었든 오늘도 단맛이 있는 날이긴 하네, 하고. ▪

박형서

시간의 입장에서

1972년 강원도 춘천 출생. 한양대 국문과와 고려대 문창과 대학원 졸업.
2000년『현대문학』등단. 소설집『토끼를 기르기 전에 알아두어야 할 것들』『자정의 픽션』
『핸드메이드 픽션』『끄라비』. 장편소설『새벽의 나나』. 〈대산문학상〉 수상.

시간의 입장에서

종이상자에 담긴 누런 유정란 하나가 맨해튼 이스트 강변의 UN본부에 배달되었다. 분석 결과 진짜 적색야계(赤色野鷄, Red Jungle Fowl)의 달걀로 판명되었고, 이 소식은 독일 본에 위치한 IPBES(생물다양성보호기구, Intergovernmental Platform on Biodiversity and Ecosystem Services)로 전달되었다.

월요일 오전 열 시, IPBES의 종다양성위원회에서 사실 확인 및 개체 인수를 위해 현장 요원을 급파하기로 결정했다. 그런데 그날은 하필 10월의 첫 일요일 다음 날이라 모든 현장 요원들이 옥토버페스트의 숙취로 고생 중이었다. 오후 네 시가 되어서야 지원자가 한 명 나왔다. 현장 요원이 아닌 사무국의 행정직 중간 간부, 성범수였다. 승진에 별 도움도 되지 않는 일에 그는 왜 자원했을까? 귀싸대기를 맞았기 때문이었다.

그렇다. 부끄럽게도 범수는 귀싸대기를 한 대 맞았다. 곤하게 자던 중이었다. 머리에 가해진 충격이 어찌나 강했던지 매트리스 스프링의 탄성에 의해 몸이 똑바로 일으켜질 정도였다. 자고 있던 방향과 타격이 가해진 위치, 그리고 오른손바닥을 열심히 주무르는 모습 등으로 미루어보아 아내가 제자리에서 몸을 일으켜 왼손으로 매트리스를 짚은 뒤 오른손을 이용해 사력을 다해 내리찍은 모양이었다.

　아내는 낮게 으르렁거렸다. 대략 남편을 비하하고 결혼생활을 후회하는 것 같았다. 여러 맥락을 종합해볼 때 그렇다는 것이지, 실제로는 한 마디도 알아들을 수가 없었다. 그건 진짜 '으르렁'이었다. 상황을 이해하려는 노력이 벽에 부딪히자 범수는 귀싸대기 맞던 순간의 자세를 생각했다. 8년 동안 살을 맞대고 살아온 남편을, 무방비 상태로 곤히 잠든 뺨을, 입술로 살랑살랑 비벼도 시원찮을 판에, 벌레 밟듯 있는 힘껏 내리찍은 그 결기 있고 단호한 자세를 생각했다. 그러자 이건 정말 원통하단 생각이 들었다. 횡설수설하는 아내의 어깨를 밀었다. 아내는 삼류 엑스트라처럼 넘어지더니 침대 아래로 굴렀다. 대각선 저쪽 끝 문지방까지 10미터를 데굴데굴 굴렀다. 갈고닦은 듯 몸놀림이 가볍고 자연스러웠다.

　짐은 모두 싸둔 상태였다. 있는지도 몰랐던 커다란 이민가방이 현관 앞에 다섯 개나 줄지어 있었다. 집에 가겠다고 했다. 이혼서류는 우편으로 보낸대나 어쩐다나.

　"여긴 독일이고, 당신 친정은 대전에 있어. 그리고 지금은 새벽 세 시야."

　"여섯 시 십오 분 비행기로 예약했어."

　그녀를 붙잡기 위해, 일단은 붙잡고 뭐라고 얘기라도 나눠보기 위해 노력했지만 그토록 착착 진행되는 단계의 어디에도 범수가 끼어들 틈은 없었다. 같이 살았던 지난 8년에 걸쳐 끝없이 리허설을 해둔 게 아닐까? 세 시간 남았으니 이제는 출발할 시간이네, 남편의 귀싸대기를 내리찍어 깨워야겠어, 뭐 그런 건가? 제발 이유만이라도 알려달라고 사정했다.

"때가 된 거지."

아내가 쌀쌀맞게 대꾸했다.

"때가 되었다고?"

"당신도 잘 알고 있잖아."

범수는 잘 알고 있지 않았다. 실은 뭐가 어떻게 돌아가는 건지 조금도 짐작할 수가 없었다. 그러나 고개를 끄덕이며 알아들은 척을 했다. 어쩐지 그러는 게 좋을 것 같았다. 혹은, 어떻게 해도 달라질 게 없을 것 같았다.

택시는 현관 앞에서 대기하고 있었다.

떠났다.

존스홉킨스대학 진화생물학 연구팀에서 발표한 논문 한 편이 지나치게 많은 관심을 끌었다. 요약하자면 닭의 멸종이 임박했다는 것이다. 뭐?

뭐라고?

많은 사람들이 머리를 갸우뚱거렸다. 닭은 지금 이 순간에도 지구상에 300억 마리 넘게 살고 있는 동물이어서, 단순히 산술적으로 계산하더라도 멸종할 확률이 인간보다 다섯 배는 낮다.

하지만 연구팀의 지적에 의하면 그건 닭이 아니라 '닭고기 맛이 나는 유전공학적 농산물Genetically engineered farm products flavored with chicken'에 불과하다. 지난 100년 동안 급격한 종 개량과 유전자 조작을 거치며 그들의 직계조상인 적색야계와 모든 면에서 완전히 분화되었기 때문이다. 논문은 그 주요한 근거로 생식적 격리 메커니즘Reproductive isolation mechanism 추적 결과를 제시했다. 수정 후 격리Postzygotic isolation, 즉 짝짓기를 해봤자 수정이 되지 않거나 수정체 내에서 심각한 결함이 발생하는 아종 수준의 분화는 가축화가 시작된 약 4천 년 전의 일이지만, 현대에 와서는 성행위 자체가 불가능한 기계적 장벽Mechanism barrier 등 수정 전 격리 장벽Prezygotic barrier까지 구축되어 급기야는 생물학적 개편Reorganization 단계에 이르렀다는 것이다. 말하자면 영판 다른 생물로 분류해야 할 만큼 격리가 진행된 것인데, 야계와 오늘날 닭의 생물학적 격리 수준은 곰과 미꾸라지 정도로 추정되었다. 곰과 미꾸라지가 만나 가정을 이룬다고 생각해보라. 퍽이나 단란하겠다.

연구팀의 주장은 동료 연구자들의 후속 논문보다는 때마침 보고된 세계 각지의 유사 실험 결과를 통해 지원되었다. 이를테면 2015년 2월에 KFC 연구팀의 분자육종Molecular Breeding으로 태어난 캔자스 위치토 양계장의 귀염둥이 닭 '미니'는 조류가 아니라 설치류여서 나흘에 한 번 꼴로 6-8마리의 새끼를 낳아 젖을 먹였다. 매스미디어는 종말이 다가왔다며 온갖 생난리를 쳤으나, 정작 학계의 반응은 차분했다. 진화생물학자들은 이따금 생식적 격리 메커니즘을 교란시켜 그런 괴물을 만들어내기도 하는 모양이었다. 게다가 진화의 큰 틀에서 본다면 이와 같은 광경은 조작이 없는 순수한 자연 상태에서도 드물지 않게 발생하는 것으로 알려져 있다. 예컨대 옛날 말(에오세 초기의 하이라코테리움)은 몸집이 고양이만 하고 나뭇잎을 먹었다. 옛날 잠자리(백악기의 메가네우라)의 날개는 완전히 펼칠 경우 70cm가 넘었다. 옛날 호랑이(마이오세의 프로아일루루스)는 담배를 피웠다.

그러므로 존스홉킨스대학 연구팀의 논문이 그처럼 놀라운 반향을 일으킬 수 있었던 요인은 내용(종분화의 완료)의 특이성에 있다기보다는 대상(닭)의 보편성에 있다고 보아야 할 것이다. 닭은 소보다 싸고 돼지보다 담백하며 양보다 도축이 쉽고 개구리보다 잘생겼다. 말하자면 육식을 하는 사람들에게 있어 닭이란 식재료의 슈퍼스타인 셈이다. 닭의 멸종 소식에 이성을 잃은 어떤 이들은 심지어 가축으로서의 닭 Gallus gallus domesticus보다 야계Gallus gallus gallus가 훨씬 맛있다고 주장했는데, 그 심정은 이해하지만 사리에 맞지 않는 얘기다. 닭을 비롯한 모든 가축이 인간의 입맛에 맞는 육질을 구현하는 유전자를 증식시키는 쪽으로 진화해왔다는 건 기본적인 상식이다. 그럼에도 불구하고 대중들은 상식과 논리가 아닌 감성에 설득되었고, 대도시마다 야계를 판다는 사기 음식점이 성행했다. 그런 곳에서는 보통 토막 낸 비둘기를 팔았다.

사실일까? 대량사육이 진행된 고작 100여 년의 기간 동안에 닭과 같은 고등생물의 유전 형질을 전면 개조하여 종분화를 완료하는 게 가능한 일일까?

세계 각국의 아마추어 과학자들이 의문을 품고서 검증에 돌입했다. 그들의 작업은 주로 인근 도계장에서 나온 축산폐기물 샘플을 채집한 뒤 유전자 데이터를 추출하여 조류 및 생물학 관련 유명 웹사이트인 에른스트월터마이어닷컴www.ernstwaltermayr.com 게시판에 등록하는 방식으로 진행되었다. 이러한 지구적 집단지성 시스템 덕분에 한 해도 지나지 않아 전체 조사대상의 98%에 달하는 4,012군데 공식 도계장의 표본 데이터가 수집되었다. 데이터를 종합하고 분석하는 작업은 애초에 논쟁거리를 제공한 존스홉킨스대학 진화생물학 연구팀이 맡았다.

분석 결과 해당 도계장 전부에서 적색야계의 유전자가 단 한 톨도 검출되지 않았다. 이는 곧 지구상 거의 모든 공식 도계장에서 출하된 닭이 사실은 최첨단 유전자 조작의 산물인 식용 단백질일 따름이어서, 수천 년 동안 식탁을 주름잡았던 닭이라는 멋진 생물은 사라지고 어미 아비가 누군지도 모르는 포동포동한 병신 새만 남았다는 사실을 의미했다.

해가 바뀌기 전에 UN의 행정가들이 분주하게 움직였다. IPBES에서 현장 과학자들이 주축이 된 종다양성보호위원회를 설립하였고, 그 산하에 정보를 모으고 정책을 집행할 실무 부서를 조직했다. 그들은 아직 데이터가 게시판에 등록되지 않은 나머지 78군데 공식 도계장 및 수만에 달하는 소규모 사설 도계장을 중심으로 살아 있는 야계의 유전자를 확보하는 작업에 투입되었다.

쉽지 않았다. 닭이 심각한 멸종 위기에 처했다는 소식은 인간사회의 가장 오지에까지 퍼진 후여서 야계로 추정되는 닭을 소유한 농민들은 일단 흥정부터 벌였다. 그 흥정은 국제연합의 행정편의주의와 결합되어 매우 딱한 방식으로 결렬되곤 했다. 몽골 북부 홉스골에 사는 한 유목민은 사흘 안에 100만 투그릭을 내놓지 않으면 전부 먹어치우겠다고 협박했는데, 그는 한다면 하는 사람이어서 종다양성보호위원회가 기한을 넘기면서까지 흥정을 시도하자 기르던 야계 20여 마리를 전부 삶아 먹고는 배탈이 나 죽었다. 인도 안드라프라데시 벰팔리 인근의 작은 마을에서도 비슷한 흥정이 들어왔으나 가보니 말짱 거짓말이었고 마을 주민 100여 명이 떼로 기어 나와 위원회의 남녀 현장 요원 다섯 명을 비롯해 그들을 안내한 두 명의 현지 경찰들까지 집단으로 강간했다. 어찌나 추잡하고 무분별하게 강간을 했던지 20대 후반의 미국인 여자 조사원은 임신한 지 65일 만에 예쁜 샴 고양이 네 마리를 낳았다. 죄다 그런 식이었다. 브뤼셀의 시장에서, 시카고의 뒷골목에서, 스리랑카의 수상가옥에서 야계와 관련된 제보가 쏟아져 들어왔지만 정작 종다양성보호위원회가 올린 소득이라고는 신선한 적색야계의 유전자가 아니라 언제 어디서 그 지역의 마지막 야계가 도축되었는가 하는 뒤늦은 정보뿐이었다. 여섯 달 동안 엄청난 인력과 비용을 들였음에도 단 한 마리의 야계조차 확보를 못하자 IPBES 내에서마저 위원회의 능력에 대한 불신과 조롱의 목소리가 흘러나오기 시작했다.

반쯤 상해가는 달걀 하나가 종이상자에 담겨 맨해튼에 도착한 건 그 무렵이었다. 수신자는 'UN, 야계를 찾는 사람'이었고 발신자는 '응우예, 야계를 가진 사람'이었다.

메모엔 보상금을 원치 않는다고 적혀 있었다.

어디서부터 잘못된 걸까.

범수는 자문해보았다. 생각이 잘 나지 않았다. 당연한 일이었다. 그는 밀림의 침침한 동굴에 갇혀 고열로 신음하는 중이었다. 전신이 펄펄 끓는 주제에 생각이 척척 나면 그건 좀 엉뚱한 일이다. 차근차근, 하고 스스로를 타일렀다. 차근차근, 그러니까 미얀마 양곤 공항에 도착했을 때부터 하나씩.

더웠다.

정말 더웠다. 미칠 듯이 더웠다. 기온이나 습도가 아니라 햇빛이 문제였다. 그늘에 들어가면 그럭저럭 괜찮았으나 잠깐만 태양에 노출되어도 피하지방이 지글지글 끓었다. 40대 중반으로 보이는 삐쩍 마른 남자가 악수를 청했다. 검은 피부에 넓고 투박한 이마를 갖고 있었다. 자신을 '뜨라 웅우 예'라고 소개하며 '뜨라'는 선생이라는 뜻의 경칭이라고 덧붙였다. 내친 김에 묻지도 않은 버마어의 경칭 및 여러 어미 구조까지 자세히 설명해주었다. 뙤약볕 아래에서 그랬다.

둘은 기차를 타고 북쪽으로 220킬로미터 떨어진 도시 타웅우Taungoo로 이동했다. 간판에 호텔이라 적혀 있어서 비로소 호텔인 줄 알게 되는 그런 시설에 투숙했다. 방은 쓸데없이 넓었다. 가운데가 살짝 처진 매트리스 위엔 병따개처럼 생긴 파상풍균이 어슬렁거리고 있었다. 범수는 옷을 입은 채로 드러누웠다. 그리고 귀싸대기의 밤을 떠올렸다. 그 밤은 지난 8년 동안의 달달한 속삭임과 마디 없는 웃음소리와 체온의 내밀한 전도 일체를 견고한 용기에 담고 꽉 닫아버렸다. 그런 것들이 있었다는 건 분명하지만, 꺼내어 만지거나 볼 순 없게 되었다. 그게 범수가 처한 상황이었다.

아내는 나이가 어렸다. 성범수가 대학생일 때 초등학생이었다. 범수가 병역을 마치고 복학할 때 중학생이었고, 대학을 졸업할 때 고등학생이었고, 석사를 마치고 공무원이 되었을 때 대학생이었으며, 외교부를 거쳐 UN에 자리를 잡았을 때 같은 사무실에 배치된 인턴이었다. 외모, 학벌, 재산 등 속물적인 관점 대부분에서 그녀는 일생을 승승장구해온 엘리트인 성범수의 기준에 조금씩 미달하는 아가씨였다. 범수뿐 아니라 사무실의 모두가 그리 생각했다. 하지만 일단 게임이 시작되자 그녀가 판을 완전히 바꿔버렸다. 새로운 룰을 파악하기도 전에 범수는 홀린 듯 무너졌고, 미친놈처럼 울고 웃었고, 설설 기며 반지를 사다 바쳤다. 그렇게 범수는 인턴 아가씨와 결혼했다. 당시엔 세상의 모든 것을 가진 기분이었다. 왜냐하면 그 아가씨가 세상 전부였기 때문이다. 그러니 8년 뒤 어느 밤의 귀싸대기는 세상 전부한테 맞은 것이었다.

다음 날 새벽에 일어나 식사를 하며 일정에 대해 들었다. 타웅우에서 차를 타고 5번 국도를 따라 100킬로미터쯤 떨어진 시골마을 모치Mawchi로 간 뒤, 거기서부터 밀림에 접어들어야 했다. 미얀마까지 와서 8차선 하이웨이를 생각한 건 아니었지만 초목이 우거진 첩첩산길은 뜻밖이었다. 더 나쁜 소식은 샨Shan 주와 카야Kayah 주 경계에 위치한 카렌 힐스Karen Hills의 최고봉이 목적지라는 것이었다.

"오솔길이 있어. 그 길을 벗어나면 나무가 빽빽해서 움직이지 못해. 서두르면 어둡기 전에는 도착하겠지."

정말 폭이 두 뼘쯤 되는 오솔길이 하나 있었다. 길 바깥으론 운신이 불가능할 만큼 빽빽한 밀림이라는 사실 역시 뜨라가 말한 그대로였다. 그러나 어둡기 전에 도착한다는 건 범수가 아니라 야생 고라니한테 한 말인 모양이었다. 다섯 시간이 넘자 범수는 근육통으로 쓰러졌다. 눈알을 이리저리 굴리던 뜨라가 슬그머니 자리를 깔았다. 미얀마까지 와서 5성급 호텔을 생각한 건 아니었지만 달빛 처량한 계곡에서의 노숙은 뜻밖이었다.

이튿날은 서너 차례 쉬면서도 전날의 두 배 가까이 나아갈 수 있었다. 산을 빙빙 돌며 올라가는 코스여서 경사가 훨씬 완만해진 덕이었다. 등고선을 따라 어찌나 성실하고 끈질기게 오솔길을 늘여놨던지 그런 정신력이라면 케이블카를 설치할 수도 있었을 것이다. 노목에 기대어 고개를 뒤로 젖히면 나뭇가지에 분할된 파란 하늘이 마치 스테인드 글라스처럼 보이곤 했다. 왜 저렇게 생겼을까 싶은 형형색색의 새들이 이끼 낀 나뭇가지에 앉아 있거나 혹은 쪼개진 하늘 너머로 날아갔다. 시선을 내리면 개미며 지네며 온갖 크고 작은 벌레들이 축축한 땅을 응달처럼 뒤덮고 있었다. 두 겹이나 세 겹의 초목 너머로 그보다 훨씬 큰 포유류들의 호기심 가득한 몸놀림도 느껴졌다. 단순히 느낌만이 아니었다. 무언가가 틀림없이 저쪽에서 이쪽을 지켜보고 있었다. 부글부글 끓는 원시수프처럼 생명력으로 가득한 산이었다.

사흘이 되는 날 오후에 마침내 목적지에 다다랐다. 작은 분지에 걸쳐 조성된 마을이었다. 30여 가구가 산등성이를 따라 띄엄띄엄 늘어서 있었다. 잘 마른 회갈색 지푸라기를 넉넉히 엮어 지붕에 올린 모양새가 마치 버섯처럼 보였다. 노인들은 마당에 나앉아 졸린 표정을 지었으며 아이들은 떼로 몰려나와 이방인을 환영했다. 범수는 땀 닦는 것도 잊고 마을의 이모저모를 유심히 뜯어보았다. 그곳이 바로 카렌 힐스의 최고봉 나타웅Nattaung이었다.

그래, 거기까지는 좋았어. 꽤 멋지게 해냈지. 그런데 어쩌다 이 꼴이 된 거야?

아랫도리를 내려다보며 범수는 자문해보았다. 시퍼렇게 불거진 정맥이 분홍빛으로 부어오른 오른쪽 종아리를 둘러싸고 있었다. 상한 명란 같은 그 색깔이며 그 모양새가 끔찍이도 혐오스러웠다. 죽어가는 다리였다.

하지만 이쪽은 나중에 얘기하고, 왼쪽을 먼저 볼까?

수포가 터져 흘러나온 끈적끈적한 체액이 왼쪽 발바닥에 젤리처럼 엉겨 있었다. 껍질이었던 피부는 누렇게 변색되어 너덜거렸고, 그 안쪽 살은 충혈된 건지 피가 맺힌 건지 모르게 새빨갰다.

왜 이렇게 됐지?

생각이 잘 나지 않았다. 당연한 일이었다. 고열로 신음하는 주제에 생각이 척척 날 순 없는 노릇이었다. 무엇보다도 기력이 너무나 약해져 있었다. 차근차근, 하고 범수는 스스로 타일렀다. 차근차근.

나타옹 분지에 도착할 무렵부터 이미 왼쪽 발은 절반쯤 작살이 나 있었다. 반시계 방향으로 돌아가며 산을 타느라 사흘 내내 경사만 디뎌야 했기 때문이다. 손도 마찬가지, 거친 나뭇가지를 잡고 바위를 짚은 바람에 왼쪽 손만 상처투성이였다. 옆구리도 그쪽만 끊어질 듯 아팠다. 그에 반해 오른쪽의 손과 발과 옆구리는 일없이 휘적거리는 게 무임승차와 다름이 없었다. 내려올 땐 반대가 되니 균형이 맞겠지, 하고 생각했다.

그렇지 않았다. 틀림없이 똑같은 길인데도 올라올 때보다 갑절은 힘들었다. 게다가 경사를 디디는 오른쪽뿐 아니라 왼쪽도 그만큼 아팠다. 한쪽은 디디느라 고생이고, 다른 쪽은 버티느라 고생이었다. 통증의 성격은 달랐지만 강도를 보면 어느 쪽이 손해라 할 수 없었다. 열댓 걸음 이동한 후 곁에 있는 나무를 붙들고 헉헉거리기 일쑤였다.

나타옹 분지에서 하루 쉬었다 가자던 뜨라의 말을 듣지 않은 게 후회됐다. 그게 좋다는 걸 알고 있었다. 몸 상태가 곧바로 하산할 정도가 되지 않는다는 것도 알고 있었다. 그처럼 낯선 환경에 오면 현지 전문가의 말을 따라야 안전하다는 사실, 그 역시 아주 잘 알고 있었다. 성범수는 그동안 선생의 조언을 귀담아듣는 영리한 학생으로 살아왔다. 그래서 실패를 모르고 매번 승승장구할 수 있었다. 하지만 휴대전화기

액정에 뜬 디지털 신호가 범수의 판단력을 흐려놓았다. 신호에 의하면 배터리가 얼마 남지 않았고, 그리고 무엇보다도 통화가능권역에서 한참 이탈해 있었다. 사무국 본부와 연락을 취해야 하기 때문은 아니었다. 그럴 필요 없었다. 급하게 결정된 파견 업무라서 필요한 건 그때그때의 사정을 참고해 현장에서 결정하면 되었다. 적색야계만 산 아래 세상으로 무사히 운송하면 그걸로 충분했다. 휴대전화를 통해 이어지길 바라는 상대는, 그러니까, 사무국 본부가 아니었다.

여섯 시간 이상을 버둥거렸으나 반의반도 못 가서 날이 저물었다. 다음 날도 마찬가지, 이틀 동안 이동한 거리가 총 여정의 절반에 못 미쳤다. 게다가 팔이며 다리며 성한 곳이 없었다. 당연한 일이었다. 올라갈 때 힘이 빠지면 멈추게 되지만, 내려갈 때 힘이 빠지면 구르게 된다. 언제부터인가 대발로 짠 닭장이며 얇은 방수 침낭 등을 전부 뜨라가 들었다. 범수가 든 건 비닐에 싸인 휴대전화뿐이었다.

사흘째 아침에 범수의 왼쪽 발은 더 이상 부을 수 없을 만큼 탱탱해져 있었다. 조금이라도 더 부었다가는 펑 소리를 내며 터져버릴 것 같았다. 마지막 남은 진통제 한 알을 입에 털어 넣고서 출발했다. 발을 내디딜 때마다 찌릿한 통증이 등줄기를 타고 올라왔다. 처음에 그것은 슬픔과 같은 느낌이었다. 조금 지나자 원망과 같은 느낌이 되었고, 이어 분노와 같은 느낌으로 바뀌었다. 어떻게 그럴 수가 있지? 설명 한마디 없는 아내의 처사는 부당했다. 상상만으로 끝없이 자책하다 뒈져버리길 바란 모양이었다. 귀싸대기 한 대만 남기고 간략하게 떠났다. 그러고 나서 일체 연락을 끊었다. 도대체 왜? 나무를 주먹으로 쳤더니 금방 피멍이 들었다. 딱 그 피멍만큼 위안이 되었다. 이 세상에 산간오지가 왜 필요한지 알 것 같은 기분이었다.

속도는 점점 느려졌다. 한 시간 동안 땀으로 범벅이 되어가며 이동한 거리가 100미터가 안 될 때도 있었다. 워낙 좁은 오솔길인지라 고생하는 걸 빤히 보면서도 뜨라로선 별다른 도리가 없었다. 열 걸음가량 앞서면서 거추장스러운 가지를 꺾고 바닥의 요철을 정리하여 범수가 보다 수월하게 따라올 수 있도록 돕는 게 그나마 최선이었다. 간격을 맞추기 위해 뜨라는 계속해서 범수를 돌아보았다.

갑자기 범수의 무릎이 휙 꺾였다. 앞으로 고꾸라져 굴렀다. 상체를 반쯤 일으킨 채로 어리둥절한 표정을 지었다. 뜨라가 재빨리 달려와 범수의 오른쪽 바짓단을 걷고는 종아리를 살폈다. 주머니칼을 꺼내 아킬레스건 위쪽에 칼집을 내어 피를 쭙쭙 빨았다. 사위가 순식간에 어두워졌다. 하늘에서 굵은 물방울이 떨어지기 시작하더니, 엄청난 굉음과 함께 폭우로 바뀌었다. 뜨라가 소리쳤다.

"당신, 뱀한테 물렸어."

늦지 않게 동굴을 발견한 건 천운이었다. 경사가 심한 탓에 어디에도 고이지 못한 빗물이 거센 폭포수처럼 쏟아져 내렸고, 사방은 순식간에 흙탕물이 범람하는 급류로 바뀌어 뿌리가 느슨한 돌덩어리나 약한 지반까지 죄다 휩쓸어 갔다. 말려들었다가는 고래도 익사할 판이었다.

범수는 동굴 초입의 한쪽 벽에 비스듬히 누워 천지가 뒤집히는 모양을 바라보았다. 급류에서 나온 굉음이 동굴의 안쪽에 부딪혀 이상한 전자음악 같은 메아리를 만들었다. 누군가 시원한 맥주를 가져다준다면 브레이크댄스도 출 수 있을 것 같았다. 범수는 브레이크댄스를 잘 췄다. 한 바퀴 빙글 돈 뒤 손뼉을 마주친 다음 팔과 어깨로 물결 모양을 짓는 동작에 특히 자부심을 갖고 있었다. 그런데 아내는 그걸 싫어했다. 딱 병신 같네요, 하고 말했다. 이후로 어쩌다 흥이 날 때면 조용히 서재에 들어가 문을 걸어 잠갔다. 한 바퀴 빙글 돈 뒤, 손뼉을 딱 마주친 다음, 팔과 어깨로 부드러운 물결 모양을 지었다. 그리고 나면 아닌 게 아니라 딱 병신이 된 기분이었다. 연애와 결혼을 차례로 거치며 마음의 틈새마다 수많은 구차한 순간들이 그런 식으로 끼어들었다. 하지만 따져보면 전부 별거 아니었다. 어떤 것도 그 계절의 마지막 새벽에 목도한 자세만큼 모욕적이지는 않았다. 무방비 상태로 곤히 잠든 뺨을 있는 힘껏 내리찍은, 이별에 앞서 단행한 그 결기 있고 단호한 자세가 단연코 일등이었다.

비가 그쳤다. 내리기 시작할 때처럼 갑자기 그쳤다. 그러나 동굴 밖으로 나갈 수 없었다. 양다리 모두 통증이 극심해 움직일 엄두가 나지 않았다. 한 시간쯤 지나자 뱀에게 물린 오른쪽 종아리의 부기가 왼쪽 다리를 능가하기 시작했다. 어찌나 심하게 부어올랐던지 위아래로 압박한 끈 때문에 비엔나소시지처럼 보였다. 감각은 뒤죽박죽이었다. 미친 듯이 가렵다가 까무러칠 듯 아프다가 순식간에 다리가 아예 없는 것처럼 평안해지기도 했다. 그러는 동안에 마음엔 슬픔이, 원망이, 분노가 빠르게 지나갔다. 생물다양성보호기구 사무국에 플라스틱폭탄을 터뜨리고 싶었다. 닭장을 박살내어 야계의 목을 비틀어버리고 싶었다. 퉁퉁 부은 두 다리는 잘라버리고 독일제 캐터필러를 달고 싶었다. 아내가 두고 간 흔적을 모두 모아 변기에 흘려보내고 싶었다. 아내와 공유했던 시간들, 공유했던 공간들을 싹 태워버리고 싶었다. 왜 아내는 설명 한 마디 해주지 않았을까? 곤히 잠든 귀싸대기를 후려치고 결혼생활을 끝장내려는 마당에 말로 사람을 지옥에 보내는 건 일도 아니었을 텐데.

가쁜 숨을 몰아쉬며 땀을 흘리고 나자 살갗이 아릴 정도의 오한이 시작되었다. 뜨라가 동굴 밖에 나가 썩은 나무를 한 다발 마련해 왔다. 여러 번 미끄러지고 뒹굴었던지 온몸이 진흙투성이였다. 동굴에 앉아 비에 젖은 껍질을 대충 벗겨내고 작게 부러뜨렸다. 그리고 동굴 안쪽으로 들어갔다. 잠시 뒤 매캐한 연기와 함께 불이 붙은 나무토막 대여섯 개를 가져와 범수 옆에 포개놓았다. 한 줌도 안 되는 열기가 그렇게 좋을 수 없었다.

"빨리도 피웠네."

투박한 이마를 보며 범수가 말했다.

"숯이 있었어."

뜨라가 턱 끝으로 동굴 안쪽을 가리켰다.

"숯?"

"또, 그림 비슷한 것도 있어."

"그림?"

"사람들이 살았던 모양이야."

"사람?"

"아니, 우리 같은 사람 말고." 뜨라가 말을 이었다. "그러니까, 아주 오래전에 사라진 사람들."

범수는 고개를 저었다.

"먹어도 돼."

범수는 다시 고개를 저었다.

한 마리 더 가져오면 돼, 하고 뜨라가 말했다. 그의 검은 뺨에 모닥불 불빛이 반사되었다. "당신은 타웅지의 호텔에서 기다리고, 나 혼자 나타웅 분지에 가서 한 마리 더 가져오는 거야."

그럴 수도 있겠지. 범수는 생각했다. 자신은 타웅지의 2층짜리 호텔에서 기다리고, 뜨라 혼자 나타웅 분지에 가서 야계 한 마리를 더 가져오는 것이다. 나타웅, 그 이상한 마을에 가서.

멀리 윤곽이 보이기 시작할 때부터 마을은 범상치 않았다. 회오리바람으로 보일 만큼 수많은 새들이 빙글빙글 분지 상공을 맴돌고 있었다. 한두 종류가 아니었다. 어떤 새는 독수리 같은 맹금류였고 어떤 새는 참새처럼 작고 잽쌌다. 가까이 다가가 보니 하늘만 그런 게 아니었다. 지푸라기를 푹신하게 엮어 올린 지붕에 각양각색의 새들이 내려앉아 한쪽에서는 쉬고 한쪽에서는 깃털을 고르고 또 한쪽에서는 알을 까는 중이었다. 한 집도 빠짐없이, 그러니까 산등성이를 따라 띄엄띄엄 늘어선 30여 가구의 지붕 전부가 그처럼 온갖 새들을 품고 있었다. 저 녀석은 뭔가, 하고 보면 부엉이나 까마귀였고 저 녀석은 또 뭔가, 하고 보면 딱따구리였고 앵무새였다. 이름을 아는 게 그 정도일 뿐, 대부분은 책이건 텔레비전이건 어디에서도 본 적이 없는 희한한 새들이었다.

마을 안쪽으로 접어들자 나타웅의 특별한 삶이 보다 가까이 눈에 들어왔다. 지붕뿐 아니라 나무와 지푸라기로 만든 가옥의 안팎 할 것 없이 날짐승이 들끓었는데 큰 새들은 덩치에 맞게 서까래나 항아리 위에 앉아 있었고 작은 새들은 빨랫줄에 열을 지어 앉아 있거나 어디 벽의 틈새에 쏙 들어가 얼굴만 빼고 있었으며 이도저도 아닌 중치의 새들은 사람들을 졸졸 따라다니며 보는 일마다 참견을 놓았다.

그곳은 경계였다. 새의 나라와 인간의 나라가 맞닿은 경계였다. 극성맞게 환영하는 어린 떼거리 중엔 겨드랑이에 날개가 난 아이도 있었다. 깃털이 아주 새하얀 게 이다음에 커서 훌륭한 두루미가 될 모양이었다. 바이러스의 유전자 교환에 의한 돌연변이로 입이 있어야 할 자리에 부리가 튀어나온 청년도 보였다. 외양이 유별나진 않더라도 수많은 아이들이 저마다 친한 새를 개처럼 끌고 오거나 고양이처럼 안고 오거나 다람쥐처럼 주머니에 넣어 왔다. 한 아이는 타조를 타고 요란하게 달려왔는데, 실은 타조가 아니었던 모양인지 아이가 등에서 내리자마자 3미터에 달하는 날개를 펴고 훨훨 날아가버렸다. 그게 나타웅이었다. 그게 카렌족의 마을 나타웅 분지였다. 거기에 모두 있었다. 야계건 뭐건 손을 뻗어 원하는 걸 가져오기만 하면 되는 것이다.

하지만 한 마리 더?

범수는 눈을 꾹 감았다가 떴다. 정신이 조금 들었다. 두 눈으로 직접 보았다. 온갖 종류의 새가 다 있었으나 각각의 개체수도 많은 건 아니었다. 야계 역시 마을 전체에서 한 마리밖에 보이지 않았다. 이제 동굴 안쪽의 새장에 갇혀 얌전히 범수를 노려보고 있는 바로 그 녀석이었다. 한 마리 더, 는 아무래도 어려울 거라고 범수는 생각했다. 녀석은 늙고 병든 꼬부랑 할머니와 함께 살고 있었다. 치실보다 가느다란 끈으로 다리가 묶여 할머니의 팔뚝에 연결되어 있었다. 눈매가 부리부리한 게 수틀리면 언제든 줄을 끊고 하늘로 날아가버릴 기세였다. 하지만 그러지 않는 이유는 그 허접스러운 줄이 아니라 대대로 본능 속에 새겨온 정서적 유대감으로 얽혀 있기 때문이었을 것이다. 나타웅의 카렌족은 꼭 필요한 순간이 오기 전까진, 이를테면 어린 손자가 앓아누웠거나 산 아래의 세상이 필요로 하기 전에는 새들을 항상 가까운 곳에 두고서 일관된 보호와 애정을 주었다. 사실은 카렌족만 그런 게 아니었다. 어느 땅 어느 민족이나 마찬가지였다. 그게 오랫동안 인간이 동물들과 더불어 살아온 방식이었다. 어쩌면 인간이 닭을 얻게 된 연유는 인간의 선택이 아니라 닭의 선택이었는지도 모른다. 우리가 간 게 아니라 그들이 왔다. 자신들의 세계에서 맞닿은 세계로, 그리고 맞닿은 세계에서 다시 인간의 세계로 건너왔던 것이다. 모든 동거는 본디 그렇게 시작되는 법이다. 뜨라가 끈을 풀어 야계를 취할 때, 꼬부랑 할머니는 눈물을 글썽거렸다. 그 작은 볏을 쓰다듬으며 목덜미를 쓰다듬으며 깃털을 쓰다듬으며 길게 인사했다. 택시가 문 앞에 대기하고 있다면 그럴 수 없을 만큼 다정하게 쓰다듬고 아주 길게 작별했다. 그런데, 뜨라. 너 왜 그런 거야?

"하나만 물어보자." 범수가 말했다. "방금 나타웅에 가서 한 마리 더 가져온다고 했지?"

뜨라가 고개를 끄덕였다.

"왜 진작 그러지 않았어? 처음부터 혼자 가져왔더라면, 양곤에서 날 만났을 때 줬더라면 일이 훨씬 수월했을 텐데."

뜨라는 대답하지 않았다. 불 속으로 작은 나무토막을 던져 넣었다. 모닥불은 일어나지도 줄어들지도 않고 처음의 단단한 형태를 유지했다. 능숙한 손놀림이었다.

아무튼, 하고 범수가 말했다. "쟤는 산 채로 데리고 가겠어. 그러려고 온 거니까."

단단히 일러둔 범수는 시간이 얼마나 지났는지 가늠해보았다. 하루를 꼬박 허비한 건가? 아니면 이틀? 자꾸 아찔한 기분이 들었다. 알 수 없었다. 이대로 100년이 지나 뼈만 남더라도 알아차리지 못할 것 같았다. 그런데 언제부터 시간이 흐른 거지? 언제부터 이 많은 일들이 시작된 걸까?

"그게 네 임무구나." 뜨라가 말했다. 검고 투박한 이마에 반사된 모닥불은 진짜 모닥불보다 3도쯤 뜨거워 보였다. "적색야계의 미덕이 뭐지? 그렇게까지 보호할 가치가 있을까?"

"그러면 모기의 미덕은 뭔데?" 범수가 생물다양성보호기구의 간부답게 곧바로 반문했다. "피를 빨아먹는 걸로도 모자라 말라리아 같은 병까지 옮기잖아. 오늘날의 과학으로 지구상에서 모기를 싹 없애는 건 쉬운 일이야. 하지만 그러지 못하는 거지. 모기를 멸종시켰다가는 생태계에 무슨 일이 벌어질지 아무도 모르니까."

"그게 또 그런 건가." 뜨라가 한숨을 쉬었다. "하지만 가능하다면 모기만큼은 전부 없애고 싶네. 동생이 말라리아로 죽었거든."

폭우에 자갈이 드러나고 비탈도 들떠서 아래로 내려가나 위로 올라가나 평소보다 배는 위험했다. 하지만 뜨라가 무언가 방책을 찾아오지 못한 이유는 그 때문이 아니었다. 아기가 다 된 범수 때문이었다. 온갖 억지를 부려대며 뜨라를 붙들었다. 벌겋게 달아올라 불로 지지는 듯한 고통과 고통이 지나간 후 보상처럼 찾아오는 무감각의 황홀 사이에서 넋이 조금 나간 범수에게는 오한과 환청도, 미칠 것 같은 굶주림도, 새까맣게 죽어가는 오른쪽 하반신도 혼자 남는 두려움보다는 한층 견딜 만한 것이었다. 범수는 뜨라가 망설일 때마다 한 발 앞서 가지 말라고 애원했다. 그러면 마음이 약하다고 이마에 적혀 있는 뜨라는 또 맥없이 주저앉곤 했다.

"그래, 그래." 한숨을 푹 쉬었다. "하지만 계속 막을 수는 없어."

가르치듯 말하지 않아도 잘 알고 있었다. 모르는 게 아니었다. 보내지 않으면 도움을 받을 수 없고, 도움을 받지 못하면 죽을 수밖에 없다. 너무나 당연한 일이었다. 가지 않으면 오지 않는다. 네안데르탈인이 적당한 순간에 떠나지 않았다면 현생인류는 오지 못했을 것이다. 범수도 아내도 뜨라도 태어날 수 없었을 것이다. 아닌가? 그게 아니라 우리 모두 거칠고 힘센 네안데르탈인이었으려나?

그랬더라면 귀싸대기 한 방에 난 머리통이 터져 죽었을 것이다, 하고 범수는 생각했다.

생각이 뒤틀리고 뒤틀리다가 급기야 중단될 때도 있었는데, 동굴 밖의 밝기와 모닥불의 형태로 미루어 보아 깜빡깜빡 기절을 한 모양이었다. 그래도 어쩌다 맑은 정신이 돌아오면 제가 처한 상황에 대한 체계적이고 종합적인 각성이 섬광처럼 떠오를 때가 있었다. 뜨라, 하고 부른 것도 바로 그런 경우였다. "이름이 응우 예, 라고 했지?"

뜨라가 고개를 끄덕였다.

"그리고 뜨라는 선생이란 뜻, 맞지?"

"맞아."

"정말 선생이야?"

뜨라가 고개 들어 범수의 얼굴을 보았다. 피식 웃거나 혹은 뭐라고 부연해주길 기다리는 눈치였다. 하지만 범수는 그러지 않았다. 웃지도 않고 부연하지도 않았다. 잠시 머뭇거리던 뜨라가 입을 열었다.

"97년도에 있었던 일이야. 마웅 아예라는 버마족 장군이 20년 뒤엔 카렌족을 박물관에서나 볼 수 있게 될 거라고 장담했어. 당시 나는 열일곱 살이어서 잘 이해가 되지 않았어. 저게 무슨 말이지? 우리 카렌족 800만 명을 20년 동안에 모두 죽이겠다는 소릴까?"

고개를 푹 숙인 뒤 두어 번 저었다.

"지난주에 나는 서른일곱 살이 되었어. 나와 내 친구들은 박물관이 아니라 여전히 이 땅에서 살아가고 있어. 그래서 이제 나는 무언가가 그런 식으로 사라지진 않는다는 걸 알아. 언젠가 날이 다하면 우리 카렌족의 마지막 한 명도 하늘로 돌아가겠지. 시간의 입장에서 볼 때 그건 어쩔 수 없는 일이야. 하지만 마웅 아예 같은 쓰레기의 증오로 사라지는 일은 절대 없을 거야."

이어 범수의 눈을 똑바로 쳐다보며 말했다.

"맞아, 나는 선생이야. 카렌의 아이들에게 긍지를 가르치고 있어."

그제야 범수는 뜨라가 양곤의 공항으로 직접 적색야계를 들고 오지 않은 이유, 타웅우를 거쳐 저 험준한 나타웅 분지까지 기필코 자신을 데려간 이유를 깨달았다. 닭이 아니라 마을을 보여주고 싶었으니까. 카렌족의 자긍심은 닭이 아니라 그 마을에 있었으니까. 저 높은 고향 나타웅이야말로 적색야계의 가축화에 관한 제일 앞선 연대의 고고인류학적 증거였으니까.

그게 네 임무구나. 뜨라의 까맣게 빛나는 눈을 보며 범수는 생각했다. 내 임무는 닭 한 마리 호송하는 건데.

"다녀올게."

뜨라의 단호한 목소리였다. 더 이상 우길 수 없었다. 받아들여야 했다. 동굴에 홀로 남아 그가 돌아오길 기다려야 했다. 기운이 없었다. 잘 다녀오란 뜻으로 손을 마주 잡고 싶었지만 그럴 힘이 없었다. 고개를 끄덕일 힘도, 입술을 열 힘도 없었다. 너무 오래 만류하느라 진이 쏙 빠진 모양이었다.

범수는 눈을 감았다. 가도 된다는 쓰라린 신호를 주려던 것이었는데, 어찌나 낙담했던지 눈을 감자마자 기절해버렸다. 그리고 의식의 고저를 쉼 없이 이동하는 이상한 혼수상태의 굽이마다 귀싸대기를 시원하게 날리고 떠난 아내, 아니 카렌족의 원수 마웅 아예를 떠올렸다. 왜 우릴 증오하느냐고 물어도 그는 알려주지 않았을 것이다. 그럴싸한 이유가 없었을 테니까. 그냥 죽이고 싶을 만큼 미웠던 걸 테니까. 하지만 그렇게 대답할 순 없었을 테니까. 도대체 사람을 얼마나 얕보고 무시했으면, 그렇게 뒤에서 벌써 차곡차곡 짐까지 다 싸두고……

영혼을 뒤집어놓는 냄새에 정신이 들었다. 자면서 어찌나 펑펑 울었던지 뒤통수가 축축하게 젖어 있었다. 멀리 희미하게 보이는 빛이 새벽 여명인지, 아니면 저녁 황혼인지 알 수가 없었다. 닭장이 보이지 않았다. 없었다. 그 대신 모닥불 가장자리에 넙적한 돌이, 또 그 위에 구워서 여러 조각으로 찢은 고기가 놓여 있었다.

몸을 구부정하게 돌려 한 점 집어 들었다. 크게 베어 물었다. 기름이 흐를 정도는 아니지만 아직 온기가 남아 있었다. 우물우물 씹고, 삼킨 후, 곧바로 토했다. 다시 한입 베어 물고, 꼭꼭 씹어서, 꿀꺽 삼켰다. 확실히 맛이 없었다. 누린내가 나고 육질도 단단했다. 만약 그게 아니라면 뜨라는 미얀마 최악의 요리사일 것이다.

구부정하게 옆으로 누운 채로 한 입씩 꼭꼭 씹어 먹었다. 먹다 보니 점점 속도가 붙어서 나중에는 한두 차례 씹고 바로 삼켰다. 그렇게 한 마리를 말끔히 해치우고 나자 겨우 살 것 같았다. 이렇게 목숨을 부지하는 것이다, 하고 생각했다. 별로 부끄럽지 않았다. 창피한 일이 아니었다.

똑바로 드러누웠다. 주머니에서 휴대전화기를 꺼내 들었다. 잠시 망설이다, 버튼을 길게 눌렀다. 전원은 들어오지 않았다. 잠깐 들어오는 시늉도 없었다. 배터리에 전자가 한 방울도 남지 않은 모양이었다. 바닥에 내려놓았다. 그제야 아내와 완전히 헤어졌음을 깨달았다. 닭이 방금 전에 지구상에서 멸종했다는 사실도, 그리고 뜨라가 동굴을 떠났다는 것도.

이상했다.

이상하다, 고 범수는 생각했다.

보내고 나면 냉큼 피눈물이 날 줄 알았는데.

그런데 그렇지 않았다. ▪

백민석

개나리 산울타리

1971년 서울 출생. 1995년『문학과사회』등단.
소설집『16믿거나말거나박물지』『장원의 심부름꾼 소년』『혀끝의 남자』.
장편소설『헤이, 우리 소풍 간다』『내가 사랑한 캔디』『불쌍한 꼬마 한스』
『목화밭 엽기전』『러셔』『죽은 올빼미 농장』.

개나리 산울타리

남자는 이 일을 시작하고 나서 깨닫게 된 사실이 있었다. 흥미롭지 않은 사람은 없다는 것이다. 세상에 하품만 나는 사람은 없다. 그는 진료실로 나와서 하루 일과를 시작하기 전에 꼭 이 말을 되뇌곤 했다.

검은 아우터에 흰 블라우스를 단정하게 받쳐 입은 이 초로의 부인도, 개나리꽃처럼 샛노란 색깔의 하늘을 머릿속에 이고 살고 있었다. 대학병원 안과에서 남자에게로 보내진 부인이었다. 색을 지각하는 시세포에도, 색을 이해하는 중추신경에도 이상이 없었다. 색약도 색맹도 아니고, 다른 강남 부유층처럼 부티크에 가서 스무 가지의 서로 다른 적색과 녹색을 구분해 스태프들을 놀라게 할 수 있었다.

다만 부인이 사는 머릿속 세상의 하늘만, 오직 하늘만, 만발한 개나리꽃처럼 샛노란 색깔이었다.

"이제 곧 가든 콘테스트 예선이 시작되잖아요."

찾아온 첫날 부인은 가든 콘테스트 건으로 시름이 깊었다.

"우리 정원에 아주 쓸 만한 개나리 산울타리가 있어요. 정말 정성스럽게 가꿔서 자식보다 더 정이 가는 산울타린데, 키워놓은 은덕을 아는지 얼마나 섹시하게 자라줬는지. 남자 심사위원들이 개만 보면 정신을 못 차린다고요. 우리 집 정원의 화룡점정 같은 애지요."

부인의 걱정은 개나리 산울타리와 하늘이 같은 색이라 구분이 어려워 손질을 할 수가 없다는 것이었다. 꽃과 꽃의 배경이 같은 색깔이라면 누가 봐도 어지러울 것 같았다.

"정원사를 부르시지 그러세요."

남자는 진료 노트에 걱정 1이라고 큰 글씨로 적고는 그 아래 메모를 달아놓았다.

"정원사라고요?"

부인은 눈을 크게 뜨고는 어처구니없다는 표정을 지었다.

"그건 부도덕한 일이잖아요. 우린 가든 콘테스트에서 두 번이나 우승한 집이라고요."

그러면서 이렇게 덧붙였다.

"선생님은 꽃이 가진 아름다움을 모르죠?"

남자는 허허, 하고 웃었다.

"꽃의 아름다움은 충분히 알고 있습니다!"

이태 전 일이었다. 이제 남자는 부인의 집으로 왕진까지 다니게끔 되었다. 그도 부인의 정원을 둘러싼 농밀한 개나리 산울타리에 진심으로 반했다. 하지만 부인의 머릿속 세계에서 하늘과 개나리 산울타리를 어떻게 분리해낼 수 있을지는 여전히 미지수였다.

남자가 해결하지 못한 것은 부인의 하늘 말고도 많았다. 그에게 상담 치료를 받으러 온 환자들의 인생만이 아니었다. 이를테면 주방 그릇장의 헐거운 손잡이. 한때는 드라이버와 펜치를 쥐고 덤비기도 했지만 손을 댔다가는 상태가 더 나빠질 것 같아 그 앞에 한참 앉아만 있다 일어서고 말았다. 결국 아내가 사람을 불러 그릇장의 문짝을 교체했는데, 이번엔 색감이 미묘하게 다른 짝짝이 문짝이 온 가족의 신경을 거슬렸다. 남자와 아내는 그 때문에 다투기까지 했다.

차의 후드도 말썽이었고, 작년 가을부터는 오른쪽 발의 두 번째 발가락도 신경이 상했는지 찌릿찌릿 저려왔다. 5천만 원을 떼어먹은 대학 동창과는 소송이 진행 중이고, 옆집이 2주일마다 마당에서 벌이는 바비큐 파티도 남자의 속을 썩였다. 전세자금 상환과 세금, 두 간호사의 인건비 같은 재정 건은 그 혼자 떠안기엔 너무 벅찬 것들이었다.

또, 또…….

그래도 남자에겐 이제 초등학교에 들어간 아들과 여전히 꽃처럼 아름다운 아내가 있었다. 그리고 아내 말고 다른 꽃도 있었다. 꽃의 아름다움에 대해서라면 충분히 알고 있다는 그의 말은 거짓이 아니었다.

"자기는 머리에 물 안 들여?"

"물?"

아내는 어깨까지 물결치며 내려오는 머리카락을 만지작거리며 물었다.

"응. 블리치도 넣고. 고등학교 때 일일찻집 가면 그런 여학생들 많았어."

아내는 웃기만 했다. 아내는 충분히 아름다웠지만 아들이 태어난 뒤로 부부는 섹스리스로 지내왔다. 한번 뜸하게 되자 갈수록 성관계 없는 기간이 늘어났다. 하지만 둘 다 불평하거나 하진 않았다. 아들은 잘 자라주고 있었다. 그는 자기의 초등학교 때를 떠올리며, 아내에게 우리 아들은 그러지 않느냐고 이따금 묻곤 했다. 함께 앉은 짝이 꼴 보기 싫어 말도 건네지 않거나, 담임선생을 경멸한다거나, 가사 도우미 아줌마한테 악을 쓴다거나 하는.

아내가 침실로 가 잠든 다음에 남자는 아래층 진료실로 내려갔다. 그는 책상의 스탠드를 켜고 진료실 바닥 러그에 쭈그려 앉아, 학회에서 나온 저널을 뒤적였다.

어제는 대학 동창과 비블레스에서 브런치를 먹었다. 연락을 받고 남자가 동창의 사무실 근처로 간 것이었다. 동창은 슬리퍼를 끌고 나왔다.

"대학으로 도로 들어갔다며?"

둘은 잠시 사는 얘기를 했다. 다른 능력 있는 의사들처럼 동창도 병원 바깥에 개인 사무실을 두고 있었다. 취향이 독특해서 맨발로 있길 좋아하니 사무실 바닥에는 푹신거리는 고급 카펫이 깔려 있을 것이다.

둘은 유나, 라는 어떤 여자에 대해서도 잠깐 이야기를 나눴다. 동창은 유나라는 여자가 병원에 입원했다고 했다. 수원에 있는 큰 병원이라고 했다.

누구? 남자는 아, 그렇지, 하고 소리를 높였다.

"걔! 예뻤지. 근데 정신병원엔 왜?"

동창은 눈을 치뜨곤 말없이 남자를 바라보았다.

"근데 그 얘길 왜 나한테?"

동창은 계속 입을 다물곤 한심하다는 표정을 짓고 있었다.

"내가 정신과 의사라서 알려주는 거냐?"

"……."

"그래, 언제 문병 한번 가야지."

남자는 심상한 투로 지껄였다. 그러자 동창은 애들처럼 욕지거리를 내뱉었다. 그러곤 자리에서 일어나 인사도 없이 카페를 나갔다.

어제 그런 일이 있었다. 그 일 때문에 잠이 안 오는 걸 수도 있었다. 남자는 학회지를 덮어 치우고 손님용으로 갖다놓은 패션 잡지를 꺼내 들었다.

유나는 흠 없는 매끈한 다리와 긴 목으로 기억에 남아 있었다. 남자는 『엘르』에서 세미누드 사진을 찾으며 유나쯤이면 모델을 해도 좋았을 거라는 생각을 했다. 그밖에는…… 대학을 졸업한 지 10년이 훌쩍 넘었으니 유나에 대해 남아 있는 것이 얼마 없다.

문득, 친구들이 침대 아래에서 참을성 없이 아우성치던 장면이 기억났다. 그게 벌써 언제 일인데. 그때는 젊었지, 모두가 젊었지. 유나는 잘 살고 있는 줄 알았다. 졸업하고 천안에 있는 대학병원에 취직했다는 얘기도 들었고, 몇 년 전에는 결혼해 애도 낳고 부부 합쳐 연봉이 2억이라는 소문도 들었다.

남자는 진료실 책장으로 가 대학 졸업앨범을 꺼내 펼쳤다. 졸업생 중에는 유나가 없었다. 그래, 동기가 아니었지, 후배였지. 그는 이번엔 2층 서재로 올라가 독서등을 켜고 사진첩을 꺼내 뒤적였다. 유나의 얼굴이 기억나지 않았다. 그 긴 목 위에 얹혔을 얼굴이 기억나지 않았다. 귀는, 귀까지는 어렴풋 떠올랐다. 귓불, 거기까지는 기억났다. 결혼하기 직전, 아내가 아닌 여자와 단둘이 찍은 사진은 모두 없애버렸다. 그런 괜한 짓도 했다.

"뭐 해?"

아내가 부은 얼굴로 서재 문에 어깨를 기대고 서 있었다.

"그냥. 후배 하나가 병원에 입원을 했대."

아내는 두 시가 다 됐어, 하고 침실로 돌아갔다.

그래도 단체 사진은 남아 있었다. 남자는 사진첩을 다시 찬찬히, 첫 페이지부터 넘겨보곤 자신이 유나의 얼굴을 식별하지 못한다는 사실을 인정했다. 동아리 회식 사진, 신입생 환영 파티 사진, 세미나 뒤풀이 사진……. 하지만 마구 뒤섞인 얼굴들 중 누가 유나인지 알 수가 없었다. 블러 처리를 한 것처럼 기억 속 유나의 얼굴이 흐릿했다.

"이 더러운 뽕짝 좀 그만 틀면 안 돼요?"

링고는 오늘도 바의 바텐더에게 소리를 질렀다. 바텐더가 눈썹을 구기며 남자와 그녀가 앉은 테이블을 돌아봤다. 남자는 진정하라고 손을 가볍게 위아래로 흔들며 난처한 표정을 지어 보였다. 바텐더는 고개를 저으며 바 저 끝의 플레이어로 가 시디를 바꿔 끼웠다.

어느 시디를 틀어도 남자에겐 그 노래가 그 노래였다. 하지만 링고는 취향이 보통 까다로운 게 아니었다. 그녀는 더러운 뽕짝만 싫은 게 아니었다. 더러운 바텐더, 더러운 주방장, 더러운 서빙 아르바이트생, 더러운 안주와 칵테일, 더러운 여고생 신분, 더러운 학교, 더러운 가족과 세상.

남자는 그런 링고와 1년째 데이트를 즐기고 있었다. 차를 타고 둘이 사는 강남구의 경계를 넘어 서초구, 광진구, 관악구를 쏘다니기도 했고 멀리 하남시와 구리시로 시의 경계를 넘나들기도 했다. 과감하게 학교 앞에서 야간 자율 학습을 마치고 나오는 그녀를 기다린 적도 있고, 학교 근처 아웃백스테이크하우스에서 이따금 함께 저녁을 먹기도 했다.

누가 보면 조카라고 하면 되었다. 누가 보면 삼촌이라고 하면 되었다. 큰삼촌과 막내 조카뻘 이상으로 보였지만, 남자는 자신을 그렇게 늙게 보지 않았고 링고는 자신을 그렇게 어리게 보지 않았다. 그는 그녀의 이름을 링고라고 알고 있었다. 그녀의 교복엔 명찰을 반복적으로 달았다 뗀 흔적이, 신경질적으로 잡아떼고는 하는 흔적이 뚜렷했다.

남자는 링고가 무슨 뜻이냐고 물었다. 링고는 얼굴을 찌푸리며 일본 말이라고만 했다.

"왜 이름을 일본어로 짓지?"

"그야, 뭔가 있어 보이잖아."

링고는 그 이름을 작년에 읽은 어느 소설에서 따왔다고 했다. 남자는 '링고'가 마음에 들었다. 링고가 설마 똥을 의미한다고 해도 링고가 사랑스러울 것이다. 머리는 헤어라이트너로 만져 금발기가 살짝 도는 갈색이었고, 윗눈썹은 집게로 하나하나 뽑아 폭을 7밀리미터로 가늘게, 균일하게 만들었다. 눈썹이 아니라 붓 한 번 긋고 지나간 자국처럼 보였다.

"링고."

"왜?"

"오늘 니 삭스는 얼마?"

남자는 링고가 신고 있는, 정강이까지 올라오는 새하얀 양말을 눈짓으로 가리켰다.

"링고의 니 삭스, 오늘은 거래 불가. 아빠가 집에 오셨습니다."

남자는 잠자코 링고를 응시하며 정말인지 거짓말인지 가늠하다 고개를 끄덕였다. 거래가 성사되었다면 그는 앉은자리에서 현찰을 꺼내

주었을 것이었다. 그리고 차를 타고 나갔겠지. 하지만 오늘은 아빠가 왔다.

남자는 링고를 데려다주고 집으로 돌아왔다. 아내는 거실에서 등을 하나만 켜놓고 어스름한 빛에 잠겨 차를 마시고 있었다. 남자는 옷을 갈아입고 씻고 제 찻잔을 들고 아내 곁에 앉았다.

"후배는 괜찮아?"

남자는 아내에게 병원에 입원한 후배한테 다녀온다고 했다.

"응, 가다 말고 돌아왔어."

"왜?"

"가서 보면 뭘 할까 해서."

남자는 정말 수원까지 갈 생각이었다. 링고를 데려다준 뒤 실제로 양재를 지나 판교 인터체인지 근처까지 가기도 했다. 하지만 더는 나아갈 수 없었다. 그는 어쩐지 갈 수 없었고 돌아와야만 했다. 그리고 핑계 같지만, 야간에 면회를 시켜주는 정신병원이 있다는 얘기도 들어본 적이 없었다. 아내는 더 묻지 않고 찻잔을 들어 다시 한 모금을 마셨다.

아찌, 오늘 경매할까?

링고에게서 카톡이 왔다. 학교 점심시간이 끝날 무렵이었다. 병원의 점심시간이 되려면 아직 10분이 더 있어야 했지만 환자가 없었다.

니 삭스 얼마?

삭스만?

남자는 오호, 하고 소리 내 중얼거렸다.

오늘 체육시간이 있었어. 더웠다고. 아빠는 갔고.

일단 야간 자율 학습이 끝나야 했다. 남자는 링고를 저녁 여덟 시 반에 논현동 코코브루니에서 만나기로 했다. 링고가 더럽다고 불평하지 않고 그곳의 티라미수와 얼 그레이 케이크를 잘 먹었던 기억이 났다. 택시를 타고 오라고 했다. 그는 병원을 마치고 2층으로 올라가 가족과 저녁식사를 했다.

아들은 자기 짝꿍이 엄마가 없다고 했다. 남자는 고개를 끄덕였다. 엄마가 없고 아빠는 춘천이라는 데서 자동차 도로를 만들고 있다고 했다. 아내는 화장실 비데 변기 시트가 흔들린다고 했다.

식사가 끝나자 남자는 자리에서 일어나 아들의 시선을 끌 만큼 큰 소리를 내며 아내에게 입을 맞췄다. 그러곤 아내가 아들을 방으로 데려가 숙제 준비를 시키는 동안 차를 끓였다.

남자는 카페에서 링고에게 케이크를 먹인 다음 강남역의 쇼핑가로 갔다. 그는 옷가게에서 교복 스커트 위로 이런저런 종류의 스키니 진을 대어보는 그녀를 즐겁게 바라보았다. 그녀는 그가 스키니 진에 성적 충동을 느낀다는 것을 아는 눈치였다. 그는 진과 셔츠를 고르게 하고는 그녀를 가까운 모텔로 데려갔다.

다음 날 아침, 식탁에서 아들이 물었다.

"아빠, 밤에 안 자고 뭐 해?"

"가끔 못 잘 때가 있지."

남자는 아들이 화장실 갈 때 서재에 불이 들어와 있는 것을 본 모양이라고 생각했다.

"어제 몇 시에 들어왔어?"

이번엔 아내가 물었다.

"한 시 좀 안 돼서?"

남자는 귀가 시간을 속일 수가 없었다. 보안 시스템이 출입문마다 걸려 있어서 출입자와 출입 시간이 엑셀 파일로 찍혀 나왔다.

남자는 진료실 창가에 서서 아들을 학교에 데려다주는 아내를 바라보았다. 아침은 아직 선선했다. 아내는 카디건을 어깨에 두르고 아들을 차에 태우고는 조심스럽게 골목을 빠져나갔다. 그리고 40분쯤 지나 골목으로 돌아왔다.

남자는 저녁때까지 환자 넷을 받았다. 지난해 같은 달과 같은 수였다. 하루 환자 넷은 그가 바라는 삶을 살기에는 꽤 부족한 숫자였다.

유나가 병원에 입원했다는 소식을 들은 지 벌써 한 달이 되어가고 있었다. 잠은 원래 잘 못 잤지만 요즘 부쩍 그런 것 같았다. 유나가 이유일까? 유나가 어째서? 왜?

남자는 링고에게 일요일에 시간이 있느냐고 물었다. 둘이 만날 시간은 의외로 많지 않았다. 그는 병원과 가족을 챙겨야 했고, 그녀는 아빠를 챙겨야 했고 공부를 해야 했다. 공부는 그가 원하는 것이기도 했다. 그는 학업 목표를 걸어놓고 그녀가 달성하면 상금을 주었다. 그녀의 생리 기간도 지켜주어야 했다. 둘은 한 달에 세 번 만나기도 어려웠다.

"일요일?"

"응."

남자는 검지와 엄지로 링고의 젖꼭지를 꼭 쥐었다 놓았다. 연붉은 건강한 색깔에, 주름 하나 없이 탱탱했다. 그녀는 이번 주? 하고 묻고는 곤란하다는 표정을 지었다. 다음 주는 어떻겠냐고 하니, 이 더러운 세상이 어떻게 될 줄 알고 다음 주까지 약속을 잡아놓느냐고 핀잔을 주었다.

"아찌, 무슨 일 있어?"

링고는 어울리지 않게 걱정스러운 얼굴을 하고선 손을 뻗어 남자의 뺨을 어루만졌다.

"아찌 아는 사람이 병원에 입원했거든. 링고랑 같이 가면 좋을 것 같아서."

"링고랑? 하지만 링고는 싫어."

"왜?"

링고는 잠시 입을 다물고 생각을 하는 듯했다. 생각하는 게 괴로운 듯 이마에 얇게 주름이 잡혔다.

"음. 링고는 아찌 일은 모르고 싶어요. 아찌 일을 알게 되면 틀림없이 아찌를 싫어하고 더럽다고 욕하게 될 테니까."

남자는 링고에게 입을 맞추고 섹스를 했다. 그녀는 오늘은 열 시가 되기 전에 들어가야 했다. 무슨 요량으로 그녀에게 병원에 같이 가자고 했는지 알 수가 없었다. 그는 그녀를 바래다주고 귀가한 다음 곧바로 서재에 틀어박혔다.

"뭐 했어?"

남자는 고개를 들어 소리 난 쪽을 바라보았다. 아내가 서재 문에 기대 서 있었다. 시간은 벌써 열두 시가 넘어 있었다. 그는 대꾸 없이 아내를 바라보다 미소를 지었다.

"슬리퍼는 신으라고 했잖아."

아내가 다시 말했다. 남자는 발을 뻗어 책상 아래 놓인 슬리퍼를 차례로 발에 꿰었다. 그러면서 고개를 주억거리며 아내의 다리를 살폈다. 아내는 복사뼈가 드러나는 짧은 선홍색 양말을 신고 있었다. 아내는 그가 아는 가장 정갈한 꽃이었다.

"사랑해."

남자는 자신이 아내를 사랑한다고 생각했다. 그는 방으로 돌아가는 그늘진 아내의 등을 보며 다시 링고를 떠올렸다. 아내가 링고를 기억할까. 링고를 처음 만난 날 아내도 있었는데.

그날 남자는 카페 골목에 차를 세워놓고 아내가 부티크에서 나오기를 기다리고 있었다. 2차선 도로 건너편 골목에선 교복을 입은 여학생 대여섯이 옹기종기 쪼그리고 앉아 있었다. 잠시 후 묵찌빠 같은 걸 하더니 학생 하나가 울상을 지으며 골목 앞으로 나왔다. 그러곤 인도 복판에 서서 체크무늬 교복 치맛자락을 넓게 펼쳐 잡고는 부채를 부치듯 펄럭였다. 낮 시간이라 인도엔 보행인이 얼마 없었다. 골목 안의 학생들은 즐거운 듯 깔깔거렸다. 세 번째 학생이 나왔다. 하지만 갑자기 늘어난 보행인에 겁을 먹었는지 치맛자락을 틀어잡고 머뭇거리다 골목으로 돌아갔다. 곧 길고 흰 목이 인상적인 여학생이 자리에서 일어났다. 그녀는 역할을 다하지 못한 친구의 머리를 손바닥으로 때리기 시작했다. 다른 학생들이 골목을 막아섰다.

남자는 차에서 내려 도로를 건넜다. 여차하면 자기를 선도위원이라고 소개하고 경찰을 부를 생각이었다. 정말 그럴 작정이었다. 그는 골목으로 뛰어들어 찰랑이는 검은 머리카락들 사이를 비집고 들어가 소리를 질렀다. 남학생이 무리에 끼어 있지 않는 게 다행이라는 생각을 했다. 그가 쓰러진 학생 곁에 앉아 상태를 살필 때 위에서 소리가 들렸다.

고개를 돌리자 오렌지색 긴목 양말과 늘씬한 라인의 하얀 허벅지가 보였다. 다른 학생들은 없었다. 아저씨, 감옥 가고 싶어? 뭐? 감옥 가고 싶으냐고? 남자는 자리에서 일어났다. 내가 경찰 불러서 아저씨가 애 막 주물럭댔다고 할 거예요. 더러운 개저씨 변태라고. 더러운 미성

년자 성추행 개저씨. 더러워.

남자는 휴대폰을 꺼내 경찰을 불렀다. 여학생은 생글생글 웃으며 자리를 지켰다. 건너편에서 아내가 손을 흔들었다. 잠시 후 아내가 길을 건너 그에게로 왔다. 아내는 당황한 얼굴로 여학생에게 이름을 물었고 그녀는 링고라고 부르라 했다. 그와 아내와 링고는 멀뚱멀뚱 서서 경찰을 기다렸다. 맞은 학생은 이제 일어나 앉아 넋 나간 표정을 짓고 있었다.

무슨 생각으로 그때 링고가 남자를 성추행으로 엮으려 했는지 알 수가 없었다. 경찰이 왔고 맞은 여학생은 학교로 갔고 아내는 집으로 갔고 남자와 링고는 지구대로 가 잠깐 실랑이를 했다. 지구대에서도 링고는 더럽다고 구시렁댔다. 경찰이 더럽고 대기실 벤치가 더럽고 경찰의 책상이 더럽고 지구대 대장이 더럽고. 가랑이에 땀이 차서 부채질 좀 했기로서니 뭐가 범법이냐고 대들었다.

그게 링고였다. 긴목 양말의 정식 이름을 가르쳐준 것도 그녀였다. 니 삭스라고. 좀 사귀어보니 그녀는 일진 같은 걱정할 만한 수준은 아닌 것 같았다. 그저 충동을 조절하는 데 좀 곤란을 겪고 있는 듯했다.

남자는 그런 링고가 좋았다. 그녀는 뭐랄까, 그가 알지 못하고 살아보지 못한 세계에 속해 있었다. 게다가 예쁘기까지 했다. 그는 예쁘지 않은 꽃은 꺾지 않는다는 주의였다.

이 사내는 꽃을 좋아하되, 잘못된 방식으로 좋아했다. 법원 명령에 정해진 기한은 오래전에 끝났지만 사내는 병원을 바꿔가며 간헐적으로 상담 치료를 계속 받고 있었다. 남자의 병원엔 지난주부터 왔다. 중년 나이. 중견기업의 과장. 이혼 경력. 느릿느릿한 말투에, 오랜 직장

생활로 딱 틀이 잡혀 있는 행동거지. 직장이 강남 지역이었다. 걸어서
와도 될 만큼 병원에서 가까웠다.

　여기까지는 흔한 한국 중년 남성이지만, 단단히 오므린 꽃봉오리를
억지로 열려고 한다는 데 사내의 심각성이 있었다. 사내는 몇 년째 역
겨운 욕구와 씨름하고 있었다. 스스로도 역겹다고 인지하고 있었다.
이혼했지만 아직 전처를 사랑하고 있었고 아들도 있었다. 함께 살진
않지만 그들에게 책임감을 느끼고 있었다.

　남자는 처음엔 간단한 탈무드식 처방을 내릴 생각이었다. 역겹다고
생각하지 말라는 것이었다. 하지만 명칭을 바꾼다고 역겨운 게 달콤하
게 되지는 않는다. 회사생활도 원만하지 않은 듯했다.

　"그 친구는 알고 보니 고아더라고요."

　"그건 어떻게 아셨습니까?"

　"제보가 있었어요."

　사내는 그 부하 직원을 깡패새끼라고 불렀다.

　"그 제보, 확인은 해보셨어요?"

　사내는 해보나마나 깡패같이 껄렁껄렁하니 아비어미 없이 자란 놈
이 틀림없다고 했다. 대단한 순환논리였다. 부모가 없으면 깡패새끼로
자랄 것이고, 깡패새끼면 보나마나 부모가 없이 자랐을 것이다.

　사내는 여론몰이를 해서 그 부하를 자기 부서에서 몰아냈다.

　상관 하나도 비슷하게 쫓아냈다. 그의 상관 중에 전문대 기계과 출
신이 있었다.

　"학벌이 중요한 건 아니니까. 하지만…… 자꾸 남의 아이디어를 훔
쳐요. 그게 나중에 얼마짜리 기술이 될지 알고."

　사내는 그 상관이 못마땅했고 결국, 사내 학연을 이용해 그도 사무

실에서 내몰았다.

"그런데 그게 학력과 무슨 상관이에요?"

"전문대 나온 놈이 무슨 도덕성이 있겠어요. 그렇잖아요. 자존감은 학력을 따라간다고요, 도덕성은 자존감을 따라가고."

남자는 그건 편견 아닙니까, 하고 물었다.

"편견 맞아요. 심한 편견이지. 하지만 그 편견 덕에 내가 살아남았어요."

남자는 그렇다면 이 사내의 학력은 어디까지일지 궁금했다. 하지만 그의 환자 카드에 나와 있는 건 이름과 연락처뿐이었다.

"선생은 어느 대학 나왔소?"

그러면서 사내는 상담실을 천천히 둘러보았다.

하지만 편견이 사내를 100퍼센트 보호해주지는 못한 것 같았다. 사내는 이미 역겨운 일로 전과가 하나 있었고 이혼까지 했다.

"조금 있으면 장마가 시작되지 않나요?"

사내는 장마철이면 꼭 자신이 물로 된 터널 속을 걷는 기분이 든다고 했다. 그러곤 물의 터널이 머리 위로 무너져 내릴 것만 같다고 했다.

남자는 우산을 들고 물로 만든 터널 속을 느릿느릿 걷는 사내를 상상해보았다. 그리고 물의 터널이 무너진다. 사내는 어마어마한 물결에 휩쓸려 사라진다.

남자는 진료 노트에 이것은 자기 처벌인가, 하고 적고 물음표 하나와 메모를 달아놓았다. 아무튼 머리 위가 위태로운 건 남자도 마찬가지였다.

링고는 눈을 반짝이며 환자들의 이야기를 들었다. 그녀는 호기심이 많은 아이였다. 다만 추진력이라고 할 열정이 부족했다. 한순간 미친 듯 알고 싶어 하다가도 조금만 시간을 끌면 언제 그랬냐는 듯이 무심한 얼굴로 돌아갔다.

"쥐가 무서운데 왜 자기 애완 고양이를 피해?"

"글쎄, 맞춰봐."

남자는 쇼핑백에서 옷가지를 꺼내 링고에게 입어보라고 건넸다.

그녀는 알몸으로 침대 밖으로 나가 비닐포장을 뜯고는 일본어로 쓰인 상품 태그를 살펴보았다. 그녀는 자기 또래 일본 여고생들이 입는 체육복을 신기한 듯 살펴보았다. 셔츠 등에는 자주색으로 일본 고등학교 이름까지 쓰여 있었다.

"그냥 배구선수 언니들이 입는 유니폼 같은데? 아찌…… 정말 이런 걸 입는다는 거지?"

"그렇다니까."

"너무 짧은 거 아냐?"

링고는 남자와 눈을 맞춘 채 시스루로 된 민소매 셔츠와 벽돌색 팬츠를 걸쳤다. 모텔 형광등 불빛 아래 드러난 각진 어깨가 쏙 들어간 허리와 멋진 역삼각형을 이루고 있었다. 시스루 아래 감춘 듯 드러난 젖꼭지가 그를 자극했다. 그가 감탄을 지르자 그녀는 엉덩이를 실룩이며 한 바퀴 돌아 보였다. 핏기 없는 살이 팬츠 아래로 살짝 비어져 나와 있었다. 그녀는 깔깔 웃으며 침대로 뛰어올라왔다.

"얘기해줘. 쥐가 무서운데 왜 고양이를 피하냐고."

남자는 잠깐 링고와 스킨십을 하다가 털어놓을 때가 되었다는 듯이 이야기를 했다.

"고양이가 쥐를 잡아먹었거든. 그러니까 고양이가 무서운 게 아니라

고양이 배 속에 든 쥐가 무서운 거야. 그래서 귀엽다고 쓰담쓰담도 못하게 됐지. 쥐가 고양이의 탈을 쓰고 있는 거니까."

링고는 어머나, 하고 멍한 얼굴로 중얼거렸다. 남자는 이때다 싶어 병원에 같이 가지 않겠냐고 물었다.

"아찌는 병원에 같이 갈 사람이 그렇게 없어?"

남자는 대답하지 않았다.

"링고는 의리 있는 여자예요."

남자는 일요일 오전에 집에서 나와 링고의 집으로 갔다. 그녀는 아빠는 집에 없을 거라고 했다. 그녀의 집으로 들어가는 골목 어귀의 놀이터 앞에 차를 세우고 전화를 했다. 놀이터 그네에서 그녀가 그를 향해 손을 흔들었다.

링고는 한눈에 봐도 정갈하게 차려입으려 한 티가 났다. 캔디핑크 색깔의 여름 재킷에, 물 빠진 파랑색 밴딩 팬츠를 입고 있었다. 새 옷은 아니었지만 세탁하고 갓 손질한 것들이었다. 가죽 로퍼도 얼룩 하나 없이 깨끗했다. 재킷 안에는 그가 사준 민소매 체육복을 받쳐 입고 있었다.

캔디핑크니 밴딩 팬츠니 하는 이름들은 모두 링고가 가르쳐준 것이었다.

병원은 남자가 몇 번 방문했던 적이 있었다. 인턴 때도 왔었고 자원봉사를 나온 적도 있었다. 남자는 접수대에서 면회 신청을 했다. 신청을 하는 동안 링고는 코를 씰룩거리며 더러운 냄새가 난다고 불평하기 시작했다.

남자와 링고는 응접실로 안내되어 유나를 기다렸다. 이번에 유나를 보게 된다면, 대학교 2학년 때 유나가 휴학을 한 후로 처음 보는 것이 었다. 그는 자신이 얼마나 늙었을까 하는 생각이 들었다. 얼굴을 비춰 보려고 무심결에 고개를 돌렸다. 응접실 창밖으로 병원 뒤뜰이 보였 다. 환자복을 입은 몇몇이 간병인들과 함께 해바라기를 하고 있었다. 만약 유나가 그를 만나러 응접실까지 내려올 수 있다면 병세는 그리 걱정할 만한 것이 아닐 것이다.

남자와 링고는 응접실의 햇살이 옅은 은행나무 낙엽 빛깔을 띨 때까 지 유나를 기다렸다. 계절에 상관없이 그런 색깔은 그의 마음에 스산 한 바람을 몰고 왔다. 링고는 휴대폰으로 게임을 했고 그는 그저 아무 것도 하지 않고 앉아만 있었다.

네 시 반이 되자 간호사가 응접실로 찾아왔다. 환자가 남자를 만나 고 싶어 하지 않는다고 했다. 남자는 면회가 가능한 상태냐고 물었고 간호사는 주치의가 면회를 허락했다고 했다. 남자는 툴툴거리는 링고 를 데리고 응접실을 나왔다.

"병원에 있는 언니도 아찌를 싫어하는 거네."

서울로 가면서 링고가 룸미러로 남자와 눈을 맞추고는 중얼거렸다. 그는 말없이 운전을 계속했다. 무슨 말을 할 기분이 아니었다. 그는 오 랜만에 만난 유나가 어떤 반응을 보일지 은근히 기대하기까지 했다. 그 기대가 무너진 것이다. 그는 그런 대접을 받을 사람이 아니었다. 그 런 대접을 받아선 안 되었다.

남자는 차를 타기 직전까지, 그리고 병원을 빠져나오는 기나긴 진입 로에서도 자꾸 뒤를 돌아보았다. 황혼 빛을 받아 반짝이는 병원 창문 들이 더 이상 보이지 않게 된 다음에도 자꾸 룸미러로 뒤를 살폈다. 무 슨 오해가 있나, 아니면 그냥 아무도 만나기 싫은 걸까. 병실 창가에

서서 차에 탄 자신을 훔쳐보는 유나가 떠올랐지만 이번에도 얼굴은 기억에 없었다.

다음 주말에 남자는 유나의 소식을 전했던 동창에게 연락을 해 만났다. 연구는 잘 되느냐, 거기도 요즘 위에서 새 인력을 안 뽑아주느냐, 하고 흔히 할 수 있는 얘기들을 나눴다.

동창은 전자담배를 물고 있는 남자를 표정 없이 바라보았다. 병원에 다녀온 직후 피우기 시작한 전자담배였다. 동창은 눈초리가 조금 구겨져 있었지만 딱히 기분이 상한 것처럼은 보이지 않았다. 그러다 남자는, 내가 왜 이 자식 기분을 살피고 있지 하고 생각했다.

"전자담배 피면 담배 끊는 게 쉬워?"

동창은 곤드레나물밥을 떠 넣으며 물었다.

"끊은 건 오래고. 담배 생각이 나기에 다시 피우게 될까봐."

"아까 걔는 누구야?"

남자는 식당 창밖으로 시선을 돌렸다. 링고가 아직 거기 있다는 듯이. 그녀가 아프다고 해서 아침에 차로 태워 병원에서 진찰받게 하고는 다시 집 근처인 이곳까지 데려다준 참이었다.

"그냥 아는 조카."

그러자 동창은 대충 눈치챘다는 듯이 소리 내 웃었다. 그러고는 비주얼이 삼촌 조카 사이로는 보이지 않는다고 놀렸다.

"조카면 조카지, 무슨 아는 조카."

"순수한 사이야."

"자식, 우리한테 순수한 게 어디 있냐?"

남자는 말없이 그릇을 비웠다. 그러는 동안 동창은 흥분해서는 자기 연구원들의 불륜 행각을 미주알고주알 늘어놓았다.

"병원에 문병 갔다 왔냐?"

남자는 동창에게 물었다. 동창은 고개를 끄덕였다.

"걔가 만나줬어?"

남자는 뜸을 들이다가 마침내 진짜 궁금했던 것을 물었다.

"아니."

동창은 고개를 가로저었다. 그러면서 소리 나게 젓가락을 내려놓았다.

"술 한잔 할까?"

동창의 말에 남자는 대꾸 대신 미간을 찌푸리곤 동창을 쳐다봤다.

"우리를 만나줄 리 없어."

동창이 숭늉으로 입을 헹구며 말했다.

"왜?"

"참나. 기억 안 나냐?"

"기억나지. 하지만 벌써 옛날 일이고 걔도 다 잊었을 텐데."

"잊었는지 아닌지 네가 어떻게 알아?"

남자는 눈을 동그랗게 뜨고 동창을 바라봤다.

"그 뒤로 학교도 잘 다녔고 취직도 하고 박사 학위도 따고 결혼해서 애도 낳아 기른다며? 그 정도면 요즘 세상에 성공한 인생이야. 우리하고 있었던 일은 다 잊은 거라고."

동창은 자리에서 일어났다. 남자도 따라 일어섰다. 둘은 식당을 나와 주차장 앞에서 잠시 이야기를 나눴다.

"우리가 한 짓을 잊지 못한 거야. 앞으로도 절대 잊지 못할 거야."

동창이 스스로를 비난하는 투로 말했다. 남자는 아무 말도 하지 않왔다. 그리고 시선을 내리고 눈알을 굴렸다. 다른 이의 의견에 동의하지 않을 때 그가 습관처럼 내보이는 반응이었다.

"아까 그 여자애, 유나랑 똑같이 생겼더라. 안 그래? 유나 신입생 때 딱 그랬지. 키에 가슴 크기까지 비슷해. 목은 길고 착 달라붙는 스판덱스를 입었지. 유나 동생인 줄 알았어. 특히 그 처진 눈초리."

동창은 스키니 진을 스판덱스라고 불렀다.

"뭐 하는 거냐? 유나랑 똑 닮은 애를 데려다놓고? 너도 잊지 못한 거지?"

남자가 대꾸할 말을 찾는 동안 동창은 인사도 없이 몸을 돌려 사무실이 있는 역삼동 쪽으로 걸어갔다.

남자는 링고와 침대에 마주 누워 바라보며 이 여자애의 무엇이 유나와 그렇게 닮았나, 곰곰 생각했다. 얼굴은 기억나지 않지만 유나의 새카만 숱 많은 머리카락과 한 뼘은 됨 직한 긴 목은 잊지 않고 있었다. 링고의 목도 꼭 한 뼘 길이였고, 머리숱은 또 얼마나 많은지 침대 시트에 누워 펼쳐놓으면 고급 우단 온장처럼 빈틈없이 광택이 흘렀다. 유나도 링고도 모델을 해도 좋을 몸매를 갖고 있었다. 자신의 치기 어린 표현을 쓰자면 낭심을 녹이는 미모였다. 실제로 링고는 엔터테인먼트 회사에서 픽업도 몇 번 받아본 적이 있다고 했다. 연기도 노래도 머리도 안 돼 매번 오디션 과정에서 걸러지긴 했지만.

"링고가 누굴 닮았다는 얘기를 들었어."

"링고가?"

링고는 아이돌 얘기를 하는 줄 알고 눈을 반짝였다.

"응. 전에 같이 간 병원에 입원한 여자."

"치. 그 미친 여자?"

링고는 실망한 듯 입을 비죽거렸다.

"그런데 그 여자하고 아찌는 무슨 관계야?"

그 말에 남자는 손놀림을 잠시 멈췄다. 생각하기 싫었지만 그렇다고 잊은 것도 아니었다. 그런 일은 잊을 수가 없다.

"아찌랑 아찌 친구들 몇이 술 먹고 실수 좀 했지. 우리 넷이. 아니 다섯이었나."

남자는 잠시 머뭇거리다가 말을 이었다.

"그냥 같이 잤던 거야."

남자는 술에 취해 통제가 안 됐느니 하는 변명은 하지 않았다. 자기 합리화는 하지 않았다. 다만 그 일을 중요하게 생각하지 않을 뿐이었다. 그때나 지금이나. 유나가 경찰에 신고한 것도 아니고 학교에 알려서 정학 처분을 먹은 것도 아니었다. 아무도 처벌받지 않았고, 유나도 휴학하고 나서 다음 해 아무 일 없었다는 듯이 학교로 돌아와 우등생으로 졸업까지 했다니까.

"일본 포르노에서처럼? 막 여럿이서?"

남자는 정말로 그랬나 하고 기억을 더듬었다. 그랬다. 이제 와서 부인할 이유는 없었고, 괴롭기는 했지만 그는 당당했다. 그는 언제나 자신의 인생에 대해 당당했다. 그러고 보니 유나가 많이 울긴 했다. 그녀가 울기를 그치지 않자 티셔츠로 얼굴을 아주 덮어버렸던 기억도 났다. 그가 한 번 더 하려고 하자 다른 친구들이 침대 아래에서 소리를 질러댔다.

"그럼 아찌 때문에 미쳐서 정신병원에 들어간 거야?"

그게 언제 얘긴데. 글쎄, 유나는 아무 일 없었다는 듯이 성공적인 삶을 살았다니까. 나도 그랬고. 친구들도 다 그랬어. 링고는 좀처럼 납득

이 안 되는 모양이었다. 그런 링고를 안고 남자는 한참을 뒹굴었다.

자신이 잘못했다는 생각은 들지 않았지만, 늘 자신의 인생에 대해 당당했지만, 남자는 어쨌거나 부서져가고 있었다.

"비명을 질러 이년아! 비명을 지르라고!"

남자는 링고에게 소리를 질렀다. 링고는 놀라 개처럼 엎드린 자세에서 고개를 돌려 그의 얼굴을 보려고 했다. 겁에 질려 뺨이 파들파들 떨리고 있었다. 이제까지 이 정도로 거칠게 다룬 적은 없었다.

"비명! 비명을 지르라고!"

남자는 확실히 부서져가고 있었다. 그는 링고를 부셔버리고 있다고 생각했지만 실은 자신을 부셔버리고 있었다. 공포에 떠는 링고의 눈을 보니 얼핏 그날 유나의 눈을 닮았다는 느낌이 들었다.

그날 밤은 안방 침대에서 일찍 잠들었고 아침까지 한 번도 깨지 않았다. 아침에 일어났을 때 남자는 근래에 이렇게 몸이 개운했던 적이 있었나 놀라기까지 했다.

점심시간이 되자 아내가 전화를 걸었다. 같이 밥 먹자고 했다. 굳이 부르지 않아도 대개 남자는 2층으로 올라가 가족과 점심을 먹었다.

무슨 일이 있나 싶어 남자는 아내에게 이런저런 말을 시켜보았다. 아내는 평소와 다름없이 조용하게, 차분하고 느긋하게 그를 대했다.

"병원에 손님이 없지?"

"불경기니까."

"세상이 다 미쳐 돌아가고 있는데 왜 정신과 의원에 손님이 없을까?"

아내는 궁금해서 묻는 게 아니었다. 아내가 궁금한 것은 그게 아니다.

"정신과 의원에 손님이 많다면 세상이 미친 연놈들로 가득 찼겠어?"

쓸 만한 답을 내놓았다고 생각했지만 남자는 계속 불안했다.

"요즘 누구 사귀어?"

남자의 밥그릇은 거의 비어 있었다. 그는 아내의 눈을 똑바로 들여다보았다. 그러고 보니 1년 넘게 안 들키고 링고를 사귀었다는 사실이 스스로도 놀라웠다.

"응."

남자는 체념한 듯 씁쓸히 미소 지었다.

"어떤 여자야?"

"말해준다고 알아?"

하지만 아내는 링고와 만난 적이 있고 어쩌면 기억하고 있을지도 몰랐다.

"어디가 좋아?"

"음. 걔는 보지가 예뻐."

아내는 가만히 자리에서 일어나 안방으로 들어가 문을 닫았다. 남자는 식탁을 치우고 커피까지 끓여 마셨다. 진료실로 내려가기 전에 방문을 두드려볼까 망설이기도 했지만 그러지 않았다.

저녁때 하루 일을 마치고 올라가 보니 2층에 아내가 없었다. 아들도 없었다. 드레스 룸을 열어보니 아내 옷의 3분의 1 정도가 사라지고 없었다.

하늘이 개나리색으로 보이는 초로의 부인은 가든 콘테스트에서 예선 탈락했다. 부인은 의외로 감정을 잘 다스렸다. 부인은 일상의 이야기를 늘어놓았다. 강남 지역 사교계를 틀어쥐고 호령하는 실력자 치고는 뜻밖일 정도로 검소한 일상이었다.

"아무튼 선생님이 1년 안에는 답을 찾길 바라요."

"1년이요?"

"그래요. 가든 콘테스트는 매년 있잖아요. 내년엔 결선에 올라가야죠."

남자는 진료 노트를 덮고 옆 책상에 올려놓았다.

"부인. 전 당신이 뭘 하든 관심이 없어요."

남자는 링고를 떠올리며 말을 이어나갔다.

"당신과 당신 가족이 진짜로 하는 일이 뭔지 알게 되면 틀림없이 당신네를 싫어하고, 욕하고, 진저리치게 될 테니까."

부인은 미소만 짓고 있었다. 그러다 자리에서 일어나 진료실을 나갔다.

남자는 한동안 미동도 않고 있다가 일어나 책상으로 돌아갔다. 간호사에게 홍차를 가져오게 했다. 그는 더운 홍차에 마카롱을 적셔 먹으며 맛을 음미했다. 빠르게 녹아내리며 입안 가득 퍼지는 단맛이 그는 미치게 좋았다.

남자는 이제 링고를 만나지 않고 있었다. 그렇다고 아내를 찾은 것도 아니었다. 링고야 그가 없어도 잘 지낼 것이다. 아마도 잘 지낼 것이다. 그리고 아내도. 아내도 그가 없어도 잘 지낼 것이다. 어쩌면 남자 때문에 그동안 잘 못 지내왔던 건지도 몰랐다.

남자는 다음번에 동창을 만나면 이런 말을 들려줄 생각을 했다. 우리는 젊었지만 한 번도 깨끗했던 적은 없었다고. 순수하고 순결한 젊음은 전혀 우리 것이 아니었다고. 그가 숙고 끝에 내놓은 진심이었다. ▪

손보미

임시교사

1980년 서울 출생. 경희대 국문과와 동대학원 졸업.
2009년 『21세기문학』, 2011년 『동아일보』 등단.
소설집 『그들에게 린디합을』. 〈한국일보문학상〉 등 수상.

임시교사

날씨가 좋은 오후에 P부인은 낮잠에서 깬 아이의 손을 잡고 밖으로 나오곤 했다. 그곳은 고급 아파트가 모여 있는 동네였고, 아파트 단지의 한가운데에는 공들여 만든 놀이터가 있었지만, P부인은 항상 아파트 단지 바깥으로 나와 근처에 있는 공원까지 걸어갔다. 공원으로 향하면서 P부인은 이 아이, 동그랗게 자른 머리와 쌍꺼풀이 없는 큰 눈을 가진 이 다섯 살짜리 사내아이의 손을 잡고 함께 거리를 거닌다는 것이 자신에게 얼마나 순수한 기쁨을 주는 행위인지 새삼스럽게 깨닫곤 했다. 공원의 한가운데에는 아이들이 뛰어놀 수 있도록 잘 손질된 잔디가 깔려 있는 공터가 있었다. P부인은 공터의 가장자리에 가지고 온 돗자리를 펴고 아이와 함께 앉았다. 근처에는 P부인처럼 아이들을 데리고 나온 젊은 여자들이 삼삼오오 모여서 이야기를 나누거나, 아이들이 뛰어노는 것을 지켜보고 있었다. P부인은 그 여자들과 가볍게 눈인사를 나누었지만 한 번도 이야기를 나눈 적은 없었다. 아이가 "가서 놀아도 돼요?"라고 물었고 P부인은 웃으며 고개를 끄덕였다. 아이가 달려가고 나면 P부인은 조그마한 천가방에서 책을 꺼내 읽기 시작하곤 했다. 책을 읽는 것을 멈추고 눈으로 아이를 좇을 때도 있었다. 거기에 모인 아이들은 저희들끼리 잘 어울려 놀았다. 가끔 아이가 다른 아이의 장난감을 빼앗으려고 하거나, 자기보다 어린 아이를 힘으로 제압하려고 하는 모습이 보이면 P부인은 읽던 책 페이지의 귀퉁이를 접어두고 아이에게 다가갔다. 그리고 아이의 어깨를 가볍게 잡고 작지만 힘이 들어간 목소리로 말했다. "착한 아이가 아니구나." 저 멀리서 젊은 여자들이 P부인이 아이에게 경고하는 것을 지켜보았다.

이쯤에서 잠깐 아이 엄마에 대해 언급하고 넘어가는 것이 좋을 것 같다. 아이 엄마의 말을 빌리자면 그녀는 "남편에게 속아서 결혼한 케이스"였다. 하지만 그건 그저 귀여운 하소연에 불과했다. 그녀는 자신이 예술작품에 대한 감식안을 가지고 있다는 것을 깨달은 순간부터 프랑스에서 일할 수 있게 되기를 바랐고, 실제로 고등학교 때 파리로 날아가, 파리의 대학에서 예술사를 전공했다. 하지만 오랜 타국생활에 지친 그녀는 대학원을 졸업한 후 곧바로 한국으로 돌아오게 된다. 계속 한국에 머물 생각이었던 것은 아니었다. 반년 정도만 부모님 곁에 머물면서 심신을 치유한 후 다시 떠날 생각이었다. 하지만 어찌된 일인지 그녀는 불과 9개월 후에 버진로드를 걷고 있었다. "함께 공부하던 친구들은 뉴욕이나 암스테르담이나 런던에 자리를 잡았어요. 막연하게나마 나 역시 언젠가는 파리로 돌아갈 수도 있다는 정신 나간 생각을 했더랬죠. 결혼한 후에도 말이에요." 그녀는 직장 동료들에게 자신의 결혼 이야기를 들려준 적이 있었다. "그이는 얼마나 내게 잘해주는지 몰라요. 그이는 정말로 저를 사랑한답니다." 하지만 그 이야기의 클라이맥스는 바로 이것이었다. "임신테스트기에 글쎄 줄이 두 개 나타난 거예요. 그때 얼마나 당황했는지!" 그녀는 이 부분을 이야기할 때마다 금방이라도 울 것 같은 기분이 들었다. "그 애를 정말 사랑해요. 지금 제게는 무엇과도 바꿀 수 없는 보물이에요. 아이를 키우는 게 힘들었냐고요? 아니요, 아니요, 정말 행복했어요." 정말로, 그녀는 꼬박 3년 동안 집에 머물면서 아이를 키웠다. 그녀의 어머니는 그녀가 결혼을 한다고 했을 때, 일종의 배신감을 느꼈고, 아이를 낳아도 육아에 도움을 주지 않겠다는 선언을 했으며, 실제로도 그렇게 했다. 그녀의 이야기를 들으면 사람들은 그녀의 겉모습에 깊은 인상을 받게 된다. 왜냐하면 그녀에게서는 아이를 낳고 키운 여자의 흔적을 전혀 찾을 수 없기 때문이다. 단백질이 충분히 공급된 머릿결은 보기 좋게 컬이 들어간 채, 어깨를 살짝 덮고 있었고 피부는 생기가 넘쳤으며 팔다리는 길고 날씬했다. 어쨌든 그녀는 그해 봄이 시작될 즈음 미술관에 취직—비록 인턴직이었지만—했고, 그녀 대신 보모—그러니까, P부인—가 아이를 돌보고 있었다. 가끔 그 이야기를 듣던 사람들이 그녀에게 보모에 대해 물어보는 경우가 있었다. 그럴 때마다 그녀는 잠시 생각에 잠겼다가, 이렇게 대답하곤 했다. "그분요? 음…… 좋은 분이세요."

만약에 누군가가 자신에 대한 질문을 아이 엄마에게 던진다는 사실을 알았다면 P부인은 이런 식으로 대답하길 원했을 것이다. "그분요? 그분은 임시교사셨대요." 물론 '임시'라는 단어를 빼고 말해도 되겠지만, 그건 어쩐지 올바르지 못한 일처럼 여겨졌다. P부인은 무려 20년 동안 학교에서 아이들에게 역사—때로는 사회를, 때로는 지리—과목을 가르쳤다. 그리고 그 일을 무척 좋아했다. 모르긴 몰라도, 젊었던 시절엔 '정식'교사가 되기를 간절하게 바랐을 때도 있었을 것이다. 어쨌거나 **다행스럽게도** 임시교사가 필요한 학교는 생각보다 많이 있었고, P부인은 작년까지 여러 학교를 전전하며 중학생이나 고등학생들에게 역사—때로는 사회, 때로는 지리—과목을 가르칠 수 있었다. 하지만 작년 봄에 출산휴가를 얻은 여선생 대신 일한 후로는 어떤 학교도 그녀를 써주려고 하지 않았다. 그 사실—이제 영원히 임시교사로서 교단에 설 일이 없을 것이라는—을 결국 인정해야 했을 때도 P부인은 별로 절망하거나 속상해하지 않았다. P부인은 천성적으로 남을 비난할 줄 모르는 사람이었다. 지하철에서 누군가 메모를 돌리며 적선을 부탁하면 절대로 거절하는 법이 없는 여자였다.

보모가 되기 위한 면접을 보러 그 집에 처음 갔을 때 아이 아빠가 말했다. 아이의 아빠는 몇 년 전 사법고시에 합격했고, 지금은 이름을 대면 알 만한 기업의 법무팀에 있었다. "교직에 계셨다고 들었습니다만." 왜인지 알 수 없지만 그는 P부인이 아이의 보모가 되겠다고 자신의 집 거실에 앉아 있는 상황에 약간의 동정심이나 측은함, 심지어는 미안한 감정까지도 느끼고 있었다. 그러나 P부인은 간단하게 이렇게 대답했다. "나보다 훨씬 더 젊고 유능한 임시교사들이 있는데 내가 어떻게 거기에 더 머물 생각을 하겠어요. 그건 양심도 없는 생각이죠." P부인은 자신이 가르친 아이들을 떠올렸다. 자신의 말을 경청하고 고개를 끄덕거리며 눈을 마주치던 아이들. 그런 생각을 하며 P부인은 티테이블 위 화병에 꽂혀 있는 백합을, 베란다 유리창을 덮고 있는 커튼의 기하하적 무늬를, 거실과 바로 통하는 부엌의 목재 장식장과 그 안에 순전히 장식용으로 넣어둔 티세트를 둘러보았다. 그리고 이 가족—잘생기고 예의 바른 젊은 아버지와 아름답고 우아한 젊은 엄마와 그리고 귀엽고 똑똑해 보이는 아이. 어쩌면 그 순간, P부인은 자신의 집을 떠올렸을지도 모른다. 소박한 벽지와 합성섬유로 만들어진 커튼, 작은 침대 같은 것. 그리고 그곳에서 혼자 밥을 먹거나, 혼자 옷을 갈아입거나, 혼자 잠을 청하는 자기 자신을. 하지만 그런 생각을 한 것은 짧은 순간—심지어 그런 것을 떠올렸다는 것을 알아차릴 수 없을 정도로—에 불과했고, P부인의 머릿속은 금방 자신의 책상으로 가득 찼다. 거대한 마호가니 책상. 아니, 사실 그건 식탁이었지만, P부인은 그걸 책상으로 사용했다. 아무려면 어땠을까. 그건, P부인이 가진 것 중 가장 비싸고, 그리고 가장 아름다운 것이었다. **아름다운** 것. P부인은 그 문장을 마음속으로 반복해보았다. 그런 후 허리를 꼿꼿하게 세우고 이렇게 덧붙였다. "그러니까, 그게 바로 세상의 이치랍니다." 그렇게 말한 후 P부인은 입고 온—자신이 가지고 있는 것 중 가장 좋은 옷인—트위드 재킷의 금속 단추를 만지작거렸다.

P부인의 일은 비교적 단순했다. 오후 두 시쯤, 이를테면 출근하는 길에 어린이집에 들러서 아이를 집으로 데리고 온 후에, 아이의 부모 중 누군가가 귀가할 때까지 함께 있어주면 되었다. 아이의 부모는 해가 진 후까지 아이를 남의 손에 맡겨두는 것에 대해 막연한 거부감을 가지고 있었고, 둘 중 한 명이라도 아이와 함께 저녁식사하는 것을 일종의 원칙으로 삼아두고 있었다. 냉정하게 말해서, 그 식탁에 P부인이 공헌한 바는 하나도 없었다. 그건 주말에 들러서 온갖 반찬을 만들어놓는 도우미 아주머니와 퇴근한 후의 아이 엄마(때로는 아빠)의 합

작품이었다. 그러므로 P부인은 아이 아빠(때로는 엄마)가 저녁 식탁을 다 완성할 때까지 아이를 돌보아주었지만, 그 식탁에 함께 앉아본 적이 없었고, 거기에 대해 어떤 감상을 가진 적이 없었다.

첫날, P부인이 아이를 데리러 어린이집에 갔을 때, 아이는 제 엄마가 올 때까지 집에 가지 않겠다고 고집을 부렸고 결국은 울었다. 그런 일은 초반에 여러 번이나 반복되었다. 그럴 때마다 P부인은 아무 일도 아니라는 듯이 능청스럽게 한숨을 쉬고, "그럼, 그러자꾸나."라고 대답했다. 그녀에게는 여하튼, 20년간의 노하우가 있었다. 시간이 지나면 아이는 결국 P부인의 손을 잡고 집으로 돌아오게 되어 있었다. 아이가 낮잠에 들면, P부인은 자신의 조그마한 천가방에서 책과 집에서 싸온 음식을 꺼냈다. P부인은 그 집에 있는 사과 한 알도 먹은 적이 없었다. P부인이 그 집에서 일하는 것이 결정되었을 때, 아이의 엄마가 제일 먼저 한 일은 각종 티백이 정리된 티박스와 온갖 약이 들어 있는 진열장, 그리고 과일을 보관하는 냉장고를 알려주는 것이었다. "남의 집이라고 생각하지 마세요." 하지만 P부인은 그 집의 티브나 라디오를 켜본 적이 없었고, 전화기를 사용한 적도, 심지어는 약통을 건드린 적도 없었다. 아이의 방과 거실, 부엌을 제외하면 다른 곳은 구경한 적조차 없었고, 서재 책장에 꽂혀 있는 책, 그 수많은 책에도 손을 대지 않았다.

공원 산책을 마치고 돌아오면 아이는 대부분 시간 동안 장난감을 가지고 놀았고 때때로 P부인에게 책을 읽어달라고 요청할 때가 있었다. P부인이 소리 내어서 책을 읽으면 아이는 조그만 목소리로 P부인의 목소리를 따라 했다. P부인은 그런 아이를 보면서 언젠가 들었던 노래의 가사를 떠올렸다.

갈매기의 울음이 마음을 흔드네. 그건 죄인들이 죄를 짓는 동안, 아이들이 뛰어놀기 때문이지. 아이들이 뛰어놀기 때문이지.

어째서 이런 노래가 떠오른 걸까? 그녀는 무심코 고개를 돌려 유리창 밖을 바라보았다. 그 집에선 한강을 가로지르는 다리, 그리고 그 너머 일렬로 늘어선 아파트 단지, 그리고 그 단지와 조금 떨어진 곳에서 하루 종일 돌아가는 거대한 관람차를 볼 수 있었다. 햇빛이 반사된 강의 표면은 반짝거렸고 완연한 봄의 바람에 수면이 마치 몇백 장이나 되는 종이를 차르르 넘긴 것처럼 넘실거렸다. P부인은 문득 자신의 마음속에서 무엇인가 뚝 떨어져나간 느낌이 들었고, 덜컥 겁이 났다.

그녀는 다시 고개를 돌려 자신의 말을 따라 하는 그 귀엽고 영특하고 조그마한 아이를 잠시 바라보다가, 애정을 담아 아이의 머리를 한 번 쓰다듬어주었다.

어느 날, 아이는 커다란 스케치북과 크레용을 양손에 들고 말했다. "그림 그릴 줄 알아요?" "당연하지." P부인은 부드럽게 미소 지으며 아이에게서 크레용과 스케치북을 받아 들었다. "공, 그려주세요." "공?" 그녀는 까만색 크레용으로 커다란 원을 그렸다. "이건 공이 아닌데." 아이가 말했다. P부인은 약간 혼란스러움을 느꼈다. "이건 공이란다." 아이가 고개를 흔들었다. "축구공은 이렇게 안 생겼단 말이에요." 축구공이 어떻게 생겼더라……? 농구공은 어떻게 그리지? 야구공은 대체 어떤 모양이지? 채근하는 아이에게 떠밀려 스케치북을 한 장 더 넘기고 까만색 크레용으로 크게 원을 그렸지만, 그다음, 원의 어떤 부분에 어떤 식으로 선을 그어야 할지 판단할 수 없었다. P부인은 자신의 머릿속을 둥둥 떠다니는 세상의 온갖 공들에 집중하려고 애썼다. 그날 밤 P부인은 집으로 돌아가는 길에 문구점에 들러서 축구공과 농구공, 야구공과 골프공, 럭비공과 색색의 공을 오랫동안 구경했다. 그리고 집으로 돌아와 작은 수첩에 종류별로 공의 모양을 정리해두고 그걸 여러 번 따라 그렸다. P부인은 그다음 날엔 꽃의 종류를, 또 그다음 날엔 색깔의 종류를, 또 다른 날엔 자동차의 종류……를 공부했다. 그리고 어느 날엔 그 나이 또래 아이들을 양육하는 데 필요한 지식이 담긴 책을 구입해서 읽기 시작했다. 자신의 그 작은 방 한구석에 놓인 커다란 책상—사실은 식탁이었지만—앞에 앉아 그런 것들을 정리하고 있을 때면 견딜 수 없는 행복을 느꼈다. 이런 감정을 마지막으로 느껴본 게 언제였을까? 하지만 곧바로 그녀는 그런 생각 자체가 아주 불경하다는 것을 깨달았다. 어쨌든 하루하루에 감사하며 살아가야 한다고, 그녀는 생각했다. 하지만 잠시 후 P부인은 조금 타협하기로 하고 이렇게 생각했다. "지금은 그 어느 때보다도 더 행복하구나."

봄이 끝나고 여름이 시작될 무렵은 엉망진창이었다. 거의 매일 비가 내렸고, 뜨거운 습기가 대기를 감싸고 돌았다. P부인은 이제 더 이상 트위드 재킷을 입지 않았다. 대신 소매가 손목 위로 조금 올라오는 얇은 면 블라우스를 입었다. 어느 날, 비가 억수같이 쏟아지던 날 아이는 어린이집 현관에 앉아서 장화를 신으려고 애쓰면서 말했다. "오늘 우리 엄마는 집에 있어요." 정말로 그랬다. 전날 아이의 부모는 큰소리로 다퉜다. 처음엔 그저 여름휴가에 대한 이야기였을 뿐이었다. 그들 부부는 몇 달 전부터 아이를 데리고 로마에 가는 계획을 세워놨었는데, 이제 와서 남편이 일 때문에 갈 수 없다고 한 것이다. 게다가 그는 화를 내며 그렇게 어린 아이를 데리고 로마에 가는 것이 무슨 소용이 있는지 알 수 없다는 말을 했다. 아이 엄마는 그게 아주 부당한 판단이며 자신에 대한 모욕이라고 생각했고, 결국 아이의 방에 가서 잠든 아이를 끌어안고 울음을 터뜨렸다.

P부인은 그들의 싸움이 본질적으로는 자신과 상관이 없는 일이라는 걸 알고 있었고 아무런 참견도 해서는 안 된다는 것을 잘 알고 있었다. 하지만 아이는? 이 어린아이는 어쩐단 말인가? 그들의 다툼이 아이에게 어떤 나쁜 영향을 끼친다면? 자신을 안고 울음을 터뜨리던 엄마를 이 아이가 잊어버릴 수 있을까? 그 기억이 이 아이의 가슴속 깊은 곳에 숨어 있다가 나중에 예상치 못한 방식으로 나타나지 않을 것이라는 보장이 있는가? P부인은 자신이 가르쳤던 문제아들을 떠올렸다. 그 아이들은 대체 어떤 모습으로 이 세상을 살아가고 있을까? 담배를 피우고, 상스러운 말을 하고, 소리를 지르던 그 아이들, 그 애들의 탁한 목소리. 그런 생각을 하자, P부인은 가슴이 철렁 내려앉는 것 같았고, 그 젊은 부부의 경솔함 때문에 화가 났다. 하지만 집에 도착해서 탐스러운 머리칼이 헝클어진 채 잠옷을 걸치고 침대 위에 누워 있는 아이의 엄마를 보자, P부인의 마음은 조금 누그러졌다. P부인은 그녀에게 다가가서 도울 일이 없냐고 물었다. 그녀는 고개를 가로저었고 잠긴 목소리로 말했다. "부끄러운 모습을 보였어요." P부인은 고개를 흔들었다. "제가 일을 시작한 이후로 우리는 제대로 된 시간을 가져본 적이 없었어요. 알아요. 그이도 힘들겠죠. 그렇지만……." P부인은 아이 엄마의 어깨를 토닥여주었고 부엌으로 가서 따뜻하게 데운 우유를 가져다주었다. "이걸 마시고 한숨 자고 일어나면 기분이 괜찮아질 거예요." 마치 아이처럼 뜨거운 우유를 후후 불며 마시는 아이 엄마를 보며 P부인은 설명하기 어려운 감정을 느꼈고 그 감정을 억누르느라 혼이 났다. P

부인은 아이 엄마에게 이렇게 말했다. "하지만 이 이야기는 꼭 하고 싶어요. 아이 앞에서 싸우는 건 좋은 행동이 아니에요." 아이 엄마는 나중에 P부인의 말을 되새기게 되는데, 그렇게 되기까지 아주 긴 시간이 필요한 것도 아니었다. 당장 그날 밤에, 그러니까 그녀의 남편이 그녀의 기분을 풀어주려고 장미꽃 한 다발을 건넨 그 밤에, 그녀는 남편의 품에 안겨서 이렇게 말한 것이다.

"나한테 충고를 다 하더라니깐."

"뭐라고 했는데?"

"아이 앞에서 싸우는 건 좋지 않은 행동이라고."

"아이를 키워본 적이 **없어서** 그럴 거야. 모든 게 **이론**처럼 되지 않는다고."

그녀는 잠시 생각에 잠겼다. 왜 어떤 여자들은 결혼도 하지 않고 애도 낳지 않은 채 그런 식으로 늙어가는 걸까? 하지만 그녀는 곧 그런 생각을 하는 것을 멈췄다. 왜냐하면 자신의 삶은 그런 삶과는 너무나 거리가 멀었기에 그녀의 상상력은 그곳 근처에도 도달하지 못했다.

"가족이 있다고 했나?"

"동생 부부가 지방에서 자동차 정비소를 한다고 첫 번째 만난 날 이야기한 거 기억 안 나?"

"아, 기억나. 기억났어."

"동생을 공부시켜 대학에 보내고 결혼까지 시켰다고 했는데."

그건 사실이었다. P부인은 동생이 전문대학을 졸업할 때까지 학비를 대주었고, 결혼할 때와 정비소를 차릴 때에도 자신이 모은 돈의 많은 부분을 떼어주었다. 하지만 지난 몇 년간 P부인은 동생 부부와 만나거나 연락을 해본 적이 없었다. 그녀는 그런 사실을 몰랐으면서도 이렇게 말했다.

"생각해보면 참 불쌍한 여자야."

하지만 한 달쯤 후에, 그녀가 P부인에게 아쉬운 소리를 하게 되었을 때는 남편과 이런 이야기를 나누었다는 것조차 잊어버리고 말았다.

아이 엄마가 일하는 미술관에서는 가을에 '동유럽의 현대'라는 전시회를 개최하기 위해 애쓰고 있었다. 그 전시회에 관여된 거의 모든 일이 살얼음판을 걷는 것처럼 조심스럽고 더디게 진행되었고 이제 막 단단한 땅을 밟으려고 하는 찰나에 문제가 생겨버렸다. 갑자기 루마니아의 작가가 그 전시회에 작품을 보내고 싶지 않다고 한 것이다. 더 안 좋았던 건, 그 소식을 들은 동유럽 쪽 작가들 모두 줄줄이 그 전시회를 취소하고 싶다는 의견을 전달했다는 점이었다. 아이 엄마를 비롯한 미술관 직원들은 루마니아나 폴란드, 혹은 체코에 해가 지는 시간까지 미술관에 머무르면서 그들과 대화를 시도해야만 했다. 그녀는 어쩔 수 없이 P부인에게 전화를 걸어 사정을 설명했다. P부인은 전화를 끊을 때쯤 아무 생각도 없이 이런 농담을 덧붙였다. "동유럽은 까다롭죠." 전화를 끊은 후 P부인은 몇 년 전, 자신이 임시교사였던 시절, 포르투갈이 동유럽인지 아닌지 항상 헷갈려 했던 여학생이 문득 떠올라서 웃음이 났고, 어쨌든 동유럽에 대해서만큼은 아이 엄마보다 자신이 더 잘 알고 있으리라는 생각을 했다.

그날 밤, 냉장고를 뒤져서 콩나물과 계란을 꺼낸 P부인은 아이에게 콩나물 다듬는 법을 알려주었다. 식물을 손으로 직접 만지는 것이 아이 정서 발달에 좋다는 걸 얼마 전에 읽은 참이었다. 아이는 콩나물의 꼬리를 제멋대로 잘라내며 노래를 불렀고, 그녀는 계란을 풀어 파와 당근을 썰어 넣고 계란말이를 만들었다. 그런 후에는 아이가 어질러놓은 콩나물을 정리하고 콩나물국을 끓였다. 다른 밑반찬은 이미 준비되어 있었다. 잠시 후, P부인과 아이는 단둘이 식탁에 앉아서 식사를 했다. P부인이 그곳에서 식사를 하는 것은 처음이었다. 그녀는 아이가 스스로 식사를 끝낼 때까지 참을성 있게 기다렸다. 식사가 끝난 후 P부인은 설거지를 했고, 아이를 씻겨주었다. 아이가 잠들 때에는 침대 옆에 앉아서 동화책을 읽어주었다. "내일 눈을 뜨면 엄마랑 아빠가 짠 하고 나타나실 거야." 아이는 고개를 끄덕이며 알고 있어요, 라고 말했다. P부인은 아이의 목까지 이불을 끌어올려주며 말했다. "착한 아이구나."

아이가 잠든 지 한참이 지난 후에도 아이의 부모는 돌아오지 않았다. P부인은 거실 한가운데에 있는 소파에 앉았다. 아이가 낮잠에 들었을 때 언제나 그녀가 앉아 있곤 했던 자리였다. 하지만 어쩐 일인지 P부인은 마음의 갈피를 못 잡고 있었다. 그녀는 아이를 깨우고 싶은 충동을 느꼈고, 마치 자신이 빈집에 침입해 있고, 뭔가 대단히 부도덕한 일을 하고 있다는 느낌을 받았다. 결국 P부인은 집의 불을 모두 다ㅡ거실, 부엌, 그리고 빈방까지ㅡ켜둔 후에야 소파 한 귀퉁이에 오도카니 앉을 수 있었다. P부인은 너무나 두려워졌다. 도대체 왜?

그날 밤, 집으로 돌아간 P부인은 자신의 방, 작은 침대에 누워 있다가 문득 상체를 일으켰다. 그리고 창문을 향해 꿇어앉아 기도를 했다.

그 후로도 그들 부부의 원칙ㅡ해가 지기 전에 돌아가 아이가 가족과 함께 집에 있도록 하는 것ㅡ은 지켜지지 않기 일쑤였다. P부인은 부부가 늦게 들어오는 날 밤이면 아이와 함께 저녁식사를 하고, 아이에게 양치질을 시킨 후 입안을 검사했다. 잠옷으로 갈아입히고, 잠자리에서 이불을 덮어주고 동화책을 읽어주었다. 그녀는 그 어느 때보다 아이에게 정성을 들였다. 그들 부부는 P부인이 더 오래 머문 시간을 계산해서

급여를 더 주겠다 했지만, 거절했다. "그럴 필요 없어요." 빈말이 아니라 P부인은 정말로 그렇게 생각했다. "이게 내 일인걸요." 이렇게 말하기도 했다. "아무 걱정 말아요." 며칠 후, P부인은 아이를 재운 후 부엌으로 향했다. 그리고 잠시 망설였지만, 결국 찬장을 열었다. P부인은 자신이 이 집에 처음 온 날, 아이의 엄마가 했던 말을 떠올렸다. "남의 집이라고 생각하지 마세요. 제발요." P부인은 작은 새가 앙증맞게 그려진 찻잔—그것이 P부인의 마음에 가장 들었다—을 꺼냈다가 집어넣었다가 다시 꺼냈다. 그리고 뜨거운 물을 찻잔에 부은 후, 티박스에서 보라색 티백을 하나 꺼내 포장을 벗기고 찻잔에 담갔다. 차가 충분히 우려졌을 때 그녀는 티백을 꺼내 쓰레기통에 버렸고, 찻잔받침대 위에 찻잔을 받쳐서 거실로 나왔다. P부인은 조심스럽게 티테이블 위에 찻잔을 올려둔 후, 이번에는 집 안의 모든 불—거실, 부엌, 빈방—을 꺼두고 거실의 장식용 스탠드만 밝혀두었다. 그리고 소파에 몸을 기대고 앉아 자신이 가지고 온 책을 꺼내 읽기 시작했다. 남의 집이라고 생각하지 마세요, 제발요. P부인은 그제야 아이 엄마의 그 말뜻을 완전하게 이해할 수 있을 것 같았다. 며칠 후에 P부인은 그들의 서재의 문을 열고, 그 안으로 들어갔다. 그리고 약간 망설이다 책을 한 권 꺼냈다. 더 이상 그녀는 자신의 작은 가방에 읽을 책을 넣어오지 않아도 되었다. 그 집에는 읽을 책이 너무도 많았기에.

그해 가을을 어떻게 설명해야 할까? 6년 후 가을에, 한 무리의 잘 차려입은 여자들이 작은 포치가 딸린 레스토랑에서 점심을 먹으면서 수다를 떨고 있었다. 그녀들은 이제 막 자신들의 고민을 털어놓으며 유대감을 확인하는 데까지 나아간 참이다. 그들은 다소 떨어진 아이의 성적, 손실이 큰 주식 투자, 남편의 진급 실패, 잘못된 부동산 투자 같은 것을 이야기했다. 물론 그들은 아이가 다니는 학원의 수를 늘릴 것이고, 손해를 메꾸기 위한 다른 투자를 하거나, 남편의 기를 살려주기 위해 새 커프스 단추를 준비할 것이다. 아이 엄마는 이제 조금 나이를 먹은 티가 나긴 했지만, 오히려 그 때문에 훨씬 더 품위 있고 아름다워 보였다. 그녀는 적당하게 따스한 햇볕이 거리를 비추고 색색으로 물든 나뭇잎이 바스락거리는 이런 날에 모여서 왜 저런 이야기를 나눠야 하는 것인지 알 수 없다고 생각했지만, 다른 사람들의 이야기를 듣는 동안 문득 그해 가을이 떠올랐다. 사실은 문득 떠올린 것이 아니었다. 그해 가을을 처음으로 떠올린 건, 3년 전 여름이었다. 그 후로 그녀는 종종 그해 가을을 떠올렸다. 원하지 않아도 저절로 그렇게 되었다. 그해 가을엔 여러 가지 일이 일어났다. 마치 그렇게 되라고 짜기라도 한 것처럼. 그녀는 '동유럽의 현대'를 위해 이리 뛰고 저리 뛰었고, 주말마다 살림을 도와주던 도우미 아주머니는 아들 부부의 아이를 돌봐줘야 한다면서 갑자기 일을 그만뒀으며, 남편이 속한 회사 법무팀은 차례로 죽은 공장 노동자들 때문에 몇 주째 비상이었다. 무엇보다 갑작스러웠던 건 시어머니가 알츠하이머 진단을 받은 일이었다. 남편의 하나뿐인 누나는 외국에 거주하고 있어서 그들 부부가 시어머니를 모셔와야만 했다. 그녀의 남편은 그들이 손쓸 기회를 "놓쳐버렸다"고 표현했다. 그리고 그것 때문에 그들 부부는 통속적이고 전형적인 싸움을 여러 번 해야 했다. 하지만 손쓸 기회라는 게 과연 있었을까? 그녀는 한 번도 그 누군가에게도 시어머니의 병명을 이야기한 적이 없었다. 그녀는 막연하게나마 알츠하이머가 유전이 된다는 사실을 알고 있었고, 그렇기 때문에 그 일은 단순히 시어머니의 발병에 그치는 것이 아니라 자신의 남편—그는 나이에 비해 꽤 높은 직급에 있었다—과 아들—그 아이는 이제 열한 살이 되었고 혼자 있는 걸 좋아하게 되었다—의 유전자에 새겨진 불길한 결함을 의미한다는 생각 때문에 누구에게도 이 이야기를 하는 것을 꺼렸다.

그녀의 기억은 자연스럽게 시어머니와 자신의 가족을 돌보았던 P부인으로 미치게 된다. 아니, 그건 어쩌면 잘못된 판단인지도 모른다. 그녀는 어쩌면 처음부터 그저 P부인을 떠올리고 싶었던 것일지도 모른다. 그녀의 생각은 꼬리에 꼬리를 물고 어느 날 밤 남편의 품에 안겨서 '그런' 여자들의 삶에 대해 궁금해했던 자기 자신에게로 향했다. 여하튼 그해 가을, 그녀는 그때가 자신의 인생 중 가장 힘든 시기가 될 거라고 생각했었다. 하지만 그건 정말로 순진한 생각이었다. 상상도 못한 일들이 그녀의 인생에 침입할 때마다 그녀는 자신이 저주받았다고 생각했다. 하지만 누가 누구에게 저주를 건단 말인가?

이제 그녀가 말할 차례였다. 그녀는 정말로 아무런 이야기도 하고 싶지 않았지만, 다른 사람들에게 유별나거나 으스대는 것처럼 보이는 것도 싫었다.

"몇 년 전에 어머니가 편찮으셔서 모셔왔던 적이 있어요. 알츠하이머셨죠."

그녀는 자기 자신이 '알츠하이머'라는 단어를 입 밖에 낸 것 때문에 깜짝 놀랐다. 처음이었다. 하지만 곧바로 다른 여자들이 훨씬 더 크게 충격받았다는 사실을 깨달았다. 그들은 누군가의 입에서 '그런' 이야기가 나오는 걸 한 번도 원한 적이 없었다. 하지만 그들은 언제나 금방 회복한다.

"아픈 시어머니를 모셔오다니 대단하시네요."

"그때 전 미술관에서 큐레이터로 일했어요."

여기까지 말하자, 그녀와 친분이 있던 다른 여자가 대신 이야기했다.

"이이는 프랑스에서 예술사를 전공했거든요."

누군가 감탄 어린 탄식을 내뱉었다.

"프랑스어 잘해요?"

그녀는 장난스럽게 케스크 쎄, 사 바, 메르시 보쿠라고 말했다. 거기에 있는 여자들이 유쾌하게 웃었고, 다른 테이블의 사람들이 그녀들을 쳐다보았다.

"내 일에, 가족들 뒷바라지에, 시어머니까지 그런 상태셔서 정말 힘들더라고요."

"세상에 상상도 못하겠네요. 정말 대단하세요."

그녀는 겸손한 말투로 대답했다.

"우리 아들을 돌보던 보모가 많이 도와주셨어요. 그분이 안 계셨으면 어떻게 되었을지 모르겠어요." 그렇게 말한 후 그녀는 재빨리 덧붙였다. "하지만 아무리 누군가 도와준다고 해도, 아시잖아요. 그게 얼마나 힘든 일인지."

아무도 시어머니가 지금 어떤 상태인지 물어보지는 않았다. 그녀는 다행이라고 생각했다. 시어머니는 작년에 돌아가셨다.

그녀는 헛기침을 한 번 한 후 말했다.

"하지만 이제 모두 **끝난** 일이에요."

만약 P부인이 그 시절에 대해 누군가에게 이야기할 기회가 있다면 어떻게 말했을까? 아마도 그녀는 이렇게 말할 것이다. "그 가족에겐 저밖에 없었죠. 얼마나 저에게 고마워했는지 몰라요. 그 젊은 부부는 교양이 몸에 배어 있고, 품위가 있어서 누군가에게 받은 호의는 절대 잊지 않는 사람들이었어요." 하지만 P부인은 아마 이런 이야기를 아무에게도 하지 못할 것이다. 왜냐하면 이 세상에는 P부인의 그 시절을 궁금해하는 사람은 아무도 없을 것이기에.

P부인은 아주 오랜 시간이 흐른 후까지, 알츠하이머에 걸린 노부인을 처음 만났던 날을 떠올릴 수 있었다. 남색 캐시미어 카디건을 입고 진주 목걸이와 진주 반지를 끼고 있던 알츠하이머 환자. P부인은 자신이 그 노부인의 나이쯤이 되었던 어느 날 아침 세수를 하다가 문득 욕실 거울을 보며 상념에 빠졌고, 결국 노부인에 대한 기억을 모두 잊기로 결심했다. 하지만 그건 너무나 오랜 후에 일어날 일이었고, 그 당시 P부인은 알츠하이머에 걸린 일흔에 가까운 노인이 그토록 정갈하고 멋스러울 수 있다는 사실이 놀라울 뿐이었다.

P부인은 아침 일찍 그 집에 가서 그들 부부가 출근을 할 수 있도록 도와주었다. 장을 보고 음식을 만들고 청소와 빨래를 하고 아이와 노부인을 돌봤다. 그들을 데리고 산책을 나갈 때도 있었고, 또는 병원에 갈 때도 있었다. 부부가 출근을 하고 나면 P부인은 노부인의 장롱에서 매일 아침 다른 옷을 꺼내주었고, 그런 후에는 목걸이와 플립형 귀걸이, 그리고 반지까지 챙겨주었다―하지만 나중에 노부인이 반지를 낀 채로 P부인의 얼굴을 때리는 사고가 발생한 후로 반지는 결국 보석함에서 영영 나오지 못하게 되어버렸다―때때로 P부인이 전혀 어울리지 않는 옷과 액세서리를 고른다고 화를 낼 때도 있었지만, 결국 노부인은 자신이 화를 냈다는 사실조차 잊어버리고 말았다. "저희 어머니가 정말 복이 많으세요. 아주머니가 안 계셨다면 어쩔 뻔했어요. 정말 감사드려요. 정말 어떻게 해야 할지 알 수가 없었어요……." 아이 아빠

는 자주 이런 말을 했다. 두려움과 슬픔에 빠져 허둥거리던 그들 부부는 P부인의 도움을 받으며 조금씩 평정심을 되찾았다.

주말이 되면 P부인은 그야말로 녹초가 되었다. 허리에 통증이 생겼고, 팔을 들어 올릴 때마다 어깨가 욱신거려서 파스를 붙여야만 했다. 다행인 건 아이가 파스 냄새를 좋아했다는 점이었다. 월요일마다 엉망진창이 되어 있는 그 집을 보면 P부인은 그들 가족이 어떤 주말을 보내는지는 대충 짐작할 수 있었고, 자신이 없는 시간 동안 고군분투할 젊은 부부, 아무것도 알지 못하는 그 어린 부부가 걱정이 되어 견딜 수가 없어졌다. 그래서 어느 토요일 오후에 아이 아빠가 자괴감과 고통에 빠진 목소리로 전화를 걸었을 때, P부인은 오히려 깊은 안도감을 느꼈다.

그 집에 도착했을 때, 아이 아빠는 거의 반쯤 정신이 나간 모습이었고, 아이 엄마는—P부인은 그 모습에 너무 큰 충격을 받았다—퉁퉁 부은 얼굴로, 여전히 나이트가운을 입은 채 헝클어진 머리에 헤어밴드를 아무렇게나 착용하고 있었다. 아이는 내복 차림이었는데 아직 세수도 하기 전인 것 같았고, 백과사전을 꼭 안은 채로 소파에 앉아 있었다. 노부인은 방에 갇혀 있었다.

"어쩔 수 없었어요."

아이 아빠는 부끄러움과 죄책감과 슬픔에 가득 차서 말했다. 노부인은 P부인을 보자마자 엉엉 울며 집으로 돌아가고 싶다고 말했다. "여기가 집이에요. 여기가 어머니의 집이라고요." 아이 아빠가 절망에 찬 목소리로 말했다.

P부인은 자신이 노부인과 아이를 씻길 테니 아이 아빠에게 그동안

거실 청소를 좀 하라고 말했다. 그리고 아이 엄마에게는 세수를 하고 머리를 빗고 옷을 갈아입으라고 말했다. 잠시 후 니트 티셔츠와 슬랙스를 입은 아이 엄마가 나타나서 이제 뭘 하면 좋겠느냐고 물었다. P부인은 그녀에게 노부인 방을 환기시키고 침대 커버를 벗겨서 세탁기에 집어넣으라고 말했다. 그녀는 고분고분하게 P부인의 말을 따랐다. P부인은 아이를 씻긴 후 옷을 입혀 제 엄마에게 보냈다. 그리고 노부인이 목욕을 할 수 있도록 도와주고, 목욕이 다 끝난 후 노부인의 장롱에서 초록색 스웨터와 스커트를 꺼내서 입혀주었다―나중에 아이 아빠는 그날을 떠올리면서 자신의 어머니가 마치 '크리스마스트리' 같았다고 말했다― 그리고 진주 목걸이와 귀걸이를 걸어주는 것도 잊지 않았다. 하루 종일 엄청난 감정의 소용돌이를 겪은 노부인은 P부인이 차려준 밥을 많이 먹고 일찌감치 잠에 들었다.

그날 밤, P부인과 아이의 부모, 그리고 아이는 저녁식사를 함께 하게 되었다. 그런 식으로 함께 저녁식사를 하는 건 처음이었다. 그들 부부는 마치 자신들이 방금 재난에서 구조된 것 같다고 느꼈고 P부인은 그들, 그 곤경에 처한 아이들, 아니 그러니까 그 젊은 부부가 아까와는 전혀 다르게 정돈되고 깔끔하고 우아한 모습으로 식사하는 걸 바라보며 문득, 다시 한 번 그 노래 가사를 떠올렸다. 갈매기의 울음이 마음을 흔드네. 그건 죄인들이 죄를 짓는 동안, 아이들이 뛰어놀기 때문이지. 아이들이 뛰어놀기 때문이지. 아이들이 뛰어놀기 때문이지. 아이들이 뛰어놀기 때문이지…….

"정말 죄송해요. 의사를 부를 생각도 못했어요. 그냥 아주머니 생각이 났어요."

아이 아빠가 P부인을 바라보며 벌써 다섯 번 정도 똑같은 말을 반복했다.

"아니, 아니에요. 괜찮아요. 왜 그런 말을 해요."

P부인은 아이가 밥을 먹는 걸 도와주면서 말했다. 아이는 P부인의 어깨에 거의 매달리다시피 붙어 있었다. 원래라면 시간이 아주 오래 걸리더라도 아이가 스스로 밥을 먹게 하자는 주의였지만, 그날만은 아이의 입에 밥과 반찬을 직접 넣어주고 있었다.

"어머니는 저를 못 알아보세요. 며느리도, 심지어 손자도 못 알아보세요."

"곧 괜찮아지실 거예요."

P부인이 그를 위로했다.

"만약 괜찮아지지 않으시면 어떻게 해요? 이젠 우린 어떻게 하죠?"

아이의 엄마가 P부인에게 물었다. P부인은 그런 건 알지 못했다. 그런 걸 알 리가 없었다. 그래도 P부인은 자신이 그녀에게 무언가 답을 해줘야 한다고 느꼈다.

"그분은 병에 걸리신 거예요."

"그분은 병에 걸렸어."

아이가 P부인의 말을 따라 했다.

"정말 끔찍했어요. 어떻게 해야 할지 알 수가 없었어요. 어머니 상태는 괜찮았어요. 아시잖아요. 어제까지만 해도 멀쩡하셨다고요."

아이 아빠가 약간 횡설수설했다.

"저희 부부는 요즘 눈코 뜰 새 없이 바쁘죠. 우리 애 좀 봐요. 물론 아주머니가 잘 돌봐주시지만…… 제가 하고 싶은 말은…… 모르겠어요…… 그냥 모든 게 엉망진창이에요. 아주머니, 그거 아세요? 저희 회사 공장에서 일하던 사람들이 죽었어요. 그런데 저희는 너무 많은 서류를 검토하고 작성해야 해서, 그러니까 제 말은……."

"여보, 이제 그만 말해도 돼."

아이 엄마가 남편을 위로하듯 말했다. 하지만 아이 아빠는 계속 이야기했다.

"모르겠어요, 제가 지금 무슨 이야기를 하고 있는 건지, 그냥 너무 무서워요. 어머니가 어떻게 되신 거죠? 아니, 제 말은 어머니가 병에 걸리신 건 아는데, 그러니까 저희가 뭘 어떻게 해야 하는 건지…… 정말 아무것도 생각이 안 나고 그냥 아주머니 생각만 났어요. 저는, 저희는……."

그 말을 하던 아이 아빠가 갑자기 울기 시작했다. 그러자, 아이가 제 아빠를 따라 울기 시작했고, 결국 아이 엄마까지 울기 시작했다. P부인은 하나도 난감해하지 않았고, 마치 그런 상황이 올 거라는 걸 이미 예상하고 있었던 것처럼, 혹은 지금 이 상황을 해결하는 것이 자기의 의무인 양, 그들을 차례로 달래주었다.

"죄송해요. 우린 아무 생각도 못했어요……. 모든 게 엉망이 되어버렸어요……."

아이의 엄마가 울먹이며 말했다.

"세상에, 가엾어라. 더 이상 아무 말도 하지 말아요. 나쁜 일은 아무것도 생기지 않아요."

P부인은 울음을 멈출 때까지 그들을 돌보아주었다. 그들이 식사를 겨우 끝낸 후에는 식탁을 깨끗이 치우고 설거지를 했다. 그리고 작은 새가 그려진 찻잔을 꺼낸 후 따뜻한 우유 세 잔과 자기가 마실 차를 한 잔 만들었다. 그들은 티테이블에 모여 앉아 그걸 함께 마셨다. P부인은 그들 가족이 모두 잠들 때까지 그 집에 머물렀다.

그 후로 두 달여 동안 P부인은 매일매일, 하루도 거르지 않고 그들의 집에 들렀다. 그들 부부는 전문 요양사를 구하려고 했지만, P부인은 그러지 말라고 했다. "나 하나로 충분하다우."

가을이 거의 끝나갈 무렵의 어느 금요일 밤, 아이 엄마가 퇴근하는 P부인에게 말했다.

"이번 주말은 안 오셔도 돼요. 집에서 푹 쉬세요. 그동안 너무 고생 많이 하셨어요."

"아니에요. 괜찮아요. 내가 없으면 할머니를 누가 돌봐요?"

"걱정하지 마세요. 아주머니도 쉬셔야죠."

아이 엄마는 P부인의 손을 잡았다가 놓았다.

나중에 P부인은 노부인이 요양소로 떠났다는 걸 알게 되었다. 아이의 외할머니가 알아본 곳으로, 국내에서 가장 비싸고 좋은 의료진이 모여 있는 곳이었다. "저흰 주말마다 시어머니를 보러 갈 거예요." 아이의 엄마가 변명하듯 말했다. 그리고 실제로 그들 가족은 특별한 일이 없는 한 노부인이 죽을 때까지 일요일마다 거기에 들렀다. P부인은 노부인을 요양소로 보내는 것에 대해 자신에게 아무런 의견도 묻지 않은 것 때문에 조금 상처를 받았고, 그들 부부에게 무언가를 물어보고 싶었지만, 결국 아무것도 물어보지 못했다. 나중에, 그러니까 아주 많은 시간이 흐른 후에 P부인은 자신이 아무것도 물어보지 않은 것에 대해 스스로에게 감사했다. 여하튼 노부인이 떠난 이후로 P부인은 주말에 자신만의 시간을 가질 수 있었다. 나쁘지 않아. 좋아, 모든 게 좋아. 괜찮을 거야. 아무런 일도 일어나지 않을 거야. P부인은 자신의 어깨와 등에 파스를 붙이면서, 마치 기도하듯이 중얼거렸다.

여전히 P부인이 그 집, 그 가족을 위해 할 일은 많았다. 그들 부부 대신 장을 보고, 음식을 만들고, 아이와 함께 저녁을 먹고, 아이가 잠에 들면 작은 스탠드만 켜놓고 책을 읽으며 차를 마셨다. 날씨가 추워졌기 때문에 공원 산책은 그만둬야 했지만, 집 안에서 아이와 함께 책을 읽거나 노는 것도 나쁘지 않았다. 얼마 안 있어, 아이 엄마가 일하는 미술관에서는 '동유럽의 현대' 전시회를 무사히 마쳤다. 무사히, 라는 표현은 좀 불공평한 것 같고, 사실 그 전시회는 대성공이었다. 그들의 전시회에 대한 기사가 여기저기 지역 신문이나 여성지에 실렸다. 그들을 찍은 사진도 있다. 사진 속의 아이 엄마는 누구보다 여유로운 미소를 짓고 자연스럽게 카메라를 응시하고 있다. 아이 아빠의 회사일도 잘 해결되었다. 그들 회사는 아무런 조치를 취하지 않아도 되었다. P부인이 말했던 것처럼 나쁜 일은 아무것도 일어나지 않았다. 그전만큼은 아니었지만, 이제 부부는 자신들의 원칙—아이와 함께 저녁을 먹는 일—을 지키는 날이 지키지 못하는 날보다 훨씬 더 많아졌다.

성탄절이 다가올 때, 부부는 여름에 쓰지 못한 휴가를 떠나기로 마음먹었고 아이를 데리고 동남아시아의 작은 섬으로 날아가서 며칠을 머물렀다. P부인에게도 오랜만에 찾아온 장시간의 휴가였다. P부인 역시 여행을 떠나려고 마음먹었지만, 결국 아무 곳에도 가지 못했다. 휴가의 마지막 날에 P부인은 서점에 들러 아이가 읽을 만한 책을 잔뜩 산후, 시내 카페에 혼자 앉아서 창밖으로 흩날리는 눈을 바라보며 차를 마셨다. 그해 겨울에는 눈이 많이 내렸다. 카페 안은 성탄절이 끝난 직후 흔하게 느낄 수 있는 피로함과 공허함, 미미하게 남아 있는 흥분감과 새로운 해를 맞이한다는 막연한 기대감이 뒤섞여 있었다. P부인의 맞은편에는 40대 초반쯤으로 보이는 부부가 딸처럼 보이는 여자애와 함께 과일타르트를 앞에 두고 차를 마시고 있었다. 여자애는 간간이 핸드폰을 살펴보기도 했지만 대부분은 웃거나 불평을 터뜨리거나 뭔가에 대해 자신의 부모에게 끝도 없이 이야기하기도 했다. P부인은 잠시 동안 그 가족을 물끄러미 쳐다보았다. 얼마나 시간이 흘렀을까? 갑자기 여자애가 고개를 돌렸고 그들은 눈이 마주쳤다. P부인은 황급히 짐을 챙겨 카페에서 나왔다. 엿보고 있다는 것을 여자애에게 들켜서가 아니라, 어쩐지 당장 남동생에게 전화를 걸고 싶어졌기 때문이었다. 휴대폰을 집에 두고 나왔기 때문에 그녀는 공중전화를 찾아 헤매야만 했다. 그녀는 다섯 블록을 넘게 걸었다. 눈 때문에 양말이 젖었고, 머리끝이 얼어서 딱딱해졌지만, 그녀는 결국 공중전화기를 찾아냈다.

드디어, 겨울이 끝났을 때, P부인은 다시 산책을 시작했다. 그녀는 아이에게 기분이 좋으냐고 물었고, 아이는 그렇다고 대답했다. 아이는 P부인의 손을 꽉 잡았다. 공원에서, P부인은 여전히 다른 젊은 여자들과는 한 마디도 섞지 않았다. 그녀는 그전에 늘 그랬던 것처럼 책을 읽고, 아이를 눈으로 좇고, 하지 말아야 할 일과 해야 할 일을 구분해주었다. 주말에 집안일을 대신해줄 도우미 아주머니가 새로 고용되기도 했고, 아이 엄마에게 시간적 여유가 조금 생겼기 때문에 더 이상 P부인이 음식을 만들거나 집안일을 할 필요가 없어졌다. 그래도 가끔 아이 부모가 돌아올 때쯤 간단한 음식을 만들기도 했다. 겨울에는 몇 번쯤 함께 식사를 했지만, 봄이 시작되고는 한 번도 그런 기회가 생기지 않았다. 가끔 그들 부부가 둘 다 늦을 때, 그 집에 늦게까지 머물렀지만, 이제 그건 아주 때때로만 일어나는 일이었다. 하지만 P부인은 실망하기는커녕, 자신의 인생이 새로운 형태의 안정기에 접어들었다고 믿었다.

인생이 새로운 시기에 접어들었다는 생각을 한 건, 그들 부부도 마찬가지였다. 아이 아빠는 토요일에 직장 상사들과 함께 골프를 치러 나갈 때가 있었다. 아무나 거기에 참여할 수 있는 게 아니었다. 아이의 엄마는 '동유럽의 현대'를 준비하는 동안 보여주었던 애정 어린 헌신이 좋은 평가를 받고 있었다. 그들 가족은 자주 외식을 했고 일요일에는 요양소에 갔다. 아이 아빠는 어머니의 상태가 점점 좋아진다고 생각했고, 실제로도 그랬다.

어느 날 도어록의 비밀번호를 누르고 집으로 들어선 아이 엄마는 이상한 기분에 사로잡혔다. P부인은 왜 항상 티테이블 위의 작은 전등불만 켜놓는 거지? 왜 이렇게 집 안을 어둡게 해놓는 거야? 그녀는 P부인이 자신에게 인사를 한 후 읽고 있던 책 페이지의 귀퉁이를 접어서 책장에 집어넣는 걸 바라보았다. 대체 왜 P부인은 책갈피를 사용하지 않는 거지? 그녀는 그런 광경을 이제껏 몇 번이나 봤었다는 사실을 믿기 어려웠다. P부인이 집으로 돌아간 후 그녀는 P부인이 설거지통에 덩그러니 넣어둔 찻잔을 바라보았다. 작은 새가 앙증맞게 그려진 찻잔. 그건 영국제로 그녀가 가장 아끼는 것이었다. 그걸 사고 싶어서 그녀는 백화점 직원에게 몇 번이나 부탁했고, 두 달이나 기다려야 했다. 그럴 만한 가치가 있는 물건이었다.

그날 밤 그녀는 남편에게 이제 아이를 어린이집의 종일반에 맡기는 게 좋겠다고 말했다.

P부인은 보모일을 그만두게 되었다.

몇 달 후 아이 아빠는 승진을 했고, 아이 엄마는 정직원이 되었다. 모든 것이 너무나 완벽했고 잘못된 건 아무것도 없었다. 정말이지 나쁜 일은 하나도 일어나지 않았다.

해고 통보를 받은 날 밤, 잠들기 위해 침대에 누웠을 때 P부인은 언젠가 그 집에서 바라봤던 밤의 풍경을 떠올렸다. 가을밤의 기분 좋은 바람을 느끼며, P부인은 까만 강을 가로지르는 다리와 조명, 자동차 불빛의 행렬, 그리고 저 건너의 커다란 관람차의 움직임을 보고 있었다. 그때 P부인은 그런 생각을 했었다. 저 불이 모두 꺼지면 이 세상에 무슨 일이 일어날까 하는. 만약 그런 일이 생긴다면, P부인은 자신이 달려가야 하는 곳은 너무도 명백하다고 믿었었다.

그건 착각이었을까?

그녀는 자신의 삶에서 반복되었던 잘못된 선택, 착각, 부질없는 기대, 굴복이나 패배 따위에 대해 생각했다. 언제나 그런 식이지. 그녀는 항상 그게 용기라고 생각했었다. 그리고 나중에서야 그녀는 그게 용기가 아니라는 걸 깨닫곤 했다. 그렇다면 그건 무엇이었을까? 때때로 무엇인가를 붙잡고 싶어질 때가 있었다. 삶이, 그녀 앞에 놓인 삶이 버둥거림의 연속이고, 또한 기도의 연속이라는 생각이 들 때도 있었다. 더 이상 기도를 하지 않기를 바라는 기도. 제발 내가 또다시 어리석은 결정을 내리지 않게 도와주세요. 그녀는 얼마나 자기 자신이 기도를 하지 않게 되기를 바랐던가.

그때, 아직 그녀가 젊었던 시절에 그녀는 '정식'교사가 되기 위한 시험을 계속 준비했어야 했다. 그녀는 자신의 부모, 그 무능했고 자신에게 기대기만 했던, 그렇지만 자신이 너무나 사랑했던 부모를 떠올렸다. 그리고 동생 부부. 그들에게도 자식이 있었지만 P부인은 그 애를 본 적이 없었다. 그녀에게도 좋았던 시절이 있었다. 그녀가 사랑하고 그녀를 사랑했던 남자들이 있던 시절. 끝나지 않을 거라고 믿었던 시절, 결국 그녀의 곁에 아무도 남지 않게 되었지만 그건─누구라도 그러하듯이—그녀가 선택한 삶이 아니었다. 하지만 그녀는 잘못된 일들이 언젠가 아주 조그마한 사건을 통해 한순간에 해결될 것이라고 믿었다.

그 젊은 부부는 자신들이 갑자기 외국으로 떠나게 되었다고, 그러니까 이제 오지 않아도 된다고 말했다. P부인은 그게 거짓말이라는 걸 알고 있었다. 하지만 그게 거짓말인들 어떠랴? 그들 부부에게야말로 잘못된 일은 아무것도 일어나지 않을 것이었다. 그 귀여운 아이는 부족함 없이 부모의 사랑을 받으며 잘 자랄 것이다. 얼마나 똑똑하고 멋진 아이로 자라날까? 어쩌면 그 아이는 나중에 멋진 청년으로 자라나서 자신에 대한 이야기를 할지도 모른다. 그 젊은 부부, 그 품위 있고 교양이 넘치는 부부는 어쩌면 나에게 역사—지리 혹은 사회—과목을 배운 적이 있는 아이들일지도 몰라. 하지만 P부인은 그게 너무나 과장된 생각이라는 점을 인정했다. 하지만, 적어도 자신이 가르친 아이들이 어디에선가 그 젊은 부부처럼 건강하고 우아하게 성장해서 넓고 깨끗한 건물의 꼭대기에 살며, 좋은 차를 몰고, 교양 있는 말투를 구사하며, 사회의 중요한 한 부분을 차지하고 있으리라는 생각을 했다.

사는 건 그런 거지. 그녀는 생각했다. 아, 괜찮을 거야. 언젠가, 마치 끈 하나를 잡아당기면 엉킨 끈이 풀어지듯이 잘못된 일들이 고쳐질 거야. P부인은 그렇게 생각하면서 잠들기 위해 눈을 감았다.

잠들기 위해 눈을 감는 건, 생각보다는 언제나 쉬운 일이었다. ▪

---

* P부인이 떠올리는 가사는 1970년에 출시된 캣 스티븐스의 「Tea For The Tillerman」 앨범에 실린 동명의 곡이다.

이기호

권순찬과 착한 사람들

1972년 강원도 원주 출생. 추계예대 문창과와 명지대 문창과 대학원 졸업.
1999년 『현대문학』 등단. 소설집 『최순덕 성령충만기』 『갈팡질팡하다가 내 이럴 줄 알았지』
『김 박사는 누구인가?』. 장편소설 『사과는 잘해요』 『차남들의 세계사』.
〈이효석문학상〉 〈김승옥문학상〉 〈한국일보문학상〉 등 수상.

권순찬과 착한 사람들

내가 그 이상한 남자를 처음 만난 것은 지난해 여름, 그러니까 마른 장마가 2주 이상 계속되고 있던 7월 초순의 목요일 자정 무렵이었다.

장마 따위는 다 죽어버리라지.

나는 그날 밤도 살고 있던 아파트 단지 정문 옆 작은 호프집에 앉아 괜스레 혼잣말을 내뱉었다가 또 버릇처럼 머리카락을 쓸어올렸다가 하면서 소주 탄 생맥주를 야금야금 마셔대고 있었다. 호프집 창문 밖으론 사우나 불빛을 닮은 가로등이 하나 서 있었고, 비어 있는 공중전화 부스와 어둠에 잠겨 있는 도로 건너편 야산도 한눈에 들어왔다. 거리엔 지나다니는 사람 한 명 보이질 않았고, 테이블 네 개가 전부인 호프집엔 40대 중반의 여주인과 나, 그렇게 단둘뿐이었다. 벽에 매달린 선풍기가 파닥거리며 내 쪽으로 고개를 돌릴 때마다 머리는 점점 더 아래쪽으로 수그러졌고, 얼굴은 불콰하게 변해갔다.

그즈음 나는 알 수 없는 무력증에 빠져 1년 넘게 소설 한 편, 에세이 한 편 쓰지 못하고 있는 처지였다. 그건 나로서는 생경한 경험이었는데, 이상하게도 화난 사람처럼 자꾸 주먹을 움켜쥐었고, 혼자 있을 땐 책상 귀퉁이나 의자 손잡이를 주먹으로 툭툭 내리쳤으며, 그러다 보면 실제로 화가 났다. 나는 내가 왜 화가 나는지도 알 수 없었고, 그래서 화가 난 것을 주위 사람들에게 들키지 않으려고 자주 숨을 길게 들이마신 후 그대로 멈춰 있는 일을 반복했다. 그렇게 하루를 지내다가 집으로 돌아오면 온몸에서 열이 오르고 팔꿈치와 종아리가 아팠다. 그 상태에서 또 무언가 써보겠다고 한글 파일을 열면 깜빡이는 커서가 화면 아래로, 모니터 밖 방바닥으로 뚝뚝, 떨어지는 것만 같은 착시가 일었다. 나는 관절이 꺾인 나무인형처럼 의자에 널브러져 있다가 그대로 잠이 들곤 했다.

딱 한 번 화를 내는 것을 남에게 들켜버린 적이 있긴 있었다. 나는 8년째 G시에 있는 한 대학교에서 선생으로 일하고 있었다. 7년째 되는 해엔 동기 교수들과 함께 부교수로 승진을 했고, 학과 강의 말고도 학교 내 이런저런 위원회와 TF팀, 교수협의회와 학생상담센터 운영위원 같은 일도 함께 하고 있었다. 그건 뭐 내 또래 교수들이라면 대다수가 엇비슷하게 맡고 있는 일들이어서 별다른 불만은 없었다. 내가 지금 뭘 하고 있는 거지, 생각하면서도 엑셀 파일에 최근 3년간 도서 구입비 증감 현황이나 전임교원 강의 담당 비율 같은 것들을 표로 작성했다. 그렇게 한참 동안 엑셀에 숫자를 기입하다 보면 내가 지금 뭘 하고 있는 거지, 따위의 생각들은 잊을 수 있었다. 온전히 숫자에 몰입할 수 있었다.

회의가 많다 보니 그만큼 회식도 잦았는데, 그날이 그랬다. 교육부에서 시행하는 무슨무슨 사업에 신청서를 내기 위해서 회의와 서류 검토가 방학 내내 이어지던 시기였다. 도시락을 먹으면서 밤 열 시까지 회의를 하고 나서려던 순간, 교무부 처장이 내 팔을 슬쩍 잡았다. 이 선생, 한잔하고 가야지? 집에 가면 누가 있다고? 나는 순순히 교무부 처장에게 고개를 끄덕여주었다. 나 말고도 젊은 교수 두 명이 더 교무부 처장의 일행이 되었는데, 학교 근처 꼬치어묵집 앞에서 문제가 생겼다. 여기로 가지. 교무부 처장이 다시 내 오른팔을 슬쩍 잡아당기며 말했다. 그 순간 내가 왜 그랬을까? 나는 그 자리에 우뚝 멈춰 선 채 교무부 처장에게 잡힌 내 팔꿈치를 내려다보았다. 이렇게 잡아당기지 좀 마요. 내 목소리는 낮았고, 날이 서 있었다. 교무부 처장과 다른 교수들이 어리둥절한 얼굴로 나를 바라보았다. 나는 멈추고 싶었으나, 그게 잘 되지 않았다. 이렇게 사람 좀 잡아당기지 말라고! 말로 하면 되지 왜 이렇게 잡아당겨! 나는 교무부 처장의 팔을 뿌리치고 성큼성큼 도로에 정차해 있던 택시를 잡아탔다. 택시 룸미러를 통해 굳은 듯 그대로 서 있는 교무부 처장과 다른 교수들의 모습이 보였으나, 나는 택시를 멈추지 않았다. 주먹을 쥔 채, 택시 시트를 반복적으로 툭툭 내리쳤을 뿐이었다. 그리고 집으로 돌아와 또다시 관절 꺾인 인형처럼 의자에 앉아 있다가…… 나는 교무부 처장에게 미안하다고, 몸이 좋지 않아서 신경이 날카로워진 거 같다고, 죄송하다고, 문자를 보냈다. 교무부 처장은 바로 답 문자를 보내왔다. 이 선생, 글 쓰는 사람이라는 걸 내가 잠깐 잊었네요. 난, 다 이해합니다. 그럴 수도 있지요. 신경 쓰지 마세요.

G시에서 내가 살고 있는 곳은 학교에서 차로 20분 정도 떨어진, 지은 지 25년이 넘은 국도변 아파트였다. 큰방과 작은방이 있고 거실은 없는, 전 세대 동일하게 13평형으로 지어진 복도식 아파트였다. 시 경계지역에 있고, 버스도 한 시간에 한 대꼴로 다니고, 변변한 교육시설이나 상업시설이 없어 아파트 시세는 다른 곳에 비해 놀랄 만큼 쌌지만, 전체 150세대 중 비어 있는 곳이 30세대가 넘는다는 말을 듣기도 했다. 실제로 아파트 정문 옆 단층짜리 작은 상가를 제외하곤 주변에 다른 건물은 없었다. 작은 상가 건너편은 야산이었고, 야산을 지나면 비닐하우스 단지와 공장 단지가 나왔다. 아파트에 사는 사람들 가운데 노인 수가 압도적으로 많았으며, 주차장에는 주로 낡은 트럭이나 택시, 오토바이 등이 세워져 있었다.

나는 그 아파트에 혼자 세 들어 살았다. 아내와 아이들은 서울에 살았다. 처음 G시로 내려올 때부터 그랬으니 어느새 8년이 흐른 것이었다. 2주나 3주에 한 번꼴로 서울로 올라가 아내와 아이들을 만나고 프랜차이즈 뷔페 음식점이나 대게 전문점에서 외식을 하는 것, 그러다가 다시 일요일 오후에 아내가 싸준 밑반찬이나 속옷, 비타민 등을 챙겨 G시의 낡고 가난한 아파트로 돌아오는 것, 알 수 없는 무력증에 빠진 이후에도 나는 꼬박꼬박 그 일을 거르지 않았다. G시에서 서울로 올라가는 고속버스 안에서는 애꿎은 가족에게 화를 내지 말자고 계속 혼잣말을 했고, 다시 G시로 돌아오는 고속버스 안에서는 애꿎은 가족을 향해 속엣말로 마구 화를 냈다. 주먹으로 버스 좌석 손잡이를 툭툭 내리치면서까지 화를 냈다.

나는 왜 자꾸 애꿎은 사람들에게 화를 내는가? 나는 왜 자꾸 애꿎은 사람들에게 화를 내려 하는가? G시의 작은 아파트 책상 앞에 앉아 나는 자주 그런 생각을 했고, 그러다가 아파트 정문 옆 작은 상가에 있는 호프집으로 나가 술을 마시는 날들이 늘어갔다. 호프집 여주인은 내가 갈 때마다 말하지 않아도 500cc 생맥주 한 잔과 소주 한 병을 내왔고, 거기에 다시 1000cc짜리 빈 맥주잔을 내주었다. 나는 1000cc짜리 빈 맥주잔에 맥주와 소주를 섞어 마셨다. 혼자 그걸 다 마시고 나면 적당한 취기가 올랐고, 그러면 아무에게도 화를 내지 않은 상태에서, 한글 파일을 열지 않은 상태로, 잠이 들 수 있었다. 그러니까 내가 그 이상한 남자를 만난 것은 바로 그런 나날 중 하루였던 것이다.

몸을 조금 비틀거리면서 화장실을 다녀오니 호프집 창가 바로 앞 테이블에 못 보던 남자 한 명이 앉아 있었다. 8년째 살고 있는 덕분인지 몰라도 나는 아파트에 거주하고 있는 대부분의 사람을 알고 있었다. 이름이나 직업까진 몰라도 얼굴은 모두 눈에 익었다. 나는 그 호프집에서 전직 구청 공무원인 60대 중반의 입주민 대표와도 술을 마신 적이 있었고, 관리소장과 경비 용역업체 사장과도 눈인사를 나눈 적이 있었다. 호프집 오른편 '참좋은 마트' 사장과는 비치파라솔 아래에 앉아 담배를 나눠 피운 적이 있었고, 딸기 비닐하우스 단지에서 일하는 402호 남자와는 호프집 왼편 '란 헤어센스'에서 함께 머리를 자른 적이 있었다. 그들은 하나같이 내게 친절했고, 무리한 부탁을 한 적이 없었으며, 모두 나를 '교수님'이라고 불러주었다.

그러니까 그 남자는 아파트 입주민이 아닌 것이 확실했다. 나는 자리에 앉으면서 호프집 여주인을 향해 입 모양만으로 '누구?'라고 물었지만, 그녀는 어깨를 짧게 한 번 으쓱하고 말았을 뿐이다. 나는 다시 맥주잔에 담긴 술을 마시면서 남자의 뒷모습과, 창가에 비친 남자의 얼굴을 간간이 훔쳐보았다. 파마를 한 것인지 원래 곱슬머리인 지 알 수 없는 부스스한 머리칼과 툭 불거져나온 광대뼈, 거기에 계절 에 맞지 않는 검은색 양복까지. 머리가 유달리 커 보인다고 생각했지 만, 자세히 보니 그건 어깨가 지나치게 좁고 굽은 탓이었다. 호프집 조 명 때문인지 취기 때문인지 몰라도, 내게 등을 보인 채 조용히 생맥주 를 마시고 있는 남자는 그냥 좀 흐릿해 보였다. 이런 표현을 쓰긴 뭐하 지만…… 남자를 보며 당시 내 머릿속에 떠오른 이미지는 '먼지 뭉치' 였다. 오랫동안 청소를 하지 않아 방구석에 머리카락과 함께 둥글게 부풀어오른 '먼지 뭉치'. 실이라도 뽑아낼 수 있을 것만 같은 '먼지 뭉 치'. 나는 그게 좀 이상했다. 왜 사람이 사람으로 보이지 않고 유리창 에 덧댄 패널처럼, 힘없이 흩날리는 눈송이처럼 보이는 걸까? 저 남자 의 무엇이 그런 것들을 떠올리게 만드는 것일까?

그러거나 말거나 나는 다시 고개를 숙인 채 남은 술을 다 마셨고, 얼 마 지나지 않아 계산을 마치고 호프집 밖으로 빠져나왔다. 잠깐, 호프 집 여주인이 걱정되었지만, 별 위험은 없어 보였다. 카드 전표에 사인 을 하면서 또 한 번 슬쩍 바라본 남자의 얼굴은 왠지 겁을 잔뜩 집어먹 은 듯한 표정이었다. 무언가, 어떤 대상을 겁내는 것이 아닌, 아예 그 상태 자체가 표정이 되어버린 듯한 얼굴. 그래서였는지 몰라도 나는 호프집 밖으로 나오는 순간 쉽게 그 남자를 잊었고, 그 남자 발치에 놓 여 있던 커다란 여행용 배낭 또한 미처 보지 못했다. 그리고 후에 내가 그 남자의 멱살을 잡고 흔들면서 화를 내게 될 것이라는 사실 또한 전 혀 예상하지 못했다. 하긴, 내가 그걸 어찌 예상할 수 있단 말인가. 흩 날리는 눈송이를 손아귀에 움켜쥔 채 화를 내게 될지, 그 누가 예상할 수 있단 말인가.

그것이 나와 권순찬 씨의 첫 만남이었다.

*

다음 날 오전, 나는 차를 몰고 출근을 하다가 다시 그 남자를 만났
다. 단지 정문 출입구 옆 버스 정류장에 나와 있는 사람들이 일제히 도
로 건너편 야산이 시작되는 철조망 부근 쪽으로 몸을 돌린 채 서 있는
것이 보였다. 정문 경비도 밖으로 나와 팔짱을 낀 채 그쪽을 향해 돌아
서 있었다. 뭐지? 나는 차 속도를 천천히 줄이면서 유리창을 내렸다.
후끈한 7월의 공기가 차 안으로 훅 밀려 들어왔다. 공장 단지에서 나는
비릿한 사료 냄새도 함께 섞여 들어왔다.

거기, 야산이 시작되는 버려진 땅 앞에는 소나무가 두 그루 있었는
데, 그 나무들을 기둥 삼아 파란 천막이 지붕처럼 펼쳐져 있었다. 그리
고 그 아래 한 남자가 돗자리를 편 채 가만히 앉아 있었다. 남자는 대
자보 두 장을 합판에 붙여 들고 있었는데, 한 장은 글씨가 너무 작아
잘 보이지 않았지만, 나머지 한 장은 똑똑히 읽을 수가 있었다.

103동 502호 김석만 씨는 내가 입금한 돈 칠백만 원을 돌려주시오!

붉은색 매직펜으로 큼지막하게 쓴 그 글씨들을 읽고 나는 남자의 얼
굴을 다시 한 번 바라보았다. 분명, 어젯밤 호프집에서 만난 그 남자가
맞았다. 부스스한 머리칼도, 검은색 양복도 그대로였다. 남자는 사람
들을 향해 대자보를 높이 쳐들지도 않았고, 아파트 쪽도 쳐다보지 않
은 채, 그저 가만히 고개를 숙인 채 앉아만 있었다. 돗자리가 끝나는

부분엔 남자의 것으로 보이는 감색 운동화 한 켤레가 가지런히 놓여 있었다.

나는 창문을 올리고 다시 차를 움직였다. 정문 경비가 내 차를 보자 인사를 했고, 나도 꾸벅 고개를 숙였다. 망신을 주려고 온 사람이었구나. 나는 핸들을 돌리면서 그렇게 생각했다. 뭐야, 그럼 어젯밤부터 저기에 저러고 있었다는 건가? 502호? 502호에 누가 살지? 저런다고 소용이 있을까? 직접 찾아가서 담판을 내야지. 나는 속도를 높이면서 그런 생각들을 하다가 이내 다시 그날 작성해야 할 서류들과 학과 취업률 따위들을 떠올렸다. 칠백만 원이든 천칠백만 원이든 남과 남 사이에 벌어진 일이었다. 내가 참견할 만한 일도, 참견할 수도 없는 일이었다. 그저 누군지 모를 사람의 망신을 한 번 보았을 뿐. 저러다가 금세 말겠지. 나는 그렇게 생각했다. 나는 학교에 도착한 후 인터넷으로, 죽은 아이의 아빠가 단식을 시작했다는 기사와, 교육부에서 대학의 구조조정 로드맵을 발표했다는 기사를 차례로 읽었고, 교무처와 인재개발원 팀장들과 길게 통화를 했다. 그러다 보니 어느 순간 점심시간이 되었고, 자연스레 아침에 보았던 남자를 잊을 수 있었다.

그러나 저러다가 말겠지, 했던 남자는 내 예상과는 다르게 몇 날 며칠 그 자리에 계속 앉아 있었다. 그사이 파란 천막 모서리에는 커튼처럼 얇은 비닐이 사면으로 매달렸고, 돗자리 위에는 새로 스티로폼 두 장이 깔렸다. 밤이 되면 비닐을 내리고, 스티로폼 위에 침낭을 깔고 자는 모양이었다. 그리고 다시 아침이 되면 비닐을 둘둘 말아올린 후, 합판에 붙인 대자보를 자신의 무릎 앞에 세웠다. 남자는 여전히 말이 없었고, 아파트 단지 안으로 들어오는 일도 없었으며, 아파트로 들어가는 사람들을 붙잡고 말을 거는 일도 없었다. 그는 그저 고요하게 거기에 앉아 있을 뿐이었다.

그 며칠 사이 나는 '참좋은 마트' 사장에게서 남자에 대한 사정을 좀 더 자세히 듣게 되었다. 그게요, 사정이 좀 딱하게 됐더라구요. '참좋은 마트' 사장은 나를 비치파라솔 의자에 앉힌 후 음료수 한 병을 따주면서 말을 이었다. 저 사람이 어린 시절부터 부모 떠나서 어렵게 지낸 모양인데, 아, 얼마 전까지는 인천에 있는 무슨 세차장에서 일을 했다고 하더라구요. 한데, 저 사람 어머니라는 분이 몇 달 전에 갑자기 찾아와서는 자기가 빚을 졌으니 조금 도와달라고 하면서 계좌번호를 놓고 간 모양이에요. 알고 봤더니 이 사람 어머니라는 분이 사채를 쓴 모양인데…… 추어탕집 주방에서 일했다나 어쨌다나. 뭐 아무튼 거기에서 일하다가 관절염 때문에 그만두고 철없이 사채를 썼나 봐요. 처음에 이백만 원을 빌린 게 금세 사백만 원이 되고 육백만 원이 되고 칠백만 원이 된 모양이에요. 그러니 덜컥 겁이 났겠죠. 그래서 할 수 없이 오래전부터 왕래가 없던 아들을 찾아간 모양인데…… 남자도 선뜻 돈을 보내진 못한 모양이에요. 당장 그만한 돈을 마련하기도 어려웠겠지만, 뭐 안 봐도 뻔한 거 아니겠어요. 거 왜 섭섭하고 원망 같은 게 없었겠어요. 딱 봐도 해준 것도 없는 어머니 같은데, 갑자기 찾아와서 도와달라고 하니…… 아무튼 그래도 이 사람이 몇 달 뒤에 그 계좌로 돈을 넣은 모양이에요. 군소리 없이 칠백만 원 전부.

'참좋은 마트' 사장은 그 대목에서 잠시 말을 끊었다. 언제부터인가 '란 헤어센스' 여사장도 우리 옆에 와서 자리를 잡고 앉아 있었다. 매미가 울고, 날파리가 많은 여름 저녁이었다.

한데, 여기서부터가 더 안타까운 얘기인데…… 그사이에 저 사람 어머니도 그 돈을 갚았다는 거예요. 살고 있던 방 보증금도 빼고 여기저기 아는 사람들한테 조금씩 융통도 하고…… 그리고 그 돈을 갚고 얼마 뒤에 바로 돌아가셨대요. 저 사람이 말은 안 하는데 아마도 스스로 목숨을 놓은 모양인데…… 그러니까 결과적으로 사채업자에게 돈이 두 번 들어간 거죠. 저 사람, 얼마 전 어머니 장례를 뒤늦게 치르고 곧장 여기로 내려온 모양이에요.

그걸 저 남자가 다 얘기했어요?

나는 도로 건너편 남자를 슬쩍 바라보며 '참좋은 마트' 사장에게 물었다.

뭐 대충 그랬다나 봐요. 여기 사는 어르신들이 한 분 두 분 지나다니면서 말을 걸고 말을 들어보니 대강 그런 사연이더래요.

그런데 김석만이 누구지? 502호? 502호에 그런 사람이 살았나?

'란 헤어센스' 여사장이 물었다.

있긴 누가 있어? 우리 아파트에 사채업 하는 사람이 어디 있다고. 왜 거 유모차 할머니 있잖아…… 그 할머니 아들이래. 그 아들이 주소지를 여기로 올려놨나봐.

유모차 할머니라면 나도 얼굴을 알고 있는 할머니였다. 새벽, 신문이 올 시간이면 어김없이 유모차에 의지해 공장 단지로 폐지를 주우러 가는 할머니. 눈썹 끝에서부터 귓불까지 검버섯이 피어 있는 할머니. 유모차 없이는 제대로 걷지도 못하는 뚱뚱한 할머니.

아니, 그러면 그 할머니 통해서 연락하면 되잖아? 아무리 사채업자라도 돈이 두 번 들어간 거까지 나 몰라라 하진 않을 거 아니야?

'란 헤어센스' 여사장의 말에 '참좋은 마트' 사장이 담배를 꺼내 물면서 대답했다.

관리소장 말이 할머니도 아들 연락처를 모른대요. 한 4년 전인가, 설날에 잠깐 얼굴을 비친 이후론 코빼기도 안 보였대요. 뭐, 교도소에 갔다는 말도 있고, 경찰에 쫓기는 중이라는 말도 있고…… 아이고, 그러니까 더 안타깝다는 거 아니에요. 저 남자도 안됐고, 유모차 할머니도 불쌍하고…… 이 할머니가 저 남자 저러고 있는 뒤부터는 밖으로 나오지도 않아요. 폐지 안 주우면 제대로 살 수도 없는 할머니가…….

나는 '참좋은 마트' 사장 말을 다 들은 후에도 별다른 반응을 보이지 않았다. 담배 필터를 몇 번 툭툭 비치파라솔 탁자 위에 두들기다가 슬그머니 비닐봉지에 담긴 생수와 치약을 들고 집으로 돌아왔다. 집으로 돌아와서는 라면을 끓여 먹었고, 신문을 펼쳐놓고 발톱을 깎았으며, 서울에 있는 아이들과 짧게 통화를 하기도 했다. 날이 너무 무더워 에어컨을 켤까 하다가 그냥 샤워를 했다. 샤워를 하면서 나는 남자 생각을 했다. 양복 재킷이라도 좀 벗고 있지. 이제 다 아니까 그거라도 좀 벗고 있지. 나는 머리에 샴푸 거품을 내면서 그렇게 중얼거렸다. 남자는 어머니 대신 칠백만 원을 보내기까지 어떤 시간을 보냈을까? 돈을 보낸 뒤에는 왜 바로 어머니한테 연락을 하지 않았던 것일까? 나는 남자가 돈보다도 자신에게 찾아온 죄책감을 어쩌지 못해 저러고 있는 것이라고, 어쩔 수 없는 것이라고, 저러고 있는 시간을 보낼 수밖에 없는 것이라고 생각했다.

샤워를 마친 후, 나는 다시 한글 파일을 열어놓고 컴퓨터 책상 앞에 앉아 있다가 채 30분도 지나지 않아 슬리퍼를 끌고 늘적늘적 호프집으로 걸어 나갔다. 남자는 계속 거기에 앉아 있었지만, 나는 가급적 그쪽을 바라보지 않으려고 노력했다. 타닥타닥. '참좋은 마트' 차양 아래

설치해놓은 형광색 해충 퇴치기에서 요란한 소리가 들려왔다. 장마 없는 여름밤은 무덥기만 했다.

*

7월이 다 가고 8월 중순에 이를 때까지도 남자는 계속 그 자리를 지키고 앉아 있었다. 그사이 양복을 벗고 흰 면티와 베이지색 칠부바지로 갈아입었다는 것이 그나마 남자의 달라진 점이라면 달라진 점이었다. 남자는 중간중간 딸기 비닐하우스 단지 근처에 있는 약수터까지 물을 길으러 가기도 했으며, 때가 되면 아파트 단지를 등지고 앉아 휴대용 가스버너로 밥이나 라면을 끓여 먹기도 했다. 그러고 나선 다시 아파트 단지를 향해 대자보 판을 들고 앉아 있었다. 남자의 얼굴은 조금 까무잡잡하게 변했고, 그래서 그런지 광대뼈는 더 도드라져 보였다.

광복절 다음 날이었던가. 아침에 나가 보니 남자도, 천막도 사라지고 없었다. 그래서 나는 아, 이제 다 끝났구나, 남자도 지쳤구나, 생각했다. 하지만 오후에 담배를 사러 나가다 보니 다시 천막이 쳐져 있고 남자가 앉아 있는 것이 눈에 들어왔다. 저 양반 취직도 했대요. '참좋은 마트' 사장이 턱으로 남자를 가리키며 말했다. 우리 단지에 사는 경비 용역업체 사장이 저쪽 봉선동 아파트 지하 주차장 청소일을 소개시켜주었다나 봐요. 월수금 오전에만 일하고 한 달에 오십만 원씩 받는 조건으로. 나는 그래요? 잘됐네요, 라고 짧게 대답했다. 한데, 저 양반 웃긴 게, 출근할 때마다 저 천막 다 걷고 나갔다가 돌아와서 다시 치고 그러는 거 있죠. 이사 갔다가 들어오고, 다시 이사 갔다가 들어오는 사람처럼. 나는 말없이 고개를 끄덕거려주었다. 스티로폼은요? 그건 갖고 나가기가 힘들 텐데. 그건 저기 경비 아저씨한테 맡기는 모양이에요. 저 아저씨가 김치도 몇 번 갖다주더라구요.

한번은 호프집에 나갔다가 아파트 입주민 대표와 경비 용역업체 사장, 관리소장과 함께 앉아 있는 그를 보기도 했다. 사람들은 내가 호프집에 들어서는 것을 보자 인사를 건넸고, 교수님도 이쪽에 같이 앉으시죠, 라고 권하기도 했다. 나는 그들에게 꾸벅 고개를 숙이고 그냥 그들 뒤 테이블에 앉았다. 호프집 여주인은 바로 생맥주와 소주를 내왔다.

권순찬 씨, 우리가 다른 뜻 때문에 그러는 건 절대 아니에요. 그러니까 오해하지 말아주었으면 좋겠어요. 여기 있는 사람들 다 같은 마음입니다.

입주민 대표의 굵고 낮은 목소리는 얇은 나무판으로 만든 테이블 칸막이 너머로 선명하게 들려왔다. 그래서 나는 남자의 이름이 권순찬이라는 것을 비로소 알게 되었다.

권순찬 씨 사정 딱한 것도 잘 알고요, 뜻도 잘 알겠어요. 한데 여기서 이런다고 해결되는 건 없잖아요?

이미 알고 있겠지만 502호엔 그 사람이 안 살아요. 불쌍한 할머니 한 분만 사시지.

입주민 대표와 경비 용역업체 사장, 관리소장이 돌아가면서 말을 했지만, 남자는 묵묵부답이었다. 호프집 여주인이 무언극 배우처럼 남자 쪽을 가리키며 가슴을 팡팡 치는 시늉을 해서 나는 씨익, 한번 웃어주었다.

그쪽 관리소장이 권순찬 씨 칭찬을 많이 하더라구요. 성실하고 청소도 아주 잘한다고.

권순찬 씨 때문에 우리가 불편한 건 전혀 없어요. 권순찬 씨가 우리에게 피해를 입히는 건 아무것도 없으니까요. 이건 진짜 순수하게 권순찬 씨 개인을 위해서 드리는 말이에요.

입주민 대표는 그러면서 남자에게 자신이 책임지고 김석만이라는 사람이 나타나면 꼭 연락을 주겠다고, 그것도 안심이 안 되면 자신의 연락처를 적어가도 좋다고, 그러니 거기에서 그러지 말고 거처를 구하거나 인천으로 돌아가는 게 어떻겠냐고 말했다.

여기 사는 사람들이 다 형편이 뻔하고 어려운데…… 그래도 다 착한 사람들이에요. 저쪽 102동 203호에 혼자 사는 할아버지가 한 분 계신데, 정 그러면 당분간 당신 작은방을 내줄 테니 거기에서 지내도 좋다고, 젊은 사람이라도 한데에서 자면 큰일난다고 꼭 전해달래요. 여기 사는 사람들 다 같은 마음이라니깐요.

나는 더 이상 술을 마시면서 그 자리에 앉아 있으면 안 될 것 같은 기분이 들었다. 그 남자 때문이 아니고 입주민 대표나 관리소장, 경비 용역업체 사장 때문에 그랬다. 지갑을 챙겨 일어서는데 관리소장이 나를 보고 말을 걸었다.

교수님도 한말씀 해주시죠.

나는 어정쩡하게 테이블 앞에 선 채 제가 무슨…… 하면서 괜스레 뒤통수를 긁적거렸다. 그 순간 짧게 그 남자, 권순찬이라는 사람과 눈이 마주쳤다. 그는 마치 죄를 지은 사람처럼, 그러나 자신이 지은 죄가 무엇인지 모르는 사람처럼, 두 눈을 끔벅거리면서 관리소장 옆에 앉아 있었다. 나는 정말 할 말이 없었다. 내 말보다 입주민 대표나 관리소장, 경비 용역업체 사장의 말이 그에게 더 도움이 될 것 같았다. 나 또한 그를 안타깝게 생각하긴 했지만, 그렇다고 아파트의 작은방을 내주거나 일자리를 알아봐줄 만큼 성의를 갖고 있지는 않았다. 안타깝지만 성가신 것. 그것이 그때 내 솔직한 마음이었다. 나는 그들에게 다시 한번 고개를 숙이곤 호프집을 빠져나왔다.

*

안 써도 좋고 써도 그만인 그와의 일화 하나를 여기에 적어놓자면…… 2학기가 시작되고 얼마 지나지 않아서인가 권순찬 씨와 나, 단둘이서 호프집에 앉아 술을 마신 적이 딱 한 번 있었다.

학생들과 술을 마신 후 택시를 타고 집으로 돌아왔는데, 아파트 단지 정문을 막 들어서려던 나를 그가 불러 세웠다.

저기…… 교수님이시죠?

그는 맨발에 운동화를 신은 채 도로를 뛰어 건너왔다. 평상시 앉아 있는 것만 봐서 잘 몰랐는데, 그는 오른쪽 다리를 조금 절었다. 손에는 A4용지 두 장이 들려 있었다.

죄송한데…… 이것 좀 봐주시면 안 될까요…….

남자는 내게 종이를 내밀면서 말했다. 남자의 목소리는 얇은 철삿줄이 울리는 것처럼 여렸고, 몸에선 쉰내가 났다. 종이엔 남자가 대자보에 옮겨 쓸 내용이 적혀 있었다. 2014년 6월 3일 하나은행 권순찬 계좌로부터 일금 칠백만 원을 국민은행 김석만 명의 계좌로 이체하였고, 다시 6월 25일 권순찬의 모친 김복순의 농협 계좌로부터 일금 칠백만 원이 국민은행 김석만 계좌로 또 한 번 입금…….

나는 종이에 적힌 문장들을 가로등 불빛에 의지해 읽어나가다가 말고 남자에게 물었다.

　한데, 이걸 왜 저에게……?

　저기…… 맞춤법 좀 봐주셨으면 해서요…… 이게 틀린 게 없이 정확해야 하거든요…….

　나는 말없이 남자의 얼굴을 바라보다가 그를 데리고 호프집으로 들어갔다. 그리고 가방에서 빨간색 플러스펜을 꺼내 남자의 문장을 하나하나 고쳐주었다. 취기가 조금 올랐지만 나는 정신을 집중하려고 노력했다.

　문장을 다 고친 뒤엔 남자와 소주를 탄 생맥주를 한 잔씩 나눠 마셨다. 나는 남자에게 입주민 대표나 다른 사람들이 했던 말들을 또 한 번 건네진 않았다. 우리는 말없이 그저 술만 마셨을 뿐이었다. 전작이 있었던 나는 어느 순간부터 그만 정신을 놓아버렸는데, 그래서 남자와는 더더욱 다른 말을 할 수가 없었다. 다만 남자와 함께 호프집을 나선 후, 아파트 단지 정문 입구에 서서 이런 말을 나누었던 기억만은 어렴풋이 남았다.

　저려요?

　나는 몸을 제대로 가누지 못하면서 남자에게 물었다.

　네?

　그 다리, 계속 앉아 있어서 저리냐고요?

　아, 이거요. 아니에요…… 원래부터 좀 절었어요. 어렸을 때 다쳐서.

　어쩌다가 그랬는데요?

　그냥…… 어릴 때 뒷산에서 놀다가 떨어지는 바람에…… 그때 뼈에 이상이 생겼는데 아버지가 믿어주질 않더라구요. 아무리 아프다고 해도…… 그렇게 두 달 정도 지났더니 이렇게 되더라구요.

어머니는요? 어머니한테라도 말해보시지…….

그땐 어머니가 돌아가셨을 때라…….

네? 뭐라고요? 지금 어머니 돈 찾으려고 이러는 거 아니었어요?

맞아요…… 새어머니…….

*

추석 연휴가 지나고 10월에 접어들 때까지도 남자는 계속 그 자리를 지키고 앉아 있었다.

늦더위가 남아 있다고는 하나 아침저녁으론 한기가 느껴져 보일러를 실온으로 가동시키고 따뜻한 커피를 손에 쥐고 있는 날들이 늘어가는, 그런 계절이 돌아온 것이었다. 오후엔 황사 섞인 바람이 불어올 때가 잦았는데, 그런 날이면 남자의 천막 비닐 끄트머리에 묵직한 돌덩이가 정면 후면 가지런히 놓여 있기도 했다. 바람은 비닐이, 한기는 스티로폼이 막아준다고 하지만, 가로수가 헐거워지고 하늘이 높아갈수록 그의 천막을 바라보는 마음은 상대적으로 점점 더 무거워져갔다. 더운 국을 먹을 때나 따뜻한 물로 샤워를 할 때, 그러지 않으려고 하는데도 저절로 남자 생각이 났다. 어렸을 때 키우던 고양이가 가출했던 기억이 새삼 떠오르기도 했고, 군 시절 혹한기 훈련을 하면서 보았던 은하수와 언 강물 같은 것들이 뒤죽박죽 계통 없이 떠오르기도 했다. 늑골에 자잘한 돌무더기가 우르르 굴러다니는 기분도 들었다.

그런 기분은 비단 나뿐만은 아니었는지, 10월 첫째 주엔 아파트 엘리베이터 옆 게시판에 특별 모금을 한다는 안내문이 나붙었다. 딱한 사정에 처한 502호 할머니와 단지 정문 건너편 남자를 위해 작은 정성을 모으자는 취지의 안내문이었다. 입주자 대표 명의로 작성된 그 안내문엔, 해마다 연말에 실시했던 불우이웃돕기 성금을 올해는 이것으로 갈음한다는 내용도 적혀 있었다. 안내문이 나붙은 지 사흘 뒤엔 반장 회의를 한다는 공고문이 그 옆에 내걸렸고, 그로부터 다시 이틀이 지난 후엔 반장이 집집마다 돌아다니면서 성금을 걷었다. 만 원씩 내는 것으로 했는데, 나는 십만 원을 냈다. 반장은 내 돈을 건네받으면서 실은 자기도 오만 원을 냈다고 콧잔등을 찡긋거리면서 말했다.

금세 모을 것 같았던 칠백만 원은 그러나 쉬이 모이지 않는 모양이었다. '참좋은 마트'에 들를 때마다 나는 사장에게서 지금 얼마가 모였고, 얼마가 모자라다, 약수터에 드나들던 사거리 약국 약사가 백만 원을 선뜻 내났다, 구의원하고 구청 직원들도 얼마를 내났다고 하더라, 입주민 대표가 이곳저곳 뛰어다니면서 애를 쓰는 모양이다, 라는 말을 들을 수 있었는데…… 그래서인지는 몰라도 전처럼 호프집에 거리낌없이 드나들기가 어려웠다. 혼자 술을 마시고 있노라면 어쩐지 무슨 잘못을 저지르고 있는 듯한 기분이 들었고, 비정한 사람이 된 것만 같은 찜찜함이 계속 머릿속을 맴돌았다. 나는 몇 번이고 호프집으로 내려가려던 마음을 다잡고 집에서 그냥 캔맥주를 마시거나 그도 아니면 그냥 아무것도 마시지 않았다. 마시지 않을 수 있었다.

그 덕분인지 몰라도 나는 한글 파일에 무언가 조금씩 적어나갈 수 있게 되었다. 무력증은 여전했고, 나도 모르게 주먹을 움켜쥐는 일들 또한 비일비재했지만 그래도 그때마다 숨을 길게 내쉬면서 문장을 써보려고 노력했다. 떠오르는 이야기마다, 그것이 말이 되든 되지 않든 포스트잇에 휘갈겨 일단 컴퓨터 책상 뒷벽면에 물고기 비늘 모양으로 길게 붙여놓기도 했다. 학교에서의 생활도, 가족에게 보여주는 모습도, 별 이상은 없지 않은가. 소설만 쓴다면, 문장과 문장을 이을 수만 있다면 이 모든 것들을 무사히 유지할 수 있을 것만 같았다. 기꺼이 그렇게 돌파할 수 있을 것만 같았다.

무엇이 잘못됐는지도 모른 채, 나는 그렇게 계속 자리를 지키려 꾸역꾸역 애를 썼던 것이다.

*

칠백만 원이 다 모인 것은 11월 초순의 일이었다.

성금을 전달하기 하루 전, 나는 '참좋은 마트'에 라면을 사러 갔다가 그곳에 모여 있던 입주민 대표와 여러 사람들을 만날 수 있었다.

막판에 502호 할머니가 사십칠만 원을 냈대요. 그래서 칠백십만 원이 조금 넘게 모였대요.

'참좋은 마트' 사장은 내게 귓속말로 그렇게 전해주었다.

자, 그럼 이 돈을 어떻게 전달해줄까요?

입주민 대표가 사람들을 쭉 한 번 둘러보면서 말했다. 나는 라면을 고르는 척하면서 창문 너머 권순찬 씨를 슬쩍 바라보았다. 처음 이곳에 왔을 때 보았던 검은색 양복 위에 초록색 패딩 점퍼를 새로 걸쳐입은 그는, 자신의 옆구리를 주먹으로 통통 쳐대면서 그 자리에 그대로 앉아 있었다. 길게 하품을 하기도 했고, 대자보 판을 다시 바르게 고쳐

세워놓기도 했다.

제가 아는 지방신문 기자가 한 명 있는데요, 내일 부를까요?

누군가 그렇게 말하자 입주민 대표가 손사래를 쳤다.

정중하게 합시다, 정중하게. 이건 정확하게 말하자면 저 남자를 돕는 게 아니고 502호 할머니를 우리가 도와드리는 거예요. 저 남자는 받을 돈을 받는 거구요.

입주민 대표가 말하자 아무도 이의를 제기하지 않았다. 나 또한 그의 말이 맞다고 생각했다.

아, 그래도 저 남자하고 정이 참 많이 들었는데…… 뭘 한 것도 없지만 몇 달 동안 매일매일 얼굴 보고 인사했는데…….

그나마 첫서리 내리기 전에 일이 이렇게 돼서 얼마나 다행이에요. 저러다가 겨울 맞으면 큰일나죠.

502호 할머니는 나서지 않을 거 같으니까 우리가 직접 전하는 거로 하죠, 뭐. 절차가 따로 필요 있나요?

나는 거기까지만 듣고 '참좋은 마트'를 나섰다. 바로 집으로 들어가려다가 말고 나는 걸음을 멈춘 채 뒤돌아 남자를 한번 바라보았다. 남자는 대자보 판을 아예 양팔로 끌어안은 채 꾸벅꾸벅 졸고 있었다. 남자는 이제 어디로 가게 될까? 인천으로 돌아가겠지. 나는 남자의 인천 거처가 그때까지도 무사히 남아 있기를 바라보았다. 거기까지가 내가 남자를 위해 할 수 있는 전부라고 생각했다.

후에, 호프집 여주인으로부터 전해 들은 이야기에 따르면, 다음 날 그 남자는, 권순찬 씨의 행동은, 편지봉투에 정성껏 오만 원권 지폐로 칠백만 원을 마련해간 아파트 입주민들을 충분히 당혹스럽게 만들었다고 한다.

입주민 대표는 여비조로 따로 이십만 원이 든 편지봉투도 들고 갔고, 신문기자를 부르진 않았지만 '참좋은 마트' 사장이 스마트폰으로 그 모든 과정을 동영상으로 남기기로 했고, 사람들은 남자와 일일이 악수를 하며 박수를 칠 생각이었으며, 기꺼이 남자의 천막 철거 작업을 도울 작정이었지만⋯⋯.

하지만, 남자는 사람들의 그 모든 선의를 거부했다.

저는 이 돈을 받을 수가 없습니다.

남자는 그렇게 말하고 다시 대자보 판을 잡고 제자리에 앉았다.

아니, 권순찬 씨. 이게 우리가 다른 뜻이 있는 게 아니고요. 502호 할머니 대신해서 전해드리는 겁니다. 여기 502호 할머니 돈도 포함되어 있어요.

입주민 대표가 그렇게 말했지만, 남자는 요지부동이었다.

저는 원래 그 할머니한테 돈을 받을 생각이 없었습니다. 저는 김석만 씨를 만나러 온 거예요. 그 사람을 직접 만나서 일을 해결하려고요⋯⋯.

모여 있던 사람들의 탄식이 흐르고, 몇 번의 실랑이가 더 오갔지만, 남자는 뜻을 굽히지 않았다. 그는 아무 일 아니라는 듯 천연스럽게 스티로폼 위로 올라온 모래를 손바닥으로 쓸어내리기도 했다.

그만 갑시다! 사람들의 성의를 원 저렇게 무시해서야⋯⋯.

누군가 그렇게 외쳤고, 사람들은 하나둘 다시 단지 정문 쪽으로 되돌아왔다. 그것이 내가 전해 들은 그날 일의 전부였다.

아파트엔 그가 칠백만 원에 대한 이자를 받으려 한다는 소문이 돌기 시작했다.

*

그날 이후, 입주민 대표는 나를 따로 두 번 찾아왔다. 구청 계장으로 정년퇴직한 이 사내는, 재작년 암으로 아내를 잃은 사람이었다. 아들이 두 명 있는데 지금은 모두 서울에서 직장생활을 하고 있다고 들었다.

입주민 대표는 내가 서재로 쓰고 있는 방 한가운데 책상다리를 하고 앉아 한참 동안 엄지와 검지로 자신의 미간을 누른 채 말이 없었다. 나는 그가 입을 열 때까지 아무 말 없이 기다려주었다.

우리가 뭘 잘못한 걸까요?

그가 중저음의 목소리로 내게 물었다. 나는 아니라고, 대표님이 애 많이 쓰신 거 잘 알고 있다고 말해주었다. 실제로 나는 그렇게 생각하고 있었다. 나는 그의 선의를 의심하지 않았고, 그래서 그가 느꼈을 씁쓸함이나 허탈함도 이해할 수 있었다. 아무리 따져봐도 입주민 대표가 잘못한 일은 없는 것 같았다. 그게 맞았다.

사람들 인식이 점점 안 좋아지고 있어요. 원래 안 그러던 사람들인데…….

나는 입주민 대표의 말에 가만히 고개만 끄덕거려주었다.

이 교수님은 혹시 다른 생각이 있으신지……?

입주민 대표는 나에게 그렇게 물었다.

제가 무슨…… 저도 똑같죠, 뭐…….

날도 더 추워지는데…… 저러다가 사고나 나지 않을까, 걱정입니다.

네, 그러게요…….

입주민 대표는 잠시 뜸을 들였다. 나는 그 대목에서 그가 나를 찾아온 진짜 이유를 짐작할 수 있었다. 입주민 대표는 그 짐작 그대로 내게 말을 꺼냈다.

저기, 이 교수님이 권순찬 씨를 한번 만나보시는 게 어떨까요? 아직 돈도 저한테 있는데…….

제가요? 제가 만난다고 뭐 딱히…….

그래도 해볼 때까진 해봐야죠. 이 교수님도 설득하고, 저도 설득하고, 관리소장님도 찾아가보고, 뭐 그러는 수밖에 없지 않겠어요?

나는 잠깐 말없이 손가락으로 방바닥에 의미 없는 그림을 그렸다. 나는 입주민 대표도 종류는 다르지만 나와 같은 무력증을 겪고 있는 게 아닐까, 잠시 그런 생각을 하기도 했다.

나는 그에게 노력해보겠다고 말하고 대화를 끝냈다.

입주민 대표의 말 때문인지 몰라도 나는 퇴근을 할 때마다 그를 만나러 가야 한다는 부담감에 시달렸다. 차를 주차하고 바로 집으로 들어가선 안 된다고, 어디선가 사람들이 내가 권순찬 씨를 만나기를, 내 걸음이 어디로 향할지 지켜보고 있을 거라고, 그런 생각들이 나를 계속 따라다녔다. 실제로 나는 차를 주차하고 곧장 집으로 들어가지 않고 몇 번 다시 아파트 정문 앞까지 걸어 나오기도 했다. 하지만 그 이상 더 나아가지는 못했다. 그를 설득할 자신도 없었지만, 왜 내가 그를 설득하려고 노력해야 하는지 그 이유를 알 수가 없었다. 이유를 알 수 없는 일에 시달리고 신경을 쓰자니, 다시 무력감이 찾아오고 다시 화가 나는 기분이었다. 나는 아파트 정문에 한참 동안 주먹을 움켜쥔 채 서 있다가, 이유 없이 상체를 앞뒤로 까딱까딱거리며 앉아 있는 그를 바라보다가, 말없이 집으로 돌아오는 일을 반복했다.

그리고…… 나는 다시 또 호프집에 나가기 시작했다. 아무 거리낌 없이.

*

12월에 접어든 이후, 그의 천막은 구청 공무원들에 의해 세 번 철거를 당했다. 누군가 신고를 한 모양이라고, '참좋은 마트' 사장이 말해주었다.

그냥 가만히 보고만 있던데요.

구청 공무원들이 가위로 소나무에 연결된 끈을 자르고 바닥에 깔려 있던 스티로폼을 반으로 꺾어 트럭에 실을 때도 그는 얌전히 한쪽에 서 있기만 했다고 한다. 구청 공무원들이 떠난 후에도 한동안 대자보 판을 들고 가만히 인도 턱에 앉아 있던 그는 이틀씩, 사흘씩 자리를 뜨기도 했다. 그러곤 다시 나타나 천막을 치고 스티로폼을 깔고 대자보 판을 들고 앉았다. '참좋은 마트' 사장 말에 따르면 월수금 오전에만 나가던 지하 주차장 청소일도 이미 보름 전에 그만둔 모양이라고 했다.

세 번째 철거를 당한 이후 그는 다시 천막을 치지 않았다. 대신 어디선가 휴대용 낚시 의자를 구해와 조용히 그곳에 앉아 있기만 했다. 대자보 판은 언제나처럼 그의 무릎 앞에 세워져 있었다. 그리고 밤에는…… 박스를 얼기설기 연결해 직사각형으로 만든 후, 그곳에 들어가 잠을 잤다. 바닥엔 무엇을 깔았는지 알 수 없었지만, 분명 그는 그 안에 들어가 잠을 잤다. 관처럼 생긴 박스 안에서…… 바닥엔 마찬가지로 박스가 깔려 있었겠지…… 그 위에 침낭을 깔고 잠을 잤겠지…….
아파트 주민 모두가 숨죽인 채 그의 행동을 하나하나 훔쳐보고 있는
눈치였지만, 다들 서로 그런 말은 하지 않았다. 그런 내색도 비치지 않
았다.

　G시에 첫눈이 내리던 날, 나는 호프집에서 술을 마시다가 충동적으
로 문을 열고 나가 도로를 건넜다. 눈 때문이었는지 주위는 환했고, 가
로등 불빛은 더 흐려 보였다. 눈 쌓인 야산의 경계는 선명했고, 야산
너머 멀리 공장 단지의 굴뚝에서 하얀 연기가 피어오르는 것이 눈에
들어왔다. 힘없이 흩날리는 눈송이들, 바닥에 쌓이는 눈송이들. 나는
그것들을 밟고 그의 앞으로 다가갔다. 초록색 패딩 점퍼에 달린 모자
를 둘러쓰고, 면장갑 낀 두 손으로 대자보 판을 들고 있는 남자. 휴대
용 낚시 의자에 앉아 있는 그의 뒤편에는 크기가 서로 다른 박스들이
차곡차곡 개켜져 있었다. 그리고 바로 그 옆에는 속이 빈 커다란 업소
용 식용유 깡통이 놓여 있었는데, 무언가를 태운 듯 잔뜩 그을려 있었
다.
　남자는 어깨를 잔뜩 옹송그리고 있다가 힐끔 나를 쳐다보았다.
　어머니 때문에 그래요?
　나는 점퍼 주머니에 손을 넣은 채 말했다.
　어머니가 당신 때문에 죽은 거 같아서 그러냐고요?
　남자는 나를 쳐다보던 눈길을 거두고 다시 고개를 숙였다.
　아닌데요…… 어머니가 왜 나 때문에 죽어…….
　남자가 거기까지 말했을 때, 나는 점퍼 주머니에서 손을 빼 그의 멱
살을 잡았다.

아니긴 뭐가 아니야! 그런 거잖아! 당신이 늦어서 어머니가 그렇게
됐다고 생각하는 거잖아!

멱살을 잡힌 남자는 엉거주춤 자리에서 일어났고, 그 바람에 휴대용
낚시 의자는 뒤로 나뒹굴었다.

아닌데요…… 돈이 육백만 원밖에 없어서…… 두 달을 더 일해야
돼서…… 그렇게 된 건데요…….

남자가 거기까지 말했을 때, 나는 그의 멱살을 잡았던 손을 풀었다.
나는 남자의 말을 제대로 듣지도 않았다.

애꿎은 사람들 좀 괴롭히지 마요! 애꿎은 사람들 좀 괴롭히지 말라
고!

나는 뒤로 주춤 물러선 그를 향해 그렇게 말하곤 다시 도로를 건너
아파트 정문 쪽으로 걸어왔다. 호프집 여주인이 문을 열고 서서 가만
히 나와 권순찬 씨를 바라보고 있었다.

*

거기까지였다.

그는 그날 이후 사흘을 더 그 자리를 지키고 앉아 있었다.

나흘째 되는 날 오전, 'G시 노숙인 쉼터'라는 글자가 박힌 승합차가
아파트 정문 건너편에 서더니, 건장한 청년 두 명이 내렸다. 그들은 아
무 말 없이 권순찬 씨의 팔을 양쪽에서 잡아 일으켜세웠다. 그것이 끝
이었다.

이를 덜덜덜 떨면서 끌려가더라구요. 아무 저항 없이.

나는 '참좋은 마트' 사장이 하는 말을 잠자코 듣기만 했다. 나는 그

들을 누가 불렀는지 대강 짐작이 갔다. 그러나 그런 짐작에 대해선 한 마디도 하지 않았다. 그저 '참좋은 마트' 유리창을 통해 도로 건너편, 그가 다섯 달 가까이 앉아 있던 자리만 멀거니 바라보았다. 거기엔 휴대용 낚시 의자와 대자보 판, 차곡차곡 쌓여 있던 박스들은 온데간데 없고, 불에 그슬린 업소용 식용유 깡통만 쓸쓸하게 모로 누워 있었다.

*

나는 원래 그의 이야기를 문장으로 쓸 마음은 갖고 있질 않았다. 아니, 처음엔 쓸 생각이었지만 중간에 그만, 쓰지 않기로 마음을 고쳐먹었다. 도무지 그에 대해서 쓸 자신이 없었기 때문이다. 하지만 나는 지금 여기에, 그의 이야기를 썼다. 그건 지지난주 금요일, 아파트 단지 주차장에서 내가 만난 한 사람 때문이었다.

학교에서 돌아와 차를 주차하고, 102동 출입구 쪽으로 걸어가는데 못 보던 검은색 승용차 한 대가 내 옆을 스쳐 지나갔다. 내가 살던 아파트에서 못 보던 쿠페형 외제차였다. 나는 잠깐 멈춰 서서 그 차가 주차하는 것을 지켜보았다. 차에서 나온 사람은 내 또래의 남자였는데, 꽉 끼는 청바지에 검은색 가죽재킷을 입고 있었다. 가죽재킷의 칼라 부분엔 흰색 털이 달려 있었다. 가죽재킷 안에는 빨간색 줄무늬 티셔츠를 입고 있었는데, 복부 비만인 듯 배가 고스란히 드러나 보였다. 손에는 쇼핑백을 들고 있었다. 남자는 가만히 서 있는 나를 힐끔 한번 바라보더니 그대로 103동 출입구 쪽으로 걸어갔다. 나는 그의 뒷모습을 보며 누굴 찾아왔구나, 우리 아파트에 저런 차를 모는 사람도 찾아오는구나, 생각하며 102동 쪽으로 걸어갔다. 그렇게 몇 걸음 걸어가다가 말고 나는 다시 몸을 돌려 그가 들어간 103동 쪽을 바라보았다. 그였구나! 그 사람이었구나! 나는 숨을 멈춘 채 103동 5층 복도를 노려보았다. 때마침 5층에 엘리베이터가 멈춰 섰는지 복도에 하나둘 불이 들어오기 시작했다. 나는 그 불빛들을 노려보며 한참 동안 그 자리에 서 있었다.

그리고 지금 여기에, 그 이야기를 쓰기 시작했다. 우리는 왜 애꿎은 사람들에게 화를 내는지에 대해서. ▪

조해진

사물과의 작별

1976년 서울 출생. 2004년 『문예중앙』 등단.
소설집 『천사들의 도시』 『목요일에 만나요』.
장편소설 『한없이 멋진 꿈에』 『로기완을 만났다』 『아무도 보지 못한 숲』. 〈신동엽문학상〉 수상.

사물과의 작별

    내가 일하고 있는 지하철 역사 귀퉁이의 유실물센터가 세계를 구성하는 하나의 표준적인 조각 같다는 생각이 들 때가 있다. 세계는 유실물센터와 유사한 조각들로 끝없이 이어져 있는, 무한히 크지만 시시한 퀼트 같은 것에 지나지 않는다고 여겨지는 것이다. 엄청난 오지가 아닌 이상 세계의 어디를 가도 그곳엔 지갑과 안경과 책이 있을 것이다. 휴대전화와 디지털카메라, 노트북 같은 전자제품도 없는 곳보다는 있는 곳이 더 많을 터다. 내가 여행을 싫어하고 가능하면 생활권 안에서만 움직이려 하는 것도 세계란 사물들의 총합에 지나지 않는다는 오래된 믿음 때문인지 모르겠다. 낯선 도시의 호텔 욕실에도 알루미늄 재질의 휴지걸이와 플라스틱 비누대가 있을 테니 말이다. 내가 고모에게 이런 생각을 밝혔을 때, 고모는 심드렁한 목소리로 대꾸했다.

    —게으른 성격이란 걸 참 복잡하게도 설명하는구나.

고모가 요양원 생활을 시작하고 두 달 정도가 지났을 무렵이었다. 그날 고모와 나는 요양원 휴게실에 나란히 앉아 저녁까지 긴 이야기를 나눴다. 대부분 서 군에 관한 것이었는데, 내게는 고모가 아프고 나서야 알게 된 서 군의 존재보다 예전과 똑같이 말하고 웃고 반응하는 고모의 모습이 더 인상적이었다. 아무리 봐도 고모는 환자 같지 않았다. 하나같이 어눌한 말투에 혼자서는 제대로 걷지도 못하던 요양원의 노인 환자들과는 전혀 다른 종류의 사람 같기만 했다.

가벼운 두통일 거라 생각하고 병원을 찾아갔다가 알츠하이머 초기 진단을 받은 고모는 바로 그다음 날부터 주변을 정리하기 시작했다. 30년 넘게 교사로 근속한 학교에 사직서를 냈고 아파트를 정리했으며 예금과 각종 연금으로 죽을 때까지 요양원 비용이 해결되도록 조치를 취해놓았다. 가구와 가전제품, 옷과 책은 대부분 기증하거나 처분했고 애지중지 키우던 고양이 두 마리는 동네 동물병원에 맡겼다. 부족함 없이 먹이되 두 놈 중 한 놈이라도 병이 들거나 먼저 가게 되면 안락사를 시켜달라며 거금을 내놓자, 동물병원 측은 흔쾌히 고모의 제안을 받아들였다고 한다. 이미 고양이의 평균 수명에 근접한 늙은 고양이들이었다.

고모는 요양원으로 떠나기 바로 전날에야 시내의 고급 레스토랑에 형제들과 형제들의 가족들을 불러놓고 그 사실을 밝혔다. 왁자지껄한 식사를 마친 뒤 후식으로 나온 과일전병을 먹고 있을 때였다. 레스토랑엔 일순간 정적이 흘렀다. 알츠하이머는 진행만 될 뿐 근본적인 치료가 불가능한 퇴행성 질환이라고 고모는 덤덤히 설명했지만, 요양원을 남은 삶의 거주지로 삼겠다는 고모의 선택은 그 병명만큼이나 모두에게 충격을 주었다. 고모는 그때 고작 예순 살이었던 것이다. 마침내 작은고모가 울먹이기 시작했고, 나의 아버지는 충혈된 눈으로 고모를 노려보다가 그렇게 왜 시집을 안 가서 가족 하나 없이 요양원에서 말년을 보내느냐며 언성 높여 윽박지른 뒤 레스토랑을 뛰쳐나갔다. 고모를 보살펴주겠다고 나서는 이는 없었다. 작은고모의 흐느낌만 깃든 어색한 침묵 속에서 고모는 입을 꾹 다문 채 두 손으로 보듬고 있던 찻잔만 하염없이 내려다봤다. 찻잔에 투영된 조명이 고모의 얼굴을 투명하게 음각하고 있었다. 그날 저녁, 레스토랑엔 손님이 들지 않았다. 나중에야 나는 고모가 그 레스토랑을 통째로 빌렸다는 걸 알게 됐다. 고모는 그 저녁식사를 기억이 유효하고 의식이 선명한 시절의 마지막 만찬이라 생각하고 생에서 가장 큰 사치를 부렸던 것이다.

그게 벌써 5년 전의 일이다.

5년 동안, 고모는 급속도로 늙고 병들었다. 고모의 몸을 장악한 병은 인색한 신전神殿에서 보내온 신탁 같기만 해서 관용 따위는 베풀지 않았다. 저기, 간호사의 부축을 받으며 휴게실로 들어오는 고모는 이제 내가 이곳 요양원에서 처음 마주쳤던 그 수많은 노인들과 구분되지 않는 모습이었다. 온몸은 깡마르면서 미묘하게 안으로 말렸고 움직임은 둔해졌으며 표정은 없었다. 의자에서 일어나 간호사가 건네는 접이식 휠체어와 하루분의 약과 기저귀 등이 담긴 천가방을 받고 있는데, 어느새 곁으로 다가온 고모가 내 어깨를 쓸어주며 반갑다는 표현을 해왔다. 단박에 나를 알아보지 못하고 한동안 초점 없는 시선으로 주위를 두리번거렸던 지난번과는 달랐다. 그러고 보니 고모는 연하게 화장도 한 상태였다. 그제야 나는 고모가 6개월 전 나와의 약속을 기억하고 있었다는 걸 깨달았다. 낡은 전등이 아주 가끔씩만 켜지는, 어딘가에서 끊임없이 삐걱거리는 소음이 나고 기억의 상자들이 얹힌 선반들이 대부분 붕괴된 고모의 폐허 같은 머릿속에서 내 약속의 말은 기적적으로 온전했다.

*

6개월 전 고모에게 나는, 다음번엔 외출 허가를 받아 청계천을 둘러본 뒤 서 군을 만나러 가자고 말했었다. 유난히 우울해 보이는 얼굴이 마음에 걸려 얼결에 나온 말이었는데, 고모는 순간적으로 환하게 웃으며 나를 향해 크게 고개를 끄덕였다. 고모가 오랜만에 웃었으므로 나는 내가 내뱉은 말을 고아처럼 버려둘 수가 없었다.

청계천은 고모가 중학교 시절부터 대학을 졸업할 때까지 가족과 함께 산 곳이다. 그 무렵의 청계천은 더러운 하천과 판잣집, 헌책방과 고물상, 수많은 영세 공장들과 간판도 따로 없는 남루한 상점들로 채워져 있었다. 나의 친할아버지, 그러니까 고모의 아버지가 고향의 땅을 팔아 상경하여 청계천 근처 평화시장 골목에 레코드 상점을 연 건 1960년대 중반이었다. 정식 레코드는 진열대에만 있을 뿐, 상점 안에는 미군 부대에서 밀반출된 레코드를 불법으로 복제한 일명 빽판들이 쌓여 있었지만, 그래도 외관만큼은 보기 드물게 번듯했다고 들었다. 할머니는 하고많은 장사 중에서 먹고사는 것과 아무런 관련이 없어 보이는 레코드 장사를 하겠다는 할아버지를 이해하지 못해서 몇 달을 앓아누웠다. 땀 흘려 일하는 것을 병적으로 싫어하던 할아버지를 믿지 못했던 것이다. 하지만 그 레코드 상점—맏딸의 이름을 딴 태영음반사는 할머니의 우려와 달리 성공적으로 운영됐고 다섯 가족의 생계를 넉넉하게 책임져주었다. 레코드가 음악을 들을 수 있는 거의 유일한 수

단이던 시절이었고, 전축이 부의 상징으로 부각되던 때였다. 내가 태어나기 직전까지, 그러니까 할아버지가 청계천 8가의 아파트로 이사 간 첫날 술에 취해 난간에서 실족사하기 전까지, 태영음반사는 서울의 돈 많은 한량들을 끌어모으는 유명 상점이었다.

고모가 서 군을 만난 곳도 태영음반사였다.

서 군, 고모는 그를 그렇게 불렀다. 자신보다 여섯 살이나 연상인 사람에게 군君이라는 호칭을 쓴 건 애정의 표현이었을 것이다. '서 군'은 누구누구 씨나 선배님 같은 호칭보다는 확실히 애틋한 데가 있었다. 그렇다고 고모가 주변 사람들에게 서 군과 관련된 이야기를 아무렇지도 않게 하고 다닌 것 같진 않다. 나의 아버지나 작은고모도 서 군을 전혀 모르는 눈치였다. 내가 그에 대해 좀더 알게 된 건, 10여 년 전에 국내에서 출간된 그의 에세이를 통해서였다.

서 군이 한국에 온 건 1971년이었다. 그때 서 군은 지쳐 있었다. 재일조선인이었던 그에게 국적은 무력하게 당하기만 해야 하는 폭력이자 치유가 불가능한 상처였다. 폭력도 상처도 없는 고국을 막연히 동경해오던 서 군은 대학을 졸업하자마자 서울의 K대학에서 석사과정을 밟기 위해 유학을 왔다. 그러나 고국에는 또 다른 고통이 그를 기다리고 있었다. 학자가 되고 싶었던 서 군은 그 어떤 학생 조직에도 몸담지 않은 채 깨어 있는 시간의 대부분을 강의실과 도서관에서만 보냈지만, 시위와 휴교가 반복되던 고국의 교정에서는 책을 읽는 것 자체가 거대한 부채감으로 연결됐다. 자고 일어나면 알고 지내던 학생 중 누군가가 잡혀갔다는 소식이 들려왔고 교수들은 반 이상 비어 있는 강의실을 침울한 얼굴로 둘러보곤 했다.

늦은 봄이었다. 서 군은 전공과목이 휴강되면서 무작정 학교를 나와 걷다가 자연스럽게 청계천으로 발길을 돌리게 됐다. 한 노동자의 분신 자살 이후, 청계천은 그 당시 학생들 사이에선 언제나 화제의 중심에 있던 공간이었다. 청계천에서 그의 시선을 가장 처음으로 잡아끈 것은 다리 밑 오물 위로 등을 보인 채 떠 있는 젊은 남자의 시체였다. 시체는 모든 살아 있는 인간에게 불안과 공포를 안길 수밖에 없다. 인간의 몸이란 체온이 없으면 냄새를 풍기며 썩어가는 고깃덩어리에 불과하다는 걸 일깨워주는 물리적인 슬픔의 증표, 시체는 그런 것이다. 서 군은 천변에 앉아 끊임없이 자신의 죽음으로 환원되는 그 시체를 깨진 거울 보듯 들여다봤다. 몇몇 사람들이 몰려와 다리 밑을 가리키며 쑤군대긴 했지만 비명을 내지르거나 울음을 터뜨리는 이는 없었다. 얼마나 시간이 흘렀던가. 공무원으로 보이는 두 명의 사내가 긴 막대기로 시체를 개천에서 끄집어내더니 리어카에 실었다. 그제야 서 군은 정신을 차리고 사내들에게 다가가 시체를 어디로 가져가느냐고 물었다. 사내들은 그걸 왜 알려 하느냐며 적대적으로 되물었고, 서 군은 지갑에서 현금을 몽땅 꺼내 그들의 손에 쥐여주며 화장이라도 제대로 해달라고 부탁했다. 사내들은 서 군에게서 받은 돈을 뒷주머니에 구겨 넣고는 무성의하게 고개를 끄덕인 뒤 리어카를 끌고 어딘가로 떠나갔다. 훗날 서 군은 에세이에 썼다. 고문받고 투옥되고 수감 생활을 하던 중에도 세계 한복판에 내던져져 있던 그 시체를 생각하면 두려움이 사라졌다고, 언젠가 나 역시 그 어떤 가면이나 장식 없이 누군가에게 시체로 발견될 테니, 설계된 기능에 문제가 생기면 쓰레기통에 버려진 뒤 매립되거나 소각되는 하나의 사물처럼…….

서 군이 다시 청계천 거리를 걷기 시작한 건 거리에 어둠이 내릴 무렵이었다. 목적지가 없던 서 군의 걸음이 멈춘 곳이 태영음반사 앞이었다. 그때껏 서 군은 음악이 그토록 절대적인 힘을 발휘할 수 있다는 걸 한 번도 체감한 적이 없었다. 넋이 나간 채 닐 세다카에서 사이먼 앤드 가펑클로 이어지는 선율을 듣고 있는데 상점 안에서 거즈로 레코드를 닦고 있던 교복 차림의 여고생이 고개를 들어 서 군 쪽을 바라봤다. 한순간이었어. 5년 전에 고모는 그렇게 말했다. 첫사랑이라는 화제는 장난처럼 시작됐지만, 그날 고모는 내내 진지했고 조금은 절박해 보이기까지 했다. 서 군을 처음 만난 날부터 그의 원고와 관련된 사건들, 대전교도소 앞까지 갔다가 되돌아온 일과 오랜 시간 후에 거짓말처럼 걸려왔던 한 통의 전화까지, 고모는 마치 훼손되어가는 기억을 안전한 시험관에 담아 보관하고 싶다는 듯 서 군과 있었던 모든 일들을 쉬지 않고 내게 쏟아냈다. 믿어지니? 긴 이야기의 끝에서 고모가 나른한 목소리로 물었다. 이렇게나 늙고 병들었는데도, 아침에 눈을 뜨면 내가 있는 곳은 여전히 그 봄밤의 태영음반사야.

늦은 점심을 먹고 휴대전화의 구글 지도를 따라 태영음반사가 있던 자리를 찾아가니 프랜차이즈 커피숍이 나왔다. 야외 테라스까지 손님들로 꽉 찬 3층짜리 커피숍은 다른 세계로 떠나기 위해 탑승 수속을 모두 마친 거대한 유람선 같았다. 근데…… 고모가 휠체어에서 일어나 내 소매를 슬쩍 잡아끌며 아주 작은 목소리로 물었다.

―근데, 여기가 어디예요, 오빠?

고모의 머릿속 전등이 꺼졌다. 난데없이 나의 누이가 되어버린 고모는 거의 울 것 같은 얼굴로 나를 건너다봤고, 나는 이곳이 태영음반사가 있던 자리란 걸 밝혀야 할지 말아야 할지 알 수 없어 머뭇거렸다. 사라졌으므로 부재하지만 기억하기에 현전하는 그 투명한 테두리의 공간 바깥으로는 바람이 일었다. 조각과 조각으로 잇대어진 세계의 표면을 훑으며 부지런히 가을의 끝에 도달한 바람은 건조했다. 어느 순간부터 불결한 냄새가 그 건조한 바람을 타고 내 쪽으로 실려 왔다. 요양원 간호사에게서 이런 일이 분명 일어날 거라고 여러 번 경고를 들었는데도 나는 당황했다. 일단 화장실로 가야 했다. 나는 고모를 다시 휠체어에 태운 뒤 지하철역을 향해 있는 힘껏 밀기 시작했다. 휠체어에 속도가 붙자 고모는 불안하다는 듯 쉼 없이 주위를 두리번거렸지만 걸음을 늦출 수는 없었다. 고모는 지금 벌거벗겨진 상태와 다를 바 없었다.

지하철역의 여자화장실 앞에서, 그러나 나는 더 이상 어디로도 가지 못하고 갈팡질팡했다. 여자들만 오가는 화장실 입구와 고모를 번갈아 보며 어머니라도 불러야 하는 걸까, 고민하고 있는데 고모가 내 쪽을 돌아보며 태평한 목소리로 물었다.

—너, 환이 아니니?

전등이 켜졌다. 나는 그 전등이 꺼질세라 재빨리 고개를 끄덕였다.

—어머, 이런…….

금세 상황을 파악했는지 고모가 그렇게 말하며 얼굴을 붉혔다. 조심스럽게 휠체어에서 일어난 고모는 내 손에 들려 있던 천가방을 낚아채듯 가져가더니 화장실 쪽으로 뒤뚱거리며 걸어갔다. 나는 고모의 뒷모습을 건너다보며 주머니 안의 담뱃갑만 손끝으로 매만졌다. 끊임없이 서 군을 이야기하던 5년 전의 고모에게 간절하게 묻고 싶은 심정이었다. 미래의 태영이 서 군을 만나는 것을 허락하겠느냐고, 내가 지금 상상하는 것, 배설물의 냄새가 밴 병든 자신을 서 군 앞으로 데려간 조카에게 절대로 용서하지 않겠다고 울부짖는 모습은 과도한 걱정에서 빚어진 허상인 게 맞느냐고……. 그러나 허락과 용서의 여부를 판단할 수 있는 고모는 폐쇄된 과거 속에만 있을 뿐, 지금 이 지하철역 화장실 앞엔 존재하지 않았다.

*

특별한 사람과 관련된 일련의 기억은 연극과도 같아서 기억 속 장면들은 실제와는 다소 차이가 나는 인위적인 무대에서 연출될 때가 많다. 기억의 주체는 감정적으로 과잉되어 있기 마련이고, 때로는 사소해 보이는 소품 하나가 되돌릴 수 없는 비극을 불러오기도 한다. 서 군에게 할당된 고모의 기억 속에선 일본어로 씌어진 원고 뭉치가 그 문제의 소품일지도 모르겠다. 막이 내릴 때까지 무대 한가운데서 스포트라이트를 받는, 서 군을 향한 고모의 모든 회한과 정념이 수렴되는 단 하나의 사물……

그 늦은 봄날 이후, 서 군은 종종 청계천을 찾았고 산책을 끝내고 나면 태영음반사에 들러 음악을 들으며 레코드를 구경했다. 서 군이 태영음반사에 갈 때마다 고모가 있었던 건 아닐 것이다. 그러나 그들은 제법 자주 마주쳤고 대화를 나누게 되었으며 조금이나마 서로에 대해 알아갈 수 있었다. 밖에서 따로 만나 청계천을 걷다가 황학동 노천 식당에 마주 앉아 국수를 먹은 일요일 오후도 있었다. 단 한 번의 데이트였다.

서 군의 에세이에는 그 시절 자신의 발길을 청계천으로 이끈 건 풍경이었다고 적혀 있었다. 빨랫줄에 걸린 한 가족의 남루한 옷들, 수치감 따위 모른다는 듯 가판대에 아무렇게나 펼쳐진 포르노 잡지, 약장수의 빤한 거짓말을 주의 깊게 듣고 있는 행인들과 성인 남자의 머리

통보다 몇 배나 큰 짐 꾸러미를 불가해한 힘으로 이고 가는 여인들, 여공들의 핏기 없는 새파란 입술과 품 안에 법전과 휘발유를 숨기고 있을 것만 같은 젊은 노동자의 잿빛 눈동자……. 커다란 주크박스인 듯 끊임없이 미국 팝송이 흘러나오던 태영음반사는 젊은 남자의 시체를 발견한 날을 기록한 페이지 외에는 더 이상 등장하지 않았다. 그럴 만했다. 서 군이 증언하고 싶었던 풍경은 가난과 피로의 청계천이었을 테니까, 고국을 떠난 뒤 한국 정부를 비판하는 기고문을 일본의 언론 매체에 지속적으로 발표한 건 훗날의 투옥과 상관없이 청계천을 산책하며 이미 결심했던 일이라고 그는 썼으므로…….

화장실을 나온 고모는 다시 휠체어에 올라탄 뒤에도 주눅 든 얼굴로 흘끗흘끗 내 쪽을 돌아봤다. 부끄러워하는 것도 같았고, 자신에게서 아직도 냄새가 나는지 알고 싶어 하는 것도 같았다. 나는 고모가 좋아하는 유실물센터 이야기를 꺼냈다. 유실물센터에서 일한다는 건 시간을 견딘다는 의미라고, 사람들이 규칙적으로 소지품을 잃어버리는 건 아니니 어느 날은 한 건의 접수도 받지 않고 지나가기도 한다고, 그래서 종종 선반에 놓인 유실물을 가져와 꼼꼼히 살펴보곤 한다고, 재미있다고, 나는 고모 뒤편에서 휠체어를 밀며 짐짓 경쾌한 목소리로 떠들어댔다.

실제로 유실물에는 저마다 흔적이 있고, 그 흔적은 어떤 이야기로 들어가는 통로처럼 나를 유혹할 때가 많다. 다이어리나 카메라는 비교적 세밀하게 그 이야기가 기록된 경우이고 녹슨 반지, 굽이 닳은 구두 한 짝, 세탁소 라벨이 붙어 있는 비닐 안의 와이셔츠 같은 것은 어느 정도 상상력을 동원해야 완성되는 이야기를 갖고 있다. 엄밀히 말하면 그 이야기는 유실물을 사용한 누군가의 손때로 만들어진 것에 지나지 않지만, 그 누군가를 잃어버린 유실물은 선반의 고정된 자리에서 과거의 왕국을 홀로 지켜가는 것이다. 간혹 유실물에서 빛이 날 때가 있다. 1년 6개월이라는 보관 기간을 채우고도 찾아오는 이가 없어 처리되기 직전, 홀연히 나타났다가 한순간에 사라지는 빛이었다. 그때마다 나는, 한 개인에게 귀속되지 못하고 망각 속으로 침몰해야 하는 유실물이 세상에 보내오는 마지막 조난신호를 본 것 같은 상념에 빠져들곤 했다. 일종의 상실감이었다.

거기까지 말했을 때 고모의 뒷목이 가볍게 툭, 꺾였다. 잠이 든 모양이었다. 차를 주차해놓은 교보빌딩 지하에 도착하여 잠든 고모를 안아 조수석에 앉히는데, 등허리로 땀이 흘러내렸다. 고모는 잠결에 입술을 오물거리며 어깨를 안으로 옴츠렸고 그 모습이 내 눈에는 잠투정을 하는 아이처럼 보였다. 고모의 변해가는 모습이 내게 고통이었던가, 스스로에게 물어보았다. 최근 1, 2년 사이 요양원을 찾아가는 빈도가 뜸해진 진짜 이유는 연민이 아니라 공포였다는 걸 끝까지 모른 척할 수는 없었다. 고모의 현재에 나의 미래를 투영하는 것이 괴로웠고, 나 역시 언젠가는 노인들의 보편적인 얼굴로 소멸이란 이름의 롤러코스터에 탑승하게 되리란 예감이 무서웠다. 휠체어를 접어 트렁크에 넣은 뒤 운전석에 앉아 시동을 걸었다. 고모에게 지금 우리는 서 군을 만나러 가는 거라고 차근차근 설명해주고 싶었지만 고모는 쉽게 깨어날 것 같지 않았고, 나는 여전히 내가 옳은 선택을 한 건지 확신할 수 없었다.

＊

그 일본어 원고 뭉치는 그해 겨울방학이 시작되기 직전 서 군이 태영음반사로 와서 고모에게 직접 건넨 거였다. 방학이 끝날 때쯤 귀국하면 찾으러 올 테니 그때까지만 남들 눈에 띄지 않는 곳에 잘 보관해달라고 서 군은 부탁했다. 고모는 무턱대고 그 원고를 받긴 했지만, 왜 자신에게 이런 부탁을 하느냐는 질문은 끝까지 안으로 삼켰다. 서 군의 신뢰를 받고 있다는 것이 순수하게 기뻤던 고모는, 서 군에게서 서울에 아는 사람이 없어서라거나 비행기를 타고 오갈 때 거추장스러워서라는 상식적인 이유를 듣게 될까봐 겁이 났던 것이다. 고모는 몰랐지만, 사실 그 무렵 서 군에게는 불길한 일이 하나 있었다. 갈 곳이 없다며 찾아온 고향 친구를 며칠 동안 하숙집에 기거하도록 해주었는데, 나중에야 그 친구가 조총련과 접선해왔다는 걸 알게 된 것이다. 친구에게는 곧 수배령이 떨어졌다. 조총련이 법정 최고 실형을 받을 수 있는 간첩과 동일하게 치부되던 시절이었다. 서 군은 친구가 머물렀던 자신의 하숙집이 언제라도 경찰의 수색을 받을 수 있다고 판단했으므로 문제가 될 만한 서적들은 모두 버리거나 태웠다. 그 원고는 아마도 처분하고 싶지 않아 고모에게 맡겼을 것이다. 서 군이 하고많은 사람 중에서 왜 하필 레코드 상점 딸에게 원고를 위탁했는지는 원고에 담긴 내용과 함께 이제는 아무도 알지 못하는 영역 속에 있다. 그는 그 이야기를 에세이에 쓰지 않았고, 고모는 일본어를 전혀 할 줄 몰랐으므로 그 원고를 읽어보려는 시도조차 하지 않았다.

그 겨울 고모는 대학 합격 통지서를 받았지만 다른 예비 대학생들처럼 마음 편히 지낼 수 없었다. 영화관이나 양장점에 구경 가자는 친구들의 권유를 모두 뿌리치고 고모는 거의 매일 태영음반사에 나가 할아버지 대신 가게를 보았다. 고모에게는 질리도록 길었던 겨울이 끝나고 이듬해 3월이 되었지만 서 군은 나타나지 않았다. 서 군에게 연락할 방법은 없었다. 고모는 그의 일본 집 주소나 하숙집 전화번호를 알지 못했다. 서 군을 만날 수 있는 공간은 오직 태영음반사뿐이었지만 이제 막 대학생이 된 고모에게도 많은 일들이 일어나고 있었다. 사정이 생겨 태영음반사에 들르지 못한 날이면 서 군이 원고를 받으러 왔다가 헛걸음만 하고 돌아간 건 아닌지, 그 원고가 없어서 학업에 지장이 된 건 아닌지 걱정이 되어 아무것도 손에 잡히지 않았다. 고모가 서 군의 원고를 서류봉투에 담아 K대학을 찾아간 건 3월 말이었다. 그날 K대 근처에선 시위가 있었다. 시위대에 떠밀려 매캐한 연기 속을 무작정 뛰어다니다가 가까스로 K대 법학과 사무실에 도착했을 땐, 머리칼은 잔뜩 헝클어져 있었고 난생처음 입어본 원피스에선 최루액 냄새가 났다. 사무실에서 나오던 서 군 또래의 남자가 그런 고모를 유심히 쳐다봤다. 조교라고 생각했어. 고모는 말했다. 당연하잖아. 학과 사무실에 나온 20대 청년을 그럼 무어라고 생각하겠니. 항변하듯 거친 목소리로 덧붙여 말하며 얼굴까지 붉히던 고모를 휴게실의 몇몇 노인들이 흘끗거렸던 기억이 난다. 지금 와서 그 청년의 정체를 확인할 길은 없지만, 어쨌든 그는 서 군을 알고 있었고 서 군에게 줄 것이 있다는 고모에게 호의적이었다. 괜찮다면 자신이 원고를 전해주겠다던 청년에게 고모는 의심 없이 서류봉투를 건넸다. 고모는 그토록 엉망인 상태로 서 군과 마주치고 싶지 않았다.

그리고 그날로부터 보름 정도 후에 아무도 예상하지 못한 일이 벌어졌다. 모든 언론을 통해 대대적으로 보도된 일본 유학생들의 간첩단

조직에 서 군의 이름이 포함되어 있었던 것이다. 고모는 자연스럽게 그 원고가 당시 정부의 시선으로 봤을 땐 불온한 내용이고 법학과 사무실에서 만난 청년은 기관원이라고 확신하게 됐다. 충격과 공포의 나날이 이어졌을 것이다. 서 군이 맡긴 원고를 기관원에게 넘긴 행위는 한껏 멋을 내고 K대학을 찾아간 천진한 용기와 합쳐지면서 용서할 수 없는 죄 덩어리가 되었다. 고모는 학교 수업에도 거의 나가지 않고 집 안에만 틀어박힌 채 자신의 삶에서 스무 살의 봄과 여름을 아프게 도려내었다.

그런데 고모가 미처 알지 못한 것, 아니 알려 하지 않은 것이 하나 있다. 서 군의 에세이에는 그가 이미 2월 말에 하숙집 근처에서 사복 차림의 사내들에게 납치되었다고 나와 있다. 그때 서 군이 끌려간 곳은 높은 담으로 둘러싸인 목조식 2층 가옥이었고 그곳에서 서 군은 간첩이 되었다. 고모의 추측대로 그 원고가 불온한 내용이고 기관원에게 흘러들어가 또 다른 증거물이 되었을 수도 있지만, 그 모든 건 가능성의 차원일 뿐 진실은 아니었다. 게다가 그들의 시나리오는 서 군의 원고와 상관없이 이미 오래전부터 완벽하게 짜여 있었을 것이다. 어쩌면 고모는 자신의 잘못을 믿고 싶어서 믿어버린 건지도 몰랐다. 악역으로라도 그의 삶에 개입하고 싶었을 고모의 마음을, 그러나 나는 자학적인 욕심이었다고 함부로 단정하고 싶지는 않다. 고모는 충분히 외로웠다. 고모에게도 몇 명의 애인들이 있었고 그중엔 결혼 이야기가 오간 사람도 있었다지만, 그 누구를 만나던 시절에도 고모의 하루는 태영음반사의 유리문 사이로 서 군과 눈이 마주쳤던 1971년의 늦은 봄밤에서 시작됐다. 사랑이 아닌 것은 때때로 사랑의 영역 바깥에서 하나의 영토를 일구기도 한다. 서 군이라는 이름의 영토 한가운데엔 상상의 법정이 있었고 고모는 수사관과 피고인, 증인의 역할을 모두 떠맡으며 한평생을 살았다. 고문하고 고문받으며, 죄를 묻는 동시에 자백하면서, 어제의 증언을 오늘 다시 부정하길 반복하며……. 인간의 삶이 뿌리내리기엔 지나치게 척박한 영토였지만 그곳을 떠나지 않은 건 고모의 선택이었다. 고모와 서 군을 한 번만, 딱 한 번만 다시 만나게 해주기로 결심한 건 내게는 고모의 삶 전체가 마지막 조난신호 같았기 때문인지도 모르겠다. 침몰은 이미 시작되었고, 무대는 곧 막을 내릴 터였다.

*

강북에 위치한 대학병원 지하 주차장으로 내려가면서 과속방지턱을 감속 없이 지나간 탓에 차가 한 번 출렁였다. 깜짝 놀라며 잠에서 깬 고모가 주섬주섬 상체를 바로 하더니 재킷 소매로 차창을 닦았다. 차를 주차한 뒤 실내등을 켜고 고모를 바라봤다. 시간과 공간의 좌표를 잃은 눈동자는 공허해 보였지만, 나는 고모가 무언가를 예감한 듯 긴장하고 있다고 느꼈다. 준비되었느냐고 묻는 대신, 한 칸씩 잘못 꿰인 고모의 재킷 단추를 모두 풀어 새로 채워주었다. 단추를 하나하나 채우는 동안 고모의 가는 어깨가 여러 번 떨렸다.

서 군에 대해 조사하는 건 사실 그리 어렵지 않았다. 그는 제법 많은 글을 남겼고, 그를 취재한 국내 신문 기사도 여러 건 검색됐다. 20대 중후반에 서울구치소와 대전교도소를 돌며 2년 6개월의 형기를 마친 서 군은 일본으로 돌아가서도 공부를 계속한 끝에 교토 지역의 사립대학 교수가 됐다. 그동안에 결혼을 했고 딸을 낳았으며 아내와는 사별

했다. 그의 에세이 서문에는 죽은 아내를 향한 헌사의 문장이 적혀 있었다. 사랑과 존경이라는 단어가 들어간 그 문장을 읽을 때, 내 마음은 설명할 길 없이 쓸쓸해졌다. 그가 다시 한국으로 온 건 재작년이었다. 서울에서 살고 있던 그의 외동딸과 한국인 사위가 병든 그를 데려왔을 것이다. 그는 근육이 서서히 마비되는 병을 앓고 있었다.

두 달 전부터 나는 격주에 한 번씩 이곳 대학병원을 찾아와 그의 병실 근처를 서성였다. 내가 실질적으로 접근할 수 있는 사람은 50대로 보이던 조선족 간병인뿐이었는데, 그녀가 소변통을 들고 화장실로 걸어갈 때 슬쩍 다가가 다른 환자의 보호자인 양 말을 건네면 자연스럽게 대화가 이루어졌다. 간병인에 따르면 서 군은 목 아래가 거의 마비된 상태로 작년 겨울부터 병이 악화되어 기관을 절개하고 인공호흡기까지 삽입한 상태였다. 딸의 집에서 요양하다가 병원에 장기 입원하게 된 것도 그 무렵부터라고 했다. 의사가 지나가면서 한 말, 고문으로 인한 정신적 외상이 오랜 기간 잠복해 있다가 차츰차츰 치명적인 병으로 발전했을 거라는 비공식적인 진단도 간병인에게서 들은 거였다. 몸은 마비되어가도 의식은 멀쩡하기 때문에 고통이 더 클 거라던 말을 들은 날에는 새벽까지 악몽을 꾸기도 했다.

서 군은 보통 저녁을 먹은 뒤 외출을 했다. 그래봤자 간병인이나 딸이 밀어주는 휠체어에 몸을 싣고 병원 로비를 오가는 게 다였지만, 그래도 서 군에게는 하루 중 유일한 외출이었다. 로비를 서너 바퀴 돌고 나면 서 군의 휠체어는 대형 텔레비전 앞에 정물처럼 놓이곤 했다. 접수대도 마감을 하고 메인 조명도 꺼진 조용하고 어둑한 로비에서 서 군은 표정 변화 없이 텔레비전을 시청했다. 간병인과 딸은 간혹 밤이 깊어질 때까지 로비의 서 군을 데리러 오지 않았다. 신문을 보는 척하며 서 군 옆에 앉아 있던 날들이 많았다. 장태영 씨, 기억해요? 한번 만나보시겠어요? 수도 없이 묻고 싶었지만 번번이 입이 떨어지지 않았다. 도저히, 그럴 수가 없었다.

─고모, 서 군이 저 위에 있어요.

마지막 단추까지 채운 뒤 그렇게 일러주자 고모는 내 말을 알아들었다는 듯 서 군, 서 군, 중얼거렸다. 차에서 내릴 때 보니 고모는 쇼핑백을 품에 안은 채였다. 그러고 보니 고모는 하루 종일 저 쇼핑백을 몸에서 떼어놓으려 하지 않았다. 휠체어는 꺼내지 않았다. 그 대신 고모의 어깨를 부축하며 병원 로비로 이어지는 엘리베이터에 올랐다. 엘리베이터가 멈추고 로비로 나가자 여느 때의 저녁처럼 대형 텔레비전 앞에 놓인 서 군이 보였다.

서 군의 휠체어 옆 플라스틱 의자는 마침 비어 있었다. 그쪽으로 다가가 조심스럽게 고모를 앉히자 고모는 슬쩍 서 군을 보는 듯하더니 이내 가만히 나를 올려다봤다. 고모의 표정은 이제 너는 퇴장해도 된다는 허락으로도 읽혔고 나를 두고 떠나지 말라는 애원으로도 읽혔다. 이번에도 판단은 오로지 내 몫이었다. 나는 천천히 고모의 손을 놓았고 고모는 소리 없이 입술로만 서 군? 하고 물었다. 그렇다는 의미로 고개를 끄덕여 보인 뒤 그대로 돌아섰다. 숨어 있을 만한 공간을 찾고 있는데 희미한 불빛이 어른거리는 음료수 자판기가 눈에 들어왔다. 고모와 서 군의 시선이 닿지 않도록 자판기 측면에 몸을 붙였다. 한참을 허공만 응시하다가 그들 쪽으로 고개를 돌린 순간, 긴장감으로 굳어 있던 두 다리에서 힘이 빠져나갔다.

그곳에선, 내 예상과 전혀 다른 장면이 연출되고 있었다.

서 군과 고모는 나란히 앉아 물끄러미 텔레비전만 올려다볼 뿐, 아무것도 하지 않았다. 그들은 기차에서 우연히 동석하게 된, 그래서 대화를 나눌 필요도 없고 서로의 얼굴을 들여다볼 까닭도 없는 한시적인 동승자들처럼 보였다. 어느 순간부터 나는 선반의 유실물들을 떠올리고 있었다. 어쩌면 그들은 정말로 세계에서부터 분실된 존재들인지도 몰랐다. 동의 없이 그들을 이 세계로 밀어내고는 향유할 기억과 움직일 수 있는 자유를 빼앗아간 뒤 결국엔 이 어두컴컴한 병원 로비에 방치한 그 최초의 분실자를 용서할 수 없었다. 그자의 잔인함에 가까운 무신경을, 끝까지 아무런 책임을 지지 않는 게으름을, 뒤늦게라도 그들에게 이야기를 되돌려주지 않는 고집스러움까지, 그 모든 것을……

그때였다. 텔레비전에서 시선을 떼고는 한곳을 유심히 바라보던 고모가 갑자기 의자에서 벌떡 일어나더니 그쪽을 향해 허둥지둥 걸어가기 시작했다. 재빨리 고모를 따라가던 나는 이내 걸음의 속도를 조금씩 늦출 수밖에 없었다. 고모는 현금인출기에서 돈을 찾던 젊은 남자 뒤에 바짝 서 있다가 그가 돌아선 순간, 그때껏 품에 안고 있던 쇼핑백을 넌지시 건넸다. 나는……. 남자가 얼결에 그 쇼핑백을 받자 고모가 힘겹게 입을 열었다.

—나는, 미안합니다.

—…….

—미안하고 또 미안했습니다. 다…….

—…….

—다, 전부, 잊어주세요.

—…….

거기까지 말하고 고모는 남자를 향해 허리를 90도로 꺾었다. 괴로운 건, 서 군을 만날 수 있는 마지막 기회를 놓쳐버린 고모의 오인이 아니라 고모가 가짜 서 군에게 전한 그 몇 마디의 말이었다. 사랑하는 사람에게 영원한 타자일 수밖에 없었던 고모의 긴 인내의 시간은 미안하다는 말과 잊어달라는 부탁으로 끝났다. 고작, 그뿐이었다.

어리둥절한 얼굴로 누구냐고 묻는 남자를 향해 고모는 또 한 번 정중히 목례를 하고는 천천히 돌아섰다. 쇼핑백이 이번 생의 유일한 짐이었다는 듯 느린 걸음으로 로비를 가로질러가는 고모는 홀가분해 보였다. 아니, 그래야 했다, 반드시. 나는 남자에게 다가가 대충 상황을 설명하고 쇼핑백을 받아온 뒤 멀찍이 서서 고모를 지켜봤다. 고모는 어느새 유리로 된 병원의 출입문 앞에 서 있었다. 비가 내리고 있었는지 유리에 투영되는 불빛이 물에 젖은 듯 번져 보였다. 그 캄캄한 유리문을 마주보며 고모는 한참을 서 있었다.

5년 전, 알츠하이머 진단을 받은 날에도 고모는 저런 자세로 병원 출입문 앞에 서 있었을 것이다. 인간이란 구르는 걸 멈추지 않는 한 조금씩 실이 풀려나갈 수밖에 없는 실타래 같은 게 아닐까, 그때 고모는 그런 생각에 잠겨 있었다고 했다. 병원 문을 열고 나가면 실타래는 이전보다 훨씬 더 빠른 속도로 굴러갈 것이고, 실타래에서 풀려나간 실은 밟히고 쓸리고 상하면서 먼지가 되어갈 것이다. 친밀했던 사람, 아끼던 사물, 익숙한 냄새를 잃게 될 것이고 세상도 그 속도로 고모를 잊어갈 터였다. 어느 날은 거울 속 늙고 병든 여자를 보며 이유도 모른 채 뚝뚝 눈물을 흘리기도 하리라. 하나의 실존은 그렇게 작아지고 또 작아지면서 아무도 모르게 절연의 준비를 하는 것이다. 그 누구의 배웅도 없이, 따뜻한 작별의 입맞춤과 헌사의 문장도 없이…… 오후가 저녁이 되고 저녁이 밤이 될 때까지, 실제로 고모는 그 문을 열지 못했다.

＊

　고모를 요양원에 도로 데려다주고 유실물센터로 온 나는, 불도 켜지 않고 내 책상에 앉아 고모의 쇼핑백 안에 들어 있던 것을 하나하나 꺼내보았다. 남성용 양말과 비누 세트, 수건과 담요였다. 오래전 고모가 대전교도소에 가면서 준비한 영치물도 이렇게 구성되어 있었을 것이다. 서 군이 서울구치소에서 대전교도소로 이송되고 몇 달 뒤에야 고모는 자리를 털고 일어나 서울역으로 갔다. 그 몇 달 동안 고모는, 서 군에게 잘못을 고해야 한다는 강박증과 그가 자신을 절대로 용서하지 않을 거라는 불안감 사이를 유령처럼 오갔을 것이다. 국가보안법을 위반한 수감자는 직계가족 외에는 면회가 안 된다는 걸 알면서도 부딪치면 방법이 있을 거라고 막연히 기대하며 고모는 대전행 기차에 몸을 실었다. 9월의 어느 날이었지만 교도소 근처는 겨울처럼 추웠다.

　놀랍게도 고모의 그 대책 없는 시도는 거의 성공할 뻔했다. 고모가 교도소 문 앞에서 면회 신청을 받아달라며 교도관에게 사정하고 있을 때, 서 군이 투옥된 뒤로 한국으로 건너와 지내고 있던 서 군의 어머니가 마침 고모 곁을 지나가게 된 것이다. 고국이라고는 하지만 친척 하나 남지 않은 한국에서 외롭게 옥바라지를 하고 있던 서 군의 어머니는 아들을 보러 대전까지 내려온 서울 아가씨가 그저 반가웠다. 하지만 그 반가움이 미안한 마음으로 바뀌는 데는 그리 긴 시간이 걸리지 않았다. 서 군에게는 오래 만나온 정혼자가 있었다. 그녀는 서 군과 같은 재일교포로, 서 군 대신 결혼 비용을 벌어놓기 위해 간호사로 재직 중인 병원에서 퇴근한 후에도 오사카 시내 응급실을 돌며 파트타임으로 일을 하던, 보기 드물게 성실하고 속 깊은 사람이었다. 거기까지 말한 서 군의 어머니는, 아가씨를 내 막내딸이라고 속이면 함께 접견실로 들어갈 수 있을 텐데 정말 그걸 원하느냐고, 한층 조심스러워진 목소리로 물었다. 고모는 그 사려 깊은 질문에서 단단한 방어막을 느꼈다. 가족, 그 방어막의 이름이었다.

그날 고모는 영치물을 다시 품에 안고 서울행 기차에 올랐다. 피곤하고 배도 고팠지만 고모는 허리를 꼿꼿이 편 정자세로 정면만을 응시했다. 아무도 의도하지 않은 슬픔이라면 그 감정은 오류투성이인 거라고 고모는 생각했다. 자세가 흐트러지면 그 기만적인 슬픔에 잠식되고 말 터였다. 고모는 자신과의 감정 게임에서 지고 싶지 않았다. 그러나 그 소모적인 게임이 기차에서 내린 뒤에도 끈질기게 이어질 거라고는 고모 역시 예감하지 못했을 것이다. 고모가 사랑한 것은 서 군이 아니라 서 군의 이미지였으므로, 실체가 없는 이미지는 때려눕힌 뒤 링 밖으로 내던질 수가 없는 거니까. 서 군의 한 시절을 망쳤다는 근거 없는 죄책감은 서 군 대신 링에서 내려가려는 고모의 뒷덜미를 잡아채고는 끈질기게 상상의 법정으로 끌고 갔다. 서 군을 향한 고모의 영토는 그렇게 유지됐다. 국경도 여권도 없는 땅, 이민과 망명이 봉쇄된 독재의 나라, 아름답지도 않고 따뜻한 적도 없던 불모의 유형지…….

나는 휴대전화 조명에 의지하여 쇼핑백을 빈 상자에 담아 밀봉한 뒤 작성한 유실물 접수 서류와 함께 빈 선반에 두었다. 41327, 새 유실물의 일련번호였다. 그것은 시간 단위로 환산될 수 없는, 상자 속 사물들에 선고된 기다림의 형량이기도 했다.

전화벨이 울린 건 가방을 챙겨 유실물센터를 막 나가려던 참이었다. 나는 수화기를 들 생각도 하지 못한 채 어둠 속에서 두 눈만 끔벅였다. 오랫동안 잊고 있었던, 그래서 정지된 화면 같던 어린 시절의 어느 하루가 갑자기 눈앞에 펼쳐지면서 생생하게 움직이기 시작했다. 이제 막 수리된 영사기가 등 뒤편 어딘가에 숨겨져 있기라도 한 것처럼 그날의 모든 일들은 손에 잡힐 듯 선명하기만 했다.

겨울방학이었을 것이다. 어머니를 따라 고모의 아파트에 놀러 간 날, 나는 안방 침대에 누워 책을 읽다가 전화 한 통을 받았다. 한국말에 서툰지 한 음절 한 음절 힘주어 말하는 남자 목소리에 의아해했던 기억이 난다. 장태영 씨의 아들이냐는 물음에 아니라고 대답하려는데 마침 안방 문이 열리면서 고모가 들어왔다. 나는 고모에게 수화기를 건넨 뒤 다시 책을 집어 들었다. 책장을 넘기다가 이상한 느낌에 고모 쪽으로 고개를 돌린 순간, 두 손으로 수화기를 보듬은 채 연거푸 고개만 끄덕이는 고모가 보였다. 그때 서 군이 뭐라고 했는데요? 5년 전, 요양원 휴게소에서 내가 그렇게 묻자 고모는 쑥스러운 듯 작게 웃으며 말했다. 학위를 받고 딸을 낳고 교수 임용을 준비하면서 바쁘게 살고 있었는데, 그러다가 문득 어머니가 한 말이 생각났대. 그분이 생전에 내 얘기를 한 적이 있었나 보지.

—대사관에 의뢰까지 해서 고모 전화번호를 알아낸 사람이 고작 그런 말만 했다고요?

—알고 있었대.

—네?

—그 사람은 언젠가 한 번은 내게 연락하리란 걸 늘 알고 있었대.

—……

—그런 날이 오면 자식과 남편 자랑을 하고 직장 상사를 흉보고 휴가 계획에 대해 떠드는 그런 일상적인 이야기를 듣고 싶었다고 하더라.

―그래서 뭐라고 대답하셨어요?

―아무 말도…….

―…….

―아무 말도 하지 못했어. 그냥 듣기만 했어. 서 군이 작별 인사를 하는데도 입을 꾹 다물고 있었지.

―…….

―그리고 전화는 끊겼고, 그렇게 끝났어.

―…….

고모의 말은 사실이었다. 나는 그때 고작 여덟 살이었지만 말 한마디 없이 고개만 끄덕이는 통화가 이상하다는 것쯤은 알 수 있었다. 수화기에선 곧 남자의 목소리가 사라지고 신호음만 울리는 게 내게도 들렸지만 고모는 좀처럼 수화기를 내려놓지 않았다.

내 기억은 거기에서 끝났다.

그러나 영사기는 계속 돌아가며 그때 내가 미처 보지 못했던 고모의 얼굴을 비췄다. 이제야 확인하게 된 그 얼굴을 하염없이 바라보고 있는데, 지금쯤 잠이 들었을 고모의 꿈속으로 밀려들어온 듯 몽롱한 기운이 순식간에 유실물센터를 에워쌌다. 어딘가에서 삐걱거리는 소음이 났고 선반들은 물렁하게 휘어지면서 하나둘 무너지기 시작했다. 고모는 어쩐지 쇼핑백을 내버려둔 채, 대전을 출발하여 45년 만에 서울역에 도착한 기차에서 하차하는 꿈을 꾸고 있을 것만 같았다. 고모가 유기한 쇼핑백이 이곳에 있는 한, 유실물센터는 세계의 그 어떤 곳으로도 대체될 수 없는 고유한 공간으로 남게 되리란 걸 나는 알 수 있었다. 동시에, 이 세계를 구성하는 데 없어도 무방한 덧없는 조각일 뿐이란 것도, 내가 분명하게 그것을 알고 있다는 사실이, 나는 슬펐다. ▪

* 이 소설을 쓰며 다음 책에서 영향 받았음을 밝힙니다.

최인기, 『떠나지 못하는 사람들』, 동녘, 2014.

노무라 모토유키, 『노무라 리포트』, 눈빛, 2013.

서승, 『서승의 옥중 19년』, 역사비평사, 1999.

역대 수상작가 최근작

천국의 문
김 경 욱

시간을 걷는 소년 2
이 순 원

자매들
편 혜 영

김경욱

천국의 문

1971년 광주 출생. 서울대 영문과와 동대학원 국문과 수료. 1993년 『작가세계』 등단.
소설집 『베티를 만나러 가다』 『누가 커트 코베인을 죽였는가』 『장국영이 죽었다고?』 『위험한 독서』
『신에게는 손자가 없다』 등. 장편소설 『모리슨 호텔』 『황금사과』 『천년의 왕국』 『동화처럼』 등.
〈한국일보문학상〉 〈현대문학상〉 〈동인문학상〉 수상.

천국의 문

아버지가 오늘 밤을 넘기지 못할 것 같다는 기별을 들었을 때 여자가 가장 먼저 한 일은 화장을 고치는 것이었다. 핏기 없는 얼굴을 감추기 위해 바른 핑크색 아이섀도와 볼터치를 지운 뒤, 비비크림을 꼼꼼히 덧발랐다. 입술은 붉은색 대신 핑크와 베이지색 립스틱을 섞어 최대한 자연스러운 느낌을 냈다. 옷도 여러 벌 입어보았다. 고심 끝의 선택은 중요한 자리에 입고 가려고 사둔 까만 벨벳 원피스였다. 물론 이 모든 것을 위해서는 조명부터 켜야 했다. 전화를 끊고 보니 자정 무렵이었고 옷도 갈아입지 않은 채였다. 퇴근하자마자 소파에 쓰러져 잠든 모양이었다. 어린이집 원장이 즐겨 쓰는 표현에 따르면 "안 봐도 비디오"였고 아버지와 함께 살던 시절에는 누릴 수 없던 사소한 방종이었다.

외출 준비를 마친 여자는 싱크대로 가서 머그잔 가득 보리차를 따랐다. 북유럽 신화 속 상상의 동물이 그려진 그 커다란 찻잔은 여자가 북국의 오로라 여행을 꿈꾸며 산 것이었다. 여자는 시간을 들여 여러 모금 마셨지만 보리차를 절반이나 남겼다. 애당초 수면 뒤의 갈증을 달래기 위해서는 반잔이면 충분했다. 나머지는 아버지 몫이었을 것이다. 언제부턴가 아버지는 뭐든 여자부터 먹어보게 했는데 독을 탔을지 모른다는 의심 때문이었다.

휴대폰 폴더를 열고 버튼을 뚫어지게 들여다보던 여자는 가볍게 입술을 깨물었다. 다른 가족에게 연락해야 할지 판단이 서지 않았다. 임종을 해야 할 것 같다며 전화를 돌린 것만도 이미 두 차례였다. 엄마와 여동생. 고작 두 통이었지만 스무 통은 돌린 기분이었다. 다른 남자의 아내가 된 엄마는 남의 집 얘기처럼 데면데면 굴었고, 다른 나라에 살고 있는 여동생은 남의 나라 얘기인 양 시큰둥했다.

고민 끝에 여자는 '2' 버튼을 길게 눌렀다. 두 번째 단축번호가 호출한 곳은 콜택시 콜센터였다. 여자는 한밤중에 고통을 호소하는 아버지를 데리고 수시로 응급실을 들락거려야 했다. 무너지는 정신을 따라 아버지는 몸도 급격히 망가져갔다. 폐가 먼저였고 심장과 콩팥이 뒤를 이었다.

주변에 차량이 없다는 문자가 온 것은 10분쯤 뒤였다. 빈 택시가 귀한 시각이기는 했지만 밀려나듯 이사 온 이 동네는 유난히 택시가 드물었다. 여자는 외투와 숄더백을 챙겨들고 서둘러 집을 나섰다.

한 시간 가까이 발을 동동 구르다 택시에 오른 여자를 맞은 것은 시끄러운 음악 소리였다. 볼륨을 잔뜩 높인 라디오에서 올드팝이 흘러나오고 있었다.

"영등포요."

여자가 차문을 닫으며 말했다.

"영등포 어디?"

운전수가 백미러를 쳐다보며 큰 소리로 물었다.

눌러쓴 야구모자 밖으로 나온 운전수의 머리카락이 온통 새하얬다.

여자는 아버지가 입원한 요양병원 이름을 댔다.

"어디라고?"

운전수가 더 큰 소리로 외쳤다.

"죄송하지만, 라디오 좀 줄여주세요."

여자도 목소리를 높였다.

운전수가 라디오를 끄자 여자는 요양병원 이름을 또박또박 말했다.

"거기가 어디야?"

운전수는 여전히 큰 소리로 물었다.

주말마다 택시를 타고 면회를 다녔는데 이런 경우는 처음이라고 생각하던 여자는 이내 그것이 착각이었음을 깨달았다. 갈 때는 버스를 탔다. 택시를 이용한 것은 집으로 돌아올 때 만이었다. 양볼 가득 알사탕을 문 채 병실 창가에 멍하니 앉은 아버지를 보고 나면 다리에 힘이 쭉 빠졌다. 택시비가 아깝긴 했지만 버스를 두 번이나 갈아탈 자신이 없었다. 병원에서 돌아오는 내내 여자는 심란했다. 허물어진 벽 같은 얼굴로 아버지는 무슨 생각을 할까? 붉게 타오르는 나뭇잎을, 신의 정맥처럼 파란 하늘을, 기적 같은 새하얀 눈송이를 보며 대체 무슨 생각을 할까? 과연 생각이라는 걸 하기는 할까? 두서없는 상념은 언제나 영혼(사람에게 영혼이 있을까?)과 죽음(영혼이 있다면 죽은 뒤에는 어떻게 될까?)에 관한 아득한 물음으로 귀결돼서 여자는 무기력해진 채

택시에서 내려야 했다.

"죄송하지만, 내비게이션으로 찾아봐주실래요?"

"병원 이름이 뭐라고?"

"에버그린 요양병원이요."

"이름 참 희한하네."

운전수가 궁시렁거리며 천천히 내비게이션을 만졌다. 여자가 보기에는 신중하다기보다 헤매는 느낌이었다.

"그런 데는 없어. 잘못 알고 있는 거 아냐?"

운전수가 버럭 소리쳤다. 이름이 희한해서 출발이 지체되기라도 한 것처럼.

아버지도 그랬다. 기억이 가물가물하다 싶으면 벌컥 분노를 터뜨렸다. 도화선은 숫자였고 뇌관은 단어였다. 중요한 순간임을 본능적으로 감지했는지, 병원에서 인지능력을 테스트할 때는 그나마 나았지만 그래도 정상은 아니었다. 의사는 다시 물어볼 것임을 환기한 뒤 아버지에게 세 개의 단어를 따라 하게 했다.

구름, 나무, 강물.

매번 같았다. 그다음에는 백에서 일곱씩 거듭 빼게 했다. 아버지의 망가진 뇌가 감당할 수 있는 셈은 두 번째까지가 고작이었다. 엉뚱한 숫자가 거푸 나오면 의사는 셈을 중단시키고 좀 전의 단어가 무엇이었는지 물었다.

얼음, 나물, 강릉.

아버지는 주저 없이 대답했다. 얼음 대신 기름이거나 나물 대신 녹두일 때도 있었다. 음식에 대한 집착은 전형적인 치매 증상이라고 의사가 설명했다. 그런데 강물은 언제나 강릉이었다. 여자가 알기로는 아버지의 인생과 무관한 지명이었다. 엄마 쪽까지 고려해도 사정은 달라지지 않았다. 언젠가 여자는 아버지에게 넌지시 물어보았다. 그곳에 가본 적이 있느냐고, 무슨 연고라도 있느냐고. 당혹스러워하는 눈빛도 잠시, 아버지는 핏대를 세우며 엉뚱한 소리를 해댔다. "왜 밥 안 줘!" 방금 드시지 않았느냐고 하자 옆집 여편네가 훔쳐 먹었다며, 아비를 굶겨 죽일 작정이냐고 파랗게 역정을 냈다.

"잠깐만요."

여자가 숄더백을 뒤지기 시작했다. 엊그제 한 달치 입원비를 치르고 받은 영수증이 있을 텐데. 한참을 뒤져도 보이지 않던 영수증은 여권 갈피에서 나왔다. 여자가 늘 지니고 다니는 여권은 유효기간이 몇 달 안 남았지만 도장 한 번 찍힌 적 없이 깨끗했다.

여자는 영수증을 들여다보며 병원 주소를 댔다.

운전수가 내비게이션에 병원 주소를 입력했다.

"에버그린이 아니라 그레이스네. 그레이스 요양병원."

운전수가 거 보라는 듯 소리쳤다.

여자는 아차, 싶었다. '에버그린'은 요양병원에 딸린 장례식장 이름이었다. 이상하게도 병원과 장례식장 이름이 달랐다.

부고를 알릴 때 남의 눈을 의식해야 하는 유족의 처지를 감안해서 그런 거라고, 부모가 요양병원에서 사망한 것을 감추고 싶어 하는 사람들이 많다고 설명해준 사람은 치매 병동의 남자 간호사였다. 병실에서 부딪혀도 해가 두 번 바뀌도록 가벼운 눈인사나 주고받던 사내와 단둘이 마주 앉게 된 것은 두 달쯤 전이었다. 사과를 깎던 여자의 손에서 과도를 빼앗아 든 아버지가 여자의 목을 겨누고 복도로 끌고 나가며 소리쳤다. 나가게 해달라고, 내보내주지 않으면 다 죽여버리겠다고. 그때 사내가 없었다면…… 여자는 상상만으로도 아찔했다. 모두 (어쩌면 아버지까지 포함해서)가 당황해 어찌할 바를 모를 때 사내만 뭔가를 했고, 아버지가 돌연 사지를 늘어뜨리며 고꾸라졌지만, 당사자를 제외한 누구도 뭐가 어떻게 된 노릇인지 정확히 알지 못했다.

무슨 혈인가를 찔렀다고, 왕년에 침 좀 놨다고 사내가 귀띔해준 것은 어느 빈소에서였다. 그랬다. "이럴 때일수록 뭘 좀 먹어야" 한다며 사내가 바들바들 떨고 있던 여자를 데려간 곳은 요양병원에 딸린 장례식장이었다. 사내가 영정에 절을 하는 동안 여자는 상주들을 물끄러미 바라보았다. 어딘가 모르게 주눅 든 모습이 교무실에 불려온 학생들 같았다. 반면 흰 종이가 덮인 상 앞에 자리를 잡는 사내의 태도는 예약석이라도 찾아가는 것처럼 거침이 없었다. 여자가 자석에 이끌리듯 맞은편에 앉은 것도 그 당당함 때문이었다.

"아는 분이세요?"

육개장에 밥을 말고 있던 사내에게 여자가 물었다.

"아니오."

무슨 상관이냐는 듯, 사내가 어깨를 으쓱하며 말했다.

그 후로 여자는 면회 갈 때마다 사내와 따로 얘기를 나누게 되었다. 처음에는 감사의 뜻을 전하기 위해서였고 두 번째는 그냥 오면 매정한 듯해서였고 세 번째부터는 응당 밟아야 할 절차처럼 되어버렸다. 데이트는 아니었다. 병원 앞 벤치에 앉아 커피를 마시며 몇 마디 주고받는 게 전부였다. 그렇다고 모종의 채무감 때문에 따로 시간을 낸 것도 아니었다. 자판기에서 꺼낸 뜨거운 커피를 사내에게 건넬 때, 여자가 들키고 싶지 않았던 감정은 호기심이었다. 여자는 궁금했다. 말총머리만 아니면 특별히 눈길 끌 만한 구석을 찾기 힘든 사람인데 어디서 그런 자신감이 나오는지. 되짚어 보니 병실에서도 사내는 남다른 데가 없지 않았다. 주사를 놓거나 소변줄을 갈아 끼우는 모습이 섬세하고도 자연스러웠다. 지켜보는 사람의 마음을 편안하게 만드는 그 태도는 분명 능숙함과는 달랐다.

길에는 불빛이 많았고 운전수는 말이 많았다. 여자로서는 뭐라 대꾸하기 난감한 말이 대부분이었다. 여자가 얌전해 보이지 않았다면 차를 세우지 않았을 거라고 운을 떼더니 심야운행 중에 겪은 진상 승객들의 만행을 늘어놓았다. 개중에는 화투짝을 신용카드라고 내밀었다는 일화도 있었다.

"그걸로 계산하라고 끝까지 우기는데 환장하겠더라고. 달광도 아니고 흑싸리 껍데기를…… 멀쩡하게 생긴 놈이."

운전수가 혀를 찼다.

치매에 효과가 있다는 말을 어디서 주워듣고 여자는 부러 아버지와 화투를 치기도 했다. 그때만큼은 아버지가 예전 모습을 되찾는 듯했다. 패에 맞춰 계획을 세우고 작전을 짜는 것처럼 보였다. 여자가 알던 아버지였다. 운전대를 잡기 전에 지도부터 찬찬히 살피던, 퇴근하면 신발이 가지런히 놓였는지부터 확인하던 아버지. 밤마다 술 냄새를 풍기며 집에 돌아오기 전, 그러니까 엄마가 먼저 교감으로 승진하기 전의 아버지.

운전수가 라디오를 다시 켰을 때 여자는 부고를 알릴 사람들 명단을 가늠하고 있었다. 출근을 못 할 테니 어린이집에는 당연히 알려야 할 것이었다. 가까운 친구들에게는 연락하는 게 도리일 듯했지만 결혼한 친구라면 얘기가 달라졌다. 청첩장보다 부고장 먼저 전하기가 영 내키지 않았다.

검고 긴 구름이 몰려와요.

천국의 문을 두, 두, 두드려요.

학창 시절, 여자가 곧잘 흥얼거리던 팝송이었다. 차창 밖의 불빛들을 바라보며 여자는 검고 긴 구름의 끝, 죽음 뒤에는 무엇이 기다리고 있을까 생각했다.

죽음이란 빛의 일부가 되는 것이라고 말한 사람은 사내였다.

"흐르는 강물은 바다를 만나는 순간 가장 고요하죠. 근원으로 돌아가니까. 아니, 근원의 일부가 되니까. 죽는 순간 우리는 따뜻하고 부드러운 빛에 휩싸여 깃털처럼 날아올라 거대한 빛의 일부가 돼요. 무한한 빛의 입자들이 먼지처럼 떠 있는 그 거대한 빛은 시시각각 색깔을 바꾸며 아름답게 물결치죠."

사내는 눈을 지그시 감고 있었지만 마치 눈앞에 펼쳐진 광경을 묘사하는 것 같았다.

"오로라처럼요?"

여자가 눈을 반짝이며 물었다. 언젠가 보았던 다큐멘터리의 장면들을 떠올리면서.

"네. 숲이 바람에 흔들리는 것처럼. 바다가 햇살에 반짝이는 것처럼."

사내가 미소를 지으며 대답했다.

"그런데 어떻게 그리 자신할 수 있죠?"

여자가 물었다.

눈을 뜬 사내는 잠시 뜸을 들이고 나서 말했다. 직접 본 것이라고, 트럭에 치여 심장이 멎었던 반나절 동안 겪은 일이라고. 이런 말도 덧붙였다.

"사람들은 왜 기를 쓰고 먼지를 닦아낼까요? 먼지는 우리가 결국 먼지로 돌아간다는 진실을 환기하기 때문이죠. 먼지에서 먼지로, 빛에서 빛으로. 사실 별이란 우주먼지들의 덩어리죠. 별과 사람은 구성성분이 같다는 거 알아요? 우리가 어둠을 두려워하는 것은 빛으로 돌아간다는 진실을 일깨우기 때문이에요. 어둠을 두려워할 때 우리가 진정 두려워하는 것은 빛인 셈이죠. 그러니 죽음을 두려워할 필요는 없어요."

아름다운 이미지 때문일까. 확신에 찬 말투 때문일까. 사내의 말을 떠올리면 여자는 마음의 갈피마다 꾸깃꾸깃 접힌 자리가 말끔히 펴지는 듯했다. 고통과 억울함과 죄의식 속에서 아버지의 마지막을 남몰래 상상하던 순간 접힌 자리까지도.

여자는 숄더백에서 콤팩트를 꺼내 다시 화장을 고쳤다.

병원의 공기는 낮에 면회 올 때와는 사뭇 달랐다. 죽음처럼 무거운 고요 속에서 묵은 기침 소리, 코 고는 소리, 슬리퍼 끄는 소리가 희미하게 들려왔다. 어디선가 물 내리는 소리도 났다. 어렴풋한 그 소리들은 딴 세상에서 새어나오는 것처럼 비현실적인 데다 살아 움직이는 것들의 활기와도 거리가 멀었다. 여자는 시멘트로 짠 거대한 관 속에 들어온 느낌이었다.

처음 방문했을 때 여자의 주의를 끈 것은 익숙한 냄새였다. 젖내, 지린내, 소독약 냄새가 뒤섞인 야릇하게 비린 냄새. 놀랍게도 어린이집에서 날마다 맡던 냄새였다. 수액 주머니나 오줌 주머니를 옆구리에 낀 노인들의 거처에서 어린이집 냄새가 나다니. 여자는 의아했다. 둘 중 하나였다. 요양병원에서 생명의 냄새를 맡았거나, 어린이집에서 죽음의 냄새를 맡았거나. 어쩌면 두 냄새가 본디 하나인지도 몰랐다.

　여자는 어두운 복도와 침침한 계단을 지나 아버지의 병실로 향했다.
빛은 비상구 표시등과 화장실에서만 흘러나왔다. 아버지가 집에 있을
때도 화장실에는 늘 불이 켜져 있었다. 전립선이 비정상적으로 커진
아버지 때문이었다. 문도 닫지 않고 변기 옆에 쭈그려 앉아 볼일을 보
던 아버지는 영락없이 주위를 경계하는 짐승 같았다. 동생이 말도 없
이 어디론가 사라졌다가 이튿날이 돼서 손등에 화상을 입은 채 나타났
을 때처럼.

　엄마한테 그 얘기를 자세히 들은 것은 이제 와서 이혼하려는 이유가
뭐냐고 물었을 때였다.

　"시장 입구에서 울고 있더라며 야쿠르트 아줌마가 데려왔잖니. 그런
데 아줌마가 돌아서자마자 네 아빠가 귓속말로 이러는 거야. '저 여자,
경찰에 신고해야 하는 거 아냐?' 왠지 모르게 숨이 턱 막히더라."

　엄마가 이혼을 마음에 품은 것은 그 순간이었다고 했다. 당시 여자
는 열 살, 동생은 여덟 살이었다. 엄마는 동생이 대학을 졸업할 때까지
기다린 셈이었다.

　부모가 갈라설 때 여자는 아버지 곁에 남았다. 동생이 독립하셨다고
선수를 쳤고 엄마에게는 새 남자가 있었으니 선택의 여지가 없는 것이
나 마찬가지였다. 애당초 독립의 뜻을 내비쳤던 사람은 여자였다. 일
본 유학을 원했던 쪽도, 오로라의 나라를 동경한 쪽도 여자였던 것처
럼. 하지만 실제로 일본 유학을 떠나고, 그곳에서 만난 일본 남자와 결
혼하고, 일본에 놀러온 핀란드 남자와 재혼해 헬싱키행 비행기에 몸을
실은 쪽은 동생이었다. 우울이 수챗구멍처럼 걷잡을 수 없는 감정의
소용돌이를 일으킬 때면, 여자는 자신의 삶을 도둑맞은 기분에 사로잡

혔다. 진짜 삶은 다른 곳에 있는 것 같았다. 그런 상실감은 동생이 일부러 그랬을지 모른다는 무서운 의심에 이르기도 했다. 미친 생각이었다. 동생이 무엇 때문에? 격렬한 의심 끝에는 원하던 삶을 움켜쥐지 못한 게 자신의 나약함 탓이 아니라는 쓸쓸한 위안이 찾아오기도 했다.

자고 있는 아버지는 멀쩡해 보였다. 쇠잔의 기미가 확연했지만 금방 숨이 넘어갈 정도는 아니었다. 색색거리는 얕은 숨소리, 못마땅하다는 듯 찌푸린 표정, 고장 난 신진대사를 돕는 의료기구들. 평소 모습 그대로였다. 이상했다. 뭔가를 찾아내려 애쓰는 사람처럼 여자는 아버지의 얼굴을 찬찬히 들여다보았다. 그러다가 안 되겠다는 듯 차가운 벽을 더듬어 조명 스위치를 켰다. 천장의 형광등이 살찐 새처럼 요란스레 푸드덕거리며 어둠을 밝혔다. 불빛 아래서도 아버지는 오늘 밤을 넘기지 못할 것처럼 보이지는 않았다.

갑자기 천장이 낮아진 기분이었다. 만약 어린이집에서 돌보던 아이가 그리 말했다면 여자는 "네 키가 그만큼 자란 거야"라고 일축했을 것이다. 아이들의 세상에 애매하거나 불가해한 구석은 없었다. 답이 뻔한 문제 같다고 할까. 적어도 여자에게는 그랬다. 말문이 채 트이지 않은 애들의 울음은 졸아든 위장이나 축축해진 기저귀를, 머리꼭지가 여문 애들의 울음은 빼앗긴 장난감이나 빼앗지 못한 장난감을 의미했다. 하지만 이곳은 요양병원이고 저기 침대에 누워 있는 사람은 아버지였다. 그리고 여자의 성장판이 닫힌 지도 오래였다.

어찌 된 영문인지 알아보기 위해 여자는 간호사실로 향했다.

당직 간호사는 팔짱을 낀 채 꾸벅거리고 있었다. 남자였다. 치매 병동에는 남자 간호사가 적지 않았다. 아버지의 위독을 알린 것도 남자 목소리였다.

인기척을 느꼈는지 간호사가 눈을 떴다. 여자를 발견하고는 어쩐 일이냐고 물었다. 여자 쪽에서 묻고 싶은 말이었다. 여자는 병원에 달려오게 된 경위를 설명했다. 설명이 채 끝나기도 전에 간호사는 벌떡 일어나 병실로 뛰어갔다. 와보니 별 탈 없어 보인다는 말을 덧붙일 틈도 주지 않고.

아버지의 상태를 확인한 간호사는 전화를 받은 게 확실하냐고 따지듯 물었다. 여자는 황당했다. 하지만 여자가 쥐어짤 수 있는 최대치의 항변은 혹시 전화하지 않았느냐는 자신 없는 물음이 고작이었다.

"제가요?"

간호사가 펄쩍 뛰었다.

"정말로 전화가 왔었다고요."

여자가 호소하듯 말했다.

"거, 참!"

간호사가 휴대폰을 꺼내 들고 여기저기 알아보기 시작했다. 간호사는 상대에게 아버지 이름을 댔고 "확실하죠?"라고 물으며 고개를 갸웃거렸다. 두 번째, 세 번째 통화에서도 마찬가지였다.

"다 확인해봤는데 그런 전화 한 사람은 없어요."

간호사가 미심쩍다는 얼굴로 말했다.

"제가 헛소리를 하고 있다는 건가요? 이 시간에 택시까지 타고 와서요?"

여자는 자기도 모르게 말꼬리를 높였다. 그리고 휴대폰을 꺼내 통화목록을 뒤졌다. 뒤질 것도 없이 금방 찾았다. 최근통화목록에서 콜택시 콜센터 바로 다음이었다.

"보세요. 여기……."

여자는 말꼬리를 흐렸다. 목록에는 '발신번호표시제한'이라고 찍혀 있었다.

"병원이라고 한 게 확실합니까?"

간호사가 휴대폰을 낚아채 확인하더니 다그쳐 물었다.

"분명히 아버지가 오늘 밤을 넘기기 힘들 것 같다고 했어요."

여자도 물러서지 않았다.

"착오가 있었나 보네요. 어쨌든 별일 없으니 다행이죠."

"형광등 좀 갈아주세요."

대뜸 여자가 신경질적으로 말했다.

"네?"

간호사의 눈이 동그래졌다.

"형광등에서 소리 나는 거 안 들리세요?"

여자가 쏘아붙이듯 말했다.

왠지 여자는 억울한 기분을 떨쳐버릴 수 없었다.

"이보세요, 저는 환자 돌보는 사람이지 형광등 가는 사람이 아니거든요."

간호사가 어이없다는 표정을 지었다.

"저 소리 때문에 잠을 설쳐 건강이 악화될 수도 있잖아요. 그분이라면 군말 없이 금방 갈아줬을 텐데."

"누구요?"

"됐어요."

여자의 얼굴에 괜한 말을 했다 싶은 빛이 스쳤다.

"이젠 돌아가세요."

"기왕 왔으니 좀 있다 갈게요."

"면회 시간 끝났어요."

간호사가 냉담하게 말했다.

팽팽한 침묵이 흘렀다.

침묵을 깬 쪽은 여자였다.

"여기까지 왔는데 그냥 갈 수는 없잖아요."

갑자기 여자가 애원조로 말했다.

여자의 볼이 빨개졌다. 여자는 이성에게 매력을 어필하는 데 소극적
이고 서툴러서 그런 순간이면 얼굴을 붉혔는데 그래서 되레 남자들의
눈길을 끌곤 했다. 잠재력은 충분했지만 둔감했다. 둔감하다기보다는
죄의식을 느꼈다. 대개는 불필요한 죄의식이었다. 불필요한 죄의식 속
에서 여자는 평온을 얻었다. 그것은 여자가 몇 안 되는 구애자들을 조
금씩 멀어지게 한 방식이기도 했다. 결혼이라는 청춘의 빛이 가장 가
까이 다가왔던 순간, 그러니까 일몰의 바다 위에 떠 있는 것처럼 느껴
지던 카페에서 진주목걸이를 받았을 때도 여자는 아버지를 떠올렸다.
아버지의 끼니, 아버지의 불면, 아버지의 발작. 말하자면 아버지라는
어둠.

"그래도 곤란한데……."

간호사는 머리를 긁적이며 병실을 나갔다.

여자는 아버지 곁에 앉았다. 대체 누가, 왜 그런 전화를 걸었을까 곰
곰이 생각하면서. 생각할수록 기이한 일이었다. 장난전화였을까? 아
버지의 입원 사실을 아는 사람 중 그런 몹쓸 짓을 할 만한 사람은 없었
다. 신종 피싱인가? 돈을 요구하지는 않았으니, 그럼 혹시 집을 비우게
해서 털려고? 여자는 고개를 저었다. 너무 나간 것 같았다. 어두운 상
상을 하고 있자니 좀 으스스하기도 했다.

이제 보니 아버지는 집에 있을 때보다 살이 오른 듯했다. 순간, 여자
는 마음 한구석에서 찬바람이 이는 것 같았다. 관심을 끌려고 온종일
안달이던 아이가 뒤도 돌아보지 않고 엄마에게 안기는 모습을 지켜볼
때의 심정이랄까.

정작 살이 빠진 쪽은 여자였다. 혼자 살게 되면서부터였을 것이다.
여자는 버스를 기다리다, 생선을 고르다, 화분에 물을 주다 몽유에서
깬 사람처럼 화들짝 주위를 둘러보곤 했다. 괜찮으냐는 말을 듣는 날
이 잦아졌다. 혼자 챙겨 먹는 저녁은 점점 부실해지더니 급기야 찐 감
자 한 알로 굳어졌다. 동쪽으로 쪽창이 난 반지하의 부엌에서 감자를
꾸역꾸역 먹는 저녁이면 한 네덜란드 화가의 그림 속에 들어앉은 듯했
다. 아버지만 떼어내면 새로운 인생이 펼쳐지리라 기대했는데. 휴대폰
을 최신형으로 바꾸고, 영어회화 학원에도 등록하고, 오로라를 보러
떠날 수도 있을 줄 알았는데. 그러니까 아버지만 없다면.

여자는 감자를 삼키다 가끔 사레가 들렸고 그것과는 무관하게 아버
지를 퇴원시킬까 싶은 순간이 몇 번 있었다. 아버지가 중환자실에 들
어갈 때마다 시 외곽으로, 작은 평수로, 산동네로 세간을 옮기고도 요
양병원 입원비 때문에 다시 반지하로 내려앉은 여자였다. 더 물러나야
한다면 이제는 땅속이나 하늘뿐이었다. 하지만 무시로 얼굴을 내미는
아버지의 폭력성을 감당할 자신이 없었다. 망치나 식칼을 휘두를 때면
동료 교사들에게 '샌님'이라 불리던 사람이 맞나 싶었다.

아버지가 망치로 거울을 깼던 날, 여자는 깜짝 놀라 맨발로 집을 뛰
쳐나갔고 공중전화 부스에 뛰어들어가 수신자 부담으로 동생에게 전
화했다. 하지만 동생은 별일 아니라는 듯 태연하게 대꾸해서 여자를
더 놀라게 했다.

"언니는 한 번도 안 맞았으니 그렇지. 난 어릴 때 걸핏하면 맞았는데."

여자는 동생의 말을 믿을 수 없었다. 실종사건을 기억하지 못한다고 했을 때처럼.

무엇 때문인지 여자의 부모는 그 사건을 쉬쉬했다. 부부싸움 와중에 어쩌다 한 번씩 입에 오르는 게 다였다. 그럴 때면 불똥이 여자에게 튀기도 했다. 그때마다 하나뿐인 동생을 건사하지 못했다고(여자는 친구들과의 놀이에 정신이 팔려 동생이 사라진 것도 몰랐다) 윽박지른 쪽은 언제나 아버지였다. 엄마는 여자의 역성을 들어주지 않는 것으로 암묵적인 동조의 뜻을 내비쳤다. 여자는 억울했다. 동생에게 직접 그 얘기를 꺼낸 것은 당사자에게 괜찮다는 말을 듣고 싶어서였는지도 모른다. 단순한 호기심 때문이었다면 "집에 있던 나도 죽을 만큼 무서웠는데 넌 오죽했겠니"라는 식으로 운을 떼지는 않았으리라.

"무슨 소리야?"

동생이 모르는 일이라는 듯 퉁명스럽게 물었다.

그날의 날씨부터 동생의 옷차림까지, 여자는 있는 기억 없는 기억 다 끄집어냈지만 동생은 끝까지 아무 기억도 떠올리지 못했다. 여자는 말문이 막혔다. 처음에는 어안이 벙벙했고 나중에는 서운했다. 얼마나 놀랐으면, 얼마나 잊고 싶으면 저럴까, 안쓰러운 마음도 들었지만 서운함을 누그러뜨릴 정도는 아니었다. 동생의 반응을 곱씹을수록 서운함은 동생의 손등에 남은 흉터만큼이나 확연해졌다. 결국 여자는 동생이 자신을 탓하고 있다는 결론에 이르렀다. 동생의 말을 곧이곧대로 들을 수 없게 된 것도 그 때문이었다. 하지만 난데없이 분노를 터뜨리는 아버지의 눈빛에서 낯선 영혼의 불꽃을, 생경한 삶의 알맹이를 발견했을 때 여자는 동생의 말을 재고하지 않을 수 없었다. 여자는 정말이지 궁금했다. 아버지는 어디로 갔을까? 이제껏 알던 존재는 대체 어떻게 된 것일까?

여자는 아버지 곁을 떠나지 않았다. 왠지 날이 밝을 때까지는 그래야 할 것 같았다. 아버지는 두 손을 가지런히 가슴 위에 모은 채 입관을 기다리는 시신처럼 누워 있었다. 아버지의 손이 푸르스름했다. 창 너머에서 반짝이는 네온사인 때문인지도 몰랐다.

수시로 색깔을 바꾸는 불빛 속에서 여자는 문득 지독한 피로감을 느꼈다. 당장 화장을 지우고 훈김 가득한 욕조에 눕고 싶었다.

"한밤의 무지개를 봤어. 언니도 봤어야 했는데."

오로라를 보고 흥분에 들떠 전화한 여동생의 말을 떠올리자 피로감은 극심해졌다. 네온사인은 한밤에 뜬 무지개처럼 눈부셨다. 캄캄한 이쪽에 비하면 요란한 발광이 아닐 수 없었다.

여자는 아버지의 침대 가장자리에 팔꿈치를 대고 두 손을 모았다. 둔중한 피로감 속에는 날카로운 통증이 도사리고 있었다. 아랫배가 뜨겁고 묵직했다. 생리의 기미라면 열흘이나 일렀다. 지난번에도 일주일이나 빨랐는데. 여자가 생리주기에 예민해진 것은 출산 경험 없는 여성들이 상대적으로 폐경을 빨리 맞이한다는 기사를 본 뒤부터였다. 여자는 막다른 골목에 몰린 기분이었다. 뭔가에, 누군가에 쫓겨 다급히 문을 두드리지만 아무도 열어주지 않는 외진 골목.

여자는 합장한 손 위에 이마를 얹었다. 뭔가를 간절히 기원하는 것처럼 보였으나 여자에게는 그럴 기력조차 없었다. 여자의 볼에 눈물이 흘러내렸다. 힘들 때마다 떠올리면 마법처럼 마음을 다독여주던 전생 얘기(전생을 볼 줄 아는 사내에 따르면, 여자는 원나라에 볼모로 끌려간 고려의 공주였고 아버지는 호위무사였다)도 소용없었다.

아버지가 깰까봐 숨죽여 울다 여자는 까무룩 잠들었다.

여자가 흠칫 눈을 뜬 것은 섬뜩한 한기 때문이었다. 라디에이터는 쉭쉭 열기를 뿜어내고 있었지만 몸은 으슬으슬했다. 차가운 기운의 발원지는 아버지였다. 손과 발이 찼다. 아버지의 손과 발을 주무르다 여자는 어떤 강렬한 의심에 휩싸여 아버지의 이마를 짚어보았다. 싸늘했다. 이번에는 코밑에 손을 대봤다. 숨 쉬는 기미가 없었다.

여자는 벌떡 일어났다. 뭔가 큰일이 벌어진 것 같았다. 여자는 복도로 뛰어나가 간호사실을 향해 소리쳤다.

"여기요! 여기요!"

"무슨 일이죠?"

간호사가 물었다.

"아버지가, 아버지가 이상해요."

간호사는 병실로 뛰어가 아버지의 상태를 살폈다.

"언제부터 이랬습니까?"

간호사의 목소리기 다급했다.

"모, 모르겠어요. 깜박 졸다 깨보니……."

여자는 당황해서 말을 맺지 못했다.

간호사는 휴대폰으로 당직 의사를 호출했고 아버지의 가슴을 두 손으로 힘껏 눌렀다 떼기 시작했다.

잠시 후, 의사가 가운의 단추도 채우지 못한 채 헐레벌떡 달려왔다. 의사는 아버지의 맥을 짚어본 뒤 눈꺼풀을 밀어올리고 손전등을 비췄다.

"씨피알은?"

의사가 물었다.

"효과가 없습니다."

간호사가 대답했다.

"에이이디!"

의사가 소리쳤다.

간호사가 전기충격기를 가져왔고 여자 간호사가 한 명 더 뛰어왔다. 여자 간호사가 아버지의 상의 단추를 끄르고 마른 수건으로 가슴을 닦았다.

"이백줄!"

의사가 양손에 끼운 마사지기를 비비며 소리쳤다.

남자 간호사가 전기충격기의 전압 조절 다이얼을 돌렸다. 삐, 소리가 나자 의사가 마사지기를 아버지의 가슴에 댔다. 아버지의 몸통이 덜컹거리는 화물차의 짐짝처럼 튀어올랐다. 여자는 감전이라도 된 듯 움찔했다.

"맥박!"

의사가 외쳤다.

여자 간호사가 아버지의 손목을 짚어보았다.

"반응 없습니다."

"삼백줄!"

더 강한 전기가 두드렸지만 아버지의 심장은 여전히 잠잠했다.

"삼백육십줄!"

갑자기 주위가 조용해졌다. 싸늘하고도 무거운 적막이 병실을 짓눌렀다. 간호사들은 자기들끼리 은밀한 눈짓을 주고받았다. 다 끝났다고. 물 건너갔다고. 눈앞에서 벌어지는 상황을 이해하지 못한 사람은 여자뿐이었다. 의사가 마사지기를 맥없이 내려놓을 때도, 굳은 얼굴로 손목시계를 들여다볼 때도, 사무적인 말투로 사망선언을 할 때조차도.

여자가 죽음을 실감한 것은 아버지의 미소를 본 순간부터였다. 처진 눈초리, 살짝 올라간 입꼬리. 미소 짓는 얼굴이 틀림없었다. 아버지가 웃고 있다니. 원치 않은 역을 맡은 배우처럼 평생 뚱한 얼굴로 살아온 아버지가. 당혹스러웠다. 여자는 하마터면 "아버지가 웃고 있어요"라고 소리 지를 뻔했다.

여자는 불의의 일격을 받은 것처럼 휘청거렸다. 속이 메스꺼웠다. 이 죽음에는 밝혀야 할 무엇이 있었다. 저 웃음에는 어딘지 공평하지 못한 구석이 있었다. 가까이 있던 여자 간호사가 부축하려 했지만 여자는 손을 내저으며 병실을 빠져나갔다. 아버지의 미소를 더 보고 있을 수 없었다.

아버지의 미소에서 벗어난 여자는 여전히 혼란스러웠다. 아버지에게 대체 무슨 일이 벌어진 걸까? 저 행복한 표정이라니. 천국의 문이라도 열어젖힌 사람 같지 않은가. 순간 여자의 뇌리에 박혀 있던 어떤 이야기 하나가 섬광처럼 떠올랐다. 사내가 들려준 얘기였다.

"용한 침쟁이들은 도살장에도 출장을 가요. 귀한 상에 올릴 돼지머리를 위해. 정수리 깊이 침을 찌르면 돼지가 보기 좋게 미소 짓죠. 실은 근육의 기계적인 반응일 뿐, 돼지들은 진짜 웃는 게 아니에요. 인간만이 웃을 수 있어요. 웃음이야말로 영혼이 있다는 증거죠. 인간에게는 그 영혼을 육신의 감옥에서 해방시키는 혈이 있어요. 천국의 문이라 불리는 그 혈 깊숙이 침을 찔러 넣으면 단잠에 빠져 미소를 지으며 저세상으로 가죠."

여자는 전화를 건 사람이 누군지 알 것 같았다. 발신번호를 감춘 목소리는 아버지가 "오늘 밤을 넘기기 힘들어요"라고 했다. 오늘 밤을 넘기기 힘들 것 같다거나, 넘기지 못할 수도 있다가 아니었다.

비상구를 열고 계단참으로 나간 여자는 주변에 아무도 없음을 확인한 뒤 휴대폰을 꺼냈다. 일단 사내와 통화해야 할 것 같았다. 신호음이 울리기 시작했을 때 여자는 무슨 말을 하려고, 어떤 말을 듣기 위해 전화를 거는지 분명치 않다는 사실을 깨달았다. 그래서 사내가 전화를 받지 않자 오히려 안도하며 서둘러 휴대폰을 닫았다.

냉정하게 따져보면 의심의 근거는 빈약했다. 확신에 찬 말투만으로 사내의 전화였다고 단언할 수 있을까? 남자 간호사 말대로 단순한 착오일 수도 있었다. 이곳에 오기 전까지 아버지가 중환자실을 전전한 병원만도 한두 군데가 아니었다. 아버지의 미소? 그것만으로 사내의 소행이라고 단정할 수 있을까? 여자는 점점 자신이 없어졌다.

'사내가 왜?'라는 질문을 여자가 떠올린 것은 아버지가 미소 지은 게 확실한지, 충격 때문에 헛것을 본 건 아닌지 스스로를 의심하게 되었을 즈음이었다. 여자의 미간에 주름이 잡혔다. 마음에 걸리는 것이 있었다.

지난 주말, 면회가 끝난 뒤 술이나 한잔하자고 청한 쪽은 여자였다. 이달치 병원비를 치르기 위해 매달 3만 원씩 붓던 연금저축보험마저 깼는데 아버지는 자신을 전혀 알아보지 못해서, 자신과는 무관한 사람처럼 느껴져 다리가 완전히 풀리고 만 것이다. 집까지 가려면 술의 힘이라도 빌려야 할 것 같았다. 사내는 당직을 서야 하니 장례식장에서 마시자고 했다.

"대체 저 사람은 누구죠? 아버지는 어디로 간 거죠?"

여자가 몇 모금의 소주를 억지로 삼킨 뒤 항의하듯 물었다.

사내는 묵묵히 술잔만 기울였다.

"죽으면 정말로 빛이 되나요?"

여자가 재우쳐 물었다.

사내가 고개를 끄덕였다.

"진짜로 빛이 돼요? 누구든, 어떻게 살았든?"

사내는 다시 고개를 끄덕였다.

"아무 고통도 없이 말이죠?"

여자가 뭔가를 확인하려는 사람처럼 또 물었다.

"그래요. 육신의 감옥에서 빠져나오자마자 환희를 느끼면서."

"천국의 문을 연 것처럼요?"

여자가 사내의 잔에 소주를 따르며 물었다.

사내는 술잔을 든 채 여자를 물끄러미 바라보았다. 여자는 사내의 시선을 피하며 얼굴을 붉혔다.

"네, 천국의 문을 연 것처럼."

사내가 술잔을 입으로 천천히 가져가며 말했다.

그게 디였다.

설마. 여자는 제 그림자에 놀란 아이처럼 부르르 몸을 떨었다. 오싹했다. 무엇 때문인지는 모호했다. 모호해서 더 오싹했다. 두려워하는 그 무언가가 자신도 모르는 사이에 돌이킬 수 없는 사실이 돼버릴 것 같았다.

여자는 다시 전화를 걸었다. 사내의 말을, 터무니없는 소리라는 반박을 듣고 싶었다. 특유의 확신에 찬 목소리를 들으면 예전처럼 이 마음의 소요도 잦아들 것 같았다. 한편으로는 무섭기도 했다. 무시무시

한 얘기를 듣게 되면 어쩌나 싶었다.

영원히 계속될 것 같던 신호음이 멎고 고객이 전화를 받지 않으니 메시지를 남기라는 안내음이 들렸을 때 여자는 병원 밖으로 나와 있었다. 여자의 눈에 장례식장의 불빛이 들어왔다. 혹시? 여자는 장례식장 쪽으로 걸었다. 연고도 없는 빈소에 앉아 있으면 편해진다던, 머리가 복잡하거나 마음이 무거워서 찾아가면 거짓말처럼 홀가분해진다던 사내의 말을 떠올리면서. 장담할 수는 없었다. 반반이었다. 가능성이 아니라 사내가 거기 있기를 바라는 마음과 없기를 바라는 마음이. 그러니까 얼굴을 마주한 채 물어보고 싶은 마음과 그러고 싶지 않은 마음이.

장례식장에 당도했을 때 여자는 동전이라도 던지고 싶은 심정이었다. 앞면이면 들어가고 뒷면이면……. 동전의 결정이라면 순순히 받아들일 수 있을 것 같았다. 의지와는 무관한 결과일 테니까. 하지만 여자가 장례식장 입구 전광판에서 상주의 명단이 가장 긴 빈소를 찾은 것은 우연이 아니었다. 불청객임이 탄로 난 적 없느냐고 물었을 때 사내는 웃으며 말했다.

"상주가 제일 많은 곳을 골라요. 낯선 사람을 봐도 다른 형제의 문상객이겠거니 할 테니까요."

여자는 아들 셋, 딸 둘, 사위 둘을 거느린 죽음을 향해 계단을 올라갔다.

3층 특실은 빈소와 접객실이 복도 좌우로 나뉘어 있었다. 문상객이 드문드문 앉아 있는 접객실은 영업이 끝나가는 식당처럼 한산했다.

여자는 접객실 입구에서 신발을 벗다 멈칫했다. 저기 구석자리에서 사내가 벽을 마주하고 앉아 술잔을 기울이고 있었다. 여자는 비틀거리며 신발장을 짚었다. 가라앉은 줄 알았던 메스꺼움이 배 속 깊은 곳에서 다시 꿈틀댔다. 메스꺼움은 다른 것들의 전조에 불과했다. 한기가 몸을 훑는가 싶더니 뜨겁고 맹렬한 것이 몸 깊은 곳을 휘저었다. 토할 것 같았다. 까맣게 잊고 있던 십수 년 전의 어떤 기억 때문이었다.

여자가 대학생 때였고 현대시의 이해인지 감상인지 하는 제목의 교양수업 시간이었다. 부드러운 곱슬머리와 시단의 촉망을 한 몸에 지닌 젊은 강사가 여자에게 어떤 영시를 낭송하게 했다. 가스오븐에 머리를 들이밀어 자살했다는 한 여자 시인의 작품이었다. 맨 앞에 앉은 학생부터 한 연씩 읽고 해석하도록 했으니 특별히 여자를 지목했다고 할 수는 없었다. 하지만 차례가 다가올수록 여자는 얼굴이 달아오르고 숨이 가빠졌다. 강사를 흠모해서만은 아니었다. 뛰는 가슴을 진정시키려 애쓰며 일어난 여자의 몫은 마지막 연이었다.

당신의 살찐 검은 심장에는 말뚝이 박혀 있지.
마을 사람들은 당신을 조금도 좋아하지 않았어.
그들은 춤추면서 당신을 짓밟지.
그 사람들은 당신인 줄 언제나 알고 있었어.

문제는 마지막 행이었다. 원문은 읽었지만 여자는 더 이상 입을 떼지 못했다. 침묵이 길어졌다. 입을 꾹 다문 채 얼어붙은 여자에게는 누군가의 일생처럼 느껴지는 시간이었다. 스무 살 즈음의 여학생들로(여자대학교였다) 가득 찬 극장식 강의실은 찬물을 끼얹은 듯했다. 분위기가 어색해졌다고 여겼는지 강사가 짓궂은 얼굴로 농담을 건넸다.

"걱정 말아요. 아버님께는 비밀로 할 테니."

아이를 안심시키는 듯한 말투였다.

여학생들은 강사의 재치에 찬사를 보내듯 과장스레 웃었다. 온 세상이 웃는 듯했던 그 순간, 전에 느껴본 적 없는 어떤 끔찍한 감정이 벼락처럼 여자를 때렸다. 여자가 끝내 내뱉지 못한 말은 이랬다.

"아빠, 아빠, 이 개자식."

그 일이 있은 후 여자는 한동안 아버지를 못 본 척했는데 미안해서 그런 것은 아니었다.

여자는 발길을 돌렸다. 장례식장을 빠져나오기 무섭게 휴대폰을 꺼내 '1' 버튼을 눌렀다. 손이 떨렸다. 너무 길게 눌렀는지 첫 번째 단축번호로 지정된 곳으로 연결되고 말았다. 사내의 번호였다. 여자는 황망히 종료 버튼을 누르고 다시 숫자를 누르기 시작했다. 여자는 그제야 알 것 같았다. 난생처음 느꼈던 그 끔찍한 감정은 모욕감이었다. 그리고 문제의 시는 그게 전부가 아니었다. 진짜 마지막 행은 이랬다.

"아빠, 아빠, 이 개자식, 나는 다 끝났어."

여자가 다시 전화를 건 곳은 경찰서였다. ▪

이순원

시간을 걷는 소년 2

1957년 강릉 출생. 1985년 『강원일보』, 1988년 『문학사상』 등단.
소설집 『그 여름의 꽃게』 『얼굴』 『말을 찾아서』 『그가 걸음을 멈추었을 때』 『첫눈』 등.
장편소설 『압구정동엔 비상구가 없다』 『수색 그 물빛무늬』 『아들과 함께 걷는 길』 『순수』
『첫사랑』 『그대 정동진에 가면』 『19세』 『나무』 『워낭』 등.
〈동인문학상〉 〈현대문학상〉 〈이효석문학상〉 〈한무숙문학상〉 등 수상.

시간을 걷는 소년 2

아침에 일어나자 간밤엔 보지 못한 한 무더기의 자두꽃이 숙소 마당 가에 그림처럼 화사하게 피어나 있었다. 이젠 고향에 와도 돈을 주고 잠을 자는 데 말고는 머물 수 있는 숙소가 없었다. 그것은 심정적으로 이미 반은 고향을 잃은 듯 쓸쓸한 일이지만, 흘러간 시간을 생각하면 또 어쩔 수 없는 일이기도 했다. 앞강과 뒷내가 Y자 모양으로 합쳐지는 어린 시절 방앗간이 있던 자리였다. 그는 창밖으로 오래 자두꽃을 바라보았다. 봄이면 할머니가 유독 좋아하던 꽃이 그의 쓸쓸한 방문을 위로하기라도 하듯 그곳에 하얗게 피어 있었다. 가막령 바로 아래라 꽃도 다른 곳보다 늦었다. 서울서는 열흘 전에 저 꽃을 보았다. 아버지가 오래 집을 비운 봄날 저녁, 마당가에 울타리처럼 피어난 자두꽃을 바라보며 할머니가 말했다.

"세모시도 저리 곱지는 않을 게다. 그러니 달 있는 밤엔 저 꽃으로 시름을 잊고 달 없는 밤엔 저 꽃으로 숨통이 트인다고 하지. 에휴……
그나저나 이 집 나그네는 해를 넘겨 어디에 가 있는지 모르겠다."

끝에는 아버지 얘기였다. 아이는 짐짓 모르는 척하고 물었다.

"할머니 가슴이?"

"할미뿐이면 말을 하지 않지. 꽃은 저래 피었는데."

그러나 이듬해 그 자리에 다시 피어난 자두꽃을 보지 못하고 할머
니는 세상을 떠났다. 뒤를 이어 할아버지가 떠나고, 젊은 시절 집에 있
을 때보다 밖에 있을 때가 더 많았던 아버지와 그런 아버지를 늘 있는
듯 없는 듯 기다리기만 하며 살았던 어머니가 떠나고, 그 자리에 마지
막까지 고향을 지키던 아우도 오래전 가산을 정리해 숨어 떠나듯 마을
을 떠났다. 사정이야 진작부터 있었겠지만 그는 전혀 그런 기미를 알
지 못했다. 알았어도 그는 아우보다 일찍 고향을 떠난 사람이라 무어
라 말할 입장이 못 되었다.

고향의 터전이 사라지자 제일 먼저 변한 게 오랜 세월 그곳을 지키
던 사람들의 무덤이었다. 외진 곳의 밭이 묵듯 무덤이 묵자 그곳에 잔
디보다 억센 풀들이 밀고 들어와 뿌리를 내렸다. 억새가 들어오고 쑥
부쟁이가 들어오고 이내 갈나무와 여러 가닥의 떨기나무가 경쟁하듯
뿌리를 디밀었다. 떨기나무들은 낫으로 밑동을 도려내도 다음 해면 보
란 듯 더 깊게 뿌리를 내렸다.

그는 해가 고루 퍼진 다음 마을 사람들 눈에 띄지 않게 안골 언덕에
있는 할머니 산소로 갔다. 지금이야 명절에도 오지 못할 때가 많아 어
쩌다 한번 들르는 걸음이지만 어릴 땐 틈날 때마다 그곳에 갔다. 학교
가는 날에 학교로 가지 않고 할머니 산소에 갈 때도 많았다. 초등학교
때에도 그랬고, 읍내 중학교에 들어간 다음에도 그랬다. 숙제를 하지

않거나 수업 준비를 제대로 하지 않아 학교로 가는 게 조금이라도 껄끄러우면 중간에 다른 길로 빠져 안골로 갔다. 멀리 가막령이 병풍처럼 마주 바라보이고, 앞강이 흰 띠처럼 마을을 돌아 바다 쪽으로 흘렀다.

자라서 삶과 죽음에 대해 생각할 때 그가 가장 먼저 떠올리는 것도 어린 시절에 보았던 할머니의 죽음이었다. 때로는 그보다 깊은 생각으로 이다음 죽어서 우리는 정말 어디로 가는 것일까, 모든 사람들이 간다고 하는 저세상이 있기나 한 것일까, 또 그렇게 떠날 때 할머니가 늘 말하던 명부의 손님이 정말 우리를 찾아오는 것일까, 나이에 관계없이 그런 것을 생각할 때에도 그 생각 앞자락에 그림처럼 펼쳐지는 것이 열한 살 겨울에 맞이한 할머니의 죽음이었다. 그것은 그냥 이 세상에 태어나 처음 겪은 이별이어서만이 아니었다.

할머니는 그해 동짓날 시루팥떡을 먹은 게 체해 생목이 오른다며 며칠 배를 쓸며 기운을 차리지 못하더니 그대로 자리에 누워 세상을 떠났다. 이후 아버지와 어머니는 어떤 평온한 죽음의 본보기처럼 할머니의 죽음에 대해 말했다. 동네 어른들도 할머니의 죽음에 대해 사람 목숨이 가려 들면 참 편히 가기도 한다고, 이왕 가려면 숨 놓느라 애쓰지 않고 그렇게 가야 한다고 그게 몇 명 선택받은 사람들에게만 주어지는 특별한 복인 것처럼 말했다. 어른들 말 속에 한 가지 더 다행스러운 일은 할머니가 돌아가실 때 늘 밖으로만 돌던 아버지가 가을 추수가 끝날 무렵 집으로 돌아와 있던 것이었다. 나가면 어디 연락할 데도 없이 떠돌다가도 일단 들어오면 아버지는 두 계절이나 세 계절쯤 읍내 출입조차 삼갈 만큼 집에 머물렀다. 멀리 가야 낚싯대를 들고 앞강과 뒷내로 나가는 정도였다. 사람들은 할머니의 죽음이 그 시기를 놓치지 않은 것 역시 범상치 않은 일로 얘기했다.

그러나 아이에게는 또 다른 것이 상처처럼 마음에 남아 있었다. 할머니가 먹고 체한 시루팥떡에 대해 어른들이 주고받던 말 때문이었다. 그해 동지는 애동지라 팥죽을 쑤지 않는다고 하자 형제들이 먼저 실망했다. 동생들은 팥떡보다는 팥죽을 쒔으면 좋겠다고 했다. 아이도 같은 생각이었다. 그 말을 얻어 어머니가 애동지라도 팥죽을 쒀도 되지 않겠느냐고 묻자 할머니가 턱으로 넌지시 아이를 가리키며 다른 것들이야 애초 별 탈 없이 났으니 상관없지만 저게 내년에 열두 살을 온전히 넘기거든 그렇게 하라고 했다. 애동지에 애들 입맛에 맞춰 팥죽을 쑤면 집집마다 아이들의 명끈을 살피러 다니는 삼신할머니가 팥죽 기색에 막혀 들어올 수 없다고 했다. 아이는 여전히 그늘에서 햇빛을 못 보고 자란 수숫대처럼 제 나이보다 덜 먹고 덜 자란 듯 약해 보였다. 두 살 아래 동생보다 키는 컸지만 앉아 있으면 몸집은 오히려 작아 보였다.

할머니는 매사 가리는 게 많았고, 좋은 쪽으로든 나쁜 쪽으로든 할머니의 걱정이 형제들 사이에 보살핌을 독차지하는 것처럼 느껴져 아이는 그런 일이 있을 때마다 동생들에게 미안한 마음이 들곤 했다. 단순하게 보면 형 때문에 팥죽을 못 먹는다, 하는 정도지만 아이가 느끼는 부담은 언제나 그 이상이었다. 동짓날 저녁 할머니가 시키는 대로 명부의 눈을 피해 삼박골 명命어머니 집에 가서 자고 오니 할머니가 안방 아랫목에 누워 있었다. 할머니가 누워 있는 날이 길어지며 아이는 그것이 팥죽 대신 시루팥떡을 만들게 한 자기 탓인 것 같아 여간 죄스러운 마음이 아니었다. 그러나 그걸로 할머니가 잘못되었다는 건 이해

할 수 없는 일이었다. 아이는 할머니 말대로 애동지가 든 해에는 어른들보다 아이들이 많이 상한다는 말을 철석같이 믿어 동짓날 밤 하늘에서 그해 걷어갈 목숨을 살피러 오는 손님이 오더라도 자기에게 오지 할머니에게 오리라고는 생각하지 않았다. 할머니가 벽에 기대앉아 배를 쓸 때에도, 자리에 누워 힘을 잃을 때에도 그랬다.

그날 저녁참에 가운뎃방에서 그림을 그리던 동생이 안방으로 건너갔다가 할머니가 이상하다고 소리를 질렀다. 그때 아이는 사랑방의 군불을 때고 있었다. 건넛방에 있던 아버지와 사랑방에 있던 할아버지가 허둥지둥 마루를 지나 안방으로 가고, 부엌에서 저녁 준비를 하던 어머니도 젖은 손을 치마에 닦으며 황급히 안방으로 들어갔다. 아이도 아궁이에 마지막 장작을 깊숙이 디밀어 넣고 마루로 올라섰다.

할머니는 어두컴컴한 안방 아랫목에 그대로 누워 있었다. 방에 들어서는 순간 아이는 사람이 죽는다는 게 바로 이런 거구나 하는 것을 직감처럼 느꼈다. 그것은 어둑한 방에 아무 움직임도 없이 정물처럼 누워 있는 할머니의 침묵이 할머니를 제외한 다른 식구들의 다급한 움직임보다 더 크고 무겁게 느껴지는 어떤 분위기의 정점과 같은 것이었다.

"이보게, 이렇게 가고 마는가? 뭐가 바빠서 이리 서둘러 가는가?"

할아버지가 이보게, 이보게, 하고 할머니를 불렀다. 어른들에게는 어떤 예고가 있었는지 모르지만 아이로서는 전혀 생각지도 않은 일이었다. 아이는 아랫목에 누워 있는 할머니의 머리 쪽부터 시작해 어둑한 방 전체를 한 번에 굽어보듯 살펴보았다. 할머니는 이미 숨이 끊겼지만 방 안 어딘가에 할머니의 혼이 아직 밖으로 나가지 않고 식구들을 바라보고 있을 것 같았다.

"잘 가서 기다리시게. 오래 걸리지는 않을 게야. 내가 곧 따라갈 테니……."

할아버지는 누워 있는 할머니의 어깨에 손을 얹고 말했다. 마음속으로는 이미 노을 같은 슬픔이 밀려오는데도 아이에게는 할아버지의 작별인사가 어떤 말보다 인상적으로 들렸다. 그것은 할아버지와 같은 세상의 큰 어른들만 할 수 있는 말 같았다. 아이는 할머니가 명부의 손님을 따라가기 전 할아버지의 말을 꼭 들었기를, 그래서 혼이 방을 빠져나가기 전 어떤 위로처럼 할아버지를 다시 한 번 돌아보았기를 바랐다.

"뭐가 급한지 저리 바쁘게 떠나고 마는구나."

할아버지가 아버지와 어머니를 돌아보고 말했다. 그제야 아버지와 어머니가 할머니를 부르며 소리 내어 울었다. 모두 우니까 두 살 네 살 아래의 동생도 따라 엉엉 우는데 아이는 눈물만 흘리고 소리 내어 울지 못했다. 동짓날 시루팥떡 대신 팥죽을 쑤었다면 괜찮았을까. 명부에서 온 손님이 뭔가 착각하고 사람을 잘못 데리고 가는 것만 같았다. 할아버지가 할머니에게 함께 사는 동안 고생이 많았다며 당신이 곧 따라갈 동안 자리를 잘 잡고 있으라고 다시 한 번 인사하며 얼굴을 쓸어 눈을 감겼다.

"이제 마당에 나가 초혼招魂을 해라."

할아버지가 어깨를 들썩이며 우는 아버지에게 나직한 소리로 일렀다. 그게 날수로도 스무하루나 되는 아주 길고 긴 장례의 첫 절차였다. 할아버지의 분별에 따라 어머니가 장롱에서 할머니의 저고리를 꺼내 아버지에게 건네주었다. 그사이 마루로 나온 할아버지의 지시로 일꾼 아저씨가 헛간 뒤에 매달아놓은 사다리를 떼어와 안마당 지붕에 걸쳤다. 아버지는 마당으로 나와 한 칸 한 칸 사다리를 타고 올라가 위태로운 자세로 비스듬히 지붕의 기왓장을 밟고 두 손으로 할머니의 저고리를 깃발처럼 흔들며 서서히 땅거미가 내려오는 북쪽 하늘을 향해 "강하 우계댁 연일정씨 보—옥復!" 하고 큰 소리로 세 번 외쳤다. 그래야 할머니의 혼이 죽었어도 그 소리를 듣고 소리의 길을 따라 다시 온다고 했다.

강하는 동네 이름이고 우계댁은 이 집의 택호였다. 아버지가 마지막 부른 연일정씨가 할머니의 이름이었다. 아이는 지난가을 면사무소에서 보내온 선거인명부에 할아버지 이름 아래에 할머니의 이름이 네 글자로 '연일정씨'라고 쓰여 있는 것을 보았다. 그때 아이는 할머니는 왜 연일정씨라는 성만 있고 순자야 영숙아 하는 이름이 없느냐고 물어보았다. 할머니는 어릴 때는 있었다고 했다.

"뭐였어?"

"위에 언니가 있으니 둘째연이었지."

"무슨 이름이 그래?"

"그 집의 둘째 딸이니 둘째연이었지. 밑에는 셋째연이고."

그런데 그 둘째연이도 같은 이름으로 먼저 불리다가 죽은 언니가 둘이나 있었다고 했다. 할머니는 그 집의 세 번째 둘째연이로 태어나 한 번도 자기만의 이름을 가져보지 못하고 예순다섯 해 동안 이 세상을 살고 떠난 것이었다.

아버지가 다시 사다리를 타고 지붕에서 내려올 때 아버지가 몰고 오는 것처럼 어둠도 함께 내려왔다. 아이에겐 그것이 마치 어떤 시간을 삶과 죽음의 시간으로 나누어 반은 할머니가 어둠 속의 길로 저쪽 세상으로 가져가고, 반은 아버지가 마당 아래로 가져오는 듯했다. 지붕

위로 날아가는 저쪽 시간은 바람처럼 아득해 보이고, 아버지가 가지고 내려온 시간은 경황없는 틈에 몹시 수런거리는 듯 보였다.

땅거미가 점점 짙어지고 있었다. 이제 불을 밝혀야 할 시간이었다. 평소 저녁마다 방에 불을 밝히는 것도 아이의 일이었다. 집 안엔 두 개의 남포와 두 개의 등잔이 있었다. 등잔은 바로 불을 붙여도 되지만, 남포에 불을 밝히자면 지난밤 그을음이 낀 등피를 새것처럼 맑게 닦아야 했다. 보통 때는 사랑에 군불을 때고 남포 등피를 닦을 때쯤 가막령으로 해가 지고 노을이 밀려왔다. 아이는 우선 등잔에만 불을 붙여 안방과 건넛방에 두고, 다른 때보다 남포 등피를 더 말끔하게 닦은 다음 불을 붙여 하나는 할아버지가 시키는 대로 문밖에 걸고, 하나는 안방으로 가져왔다. 그것은 이제 막 하늘로 떠난 할머니가 누워 있는 성전에 불을 밝히는 일과 같았다.

할머니…….

아이는 안방 벽에 남포를 걸기 전 남포 손잡이를 할머니가 누워 있는 쪽을 향해 종을 흔들듯 가볍게 흔들며 일렁이는 불빛 아래 세 번 할머니를 불렀다. 아버지의 초혼과는 또 다르게 명부의 먼 길로 왠지 자기 대신 떠나는 것 같은 할머니를 떠나보내는 아이 나름의 성스러운 이별의식이었다. 아이는 이렇게 따뜻하게 불을 밝혀 이별하고 나면 앞으로도 자기 몸이 아프거나 마음이 상할 때마다 저 불빛처럼 할머니가 그리울 것 같았다.

그사이 누군가 언덕 아래의 작은집에 기별했다. 작은할아버지와 작은할머니, 작은집 식구들이 마당으로 들어서며 울음을 터뜨렸다. 그 뒤의 모든 장례의 일들은 바깥의 일은 작은할아버지가, 안의 일은 작은할머니가 분별했다.

아버지가 지붕에 올라가서 한 초혼도 그랬지만, 그날 저녁 아이의 눈에 몇 가지 인상적인 것들이 있었다. 작은할아버지와 작은할머니는 미리 그러기로 작정하고 온 사람처럼 집 안을 한바탕 들어놓는 일로 할머니의 죽음을 맞이했다. 두 사람은 돌아간 할머니와 작별인사를 끝 낸 다음 안방 윗목 벽에 걸려 있는 메주를 모두 떼어 바깥 마루로 내가 게 했다.

"이런, 혼백이 계신 방에 아직 메주를 달아두고 있단 말이냐? 얼른 떼어내라."

작은할아버지의 조금은 과장된 호통에 작은집 당숙들이 부엌에서 칼을 가져와 메주를 묶어 벽에 건 짚을 잘라 한 장 한 장 마루로 내갔 다.

"안방에 봄에 뿌릴 씨앗을 둔 것은 없느냐? 있으면 그것도 모두 밖 으로 내가거라."

그 말에 어머니는 선반에 두고 있던 고추씨와 호박씨와 오이씨, 상 추씨 등을 담아둔 버들고리를 당숙에게 내주었다. 혼이 떠난 목숨과 산 씨앗을 한 방에 두면 죽음의 기운이 씨앗에 바로 전해져 나중에 밭 에 뿌려도 제대로 열매를 맺지 못하고 미실이 많다고 작은할머니가 말 했다. 1년 치 장을 담그는 데 쓰는 메주도 가려야 할 것도 많고 부정 탈 것도 많은 물건이라 떼어서 밖에 내가는 것이었다.

부엌에서도 그랬다. 작은할머니는 어머니가 먼저 지었던 밥을 다른 곳에 퍼 담은 다음 새로 사잣밥을 지어 그것을 아까 아버지가 지붕에 서 초혼할 때 쓴 할머니의 저고리에 담아 마당가에 내놓았다. 동시에 가마 가득 팥죽을 쑤게 해 늦은 저녁처럼 식구들에게 먹이고 집 안 이 곳저곳에 액막이로 뿌렸다. 아이는 동지에 먹지 못한 팥죽을 결국 이렇게 먹는구나 싶어 목에 넘어가지 않았다. 동생들도 그래야 한다는 어른들 재촉에 먹는 시늉만 했다. 소란은 분주하고 가라앉은 슬픔은 깊었다. 그런 가운데서도 아이가 밝힌 성전의 불빛은 따뜻했다. 그 불빛 속에 아이에게는 메주나 씨앗에 대한 호통보다 더 인상적인 게 있었다.

"서울 애한테도 기별해야지."

작은할아버지의 말에 아이도 천리 밖 서울에 사는 작은고모에게는 어떻게 알리나 궁금했다. 아버지는 둘째 당숙에게 고모 주소를 적어주며 자전거를 타고 읍내 전화국에 가서 전보를 치라고 했다.

"밤인데 문을 열까요?"

"거기는 연다. 그러라고 있는 곳이니까."

'금일모친별세급래'

아버지는 흰 종이 위에 여덟 글자를 적어주었다. 그중에 모친 말고는 뜻을 아는 말이 없었지만 오히려 그래서 더 화급한 전갈처럼 보였다. 건넛방에서는 기별을 받고 온 일가의 아주머니들이 모여 아버지와 어머니, 두 고모와 고모부, 할머니의 손자들이 입을 깃옷과 상복을 짓기 시작했다. 옷을 지으며 아주머니들은 일을 도울 사람이 새로 올 때마다 바늘이 꽂힌 실패를 건네며 할머니가 먹고 체한 시루팥떡 얘기를 했다. 아무리 애동지라도 아이들이 원하는 대로 팥죽을 쑤었더라면 할머니도 팥떡을 먹고 체하지 않았을 것이고 그리 쉽게 돌아가지 않았을 거라는 얘기였다.

서울 고모는 고모부와 함께 다음 날 저녁때 바깥마당에 톱밥과 대팻밥이 멀리 가막령에서 바람을 타고 온 눈처럼 풀풀 날릴 때 왔다. 관을 짜는 나무도 이것저것 가리는 것 많은 할머니가 이미 몇 해 전 가을 윤

달에 할아버지와 할머니의 수의를 마련하며 함께 준비해둔 것이었다. 관은 두 명의 목수가 아침부터 두꺼운 금강송판을 이리 켜고 저리 홈을 내어 단 여섯 조각의 널판으로만 짜 맞추었다. 관에는 절대 못을 치는 것이 아니라고 했다. 몇 년 동안 헛간에서 말린 나무인데도 대팻밥이 날릴 때마다 송진 향이 마당 전체에 은은하게 떠돌았다. 할아버지가 몇 번이고 사랑에서 나와 송판을 쓰다듬었다. 아이의 마음 같아서는 관이 조금만 더 넓어 그 속에서 할머니가 마음대로 돌아눕거나 다리를 구부리고 눕거나 자기를 안고 누울 때처럼 팔을 벌리고 품을 넓게 할 수 있었으면 좋겠다는 생각이 들었다. 그러면 그 안에 누워도 무서움이 한결 덜할 것 같았다.

작은고모는 어제 늦은 저녁에 연락을 받고 새벽에 집을 나와 아홉 시간 버스를 타고 왔다. 어른들은 멀리 있는 사람에게 기별하는 것도, 기별을 받고 오는 것도 세상이 이렇게 빨라지고 편해졌다고 말했다. 아이는 이쪽 일을 천리 밖에 금방 알리는 전보라는 것에 대해 다시 궁금해졌다. 아직 세상에 그것보다 빠른 것을 보지 못했다. 아이가 묻자 당숙은 그것을 어떻게 설명할까 한참 생각하다가 읍내 전화국에서 아버지가 써준 여덟 글자의 말을 전봇줄에 띄워 바로 서울로 보내는 것이라고 했다. 아이는 설명을 들은 다음 그것에 대해 더욱 알 수 없어졌다.

서울 고모가 오자 상복을 지으러 모인 아주머니들이 다시 시루팥떡 얘기를 했다. 그 말을 들은 어떤 아주머니는 첫눈에 아이를 알아보고 네가 이 집 자무구나, 이렇게 약하니 할머니가 그러 애를 쓰다 가셨지, 하고 혀를 차듯 말했다.

장례는 후일 그가 몇 번이고 물어 확인했을 만큼 길고도 긴 21일장이었다. 집안에 어른이 돌아가면 그 달에 장례를 치르지 않고 그믐을 넘겨 다음 달에 장례를 치르는 법이라고 했다. 할머니가 그런 걸 많이 가려 할아버지가 할머니의 마지막 걸음을 더욱 그렇게 지켜주었는지도 모른다. 아이는 아무리 그래도 그렇게 긴 장례를 치렀나 싶어 어른이 된 다음 뒤늦게 날짜를 계산해본 적이 있었다. 할머니가 동지 팥떡을 먹고 돌아가서 다음 달 초하룻날 장례를 치렀는데도 그게 21일장이었다면 할머니는 그해 애동지가 들었던 초사흗날 시루팥떡을 먹고 체해 엿새쯤 앓다가 아흐렛날에 돌아가신 게 맞았다. 할머니의 기일이 바로 동짓달 아흐렛날이었다. 시간이 흘러도 할머니가 돌아가신 다음 스무하루 동안의 일을 끊어진 필름을 이어 맞추듯, 또 못 하나 없이 여섯 개 송판의 아귀를 짜 맞추듯 아이는 그 무렵 나날의 일을 선명하게 기억하고 있다.

건넛방에서 상복이 다 지어졌다고 하자 그걸 입기 전 할머니가 누워 있는 안방으로 어제 바깥마당에서 짠 관이 들어왔다. 빈 관을 옮길 때에도 어른들은 문에 닿지 않게, 벽에 닿지 않게, 라고 말했다. 입관할 때에도 제일 큰 손자인 아이만 남고 다른 손자들은 어른들의 말에 따라 모두 밖에 나가 있었다. 겹겹이 삼베옷을 입히고 삼끈으로 촘촘하게 묶은 할머니의 몸을 관 속으로 모실 때 작은고모가 외마디의 비명과 함께 정신을 잃고 혼절했다. 어른들이 우왕좌왕하며 부엌에서 찬물을 떠오고, 얼굴에 뿌리고, 방과 붙은 마루에서 고모를 따라온 사촌 여동생이 우리 엄마가 죽었다고 기를 넘기며 울고불고 다시 깨어나기까지 아이는 이번에도 할머니를 데리고 간 명부의 손님이 할머니와 함께 데려갈 또 한 사람의 길동무로 작은고모를 지목해 데려가는 게 아닌가 싫어 극도의 두려움에 떨었다.

그사이 사랑방엔 할아버지가 계시니 건넛방에 흰 광목으로 옷장보다 크게 할머니의 궤연이 만들어졌다. 크기를 놓고 잠시 말이 오고 갔지만, 작은할머니가 분별했다.

"형님이 다른 데 상청을 보고 오실 때마다 그러신걸. 이다음 당신 상청은 안에서 애들이 잠도 자고 숨바꼭질 놀았으면 좋겠다고."

둘째 고모가 혼절한 이후 절차는 더욱 조심스러워 성복제를 지낸 다음 사랑 마당가 텃밭에 가묘를 쓸 때에도 어른들은 손자로는 아이만 관이 땅속으로 들어가는 모습을 지켜보고 다른 형제들은 보지 못하게 했다. 이때에도 아이가 부들부들 몸을 떨자 두 살 아래의 동생이 그에게도 어머니에게도 "내가 대신 설까?" 하고 물었다. 아이는 그러라고 하고 싶었지만 어머니가 부드러운 얼굴로 "무섭잖다. 할머니가 우리 자묘를 가장 귀해했는데 네가 봐드려야지" 하고 말했다. 이런 일이 있을 때마다 허드렛일을 도우러 오는 삼박골 명어머니도 짧은 틈에 아이를 불러내 "니는 형이 하나 니 앞에 가서 어느 귀신도 못 건든다"고 했다. 명어머니의 큰아들이 두 살 때 이웃집 액비통에 빠져 세상을 떠났다. 명부의 사자들도 그런 어미의 아들을 다시 데려가지 못한다고 하여 할머니가 아이의 명어미로 지목했다. 그래도 아이가 하얗게 질려 떨자 어머니가 다시 동생을 불러 형제가 나란히 손을 잡고 서서 하관을 지켜보게 했다. 아이는 정신이 없어 귓속에 으엉으엉 하고 우는 둘째 고모의 울음소리만 들리는 듯했다.

그날 저녁 제사를 마치고 돌아간 사람도 있지만, 먼 데서 온 친척들은 다음 날 아침 상식 제사를 올린 다음 장삿날에 다시 오겠다고 인사하고 돌아갔다. 다 떠나고 덩그러니 식구들만 남자 할머니의 빈자리

속에 더욱 알 수 없는 허전함이 아이의 가슴속으로 밀려왔다.

장례 때까지 남은 열여드레 동안 아버지와 어머니는 새벽마다 찬바람이 쌩쌩 부는 사랑 마당가 가묘에 나가 오래도록 아이고 아이고 슬피 곡을 하고 들어왔다. 그냥 이불 속에 자다가 일어나 어제 벗어놓은 옷을 다시 챙겨 입고 나가 곡을 하는 게 아니라, 그러기 전 세 군데의 널문 사이로 찬바람이 숭숭 들어오는 부엌에서 커다란 함지에 물을 받아 몸을 씻고 나갔다. 때로는 미처 데우지 못한 물로 씻느라 어머니가 어금니를 물고 신음처럼 으으, 츠거…… 하는 소리를 들을 때도 있었다. 할아버지도 새벽마다 아버지와 어머니가 사랑 밖에서 곡을 하는 소리를 들었다. 그 소리는 아이가 잠결에 들어도 길고 슬펐다. 저녁에 잠자리에 들기 전에도 아버지와 어머니는 할머니 가묘 앞에 나가 곡을 했다. 새벽에도 저녁에도 곡이 너무 길어서 거의 날마다 할아버지가 문을 열고 추운데 이제 그만 들어가라고 야단치듯 말할 때가 많았다. 곡을 다 하고 들어갈 때에도 아버지가 어머니의 상복 소매를 당겼다. 그때마다 어머니가 소매를 빼어 어떤 때는 아직도 안 들어가고 무얼 하느냐고, 다시 할아버지의 야단을 듣기도 했다. 아이는 어머니가 아버지보다 길고 슬프게 곡을 하는 것이 할아버지의 눈치를 보아서가 아니라 어머니 자신의 설움과 할머니의 죽음으로부터 자유로울 수 없는 아들의 몫까지 그 속에 있다는 걸 알았다.

할머니를 산으로 모시기까지 열여드레 동안 이웃 마을 석수장이 세 사람이 선산 가까이에 있는 커다란 바위를 골라 할머니 산소에 놓을 석물을 만들기 시작했다. 석수장이들은 저마다 집에서 이른 아침을 먹고 커다란 망치와 여러 벌의 정이 든 주루막을 메고 바위가 있는 산으로 왔다. 올 때는 송곳처럼 날카롭게 벼린 정을 가져와도 저녁에 돌아갈 때면 도로 끝이 뭉툭해졌다. 점심은 매일 삼박골 명어머니가 와서 함지로 산까지 머리에 이고 날랐다. 영숙이는 처음엔 몇 번 오다가 무엇에 토라진 듯 잘 오지 않고 영해만 매일 따라왔다. 아이는 오전 나절과 오후 나절에 동생과 또 영해와 함께 곁두리로 술주전자를 들고 다니며 큰 바위가 깨진 다음 하루하루 석물이 다듬어지는 모습을 지켜보았다. 할머니의 무덤 앞에 놓을 상석과 양쪽 옆에 세울 망주석이었다. 바위에서 돌을 떼어낼 때 상석 돌을 먼저 떼어내고 망주석 돌을 나중에 떼어내 석수장이 세 사람이 하나씩 맡아 쉬지 않고 정으로 쪼아내고 다듬어 나갔다. 비석은 이다음 할아버지가 돌아가신 다음 세운다고 했다.

"지금 만드는 게 바로 느 할머니 밥상이란다. 나중에 할아버지와 함께 쓰는 상이지. 내가 이 댁 사정을 잘 모르긴 해도 아마 두 분이 초례 때하고 회갑 때 말고는 같은 상에 음식 받아보신 적이 거의 없을 거로."

"그건 받아도 보기만 요란하지 수저도 못 드는 상인데, 그러면 뭐야 두 분이 평생 같은 상에 앉아 밥도 못 드셨다는 거네."

"젊어서는 층층시하니 그러고 싶어도 못 그러고, 나이 들어서는 바깥어른이 아들이나 손주하고 겸상하니 못 그러고."

아이 눈에도 할아버지와 할머니는 한 번도 같은 상에서 밥을 먹지 않았다. 어쩌다 단오 같은 때에도 아버지는 어머니와 같이 다녀도 할아버지와 할머니는 같이 다니지 않아 밖에서도 한 상 받을 일이 없었다.

"아직은 독상이지만, 할아버지까지 모시고 나면 두 분이 살아서도 쓰지 못한 한 상을 쓰실 텐데 잘 만들어 드려야지."

아이는 나이 든 석수장이의 말이 좋았다. 할아버지가 할머니에게 먼저 가서 기다리라고 한 것은 나중에 이 밥상을 같이 쓰자는 말인지도 몰랐다. 아이에게는 모양이 반듯한 상석보다 기둥 모양의 망주석이 만들어지는 과정을 지켜보는 것이 재미있었다.

"이건 왜 세워요?"

"무덤 잘 지키라고 세우지. 혼령도 늘 무덤 속에만 있는 게 아니라 밖으로 나오기도 하니 멀리 갔다가 이걸 보고 잘 찾아오라 세우는 거고."

곁두리를 들고 산에 갈 때마다 아이는 궁금한 게 많았다. 나이 든 석수장이의 말대로 망주석이 살아 있는 지킴이처럼 무덤을 지키고, 혼령이 정말 무덤 속을 나와 여기저기 돌아다니기도 하는 것인지. 하기야 그래야 집에서 지내는 제사에도 올 수 있을 것이다. 그러면 할머니가 늘 조심시키던 명부는 우리 머리 위에 있고, 명부 같은 것이 또 하나 땅속에 있는 것일까. 아니면 처음엔 모든 혼령이 명부로 갔다가 다시 제자리로 올 수도 있고 이곳저곳 왔다 갔다 할 수도 있는 것일까. 언제나 아이는 나이답지 않게 그런 것이 궁금했다.

돌기둥이 하루하루 모양을 갖춰가며 여덟 모로 깎은 기둥 한 면에 각기 다른 모습의 다람쥐를 새겨 넣었다. 처음엔 옥수수 공이 같은 귀를 붙여놓은 채 정을 쪼더니 망주석 두 개 다 나이 많은 석수장이가 옥수수 공이 부분을 다람쥐 모양으로 다듬어 나갔다. 하나는 위로 올라가는 모습이었고, 하나는 아래로 내려오는 모습이었다.

"히야, 뭔가 했더니 다람쥐네."

"이게 모양은 다람쥐여도 보통 다람쥐가 아니여."

"보통이 아니면요?"

"보긴 이래도 호랑이나 마찬가지인 다람쥐여."

그래서 이름도 작은 호랑이라는 뜻으로 세호라고 부른다고 나이 많은 석수장이가 알려주었다. 옛날 임금 무덤의 망주석엔 정말 호랑이 모양의 세호를 새기고 또 어느 시절엔 물과 뭍을 오가는 도롱뇽을 새겼는데, 언젠가부터 열심히 나무에 오르내리며 도토리를 물어 땅에 갈무리하는 다람쥐로 모습이 바뀌어도 이름만은 여전히 세호라고 했다.

"어느 걸 어느 쪽에 세워요?"

"아직은 할머니 혼자지만 어느 묘든 남자를 왼쪽에, 여자가 오른쪽에 모신단다. 남자가 있는 왼쪽 망주석의 세호가 올라가고 여자가 있는 오른쪽의 것이 내려가지."

"왜 달라요?"

"말이야 여럿 있지. 음양의 이치가 그렇다고도 하고, 다람쥐가 짐승 중에서도 부지런하고 영리하니까 땅속에 있는 사람의 말을 하늘에 전하고, 하늘의 말을 받아 땅속으로 전한다고도 하고."

"혼령이 땅속에 있어도 밖으로 나올 수 있다면서요? 사람이 처음 죽었을 때 모든 혼령이 다 불려가는 명부도 있고요."

"네가 명부도 알어?"

"허허, 어르신이 모르시는 모양이구만요. 쟤가 여기 매일 점심 나르는 명엄니까지 어머니가 둘인 아이여요. 명부의 귀신들 알아채지 못하게 동짓날이면 눈을 피해 명엄니 집에 가서 잠을 자고 오는 아인걸요."

"느 할머니 얘기도 들었다만, 그러니 여러 말이 있다는 거지. 다 보지 않고 겪지 않은 일을 누가 알겠누. 우리 같은 돌쟁이야 예전부터 그렇다 하니 이렇게 올라가는 세호, 내려가는 세호를 새기는 거지."

아이 생각에도 다람쥐가 세상의 입과 귀가 되어 땅속에 있는 사람의 말을 하늘에 전하고, 또 하늘의 말을 받아 땅속으로 전한다는 말이 옳을 듯싶었다. 아니어도 왠지 그랬으면 좋겠다는 생각이 들었다. 그래야 아이도 다람쥐를 통해 할머니에게 말을 전하고, 할머니가 하는 말을 들을 수 있을 것 같았다.

상석이 반듯하게 각을 맞추고, 세호가 완전하게 모양을 갖추자 장삿날이 다가왔다. 다시 먼 곳에 사는 친척들이 모이고, 어른들을 따라 평소엔 보기 어려웠던 사촌들도 다시 모였다. 할머니는 텃밭 가묘에서 나와 비로소 상여를 타고 증조할아버지와 증조할머니의 산소 바로 아랫자리로 갔다. 상석과 망주석은 회다지를 끝낸 다음 발구에 실어 소가 앞에서 끌고, 여덟 명의 상두꾼이 발구 옆과 뒤에서 밀어 산소까지 가져왔다.

산역은 그렇게 끝났지만 후에도 아버지와 어머니가 지키고 해야 할 일들이 많았다. 건넛방에 1년 동안 궤연을 모시고 매일 아침 점심 저녁마다 새로 지은 밥과 찬으로 상식을 올리고, 매달 초하루와 보름에 별식의 삭망제를 올렸다. 살아서 할머니가 늘 역마를 걱정했던 아버지는 탈상할 때까지 거의 외출을 하지 않았다. 어쩌다 바깥에 꼭 출입할 일이 있으면 장삿날에 입었던 누더기 상복에 방갓을 쓰고 한 손엔 오동나무 상장을 들고 볼일을 보러 나갔다. 면사무소에도 읍내에도 외가에도, 또 할머니의 친정에도 그런 차림으로 다녀왔다. 아버지는 아버지의 어머니를 돌아가시게 한 죄인이어서 하늘의 해를 봐선 안 되는 사람이었다. 아이도 몰래 아버지의 방갓을 써보았다. 갓을 쳐들지 않으면 보이는 건 발밑 아래의 땅밖에 없었다. 산도 하늘도 보이지 않았다. 정말 갓을 쓰고 할머니의 죽음을 슬퍼해야 할 사람은 아버지가 아니라 지난 동지 때 팥죽 대신 시루팥떡을 하게 한 자기 같았다. 그 마음이 할머니의 빈자리처럼 깊이 오래갔다.

할머니의 장례 후 아이에게 달라진 게 하나 있다면 먼 곳에 있는 누군가에 대한 생각과 그리움이 지난겨울 묻어둔 꽃씨처럼 가슴에 자라나고 있는 것이었다. 할머니 장례 때 아이는 자기만큼이나 얼굴이 흰 서울의 사촌 여동생을 보았다. 둘째 고모가 혼절했을 때 기를 넘기며 울던 아이였다. 세 살 아래의 그 아이는 몸이 그다지 약해 보이지 않는데도 얼굴이 하얘 모르는 사람들은 그 아이의 오빠를 제쳐두고 아이와 그 아이가 오누이냐고 물었다. 아닌데요, 하면서도 아이는 왠지 싫지 않았다. 그 아이도 싫은 빛 없이 이쪽을 보고 환하게 웃었다. 장삿날 영해와 함께 온 영숙이도 저 아이가 누구냐고 물었다.

"정말 얼굴이 너무 하얗다. 나는 오빠 말고는 얼굴이 하얀 사람 싫은데."

할머니의 궤연 앞에 앉을 때마다 아이는 문득 그 아이가 보고 싶어졌다.

마당가에 할머니가 좋아하던 흰 자두꽃이 구름처럼 피어났을 때 아이는 그 아이에게 꽃소식을 전해주고 싶었다. 바람이 불면 흰 자두꽃과 연분홍색의 살구꽃이 한데 섞여 후르르 눈처럼 날리는 모습을 할머니에게도 말해주고 그 아이에게도 말해주고 싶었다. 지난겨울 할머니의 관을 임시로 묻었다가 꺼낸 가묘의 움푹한 자리에도 아침에 일어나면 꽃잎이 수북이 날아와 쌓였다. 아이는 멀리 가막령엔 아직 눈이 하얀데, 마당가엔 벌써 꽃잎이 떨어져 날리는 풍경을 그 아이에게 전해주고 싶었다. 꼭 꽃소식이 아니라도 좋았다. 아이의 마음속 무엇을 말해주고 싶어 꽃을 보는 마음조차 알 수 없는 조바심이 일기도 했다.

아이는 언덕 아래 작은집에 갔다가 중학교에 다니는 당숙이 책상 위에 펼쳐놓은 책에서 제일 앞의 두 줄만 읽어도 마음에 확 들어오는 시 한 편을 읽었다. 그것은 이제까지 아이가 학교에서 배운 동시와는 전혀 다른 세계의 말이었다.

청솔 푸른 그늘에 앉아
서울친구의 편지를 읽는다

보라빛 노을을 가슴에
안았다고 해도 좋아

혹은 하얀 햇빛 깔린
어느 도서관 뒤뜰이라 해도 좋아

당신의 깨끗한 손을 잡고
아늑한 얘기가 하고 싶어

아니 그냥
당신의 그 맑은 눈을 들여다보며
마구 눈물을 글썽이고 싶어

아아 밀물처럼
온몸을 스며 흐르는
피곤하고 피곤한 그리움이여

청솔 푸른 그늘에 앉아

서울친구의 편지를 읽는다*

아이는 청송 푸른 그늘이 아니라 마당가의 눈처럼 흰 자두꽃 그늘
아래에서 하얀 손을 잡고 그 아이의 편지를 읽은 듯했다. 그것을 읽은
다음 마음속엔 이미 무엇이 밀물처럼 흐르는데 그것이 얼마나 더 스며
흘러야 피곤한 그리움이 될지 아이는 알 수 없었다. 시골 학교엔 없는,
하얀 햇빛 깔린 도서관에도 가고 싶었다. 아이는 자주 할머니의 궤연
앞에 앉아 혼자 이야기하듯 물었다.

할머니 잘 계시나요?

거기에도 꽃이 피고 새가 우나요?

나는 그 아이를 좋아하면 안 되나요?

할머니는 대답하지 않았다.

그리고 꽃 지고 열매가 굵어가며 닥친 여름 장마 때 삼박골 명어머
니의 딸 영숙이가 무엇엔가 이끌리듯 앞강에 나가 목숨을 잃었다.

"삼박골에서 앞강이 어디라고 저녁참에 거길 나갔는지 몰라."

"우중에 강엔 무슨 볼일이 있겠어. 저도 모르게 끌어당기는 게 있으
니 나갔겠지."

어른들이 말했다. 아이는 빗속에 무엇이 영숙이를 끌어당긴 것인지
는 모르지만, 영숙이가 무얼 따라갔는지는 누가 말하지 않아도 알 것

---

* 아이는 아주 나중에야 이 시를 쓴 사람이 이제하이고, 그가 고등학교 1학년 때 쓴 시로,
오래도록 중학교 교과서에 실리는 동안 어린 날의 자신처럼 많은 청소년들의 마음을 설레게
했다는 것을 알았다. 그러나 애석하게도 아이가 중학교에 갔을 때는 이 시가 교과서에 실려
있지 않았다.

같았다.

아마 그때부터였을 것이다. 아이는 학교로 가는 길에 슬그머니 빠져 할머니 산소로 갈 때가 많았다. 동무도 없이 하루 종일 할머니와 함께 시간을 보냈다. 거기에 가면 혼자여도 심심하지 않고 내일에 대한 걱정 같은 것도 없이 모든 것이 아늑하기만 했다. 앞으로 무얼 하나, 나는 자라서 무엇이 되나, 세상에 대한 궁금증 같은 것도 없었다. 거기라면 들고 온 가방을 상석 위에 내려놓듯 그냥 손을 탁 놓아도 좋을 것 같았다. 그 모든 것에 대해 한 번도 세호를 통해 할머니에게 무얼 말하거나 세호를 통해 할머니의 말을 따로 듣지도 않았다. 세호 없이도 그냥 그 앞에 서면 할머니가 다 말해주었다.

영숙이는 어디 있나요?

할머니였나요?

아니란다, 자묘야.

그 아이는 비 오는 저녁에 강으로 갔어요.

그 아인 그 아이 시간으로 온 게야. 아직 네 시간도 아니고.

나는 할머니가 내 대신 부른 줄 알았어요.

앞강의 물도 흘러야 바다에 닿는 법이지.

너무 멀어요. 햇빛이 하얘 아무것도 안 보여요.

너는 강으로 가지 말고 어여 집으로 가…….

그렇게 할머니 말고도 한 아이를 마음에 묻었다. 지나가는 바람 속에 햇빛 속에 혼자 눈물을 글썽이는 법을 그해 봄과 여름에 아이는 배웠다. 정말 햇빛이 너무 하얘 아무것도 보이지 않는 여름이 아이의 머리 위로 지나가고 있었다. ■

편혜영

자매들

©김병관

1972년 서울 출생. 서울예대 문창과와 한양대 국문과 대학원 졸업. 2000년 『서울신문』 등단.
소설집 『아오이가든』 『사육장 쪽으로』 『저녁의 구애』 『밤이 지나간다』.
장편소설 『재와 빨강』 『서쪽 숲에 갔다』. 〈한국일보문학상〉 〈이효석문학상〉
〈오늘의 젊은 예술가상〉 〈동인문학상〉 〈이상문학상〉 〈현대문학상〉 수상.

자매들

정오가 결혼할 때 부모님은 이미 연금 생활을 하고 있었다. 어머니는 딸을 둘 낳았는데, 동생인 정서를 낳을 때 마흔이었다. 철도 공무원인 아버지는 쉰 살이 넘은 나이였다. 가족은 철도 공무원에게 주어진 작은 집에서 매우 검소하게 살았다. 자라면서 부모에게 맞은 적은 없었다. 함께 유원지에 가거나 바닷가에 가는 일도 없었다. 몸을 포개듯 기대고 누워 텔레비전 프로그램을 보지 않았다. 나이 차이가 많은 부모는 서로 이야기를 잘 하지 않았다. 어머니는 늘 존대를 했고 귀가 나쁜 아버지는 부하 직원에게 하듯 크고 짧게 지시하는 말을 썼다. 어머니는 일찍 잠자리에 누웠는데, 자다가 큰 소리로 도움을 청하듯 정오나 정서의 이름을 불렀지만 깨어나서는 자신이 두려워한 게 무엇이었는지 털어놓지 않았다. 아버지는 웃는 일이 거의 없었다. 식사 때 둥근 상에 가족이 모여 앉으면 아버지는 눈을 감게 한 후 큰 목소리로 기도를 했는데 그의 목소리를 들을 유일한 기회일 때가 많았다. 정오는 고등학교를 졸업하고 서울에 있는 대학교에 입학하는 것으로 집을 떠났고 그것이 유일한 목표인 듯 일찍 결혼했다. 정서 역시 다른 도시에 있는 대학에 합격하면서 부모를 떠났다. 학업을 유지하기 위해서는 정오의 도움을 받아야 했다. 정오의 경제적 기반은 남편 인수로부터 나왔다. 정서를 돕는 일에 동의했건 아니건 돈을 버는 것은 인수였다. 그는 탄탄한 규모의 방위산업체에 다니고 있었다. 정오가 인턴으로 입사한 팀의 부장이었다. 정오보다 열여섯 살이 많았고 전부인과의 사이에 남자아이를 하나 두었다. 그와 함께 지내기 위해 견뎌야 할 것이 많았던 탓에 정오는 삶이 시작되기도 전에 지쳐버렸다. 결혼 후에도 인수는 회사 일로 바빴다. 정오가 사회적 경력을 쌓는 일을 포기하고 요리와 인테리어에서 다양한 시도를 하며 돈과 시간을 낭비하는 것을 눈감아주거나 혹은 모르는 척했다. 정오는 블로그에 글을 올리고 사진을 찍는 것으로 소일했다. 인수는 그에 대해서도 별 잔소리를 하지 않았다. 경제적 여유는 있지만 시간은 없어서 가능한 일이었다. 블로그 방문객이 늘고 입소문을 타자 정오는 사진을 전공한 학생을 고용하여 블로그에 게재할 음식과 살림 도구의 사진을 찍었다. 전문가에게 의뢰하여 내부 인테리어를 세심히 개조했다. 집 안 곳곳에 면밀히 선택된 살림 도구들을 무심한 듯 배치했다. 정오는 무엇이든 했다. 자신의 삶에 뭔가 진전이 있다는 것을 믿으려면 매일같이 무슨 일인가 해야만 했다. 책을 내기 위해 정오가 출판사를 찾아다녀야 하는 일은 없었다. 여러 곳에서 출판 의뢰가 왔고 원하는 출판사를 세심히 선택할 수 있었다. 정오가 첫 책을 출간하고 자연주의 살림 전문가라는 알 수 없는 명칭으로 출판계에 안착한 얼마 후 인수는 이사직에서 해임되었다. 내심 상무 승진을 기대하고 있던 인수는 다소 허탈해했고 얼마간 집에만 틀어박혔다. 정오는 남편이 우울을 떨치고 활발한 외부활동을 이어가기 바라는 마음으로 여러 모임을 만들어 인수와 함께 외출했다. 인수는 군수용품 외에 다른 화제는 몰랐고 자신이 아내에 비해 몹시 나이들었다는 것에 놀랐다. 정오가 사람들에게 다정하게 구는 것도 거슬렸다. 정오는 달리 어떻게 대해야 하는지 모르는 사람처럼 늘상 웃고 미소 지었다. 다행히 반년쯤 후 인수는 공기업의 이사직으로 발령이 났고 순조롭게 경력을 이어갈 수 있었다. 정오는 그 무렵부터 인수가 본격적으로 주먹을 휘두르기 시작했다고 말했다.

정서가 정오의 집으로 간 것은 저녁 여덟 시가 조금 지나서였다. 재활 훈련을 마치고 돌아온 정서는 땀에 젖은 옷을 갈아입을 틈도 없었다. 정오의 전화를 받았고 바로 출발했다. 몹시 떨려서 두어 번 경미한 추돌사고를 일으킬 뻔했다. 무사히 도착했을 때 정오네 집은 큰 파티라도 벌어지는 것처럼 환하게 불이 켜져 있었다. 정오의 버릇이었다. 그녀는 어둡고 음습한 것을 참지 못했다. 정서가 현관 비밀번호를 누르고 들어서자 정오는 겁에 질린 표정으로 거실 소파에 앉아서 현관 쪽을 돌아보았다. 정서라는 걸 확인하자 곧 고개를 돌리고 다시 맞은편 테이블에 놓인 거울을 들여다봤다. 거울에 비친 자신이 누구인지 전혀 모르겠다는 표정이었다. 얼굴이 조금 부어 있었다. 울어서인지 맞아서인지 알 수 없었다. 그럼에도 이런 순간에조차 정오는 매력적으로 보였다. 차가워 보이는 얼굴은 정오의 매력이 어떤 상황에서도 사라지지 않고 그저 조금씩 다르게 나타난다는 걸 알려주었다.

소파에 불안하게 앉아 있는 정오와 환하게 불이 켜진 집, 문이 죄다 열린 가운데 무덤처럼 어둡게 닫힌 침실 문을 보고 정서는 드디어 그 일이 벌어졌다는 걸 알았다. 아니다. 정서는 더 일찍 그것을 알아차렸다. 떨리는 목소리로 정오가 전화를 걸어왔을 때, 정서에게 넌 괜찮냐고 물었을 때 이미 그 일이 벌어졌다고 확신했다. 조만간 이런 일이 벌어지리라 생각해왔다. 만약 오늘 전화를 건 것이 인수라면, 지금 소파에 멍한 표정으로 앉아 있는 것은 인수였을 것이다. 말할 것도 없이 정오는 닫힌 문 안쪽에 피를 흘리며 누워 있었을 것이다.

정서는 사실 인수를 좋아하는 편이었다. 인수가 언니의 뺨을 때리고 주먹을 쥐고 힘껏 머리통을 가격하고 때로는 발로 걷어찬다는 걸알았을 때는 몹시 충격을 받았다. 인수는 정서에게 다정하게 대해주었다. 나중에야 알았지만 그의 아들과 정서는 같은 나이였다. 인수는 정오와 결혼한 후 아이를 만나지 못하고 있었다. 인수의 전부인이 그것을 허락하지 않았다. 언제까지나 그럴 수는 없을 터였지만 단 몇 번이라도 인수를 괴롭히기에는 충분했다. 몇 차례인가 인수는 헛된 시도를했다. 전부인이 사는 곳으로 찾아갔고 아이의 학교나 학원으로 찾아갔다. 정오는 자주 그 문제로 길길이 뛰며 흥분했다. 다시 한 번 더 그랬다가는 끝이라고 했다. 정오는 그 후로도 여러 차례 같은 말을 인수에게 해야만 했다.

정서는 인수를 처음 보았을 때를 기억했다. 부모님이 있는 집으로 인수가 양복을 입고 과일 바구니를 들고 인사를 오거나 잘 차려입고 한식당에서 가족들과 만나거나 한 것은 아니었다. 인수는 그 모든 절차를 생략했다. 정오의 뜻이었을 수도 있었다. 정오는 인수와 가족이 만나는 데 시간이 필요하다고 생각했다. 그럴 만한 시간이 지나고 정오가 정서를 불렀다. 정오는 인수가 원래 살던 집에서 지내고 있었다. 그러니까 인수가 전부인과 아들과 함께 살았던 집에서. 정오는 여전히 남의 집처럼 허둥거렸다. 플라스틱 쟁반이 어디 있는지 찾느라 싱크대의 모든 문을 열어젖혔고 자주 물건을 떨어뜨렸고 그릇끼리 부딪쳤다. 무척 신경질적으로 그 일을 했기 때문에 정서는 조마조마한 심정으로 소파에 앉아 인수의 얘기를 들어야 했다. 인수의 얘기는 몹시 흥미로웠다. 박식한 어른과 마주 앉아 얘기를 나누는 것이 처음이었다. 신선한 경험이었다. 인수가 토론을 조장하고 정서로부터 의견을 이끌어냈다는 뜻은 아니었다. 그는 적당한 성량을 유지했고 익숙한 유머를 구사해서 편안한 분위기를 만들었다. 정서는 그저 들었다. 인수는 정서에게 이런저런 이야기를 해주었다. 무역 거래가 발생하는 방식이라거나 군수제품 개발의 원칙, 미국 자동차 산업의 몰락, 교황의 즉위식 같은 것에 대해서. 그의 얘기를 통해 바라본 세계는 확실하고 견고해 보였다. 정서가 좀 더 아는 게 있다면, 그래서 활달하게 이야기를 주고받을 수 있다면 많은 것이 서로 통할 것 같은 기분이었다. 얘기가 끝나자 인수는 정서에게 질문을 던졌다. 나중에 되고 싶은 것이 무엇인지, 그 나이엔 필요한 게 무엇인지 하는 질문이었다. 어느 나이건 돈이 가장 필요하다고 정서가 대답했을 때 인수는 크게 웃었다. 잘 단련된 눈가 근육이 자연스럽게 구겨졌다.

정서는 일단 집을 둘러보기로 했다. 경찰의 질문에 대비해 무엇이든 기억해둬야 할 것 같았다. 언니를 다그쳐 얘기를 들으려 해서는 안 될 것이었다. 언니에게는 안정이 필요했다. 충동적으로 저지른 일을 받아들이는 데에는 시간이 걸리는 법이다. 집은 완벽할 만큼 깨끗하고 잘 간수되어 있었지만 썰렁했다. 컵보드에는 언니가 아끼는 잔과 티포트가 보이지 않았다. 커다란 책장이 벽면을 가득 채우고 집을 꾸미는 여러 가지 장식품이 적절한 자리에 놓여 있었지만 왠지 공허한 기분이었다. 이 집에 긍지를 가진 언니에게 차마 그런 이야기를 할 수는 없었다. 정서는 불이 꺼지고 문이 닫힌 침실 앞으로 다가갔다. 닫힌 문틈으로 무엇인가 새어 나오는 것 같았다. 그것이 비릿한 냄새를 풍기는 액체가 아니라 그저 희미하고 옅은 어둠이라는 걸 알았을 때에도 긴장이 풀리지 않았다. 정서는 뭔가에 끌린 듯 문손잡이를 잡았지만 그 문을 열 수는 없었다. 정오가 그렇게 하지 말라고 했다.

"정신없게 굴지 말고 여기로 와서 앉아."

정오가 말했다. 기운이 빠진 목소리였다. 정서는 말없이 언니 옆으로 다가가 앉았다. 정서는 자주 반문하고 해명을 요구하고 타당성을 제기했지만 지금 그래서는 안 된다는 것쯤은 알았다. 정오는 이제까지와는 다른 큰 시련을 겪고 있었다. 모든 게 끝나고 지나가버린 것이 아니었다. 이제야말로 시작이었다.

정오는 자주 정서에게 시련을 털어놓았다. 조언을 구하는 것은 아니었다. 겪은 일을 얘기하고 인수에 대한 불만을 털어놓았다. 이야기 끝에는 네가 뭘 알겠니, 하고 한숨을 내쉬었다. 그 얘기를 통해 정서는 자신이 언니에게는 마냥 어린아이라는 것을 알 수 있을 뿐이었다. 정오의 말에 상처를 받을 때도 있었다. 정오는 직설적이었고 원하는 대로 되지 않으면 쉽게 다른 사람 탓을 했다. 오래전 인수와 처음으로 다퉜을 때도 정서를 다그쳤다. 너 때문이야. 네 거짓말 때문이야. 정서의 양어깨를 붙잡고 흔들기도 했다. 정서는 그런 순간, 언니가 모든 걸 내보이는 듯한 순간을 잊지 않았다. 언니의 얼굴은 차갑고 하얗지만 그럴 때면 선명하게 골이 패고 그늘이 져 보였다. 그럼에도 정서는 언니에 대한 애정을 저버리지 않았다. 정서는 진심으로 언니를 좋아했다. 양육의 피로감을 숨기지 않는 무심한 부모로부터 일찌감치 독립한 자매로서 두 사람에게는 서로에게 유일한 가족이라는 결속력이 있었다. 똑같이 부모를 경시하고 있다는 데에서 생기는 비밀스러운 연대감도 있었다. 부모에게서 벗어나고 싶다는 희망과 결코 벗어날 수 없으리라는 두려움을 가진 사람들 사이에서 생기는 진실된 우애 같은 것이었다. 정서가 줄곧 걱정한 것은 정오에게 시련이 닥쳤을 때 자신이 별로 도움이 되지 못하리라는 것이었다. 자신이 변변치 못하고 힘이 약해서는 아니었다. 정오가 도움을 청할 만한 시간이 없을 것이라는 생각 때문이었다. 그런 일은 충동적으로, 순식간에 벌어질 테니 말이다. 바로 오늘처럼.

"언니, 무서웠지? 이제 괜찮아. 다 끝났어."

정서는 넋이 나간 얼굴로 앉아 있는 정오를 부둥켜안고 무거운 입을 뗐다. 정오는 가만히 있었다. 몸이 조금 떨리는 게 느껴졌다. 울지는 않았다. 이미 많이 울었을 것이다. 그것으로 충분했다. 더 이상 울 필요는 없었다. 떨고 있는, 자기보다 열네 살이 많은, 어느새 중년의 몸집과 말투를 갖게 된 언니가 애처로웠다. 정오가 정서를 가볍게 밀어내며 자세를 바르게 했다. 뭔가 생각해야 할 일이 있을 때면 정오는 그런 자세를 취했다.

이제 와 보니 정오가 입고 있는 실내복 앞에 붉은색 얼룩이 튀어 있었다. 정서는 진술서라도 읽는 것처럼 그 얼룩을 뚫어져라 쳐다보았다. 정오가 그걸 의식한 듯 몸을 움츠리고 테이블에 둔 카디건을 걸쳤다.

한때 정서는 정오를 이해하지 못했다. 정오가 과거의 삶에서 멀어지는 것으로 현재의 삶을 구축하려 든다는 생각이 들면 그랬다. 정오는 삶을 꾸미는 일을 멈출 생각이 없는 것 같았다. 그녀는 자연주의 살림

가라는 정체불명의 호칭에 만족한 듯 슬로 라이프에 적당한 취미를 개발하기 시작했다. 바느질과 보자기, 손뜨개, 텃밭 가꾸기 같은 것들로 여가를 채웠다. 정서가 보기에 그런 일의 전성기는 이미 지나 있었다. 자연주의는 상품 가치가 높았지만 생각만큼 자연스럽지 않아 금세 피로해진다는 것을 정오는 잘 모르는 것 같았다. 자기 자신을 만드는 게 고달픈 나머지 주변을 돌보지 못하는 것일 수도 있었다. 인수는 물론이고 정서에게도 그랬다. 사회에서 떠밀려난 인수를 홀대했고 힘들게 대학을 졸업하고도 겨우 동호회 수준의 테니스 모임을 지도하게 된 정서를 무시했다. 인수는 더 이상 정오가 원하는 수준으로 삶을 끌어올려줄 힘이 없었고 무능력한 정서는 아무리 애써도 정오가 바라는 정도로 올라갈 수 없었다. 화가 나기도 했지만 지금은 아니었다. 안쓰러웠다. 이 일로 정오가 애써 가꾼 삶은 곤두박질칠 테니까. 공들인 생활도 산산조각이 날 테니까.

정오가 불안한 듯 시계와 정서를 번갈아 봤다. 두려움과 죄책감이 고스란히 느껴지는 눈빛이었다. 그 일이 벌어진 것으로부터 얼마나 시간이 흘렀는지 알 수 없었다. 이제 정서는 그 얘기를 들어야 했다. 그녀는 준비가 되어 있었다. 언니의 얘기를 듣고 그다음에 무엇을 해야 할지 결정할 마음의 준비가. 우선 정서는 언니를 안심시켜야 했다. 경찰에 가면 최선을 다해 변호하겠다고 말해야 했다. 정서는 언니가 속한 친목 모임을 알았다. 모임은 2주에 한 번씩 시내에 있는 와인바에서 열렸고 간혹 뮤지컬이나 공연을 함께 보았다. 주로 남편에 대한 얘기를 하지만 일정한 수준을 넘지는 않는다고 했다. 정서는 기꺼이 그들에게 도움을 청할 것이다. 앞집 노부인의 도움을 받을 수도 있었다. 그녀는 언니와 가깝게 지냈고 함께 마당을 가꿨고 서로의 집을 오갔다.

정서가 증언할 것도 있었다. 최근 인수가 심각하게 위협을 가하고 있었다는 사실을 알릴 수 있었다. 정서는 언니에 관한 것들을 모두 기억하고 있었다. 어디를 어떻게 맞았는지, 얼마나 자주 멍이 든 채 나타났는지 하는 것들을 말이다. 사실 정서는 얼마간 인수를 만나지 못했다. 얼마 전 인수에게 실수를 했다. '형부'라고 부른다는 것을 '아버지'라고 불렀다. 인수의 얼굴이 굳었다. 정서는 한참 후에야 실수를 알아챘다. 정오가 알려줬다. 정오는 몹시 화를 냈다. 그렇게 바보처럼 굴 거면 아예 인수를 만나지 말라고 했다. 다시 바보처럼 굴 기회는 오지 않았다. 정서는 인수가 없을 때에만 정오의 집을 방문할 수 있었다.

인수가 왜 그런 사람이 되었는지 이해하기 힘들었다. 정서가 힘겹게 그 얘기를 털어놓으면 친구들은 믿을 수 없다고 말하면서도 세상에는 그런 인간이 있는 법이라고 속단했다. 그러고 나면 속된 말투로 정서에게 물었다.

"네가 직접 보는데도 언니한테 그랬단 말이야?"

보이지 않는 데서 그렇게 하면 면죄를 받을 수 있다는 투였다. 정서가 묘사하는 게 어찌나 실감 나는지 친구들은 마치 정서가 실제로 본 것을 얘기한다고 생각하는 것 같았다. 나중에는 정서조차 언니에게 들은 것과 상상한 것, 이야기 도중에 부풀려지고 윤색된 것을 분간할 수 없을 정도였다. 인수에게 언니가 맞는 상상을 할 때마다 정서는 제가 얻어맞는 것처럼 몸서리를 쳤다. 상상만으로 하도 실감이 나서 욱신거리며 통증이 느껴질 정도였다.

"언니한테 들은 거야."

"직접 본 적은 없는 거네?"

친구들의 질문을 정서는 잘 이해하지 못했다. 원래 그런 폭력은 내밀하게 이루어지는 법이고 부부간의 일, 가족의 일이어서 잘 드러나지 않는 게 당연해 목격자가 생기기 어려운 법이다.

"처음엔 숨어서 때리다가 나중엔 대놓고 때리기도 한대."

친구들이 남의 일 얘기하듯 심상한 말투로 대꾸할 때마다 정서는 기분이 상했다. 정서는 자신이 목격자가 될 수 없는 이유를 잘 알고 있었다. 언니는 정서가 집에 오는 것을 그다지 좋아하지 않았다. 아마도 인수의 폭력으로부터 보호하기 위해서였으리라. 처음에는 아내를, 다음에는 아이들로 확산되는 것이 폭력의 수순이니까. 정서가 정오를 부모로 여기는 것처럼, 정오 역시 정서를 자식으로 여기는 탓이었다. 그렇게 생각하면 걷잡을 수 없이 울음이 터져 나왔다. 정서가 끅끅거리며 울기 시작하면 친구들은 표정이 굳었다. 그 애들은 결코 알 수 없을 것이다. 정오는 기꺼이 정서를 양육해왔지만 지금 정서가 언니를 위해 할 수 있는 일은 하나도 없었다. 그 생각이 정서를 더욱 외롭게 만들었다.

정오가 머뭇거리다가 손을 뻗어 정서의 차가운 손을 잡았다. 정서는 닫힌 문을 물끄러미 쳐다보았다. 이제 곧 정오로부터 오늘 벌어진 일을 듣게 될 것이었다. 한번 얘기를 시작하면 걷잡을 수 없을 터였다. 진실을 알게 될 순간이 두렵지만 기다려지기도 했다. 정서는 알고 싶었다. 인수로부터 어떤 위협을 받았고 날카로운 칼을 피하지 못해 결국 정오가 어떤 결심을 내렸는지를. 정서는 드디어 문에서 고개를 돌려 정오를 보았다. 정오는 한사코 정서의 시선을 피했다. 부끄러움이나 죄책감, 두려움 같은 걸 들키고 싶지 않았으리라.

"언니, 우선 뜨거운 차라도 마시자."

정서는 자리에서 벌떡 일어섰다. 아직은 시간이 있었다. 정오가 좀 더 안정이 되면, 얘기를 하고 긴장을 가라앉히고 용기를 낼 수 있게 도와야 했다. 더 시간을 끌어서는 좋을 게 없었다. 경찰에 전화를 거는 사람은 정오 자신이어야 했다. 정서가 대신 그 일을 할 수도 있지만 정오는 인상적일 만큼 떨리는 목소리로 자신이 남편을 죽였다는 것을 고백해야 했다.

언니가 인수로부터 폭행을 당했다고 생각했을 때부터 정서는 이런 일이 벌어지리라고 예감했다. 결코 안 생겼으면 좋을 일이지만 이미 그럴 수 없는 일이 되었다. 정서는 언제고 이런 일이 벌어지면 해야겠다고 생각한 일들을 하나도 제대로 못하고 있었다. 떨고 있는 언니에게 두꺼운 모포를 덮어주고, 안정감을 준 후 피 묻은 옷을 갈아입히는 등의 일 말이다. 피 묻은 옷과 어질러진 현장은 언니의 행위가 계획되고 의도된 것이 아니라 충동적이라는 걸 증명하는 데 도움이 될 테니 잘 기억하고 보존해두어야 했다.

정작 정오는 차분했다. 무기력해 보이고 멍한 듯 보이기는 했으나 모든 일이 끝났고 돌이킬 수 없다고 체념한 사람 특유의 여유가 있었다. 몸을 떨고 횡설수설하고 불안한 것은 오히려 정서였다. 시간을 끌어 경찰이 조금 더 늦게 도착하기를 바라는 것도 정서인 것 같았다. 정서는 막연히 언니와 이야기를 나눌 시간이 어쩌면 지금뿐이라고 짐작하고 있었다. 경찰이 도착하면 언니는 자신을 변론할 수 있는 정보를 더 이상 정서에게 얘기할 수 없을 터였다.

"언니."

탁하게 갈라진 음성으로 정서가 말했다.

"길고 힘든 시간이 될 거야."

정오가 대꾸 없이 찻잔을 받아 들었다. 정서는 자신의 말이 지나간

일을 회상하는 투여서 조금 놀랐다. 그런 시간이 이제는 다 지나갔다
는 듯 들렸다.

"언니가 잘 견뎌야 해. 그럴 수 있지?"

정오가 부드럽게 정서를 바라보았다. 따뜻하고 깊은 눈빛이었다. 정
서를 걱정하는 마음이 느껴졌다. 정서는 정오를 마주 보았다. 정오는
담담하고 짧은 한숨을 내쉰 후 천천히 차를 마셨다. 기운을 내고는 있
지만 아무래도 가까스로 참는 것 같았다. 울먹이거나 변명하거나 사정
을 설명하지 않았다. 도움을 구할 수 없을 때, 그럴 마음이 아예 없을
때, 정오는 차분해졌다. 스스로 모든 일을 해낸 사람 특유의 단호함이
엿보였다. 정서의 가슴 깊숙한 곳에서 통증이 일었다. 언니는 인생에
서 겪지 않으면 좋을 일을 많이 겪었다. 정서는 그것을 잘 알았다. 오
늘 벌어진 일 역시 그렇다는 것은 말할 필요도 없었다. 그럼에도 언니
가 차를 마시는 소리 사이로 은은한 향이 흘렀다. 공기는 고요했고 낮
게 가라앉아 포근했다. 나쁜 일은 전혀 없을 것같이 평화로웠다.

물론 그 기분은 오래가지 않았다. 차를 다 마시기도 전에 현관 벨이
울렸다. 경쾌한 소리였다. 닫힌 문과 그 안에 고인 정적만 아니라면 방
문객은 자연스러웠을 것이다. 잘 정돈된 집 안팎, 적당히 자리를 차지
한 세련된 장식물을 보면 손님이 자주 드나들도록 설계된 집 같았다.

정서는 벌떡 일어나 인터폰으로 현관을 지켜보았다. 화면에 앞집 노
부인이 서 있는 게 보였다. 적당한 양의 새치가 굵은 웨이브 속에서 은
빛으로 기품 있게 빛났다. 정서는 어떻게 해야 할지 모르겠다는 듯 정
오를 보았다. 정오는 당연히 그래야 한다는 듯 스르륵 자리에서 일어
섰다. 정서는 가볍게 고개를 저었다. 이런 상황에 방문객을 들이는 것
은 좋은 일이 아니었다. 목격자가 느는 것은 반길 일이 못 됐다.

"이상하게 생각할 거야."

정오가 담담히 말했다. 정오는 노부인과 친밀한 우정을 나누고 있었다. 정서도 잘 알았다. 언니에게 자주 얘기를 들었다. 텃밭에 식물을 심는 시기나 재배 방법을 알려준 것이 노부인이었다. 박쥐매듭을 짓는 법과 감침질, 사뜨기 같은 방법으로 보자기 만드는 법을 알려주기도 했다. 정오는 그런 것들을 정서에게 같이 배우자고 했다. 정서가 다리를 다쳐 테니스 강사 생활을 지속할 수 없어 우울해하고 있어서였다. 정서는 그렇게 했다. 인수가 출근하고 나면 정오네 집으로 왔다. 좁은 마당에서 정오와 노부인이 텃밭을 가꾸는 동안 정서는 노란 공을 쳤다. 공은 간혹 엉뚱한 곳으로 날아갔다. 정오네 집 앞 도로로 날아갈 때도 있었고 애써 가꾼 텃밭을 치기도 했다. 텃밭에 앉은 노부인의 바로 옆으로 떨어지거나 노부인네 유리창, 마당에 놓인 항아리를 칠 때도 있었다. 노부인이나 정오를 칠 때도 있었다. 실수였다.

"아무도 없는 척하면 돼."

정서가 말했다. 그럴 수 없다는 걸 잘 알고 있었다. 온 집 안에 환하게 불이 켜져 있고 거실 창을 가린 리넨 커튼으로는 두 사람의 실루엣이 보일 것이었다. 어쩌면 노부인은 정서가 오는 걸 봤을 수도 있었다. 두 집은 마당을 공유하며 서로 마주 보는 형세였다.

다시 벨이 울렸다. 소리가 유난히 크게 울렸다. 안쪽을 기웃거리는 노부인의 얼굴이 화면에 나타났다. 노부인은 이상할 정도로 끈질긴 데가 있었다. 그녀는 마음먹은 일은 끝까지 완수하겠다고 결심한 사람처럼 물고 늘어졌다. 다 죽게 생긴 정오의 텃밭을 다시 일구어 완전히 살아나게 한 것도 그녀였다. 오늘 그녀는 어떻게 해서라도 이 집에 들어오겠다고 작정한 것 같았다.

"네가 오는 걸 봤을 거야."

정오가 자리에서 일어서서 현관 쪽으로 걸어갔다. 정서는 후회했다. 집에 도착하자마자 언니를 설득해 경찰에 먼저 전화를 걸었어야 했다. 수사관은 사건 발생 시각과 경찰에 신고한 시각의 차이에 주목할 것이다. 정서는 언젠가 이런 일이 벌어지리라 생각했고 그런 경우에 어떻게 하면 좋을지 여러 차례 상상해왔지만 정작 그 일이 벌어지고 나자 그간의 고민과 노력이 아무런 소용이 없음을 무력하게 깨달을 뿐이었다.

"이게 무슨 냄새예요?"

노부인이 소란스럽게 문을 열고 들어섰다. 노부인은 한 손에는 커다란 쟁반을, 다른 손에는 언제나 브로치처럼 가슴에 품고 다니는 슈나우저를 안고 있었다. 정서가 생각하기에 냄새는 집에서가 아니라 그녀가 든 쟁반에서 풍겼다. 잘 쪄진 고기만두 냄새였다.

"동생도 와 있었네. 오랜만이에요. 잘 지냈어요?"

노부인이 정서에게 말했다. 정서는 어색하게 눈인사만 건넸다. 정서는 개를 무척 싫어했다. 나무로 된 마룻바닥을 종종거리며 뛰어다니는 소리가 싫었고 털은 말할 것도 없고 누구에게라도 사랑을 받겠다는 듯 계속해서 꼬리를 치고 눈을 마주치려 하는 게 싫었다. 물론 더 싫은 쪽은 그런 개를 품에 안고 다니는 견주였다. 언제나 마당이 보이는 거실 커튼을 열어두고 지내는 노부인이 정서를 보고 놀란 척하는 게 의뭉스러웠다. 그녀는 드나드는 사람을 놓치는 법이 없고 이웃에서, 특히 정오에게 일어나는 일을 죄다 간섭해야 직성이 풀렸다. 정서가 길가에 아무렇게나 차를 대고 다급하게 뛰어 들어오는 것을 보고 호기심을 참기 어려웠을 것이다.

노부인은 김이 나는 만두가 든 쟁반을 정오에게 건네고 본격적으로 코를 큼큼거리며 집에서 나는 냄새를 맡기 시작했다. 품에 안긴 슈나우저가 낮게 으르렁거리며 덩달아 코를 벌렁거렸다. 정오는 당황하지 않고 거실 문을 활짝 여는 것으로 노부인의 시선을 돌렸다. 열린 창으로 불어 드는 바람에 커튼이 속절없이 흔들렸다. 노인이 냄새의 근원지 찾는 일을 관두고 편안해진 얼굴로 정서에게 다가와 물었다.

"운동하고 바로 왔나 보네요. 요즘은 좀 괜찮아요? 괜찮아지면 나도 다시 지도해줘요."

답을 듣는 일에는 흥미가 없다는 듯 노부인은 접시에 만두를 옮겨 담는 정오에게 다가갔다. 그녀는 정오에게 자신이 왜 저녁까지 먹은 마당에 다 늦게 만두를 빚게 되었는지 웃음 섞어 속닥거리며 털어놓고 있었다. 만두에 들어간 재료가 모두 텃밭에서 일궈진 것들이며 고기 역시 특별한 사육법을 가진 주인 아래에서 키워진 것이라고 장황하게 늘어놓았다. 듣지 않아도 상관없는 얘기였지만 정오는 흥미롭다는 듯 그 얘기를 듣는 시늉을 했고 간간이 대수롭지 않은 말로 대꾸했다. 정서는 그 모두를 지켜보면서 노부인이 자신에게 왜 괜찮냐고 물었나 하는 생각에 빠져들었다.

"정오 씨는 이런 걸 많이 먹어둬야 해요. 정서 씨도 좀 먹어봐요."

노부인이 정오와 정서 앞으로 슬쩍 접시를 밀어주었다. 정서는 노부인의 말이 특별한 의미를 가진 것일지도 모른다고 생각했다. 그녀는 언제나 정오에게 다정했다. 정서가 보기에는 그럴 필요가 없을 때에도 다정하게 굴었다. 말하자면 지금 같은 때. 노부인은 유난히 핼쑥하고 수심에 찬 정오를 못 본 척하고 있었다. 정오의 실내복 앞섶에 묻은 얼룩에 대해서도 모르는 척했다.

정오는 어색한 침묵을 깨기 위해 접시로 손을 뻗어 커다란 만두를 집어 들었다. 마치 그것을 처음 본다는 듯이 이리저리 돌려 보고는 한 입 베어 물었다. 고기로 두툼하게 속을 채운 만두에서 육즙이 스며 나와 손을 타고 흘러내렸다.

"늘 거실에 계시나 봐요."

정서는 모험을 감행하기로 했다. 정오가 흘끔거리며 정서를 쳐다보았다. 정서가 뒤이어 하게 될 말을 불안해하며 기다리는 것 같았다. 정서는 단호하게 정오로부터 시선을 돌렸다. 닫힌 문 쪽을 보았다. 거기에서는 여전히 어떤 냄새가, 노부인이 현관에 들어서며 지적한 그 냄새가 어둠과 함께 조금씩 새어 나오고 있었다. 정오는 긴장을 감추는 방법으로 말없이 커다란 만두를 먹는 쪽을 택한 것 같았다. 만두를 삼키기도 전에 다시 손에 집어 들었다. 손을 타고 흐르는 육즙을 입고 있는 실내복에 닦았다. 정서는 차갑고 도도하던 정오의 퇴행을 불안한 듯 바라보았지만 막을 도리가 없었다. 정오가 생각하기에 그것이 노부인의 환심을 사는 동시에 말실수를 하지 않는 방법이었을 것이다.

"거기가 빛이 제일 잘 들어요. 나이가 들어서 그런지 해 비치는 게 참 좋거든요."

노부인이 정서의 질문을 대수롭지 않게 취급했다. 그녀는 질문의 의도를 조금도 의심하지 않았다.

"거실에서 책을 보셔. 정말 책을 많이 읽으시거든."

만두를 씹으며 우물거리는 통에 정오의 말은 대번에 알아듣기 힘들었다.

"많이는요. 눈물이 하도 나서 요새는 통 못 읽어요. 그냥 펼쳐놓고 앉아 있는 거죠."

노부인이 약점을 고백하듯이 말했다.

"무슨 말씀인지 잘 알겠어요. 저도 그럴 때가 있어요."

정오가 다시 우물거렸다.

"계속 눈물이 고여요. 남들은 슬퍼서 우는 줄 알 거예요. 눈곱도 잘 끼는데, 하루 종일 모르고 있을 때도 있죠. 그냥 세상이 뿌연가 보다 하고 말죠. 거울로 봐도 잘 안 보이고요."

"잘 보이지 않는다니 무서운 일이에요."

"아직 늙어보지 못한 사람에게 늙는 게 무서운 일이긴 하죠. 딴 사람들 말 들어보면 그러다 나아지기도 한다네요. 나는 아직 그럴 기미가 없어요. 다 늙은 줄 알았는데도 아직 뭐가 남았는지, 익숙해질 일이 또 생기고 그러네요."

정오가 입안 가득 들어찬 만두가 보일 정도로 크게 웃었다. 정서에게는 바보 같아 보였지만 노부인의 마음은 얻은 것 같았다.

"정오 씨가 잘 먹어주니 고마워요. 뭐랄까…… 이런 게 없었으면 우린 훨씬 외로웠을 거예요."

"저도 그래요."

정오가 우물거리며 재빨리 대꾸했다.

"고기 같은 거요. 동물 인권이다 뭐다 해서 유별나게 구는 사람들도 있지만, 사람 몸이 꼭 그렇지가 않거든요. 먹을 수 있는 건 다 먹어야 해요. 그래야 균형이라는 게 맞아요. 꼭 영양의 균형을 얘기하는 건 아니고요."

노부인이 속삭이듯 말했다. 정서는 인상을 찌푸렸다. 노부인의 품에서 벗어난 슈나우저가 만두 접시에 혀를 내밀고 있었다. 정오는 그걸 보았는지 어쨌는지 다시 만두에 손을 뻗었다. 어쩌려는 것인지 벌써 여섯 개째 만두를 먹고 있었다. 끊임없이 만두를 입에 넣으며 턱에 흐르는 육즙을 계속해서 닦는 정오는 미련해 보였다. 이제껏 정서가 본 적 없는 모습이었다. 정서는 몹시 충격을 받았으나 정오가 부러 그러는 것이라고 생각해서 꾹 참았다. 어쨌거나 노부인은 빼어난 조력자였다. 정서는 언니가 곧잘 노부인에게 털어놓았다는 것을 알고 있었다. 그녀는 고등학교 교감으로 퇴직한 후 3년 전에 정오와 이웃한 집으로 이사 왔다. 하나뿐인 딸은 가족과 이민을 갔다. 애완견과 둘이 생활하고 있었는데, 정오가 노부인의 잃어버린 개를 찾아주면서 우정이 시작되었다. 정오는 간혹 특별한 우정이라고 말할 때가 있었다. 노부인이 엄마 같을 때가 있다고 했다. 노부인은 간혹 정오가 우는 모습을 보았다. 멍이 든 모습도 봤다. 그것이 테니스공에 맞아서가 아니라 인수에게 맞아서 생긴 멍이라고 제대로 알려준 것이 정서였다. 정서는 한동안 타운하우스 인근 코트에서 정오와 노부인에게 테니스를 가르쳐주었다. 집에 틀어박힌 정서를 어떻게든 바깥으로 불러내려고 정오가 꾸민 일이었다. 정오가 공을 줍고 있을 때 정서가 그 얘기를 해주었다. 노부인은 놀랐지만 더 자세한 얘기를 들을 수는 없었다. 정오가 땀에 젖은 얼굴로 노란 공을 한가득 안고 왔기 때문이었다. 물론 노부인은 정서에게 항변했다. 정오와 인수가 다정하게 외출하는 모습을 봤다고 했고 출퇴근 때마다 인수가 기품 있는 차림으로 다가와 호감 가는 말투로 인사를 하고 겸손하게 차를 타고 떠난다고 했다. 노부인은 언젠가 인수에게 점잖은 사람이 아내에게 그렇게 하면 안 된다고 타이를 작정이라고 했다. 정서는 만약 그랬다간 언니는 더 많이 얻어맞을 것이라고 일러줬다.

정서는 문득 노부인에게 그 냄새에 대해 물어야 한다는 것을 상기했다. 갑자기 든 생각이었지만 좋은 질문 같았다. 노부인의 대답 여하에 따라 정오는 경찰에서 할 진술의 내용을 조금 바꾸어야 할 수도 있었다. 노부인은 뭔가 알고 있을 수 있었다. 이 집에 떠도는 희미한 피 냄새를 맡았을 수도 있었다. 집 밖으로 새어 나오는 소리를 들었을 수도 있었다.

"집에서 무슨 냄새가 나던가요?"

정오는 입에 만두를 넣으려다 말고 정서를 쳐다보았다. 커다란 접시 위에 만두는 이제 겨우 두 개가 남아 있었다. 정오의 표정에 잊고 있던 두려움이 서서히 어리기 시작했다. 노부인이 정서를 쳐다보았다. 그제야 정서는 이 질문이 느닷없고 이상해 보일 수도 있겠다고 생각했다.

"글쎄요, 비릿한 냄새 같기도 하고 심한 땀 냄새 같기도 하고……."

노부인이 살짝 미간을 찌푸렸다.

"하루 종일 문을 닫아놔서 그래요. 내가 늘 일러도 젊은 사람들은 보통 그렇잖아요. 문을 열어놓는 게 큰일인 줄 알아요. 하기야 요새는 별 험한 일이 많이 생기니까요."

"피 냄새예요."

정서의 말에 정오가 벌떡 일어서 창가로 갔다. 나머지 다른 창도 죄다 열 작정인 것 같았다. 아무리 봄이라지만 해가 저문 후에 부는 바람은 온기가 전혀 없었다. 노인이 카디건을 여몄다. 정오의 실내복 자락이 펄럭였다.

"피는 무슨…… 새댁은 고기를 안 먹잖아요. 채식주의자요. 이런 만두나 만들어다 줘야 겨우 먹는 시늉만 하지."

정오가 안도한 듯 마지막 만두를 집어 들었다. 노부인이 금세 안쓰러운 표정으로 정오를 지켜봤다. 정서는 그쯤에서 입을 다물어야 한다는 것을 알았다. 만약 정오가 만두를 한입에 다 처넣지 않았다면 입을 다물었을 것이다.

"오늘 형부 못 보셨어요?"

노부인이 무슨 뜻이냐고 묻듯 정오와 정서를 번갈아 바라보다 웃음을 터뜨렸다. 정오가 턱으로 흐르는 육즙을 혀로 빨아 먹기 위해 애쓰고 있었던 것이다. 정오는 노부인을 따라 마주 웃다가 정색한 표정의 정서를 보고 가까스로 웃음을 참았다. 정서는 인상을 찌푸렸다. 노부인이 웃음을 참고 밭은 숨을 내쉬었다.

노부인이 씻지 않은 쟁반을 한 손에 들고 나머지 한 손으로는 슈나우저를 안고 돌아간 후에야 정오는 다시 무뚝뚝하고 차가운 표정으로 돌아갔다. 정오는 화가 났는지 아무 말도 하지 않고 소파에 걸터앉아 있었는데, 정서로서도 불쾌하긴 마찬가지였다. 이 불필요한 대립에 장점이 있다면 닫힌 문 안쪽에서 벌어진 일을 잠시나마 잊게 해주었다는 것이었다. 그렇다고는 해도 아예 문제를 잠재워버릴 만큼 충분한 수준은 아니었다. 그리 간단한 문제가 아니었다.

정서는 아까 정오가 열어젖힌 창문을 닫고 커튼을 쳤다. 불필요한 빛이 거실에 앉은 언니의 실루엣을 반사해낼까봐 전등도 껐다. 정오는 묵묵히 정서가 하는 양을 지켜보았다. 정서는 문득 이 모든 것이 정오 계획의 일부일지 모른다는 생각에 사로잡혔다. 정오는 늘 모든 것이 용의주도하게 계획되어 있어야만 안전하다고 믿는 사람이었다. 꼼꼼하고 까다로운 사람이었다. 충동이나 자율, 본능 같은 것이 질서를 흐트러뜨리는 걸 두려워했다. 자신이 원하는 것과 원하지 않는 것을 분명히 알았고, 원하는 것을 갖기 위해서 거짓된 노력을 마다하지 않았으며 자신이 원하는 대로 상대가 반응할 때까지 기다릴 줄도 알았다.

정서가 정오에게 인수에 대해 캐물으려 할 때 차고 쪽으로 차량이 진입하는 소리가 들렸다. 정오가 반갑다는 듯 벌떡 일어섰다. 잠깐이지만 헤드라이트 불빛이 비추면서 거실은 불을 켠 듯 환해졌다. 아무것도 털어놓지 않은 정오는 털어놓을 게 하나도 없다는 듯 방금 정서가 끈 불을 모두 다시 켰다. 정오에게 보이는 활기 어린 표정 때문에 정서는 정오의 오래된 충고를 떠올릴 수 있었다. 생각이 곧 진실은 아니라던 말이었다. 정오는 진심이 담긴 그 말을 여러 차례 정서에게 했다. 정서가 자신을 대신해서 인수의 전부인을 만나고 돌아왔을 때 정오가 그 얘기를 처음으로 했다. 인수 전부인은 미처 집에서 챙겨 나가지 못한 물건을 건네받고 싶다고 했다. 정오는 고작 중학생인 정서를 내보냈다. 아무래도 인수가 전부인을 만나는 것은 싫었을 것이다. 자신이 만나면 수모를 겪으리라 생각했을 것이다. 정오는 정서에게 프랜차이즈 패스트푸드점에서 쇼핑백을 건네주기만 하면 된다고 했다. 여자는 단번에 정서를 알아보았다. 정서가 든 쇼핑백 때문이었다. 쇼핑백은 인수가 다니는 회사의 것이었다. 정서는 자신이 만나는 사람이 누구라는 것을 알고 있었다. 언니가 얘기해준 것은 아니었다. 쇼핑백에 든 물건을 열어보고 알았다. 거기에는 여자의 화장품 몇 개와 낡은 슬리퍼가 있었다. 오래된 그림 액자와 촌스러운 옷도 있었다. 당장 쓰레기통에 버려도 좋을 물건들이었는데, 아마 그래서 전해주려고 생각한 것 같았다. 그런 물건들을 주려니 오히려 정서가 미안한 마음이 들었다. 여자가 자신에게 그 안에 든 물건들을 마구 던져버리면 어쩌나 싶어 두렵기도 했다. 막상 여자를 만나고 나서는 그런 마음이 누그러졌다. 여자의 태도와 표정은 인상적이었다. 그녀는 어린 정서에게 정중히 인사했다. 반듯하고 어두운 색의 옷을 입고 있었는데 단정하고 선량한 인상을 풍겼다. 사진으로 본 인수 아들의 얼굴이 떠올랐다. 그 애에게서 나이보다 어른스러운 태도를 볼 수 있었는데, 여자에게서 온 인상 같았다. 정서는 쇼핑백을 받아 들고 바로 자리를 뜨려는 그녀를 붙잡았다. 무슨 까닭인지 그리고 싶었다.

"아저씨요. 아주 이상한 사람 같아요."

다급한 정서의 말에 그녀가 다시 자리에 앉았다.

"언니를 때려요. 자주요."

정서는 그녀를 안심시켜주고 싶었다. 인수가 정오에게 못되게 군다고 알려주고 그들이 결코 행복하지 않다고 말해주고 싶었다.

"그럴 사람이 아니에요."

그녀가 말했다. 예상과 달리 여자는 정서의 거짓말에 조금도 즐거워하지 않았다. 친절하지만 냉소를 숨기지 않고 웃었다. 인수는 정오를 선택했지만 그 선택이 여자가 가진 신뢰를 무너뜨리지 않은 모양이었다. 정서는 비참한 기분에 사로잡혔다. 그녀는 정서를 비하하는 말을 하지 않았다. 그러나 인수에 대한 변함없는 의리와 신뢰를 드러냄으로써 충분히 정서를 비하했다. 인수의 배신은 정오의 계략에 의한 행동이라고 여기는 게 분명했다. 정오가 계약직 사원으로 입사한 회사에서 살아남는 방식으로 택한 것이 업무적 재능을 보여주는 게 아니라 여성적 매력을 과시하는 것이었다고 생각했다. 정서는 제 말이 거짓이 아니라는 걸 강조하려고 본 적도 없는 인수의 폭력적인 성향을 열거했다. 인수가 칼을 들고 위협한다고 했을 때 그녀는 아까보다 더 크게 웃었다. 만약 정서가 조금만 더 어른이었다면, 교복을 입고 오지 않았다면 자신이야말로 그녀를 한 대 때렸을 거라고 말했다. 정서는 실패했다. 인수가 언니를 참을 수 없어 하고, 어떤 행복도 느끼지 않으며, 얼마나 불행해졌는지 알려주려는 일에 실패했다. 여자는 변함없이 차분하고 예의를 지켰다. 쇼핑백을 내던지지도 않았고 자신이 원하는 걸 주지 않았다고 화를 내지도 않았다. 정오를 혐오하는 말도 내뱉지 않았다. 여자를 만나고 나서 정서는 언니와 인수를 볼 때면 내내 이상하고 어색한 기분에 사로잡혀 있던 이유를 알 것 같았다. 정서는 인생이 정해놓은 역할에 빠져 언니와 인수가 불행하리라 생각해왔다.

정오는 그 일로 인수와 다퉜다. 정서에게 거짓말을 하지 말라고 충고했고, 생각을 그대로 믿어서는 안 된다고도 했다. 정서가 그 무렵을 떠올리려면 항상 시간이 걸렸다. 모두로부터 버려진 느낌을 내내 품고 있기는 쉬운 일이 아니다. 정서는 생각을 떠올린 시점이 너무 늦지 않기만을 바랐다. ▪

심사평

| 예심 |

더 깊어진 저마다의 세계
김 숨

쓸 자신이 없는 이야기를 쓰는 소설
이 수 형

'모든 것을 음미하려는 자세'
소 영 현

| 본심 |

작은 이야기에 담긴 큰 울림
이 동 하

삶의 무게와 소설 쓰기
김 인 숙

탈脫숭고의 상상력에 관하여
김 동 식

수상소감

실제의 삶과 같이 호흡하는 일
김 채 원

더 깊어진 저마다의 세계

김 숨

저마다의 세계는 깊어지고 견고해져 있었습니다. 동시대의 보편적이고 고질적인 사회적·역사적 질문과 문제들을 저마다의 개성과 스타일로 증언하고 고발하는 작품들을 읽으면서, 소설의 역할이 그 어느 때보다 절박하다는 생각을 다시금 했습니다.

2014년 겨울호부터 2015년 가을호까지(월간지의 경우 2014년 12월호부터 2015년 11월호까지) 계간지에 발표된 작품들을 찾아 읽는 작업은 만만치 않았지만, 부단히 자기 세계를 구축하고 있는 선후배 소설가들로부터 한 수 배웠다는 뿌듯함과 동시에 자기반성을 저에게 선물해주었습니다.

모두 귀중한 작품들이었지만 읽는 즐거움을 특별히 선사한 작품들은 권여선 「삼인행」, 김엄지 「느시」 「예지」, 백민석 「개나리 산울타리」, 백수린 「중국인 할머니」, 손보미 「임시교사」, 조해진 「사물과의 작별」, 최수

철 「줄무늬 옷을 입은 남자」, 김채원 「베를린 필」 등이었습니다.

김엄지의 「느시」와 「예지」는 '끼'가 다분한 스타일의 작품들이었습니다. 잽을 날리듯 툭툭 지면을 향해 던져놓은 문장들이 모여 독특한 완결성과 나름의 탄탄한 서사를 구축하는 과정이 흥미롭고 신기했습니다.

한때 임시교사였던 보모 P부인을 내세워, 자본주의 사회의 신분과 계급에 대해 말하고 있는 손보미의 「임시교사」는 우아하고 세련된 서술의 매력을 한껏 보여주었습니다.

백수린의 「중국인 할머니」는 백김치처럼 환하고 담백했습니다. 화교 출신의 새 할머니와 한국인 손녀. 피가 한 방울도 섞이지 않았을 뿐 아니라, 다른 민족인 두 여자의 만남을 담담한 어조로 들려주고 있었습니다. 자신이 보기에 돌아가신 할머니와 비교해 모든 면에서 부족한, 타인이나 별반 다를 것 없는 새 할머니에게 손녀가 어느 날 지나가듯 물어봅니다. 왜 고향으로 돌아가지 않고 남았는지. 새 할머니의 대답은 소박하지만 고고합니다. "이렇게 너를 만나려고 그런 거 아니겠니." "대륙 사람 자식으로 태어나 대만 사람이 되어서 칠십 년 넘게 여기서 살았는데 여기서 외로우면 어디를 가든 외롭지 않겠느냐." 새 할머니의 읊조림은, 이민자의 운명을 사는 세상 모든 여인들의 읊조림이 되어 달밤 속에 울려 퍼지고 있었습니다.

조해진의 「사물과의 작별」은 정교하고 믿음직스러운 서사의 힘이 돋보이는 작품이었습니다. 재일 교포인 서 군軍과 한 시절 흥했던 레코드점 사장의 딸이었던 태영. 그들의 첫 만남은 지극히 개인적이고 아름답지만, 시대의 자기장으로부터 자유롭지 못합니다. 자신의 실수로 서 군이 정치범으로 몰려 옥고를 치르자, 태영은 고독한 독신의 인생을 숙명처럼 스스로에게 부여하고 살아갑니다. 알츠하이머로 나날이 마비되어

가는 육체와 기억을 이끌고 서 군을 만나러 가는 태영의 고군분투는 절박하고 안쓰럽기 그지없었습니다. 서 군을 만나러 가는 고모 태영과 동행하는 지하철 유실물센터 직원인 조카 '나'의 역할은, 어쩌면 우리 모두의 역할이 아닐까 하는 시대적 질문을 던져주는 작품이었습니다.

권여선의 「삼인행」은 부부이지만 부부라고 부를 수 없는 커플(규와 주란)과 그들의 친구(훈)가 설악산에서 1박을 하기 위해 서울을 떠나는 것으로 시작합니다. 1980년대 운동권 세대들의 현재를, 그들의 무기력과 회한을 특유의 솔직담백한 입담으로 그려 보여주었습니다. 거대한 설악산 아래서 1박을 하면서 그들이 깨닫는 것은 "자연이든 관계든 오래 지속되어온 것이 파괴되는 데는 번갯불의 찰나만으로도 충분하다"는 것이었습니다. "우리 다시는 서울로 못 돌아가도 괜찮을 것 같지 않냐?"라는 규의 마지막 말은, 우리들이 언젠가 서울 저 밖 그 어느 곳에서 씁쓸하게 중얼거렸던 말처럼 들렸습니다.

김채원의 「베를린 필」은 섬세한 감정의 결이 조용히 파도치는 작품이었습니다. "인생이 후려친 자국, 손상의 느낌" "조금씩 표시 안 나게 쇠퇴해가고 있는" 여인의 초상은 고전적이고 아름다웠습니다. 그 흔한 핸드폰 없이 살아갈 만큼 비현실적인 한 여인의 개인적인 상실감이(그녀의 둘째 이모와 사촌은 북에 살고 있습니다) 분단국가의 아픔으로 승화되면서 큰 소설로 다가왔습니다. 주인공 여인의 사색이, 광화문 세종문화회관에서 열리는 '베를린 필' 공연을 보러 간 아이를 기다리는 시간 내에서 이루어지는 설정이 자못 자연스럽고 흥미로웠습니다. ▪

쓸 자신이 없는 이야기를 쓰는 소설

이수형

〈현대문학상〉 예심을 위해 작년 가을부터 1년 동안 발표된 단편들을 읽었다. 다시 읽는 작품도 적지 않았고 때때로 다시 읽을 필요가 없을 정도로 생생하게 기억나는 작품도 없지 않았으나, 짧은 시간에 150편이 넘는 단편을 읽는다는 것은 쉽지 않은 일이었다. 읽어내기 쉽지 않았던 것은, 물론 대상작이 많았기 때문만은 아니다. 소설 속에서 주인공들은 행복하지 않았고, 자포자기나 좌절만 하지 않는다면 그나마 나은 축에 속할 정도였으며, 지금보다 나은 삶을 살 수 있는 길이 그들에게서 잘 보이지 않았다. 얼마간은 어쩔 수 없는 일이라고 생각한다. 왜냐하면 소설가들은, 적어도 독자인 내가 인정할 만한 소설가들은 지금 이곳이 행복하다고 말할 만큼 뻔뻔스러울 리 없으며, 또한 이렇게 하면 행복해질 것이라고 예언할 만큼 단순하거나 유치할 리도 없기 때문이다. 소설에서는 행복하거나 보람되거나 가치 있는 삶을 찾기도 어려웠고, 그렇다고 행복하지도 보람되지도 가치 있지도 않은 삶을 탈출하거나 뒤집을 만한 방도를 찾기도 어려웠고, 그리하여 소설 읽기는 진도가 잘 나가지 않았다. 소설들을 읽으면서, 현실의 모순을 폭로하고 그 대안을 제시하기 위해서는 소설 말고 다른 것, 가령 다큐멘터리영화 같은 매체를 선택하는 게 낫겠다는 생각을 새삼 여러 번 했다.

군이 거꾸로 생각하면, 입구도 출구도 보이지 않는 알 수 없는 혼돈 같은, 그런 수수께끼 같은 삶을 보여주기에는 소설이 낫다는, 소설 외에 다른 매체로는 그러기 쉽지 않다는 주장을 가질 수도 있다. 예심을 거쳐 본심에 오른 작품들은 다들 수상작으로 손색이 없지만, 그중에서 권여선의 「삼인행」, 김채원의 「베를린 필」, 이기호의 「권순찬과 착한 사람들」에 더 마음이 가는 이유는, 이들이 발단 전개 위기 절정 결말이 없는, 들어가는 길도 나가는 길도 없는 삶을 그리고 있기 때문이다. 이건 소설감이야, 라고 말할 수 없는 것을 소설로 쓰고 있기 때문이다. 사람들의 생각과 달리 영락없이 소설감이라면 그것은 소설 외에 다른 매체에서도, 아니 소설보다 다른 매체에서 훨씬 잘 다룰 수 있다. 이기호 소설 속의 주인공인 어떤 소설가는 이렇게 말한다. "나는 원래 그의 이야기를 문장으로 쓸 마음은 갖고 있질 않았다. 아니, 처음엔 쓸 생각이었지만 중간에 그만, 쓰지 않기로 마음을 고쳐먹었다. 도무지 그에 대해서 쓸 자신이 없었기 때문이다. 하지만 나는 지금 여기에, 그의 이야기를 썼다." 어떤 좋은 소설은 이렇게 쓰여질 수밖에 없을 것이라고 생각한다. ▪

'모든 것을 음미하려는 자세'

소영현

  문단 전체가 추문에 휩싸였던 참혹한 한 해다. 지난해 세월호 참사 이후 많은 이들이 쓸 수 없는 고통을 호소했었다면 올해 문단 전체가 겪어야 한 고통은 그와는 차원 다른 극한이었다. 출간이 눈에 띄게 저조했다. 한국 문학의 바닥없는 침체를 우려해야 할 상황이었다. 예년과 마찬가지로 2014년 겨울에서 2015년 가을에 이르는 계간지와 월간지 게재 소설을 대상으로 심사를 진행했고, 1차 추천작을 중심으로 논의 끝에 열두 명의 작가의 열세 편의 작품을 심사 대상작으로 추천하게 되었다. 지금 현재 한국 문학을 이끌고 있는 이들의 소설이 기대에 못 미치는 경향을 보여주었으나, 공교롭게도 그들 대부분이 근간 장편소설을 출간했거나 흥미로운 소설을 연재 중이기도 했다. 탁월한 단편소설이 한국 문학의 수준을 매번 경신해왔다면, 이제 한국 문학은 실질적으로 좀 더 다양해지고 있다고 믿어도 좋을 듯하다. 좋은 문학은 언제나 같은 자리에 선 채

외형을 바꾸는 혁신 속에서 등장하기도 하고, 지금까지의 세계와는 다른 지점으로 한 발 내딛는 자리에서 마련되기도 한다. 지난 한 해 동안 발표된 한국 문학의 꽤 많은 작품이 이런 변화기의 면모를 보여주고 있다. 향후 그 세계의 변모를 기대해볼 일이다. 심사 대상작 가운데 한동안 작품 활동이 뜸했다가 최근 활동을 재개한 작가들의 작품세계가 돋보였다. 매번 성찰적 시선으로 스스로를 냉철하게 벼린다고 하면서도 어느새 비평의 눈도 기성의 문학이나 지속적으로 형성되어온 문학의 얼굴에 다소간 익숙해지곤 한다. 탄탄한 기량을 갖추고 자신의 색깔을 성숙한 형태로 구현한 그들의 작품은 경화되고 있는 비평의 눈을 다시 단련시키는 신선한 각성의 계기가 되었다. 이상한 나라의 앨리스가 된 듯 김채원의 「베를린 필」에 홀리듯 빨려든 것은 그래서인 듯하다. "기묘하게 사람의 마음을 사로잡는 광채 나는 그 멜로디"라는 문장이 그대로 소설 전체의 표정을 압축하는 듯한 「베를린 필」은 '베를린 필'을 들으러 간 아이를 기다리며 느슨한 시간을 채우듯 가볍게 시작된 상념이 '모든 것을 음미하려는 자세'를 통해 70년의 한국사를 벅차게 끌어당기며 언어의 심포니를 완성한다. 언어의 원형인 듯 울려 퍼지는 소설의 울림에 부지불식간 빠져들었다가 꽉 채워진 듯 보였던 한국 문학이라는 서재에 여전히 빈 곳이 많다는 사실을 불현듯 깨닫게 한 소설이다. ▪

작은 이야기에 담긴 큰 울림

이동하

    작가의 지문이 묻어나는 소설이 있고 전혀 그렇지 않는 소설이 있게 마련이다. 「베를린 필」은 앞의 경우에 속한다. 작가의 체취가 물씬 풍기고 생활상이 엿보이는 소설이다. 그만큼 친근하게 다가온다. 이전 작품들도 대체로 그랬다고 기억된다.

    전면에 드러나 있는 이야기는 아주 사소한 일상범사다. '베를린 필' 공연을 보러 간 아이를 기다리며 세종문화회관 앞 카페에 앉아 이순신 장군 동상이 서 있는 광장을 내려다보는 일, 공연이 끝난 다음 길이 막혀 아이와 함께 회관 주변을 지루하게 배회한 것 정도다. 작가는 우리 사회에서 흔히 보고 겪게 되는 일상적 상황과 풍경들—카페, 광장, 교통체증 등을 차근차근 묘사한다. 한데 그게 낯설고 새롭게 느껴지는 까닭은 무엇일까? 작가의 모습이 다분히 투영된 1인칭 화자의 내면이 무시로 겹치기 때문이다. 베토벤 「영웅」의 1악장 마지막 부분의 멜로디에 대한 기억, 언어가 곧 형상(실체)이던 어린 시절의 회상, 40대 초반에 접했던 베를린 장벽 붕궤의 충격, 날로 쇠잔해가는 친구들의 이야기 등이 자연스레 섞여들면서 마침내 현상 너머의, 또는 그 밑바닥의 의미 차원으로 이야기는 부단히 확장된다. 태어나자마자 정치권력들이 '일방적으로 만들어놓은 세계'에 편입되어 평생을 살아온 세대의 피로감과 울분이 극적으로 드러난다. 한없이 기다리지만 어디에서도 해답은 오지 않고 어정쩡한 날들만 속절없이 흘러간다는 한 인물(월북한 아버지를 둔 동창)의 탄식에 깊이 공감하게 된다.

심사 소감을 쓰기 위해 이 소설을 꼼꼼하게 다시 읽으며 내가 거듭 감탄한 것은, 작가의 화법이 단순해 보이면서도 매우 치밀하다는 점이었다. 일상적 상황과 지극히 사소한 이야기들이 필경 오랜 세월 우리의 삶을 억압해온 분단체제의 출발 지점에까지 가닿는다. 그것도 60년 세월을 건너뛰어 '어마이'를 부르는 절박한 외침으로 되살아나 읽는 이의 가슴을 먹먹하게 만드는 것이다. 바로 그 놀라운 각성의 지점에 이르러 독자는 비로소 모든 이야기들이 빈틈없는 하나의 미학구조로 합일됨을 깨닫는다. 작은 이야기가 큰 울림을 빚어낸 건 그 당연한 결과이리라. 세상의 어둠을 차갑게 혹은 독한 어조로 이야기하는 소설들은 나름의 매력을 지니지만, 이처럼 소녀같이 여린 감성과 순한 어투는 통렬한 아픔 속에서도 어떤 정화감과 안정감을 독자에게 안겨준다. ▪

삶의 무게와 소설 쓰기

김인숙

　동업 작가들의 잘 쓰인 작품들을 읽게 될 때면 늘 떠올리게 되는 건 생각이 아니라 마음이다. 좋다 나쁘다를 판단하는 건 가당치도 않거니와, 덜하다와 그렇지 않다를 생각할 수도 없다. 다만 이 작품은 이래서 내 마음을 건드리고, 저 작품은 또 저래서 내 마음을 건드리는구나, 느낄 뿐이다. 자주 종이와 활자 위에 손을 얹고 먼 데를 바라보게 된다. 어딘가를 바라보고는 있지만 정작 보이는 건 내 마음이다. 쓸쓸하거나 따뜻하고, 때로는 고통스럽거나 슬픔이기도 하다.

　김채원 선생님의 「베를린 필」을 읽을 때는 글자가 읽히는 게 아니라 소리가 들리는 듯했다. 누군가 옆에서 낮게 홀로 속삭이고 있는데, 그게 내게 하는 소리가 아니라는 걸 알면서도 귀 기울여 듣게 되는 거고, 마침내는 저분이 내 얘기를 하고 있네, 하는 기분이 드는 거다. 삶도 다르고, 사는 방식도 다르고, 겪은 일도 다른데, 그래서 생판 남의 얘긴데도 내 얘기 같은 거다. 그건 어쩌면 내가 좀 더 세월을 겪어서야 가닿을 수 있는 곳의 이야기일지도 모르는데.

이 소설은 철저히 1인칭 소설이다. 화자는 서술하는 자신 이외에는 모든 타자들을 프레임 밖에 두고 있는 것 같다. 그들은 화자의 삶에 문득 들어왔다가 조용히 사라져간다. 난데없이 우연히 만나게 된 초등학교 동창, 아주 오래전 어린 시절의 사촌들, 장군의 동상과 음악과, 심지어는 아이까지. 마지막 장면, 기억 속에 남아 메아리가 되는 '어마이' '어마이' 외침까지. 작가의 삶은 프레임의 안과 밖의 경계에 아슬아슬하게 걸린 채 역사가 되고 공명이 되고 현존이 된다.

길을 막고 있는 어마어마한 크기의 트럭 이야기가 나온다. 어마어마한 크기는 도대체 얼마만 한 크기일까. 베를린의 장벽이기도 하고, 남과 북을 가로막는 장벽이기도 하고, 그 세월을 모두 겪어 살아온 삶에 한평생 얹혀 있던 어마어마한 크기의 무게이기도 할 것이다. 아이러니하게도 그 트럭은 악기를 싣고 온 트럭이었다. 그런 무게가 얹히지 않는다면 마음을 울리는 음악이 될 수 있겠나. 소설 「베를린 필」도 내게는 그랬다. 그저 스쳐 지나가는 듯한 기억의 파편들은 사실 무거웠고, 합쳐져 더욱 무거웠고, 연주가 되었을 때는 아름다웠다. 이 작품이 수상작이 되어 기쁘다. 축하드린다. ■

탈脫숭고의 상상력에 관하여

김동식

  2015년 〈현대문학상〉 본심에 회부된 작품은 모두 열세 편이었다. 다양한 문학적 세계를 분출하고 있는 여러 작품들을 읽고 음미하는 과정은, 그 자체로 한국 문학의 현재를 들여다보고 미래를 내다보는 행복한 시간이었다. 후보작들에 대한 개별적인 논의를 거친 후 검토 대상 작품을 김채원의 「베를린 필」, 김훈의 「저녁 내기 장기」, 이기호의 「권순찬과 착한 사람들」(저자 이름의 가나다순)로 압축했다. 다시 세 작품에 대한 세심한 논의를 진행한 끝에 「베를린 필」을 수상작으로 선정했다.

  수상작 「베를린 필」은 분단에 대한 독특한 감수성의 분할을 보여주는 작품이다. 오늘날 분단은 역사적으로 구조화된 또는 장벽처럼 고체화된 거대 현실이다. 웅장한 자연을 우리의 감성으로 한 번에 포착할 수 없듯이, 분단은 우리의 일상적 감성의 바깥에 있거나 우리의 인식을 넘어서 있는 거대 현실이다. 분단은 충격적인 사건에 의해 환기되거나 의지가 수반된 기억에 의해 호명된다. 하지만 「베를린 필」은 의지적 기억에 의해 호명되는 거대 현실이 아니라, 일상의 무의식 속에 켜켜이 침전되어 있는 분단(분리)의 편린들을 제시함으로써, 분단과 관련된 감수성의 독특한 분할을 보여주고 있다. 범박하게 요약하자면, 21세기 서울의 일상 속에서 분단을 느끼기가 그것. 「베를린 필」은 세종홀에서 '베를린 필'의 연주로 「영웅」을 듣고 있는 아이와 그 부근의 카페에서 이순신 장군 동상을 바라보며 상념에 빠져 있는 엄마의 이야기이다. 엄마의 상념은 베를린 필에서 베를린으로 이어지며, 베를린 장벽 붕괴 즈음에 만났던 어린 시절의 친구들에게로 옮겨간다. 그러는 사이에 연주회가 끝났고 아이가 돌아왔다. 하지만 그들은 주차장을 빠져나가지 못한다. 교향악단의 장비를 운반하는 거대한 검은 차가 주차장을 가로막고 있었기 때문이다. 어쩔 수 없이 밥을 먹으며 시간을 보내려다 마땅한 곳을 찾지 못해 결국 아이는 차를 다시 가지러 간다. 그사이에 한국전쟁 직전 이모와 사촌들을 마지막으로 보았던 장면을 떠올린다. 이순신 장군 동상 아래에서 엄마는, 아직까지 돌아오지 않는 딸을 기다리며, 38선 부근에서 '어마이'를 수도 없이 불렀던 이모를 느낀다. 21세기 서울의 한복판에서 느끼는 분리불안은, 저 멀리 할머니와 이모의 헤어짐이 분단으로 구축되었던 바로 그 순간과 닮았다. 한국전쟁 직전 모녀의 헤어짐이 정치체제의 분단으로 변환되었던 순간은, 21세기 서울의 한복판에서 일상의 분리불안으로 환치되어 솟아오른다. "「영웅」의 첫 시작부터 거기까지의 음률은 바로 그 순간을 위한 자리 찾기였던 듯 느껴진다." 그렇다면 이 지점에서 「영웅」 교향곡의 의미도 조금은 분명해질 수 있을 것이다. 널리 알려진 대로 베토벤이 나폴레옹에게 헌정하기 위해 작곡한 음악이지만 나폴레옹이 황제가 되자 크게 실망해서 붙인 제목이 '영웅'이다. 역설적이게도,

「영웅」교향곡은 영웅 숭배의 흔적을 담고 있는 것이 아니라, 더 이상 영웅일 수 없는 거대 권력에 대한 비판을 환유하고 있는 셈이다. 영웅과 권력이 분할되는 순간을 유표화하고 있는 기호인 것. 하지만 여전히 거대 권력은 광장에 세워진 동상으로, '리순신 장군'이라는 제목의 기록물로, 또는 웅장한 교향악의 형태로 영웅을 호명하고 있다. 「영웅」교향곡을 연주한 악단의 악기와 장비를 옮기기 위해서 거대한 검은 차가 주차장의 도로를 가로막고 있었던 것처럼, 분단은 영웅과 자신을 동일시하고자 하는 거대 권력들이 빚어낸 거대한 현실효과에 지나지 않을지도 모른다. 거대 사건으로서의 분단이란 일종의 숭고여서 우리의 일상적 경험을 넘어선다. 하지만 「베를린 필」은 분단이 21세기 서울 한복판의 일상적 무의식 속에서 여전히 진행 중에 있음을 담담하게 보여주고 있다. 거대 사건으로서의 분단을 탈脫숭고화하고 있는 작품, 분단과 관련된 우리의 일반화된 감수성을 섬세하게 흔들어놓는 작품, 오랫동안 눈길이 머물 수밖에 없었다. ▪

실제의 삶과 같이 호흡하는 일

김채원

떠나간 분들의 이름과 주소를 수첩에서 지우지 않고 있다. 지우기 시작하면 이제는 반도 넘을 것 같다. 얼마나 더 가을을 맞이하고 얼마나 더 일을 할 수 있을지 이즈음 간혹 생각해본다.

일을 한다는 게 무엇일까.

내가 살고 있다는 증표일 것이다. 이제사 그것이 알려져온다.

생명을 가지고 산다는 것. 살아 있다는 것.

그러나 나는 도무지 나 같지 않은 나와 영원히 떠나가는 하루 속에 어제도 오늘도 마주 앉아 있다.

어째서 이렇게 나가 아닌 걸까. 어떤 게 진정 나인 것일까.

나라는 감각을 찾고 싶다. 오직 그것만이 나의 실체, 실제의 삶과 같이 호흡하는 일이 될 것이기에.

장욱진 화백의 말을 빌리면 '제작은 즉 자기를 찾아보자는 것이며 나아가서는 자기 자신을 또렷이 하는 것이다. 작품은 영원히 늙을 수가 없는 것이다'.

영원히 늙지 않는 작품들……. 내게 너무도 요원한 일을 감히 갈망하는가.

심사해주신 분들과 독자분들 그리고 『현대문학』에 고마움을 전하고 싶다.

2016 現代文學賞 수상소설집

베를린 필 외

지은이 ｜ 김채원 외
펴낸이 ｜ 양숙진

초판 1쇄 펴낸날 ｜ 2015년 12월 7일
초판 2쇄 펴낸날 ｜ 2015년 12월 18일

펴낸곳 ｜ ㈜현대문학
등록번호 ｜ 제1-452호
주소 ｜ 06532 서울시 서초구 신반포로 321(잠원동, 미래엔)
전화 02-2017-0280
팩스 02-516-5433
홈페이지 ｜ www.hdmh.co.kr

ⓒ 2015 ㈜현대문학

ISBN 978-89-7275-759-7 03810